LAS PENUMBRAS DEL GENERAL
Vida y muerte de Francisco de Paula Santander

Víctor Paz Otero

LAS PENUMBRAS DEL GENERAL
Vida y muerte de Francisco de Paula Santander

Libro diseñado y editado en Colombia por
VILLEGAS EDITORES S. A.
Avenida 82 n.º 11–50, Interior 3
Bogotá, D. C., Colombia
Conmutador (57–1) 616 1788
Fax (57–1) 616 0020
e–mail: informacion@villegaseditores.com

© Víctor Paz Otero 2009
© Villegas Editores 2009

Editor
Benjamín Villegas

Departamento de arte
Jessica Martínez Vergara

Investigación gráfica
Juan David Giraldo

Todos los derechos reservados por el editor
Primera edición, agosto 2009

ISBN 978-958-8293-49-3

Impreso en Colombia por D´vinni S. A.

Carátula:
Felipe Santiago Gutiérrez, *Francisco de Paula Santander*.
Óleo sobre tela.
Colección Banco de la República. Bogotá

Página opuesta:
Ricardo Acevedo Bernal, *Francisco de Paula Santander*.
Óleo sobre tela.
Rectoría Colegio de Boyacá.

VillegasEditores.com

Luis García Hevia. *Muerte del general Santander*, 1841. Óleo sobre tela.
Museo Nacional de Colombia, Bogotá

Asisten al general el arzobispo Manuel José Mosquera y el médico José Félix Merizalde. Atrás, de izquierda a derecha, Antonio Obando, Rafael Mendoza, Francisco Soto (arrodillado), Patricio Armero, Vicente Azuero, Ignacio Quevedo, Florentino González, Francisco Antonio Durán, el doctor Oberto, Bonifacio Ospina, Pablo Pontón y Antonio María Silva. De espaldas, Ana Josefa Fontiveros Omaña y Rufino Camacho.

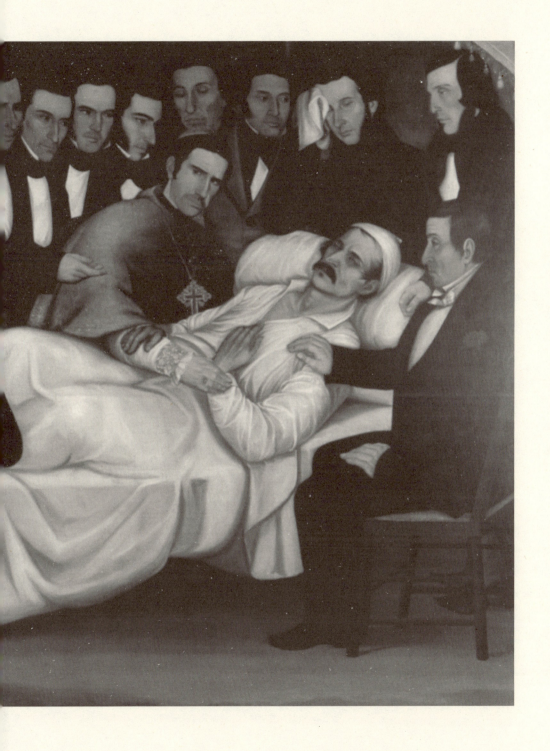

PRIMERA PARTE

1

EL LENTO COMIENZO DE UNA TRISTE AGONÍA...

El oscuro e intimidante presentimiento de que se le había agotado —de que se le estaba agotando de manera inexorable— el tiempo que se le dio sobre la tierra precipitó al general Francisco de Paula Santander a enfrentarse, con una urgencia despiadada, a la verdadera imagen que él tenía de sí mismo; esa imagen que tantas veces permaneció oculta, tergiversada y sobre todo protegida de la indagación de su propia conciencia.

La proximidad de la muerte se le reveló como necesidad imperiosa de arrancarse las máscaras y de mirar de frente y sin intermediaciones el rostro verdadero con el cual había asistido al espectáculo intenso, y casi siempre confuso, de su no muy larga existencia.

Corrían los primeros días de abril de ese año, para él desventurado y disolutivo, de 1840; de ese año, en el que nunca pudo imaginarse que lo sorprendería —en la tarde oscura y lluviosa del 6 de mayo— la visita de la muerte, cuando solamente contaba con cuarenta y ocho años y unos pocos meses de haber nacido en su lejana y ardiente Villa del Rosario de Cúcuta. ¿Y cómo pudo haberlo imaginado, cuando a pesar de su antigua y dolorosa enfermedad hepática, se creía aún en la plenitud de su vida?

El general era y había sido, a lo largo de todos los años vividos, un hombre vanidoso. Y quizá esa vanidad, no reconocida por él como tal, lo había salvaguardado y protegido de hundirse en los inquietantes significados de la muerte. Él, como casi todas las criaturas vivientes, le temía a la muerte, pues esa muerte —que tal vez solo sea la vida sin uno— entraña disolución, a lo mejor retorno a la incomprensible nada o al inapelable silencio. Y esto es ofensa y es agravio para la vanidad, pequeña o grande, verdadera o falsa, de cualquier criatura humana.

Por eso mismo, cuando fue poseído y devorado por ese presentimiento devastador de que su muerte estaba como a la vuelta de la esquina, que ella ya era un huésped inquietante que se le había instalado entre las células del cuerpo y entre las temblorosas células del alma, entró como en ese delirio de angustia y frenesí, con el cual los seres que agonizan asumen la desmesura de saber y de aceptar por vez primera que son seres nacidos para la muerte y para no resucitar jamás; y que sobre ellos prevalecerá el olvido, si esa vida que vivieron no la vivieron como búsqueda de certidumbres sino como feria de anodinas vanidades. Por eso tuvo miedo, un miedo profundo que se le desparramó por sus huesos, por todos y cada uno de sus recuerdos. Un miedo que le invadió y le desordenó la memoria. Un miedo indefinible e infinito. Un miedo que le hizo sentir que, ahora que estaba muriendo, tendría que mirar de frente, mirarle los ojos a ese fantasma en el que se convertía su vida. Curiosamente, en ese dilatado y angustioso momento, él, que se suponía había sido general de vistosos uniformes, entendió que comenzaba esa sangrienta y carnicera batalla con la cual entraría vencido y asombrado al reino inabarcable de la muerte.

2

Sería un tanto temerario precisar con alguna certidumbre el exacto momento en el cual se inicia lo que pudiera llamarse la agonía de un hombre, pues de alguna manera nacer es comenzar esa agonía. Pero el general Francisco de Paula tuvo el oscuro privilegio de conocer con cierta antelación la llegada de ese instante dramático, que permite a ciertos seres la lúcida y trágica oportunidad de intentar comprender su vida y sus actos bajo los destellos de una luz interior que es como esclarecedora. Instante que elimina los artilugios y las sutilezas encubridoras. Cuando se agoniza, no es el juicio de Dios lo que intimida el alma. Es el juicio de la propia conciencia, abocada a su disolución definitiva, lo que propicia ese agobio y esa sensación de abismo. El infierno no son los otros, el infierno es y está en uno mismo. El general, que con mucho mayor virtuosismo y realizaciones era el abogado Santander, no esperaba que al concluir su agonía se iniciaría la hora del juicio final.

No, él hasta ese momento se creía un católico desteñido, alguien que ya había dejado de un lado la posibilidad de creer en esas fantasías teológicas y en esos enredos que la imaginación metafísica y clerical había ido fabricando a través de los siglos para hacer de alguna manera soportable el paso de la vida hacia el enigma de la muerte. Él, sin duda, era en buena parte un hijo de su siglo, de un siglo racionalista y también positivista y materialista, que había ido arrinconando los postulados de la fe y las suposiciones de la religión en el museo de los trastos inservibles. Él, en estricto sentido, no creía que a la hora de la muerte el alma tendría que enfrentar un juicio presidido por el Juez Supremo, de donde podría salir el salvoconducto para la bienaventuranza eterna o la orden de reclusión perpetua en los confines del infierno. Sin embargo, para su mentalidad de abogado irredimible, esa metáfora del juicio y del tribunal supremo le era grata y le dolía no aceptarla, pues de ser cierto aquello, seguramente él —como lo había hecho antes en los tribunales de la tierra— saldría airoso de los cargos que se le imputasen.

Pero el rumor secular y laico que había entibiado sus infantiles y poderosas convicciones religiosas lo había fortalecido en la necesidad de reemplazar el juicio de Dios por el juicio de los hombres. Su propia vanidad, su larga trayectoria como reconocido personaje público, sus infladas y ambiguas ejecutorias le habían convertido en algo mucho más valioso y significativo el juicio de sus contemporáneos y, sobre todo, eso que él llamaba tan pomposa y tan solemnemente el juicio de la historia. Quería creer que eso era lo importante. Pero la fe no es un acto de voluntad, y ese querer creer y no lograrlo se le convertía también en foco de angustia y de estremecimiento, pues la verdad es que el atribulado, enfermo y agónico general empezaba como a sentir y a comprender que, estando en los umbrales mismos de la muerte, su sensibilidad y sus temores lo hacían más proclive a que aceptase las fantasías teológicas que las argucias racionales. Por eso cuando estaba comenzando su agonía, se le confundieron las entendederas, se le trastocaron sus certidumbres y se le debilitaron las precarias y superficiales convicciones con las cuales había hecho su tránsito por los caminos de la vida. Debido a esto, su agonía se fue convirtiendo a cada instante en confusión; nunca en éxtasis, solo en puro abismo y extravío. La batalla por morirse, el infantil anhelo de lograr una buena muerte, de encontrar un poco de eso que parecía tan simple —paz interior— se le fue como alejando de su espíritu en la medida en que se le aproximaba la gran y terrible hora.

¿En qué creer a la hora de la muerte? ¿Qué le sería más útil en ese extraño trance? ¿Le servirían más las simplezas utilitarias de su amigo Jeremías Betham o las babosadas inocentes que le predicó su protector y tío, el canónigo Omaña, sacadas del Catecismo Astete? Cómo le dolía y cómo le destrozaba el alma al general que ahora, en la hora presentida

Firma del general Francisco de Paula Santander

de su muerte, y antes en cada uno de los días de su vida, no hubiese tenido una buena y verdadera fe que le hubiese asegurado no ser siempre víctima de la maldita e interminable incertidumbre.

3

Tomó la decisión, y esperaba que le alcanzara el tiempo, de arreglar sus cuentas con la conciencia y de recomponer la imagen pública que pretendía legarles a las generaciones futuras. Para lo primero, para sanear su conciencia, trataría de examinar y de mirar con cierta distancia aquellos episodios sobresalientes que, tanto en su vida pública como privada, habían dado motivo para que sus enemigos y detractores construyeran y propagaran una especie de leyenda negra, donde él aparecía pintado con los más duros epítetos y con los más denigrantes adjetivos.

Anhelaba poderles esclarecer a sus malquerientes que quien se estaba muriendo, si bien no había sido un santo o un virtuoso varón adornado de los mejores y más bellos atributos que pudiesen servir de ejemplo en el futuro, al menos era, o intentó serlo, un hombre que ajustó sus actos y sus hechos a una nueva legalidad y a una nueva moralidad, que más que "natural" o religiosa, era como hija de la nueva sociedad que se estaba consolidando como resultado de la Independencia. Creía que su moral era civil y republicana. Si tuviese tiempo, pondría por escrito esas reflexiones.

Para el segundo propósito, sanear su patrimonio histórico, lo que él vanidosamente consideraba el legado de sus múltiples realizaciones como hombre público, procedería a una minuciosa revisión de su voluminoso archivo personal, ese archivo que había conformado a través de larguísimos años de fatigas y celosos cuidados. Ese archivo que era como su tesoro más amado y al cual había sacrificado extenuantes horas de trabajo, tratando de darle una pulcra e impecable clasificación.

Ese archivo era su verdadera memoria, memoria que protegería y salvaguardaría para que cualquier perversa auscultación ajena no sacase falsas conclusiones. Ese archivo era la esencia verdadera de su alma. Era su alma convertida en papel y en documento.

¡Sí! Antes de morirse limpiaría ese archivo, quemaría o rompería papeles innecesarios o comprometedores. Pretendía no dejar allí carta o documento que sirviese para multiplicar equívocos o alimentar nuevas y mayores maledicencias. Creía que eso era lícito, pues ¿cómo podría ser honroso legar a la posteridad una memoria de infamias o de hechos siniestros? Se le antojaba que no tendría elegancia alguna dejar para el futuro recuerdos infamantes, que sería indecente ser generoso con las propias y humanas miserias. Al menos él no le legaría eso a la patria. Tal vez algunas de las miserias de los otros, pero las miserias o infamias en las que él hubiese sido susceptible de haber incurrido, tendría el decoro de eliminarlas. Y eso no lo haría por cinismo, lo haría por puro y exaltado civilismo. ¿Pues cómo entonces podría ser justificado que, siendo él un héroe fundador de una patria que carecía de pasado y que estaba urgida de nobles y exaltantes ejemplos, dejase como herencia hechos y actos que no fueran edificantes? Sería un absurdo y una torpeza que los hombres públicos, que los que habían fundado y organizado naciones, pretendiesen dejar al escrutinio de las generaciones futuras acciones equívocas y abominables. No, eso no tendría sentido y sería contraproducente y lesivo para la futura moralidad colectiva.

Su archivo, ya purificado, contribuiría eficazmente a dilatar los horizontes de su pasado esfuerzo educativo. Sería un gran aporte cultural e histórico para la nación. Afortunadamente él, en años muy recientes, concretamente en 1837, había escrito algunos apuntamientos para las memorias sobre Colombia y la Nueva Granada. En ese escrito creía haber dejado muy en claro cuáles eran sus aportes al engrandecimiento de la historia. Esos escritos, y los innumerables escritos más que vieron la luz en los periódicos de su época, pues él fue también energúmeno y apasionado polemista, sin duda eran como un considerable y valioso anticipo que le mitigaría las cargas de esa tarea ardua y problemática que ahora deseaba culminar para precisar los verdaderos y nítidos perfiles de su imagen y de su figura histórica.

Extraño y equívoco era el concepto de sinceridad al cual se aferraba el general Santander en los momentos que preceden a la muerte. Sinceridad de abogado litigante que defiende una causa que imagina perdida.

4

¿Pero cuándo y cómo realmente había comenzado su dilatada agonía? Sobre eso tenía una certidumbre visceral. Fue a raíz de esas turbulentas sesiones en el Congreso de la República, donde esos canallas, que eran casi todos sus detractores políticos y que ahora se comportaban como los áulicos y los cohonestadores del gobierno insípido de José Ignacio Márquez, parecían haberse confabulado para acusarlo de crímenes y felonías, para escarnecerlo con dicterios y calumnias. Sí, había sido en esas sesiones, finalizando marzo de 1840, cuando ellos, que en el fondo deberían ser todos bolivarianos, pretendieron convertirlo a él —que no solamente era como ellos senador, sino que igualmente había sido presidente y vicepresidente y general legendario de la gesta épica de la Independencia— en una especie de auténtico y despreciado criminal, en un ser vengativo y rencoroso, y sobre todo en un hipócrita redomado y acomodaticio y además, en un hombre comprometido en ilícitos y peculados que, de ser ciertos como ellos lo creían y lo proclamaban, como ellos lo predicaban con pasión y fervor inconcebibles, colocarían su figura en un pedestal de infamia. Sobre todo, y de manera especialísima, había sido ese coronel José Eusebio Borrero el causante directo de esa ignominia que empezó a precipitarlo con saña y sin dignidad alguna en los territorios de esta agonía que ahora estaba padeciendo.

Sí, así pensaba y así sentía el general Santander en esos instantes. Y qué ironía, pensaba con ira e intenso dolor que fuese ese coronel malandrín, y él sí sanguinario y despreciable, de Borrero, el que se hubiese embelesado en el Congreso, recreando algunos hechos de su pasado

Sixta Tulia Pontón y Piedrahita, esposa de Santander. Miniatura en marfil de Zilia Barriga, 1856. Casa del Florero, Museo de la Independencia, Bogotá.

heroico como si se tratase de hechos repugnantes y criminales que serían baldón y estigma para su memoria. Qué ironía, pues ese coronel, en épocas no muy lejanas, había sido dizque su amigo, su compañero de colegio, pero ahora parecía transmutado en personaje desleal y miserable. Sí, era el mismo Borrero el que le debía no pocos favores a su amistad generosa. ¿O sería que había olvidado que su ascenso a coronel se lo debía a sus propias gestiones?

Por eso de alguna manera le servía de consuelo suponer que las gravísimas imputaciones y horripilantes cargos que se le hicieron en aquella siniestra sesión, a lo mejor solo eran consecuencia del resentimiento vengativo y amargo de ese coronel mediocre que ahora, como Secretario de Estado del aborrecido gobierno de Márquez, dejaba salir a flote su amargura, pues nunca había podido soportar ni su grandeza ni el inmenso prestigio que entrañaba su papel en la historia reciente de la Nueva Granada. Con razón ese coronel bellaco pertenecía a la cauda de los bolivarianos. Y con razón era una especie de testaferro moral e intelectual del régimen, el régimen de ese fariseo de Márquez que era su enemigo personal, ese presidente lujurioso que había intentado seducir a su amada Nicolasa Ibáñez.

Se le enturbiaba el juicio y se le envenenaba más su ya deteriorado hígado cuando imploraba por un poco de serenidad para recordar con memoria minuciosa esas recientes sesiones del Congreso. Pero las recordaría en todos sus pormenores porque, a no dudarlo, lo que padeció allí había sido el comienzo de esta terrible agonía que pronto iba a precipitarlo en la indefinible eternidad, pues él, para desengaño de sus enemigos, no estaba dispuesto ni soportaría disolverse en las miserias insultantes del olvido.

5

La sesión aludida del Congreso había sido convocada para aprobar una ley de indulto propuesta por la oposición. Santander era el jefe visible y reconocido de esa oposición virulenta que se le hacía al gobierno del señor Márquez. Para Santander, la oposición a Márquez tenía un rencoroso origen pasional.

Sucedió que al regresar de su exilio, él creía seguir manteniendo sus relaciones amorosas con Nicolasa. Ella no solo era su amante, sino que había sido la escrupulosa administradora de parte de sus crecidos bienes de fortuna y, en consecuencia, la que le enviaba caudales y dineros para que él pudiera mantenerse y mantener su séquito de acompañantes y de criados en la opulenta expatriación.

Pero parece que mientras estuvo en el exilio, el ciudadano don José Ignacio Márquez, impresionado por los atributos de la bella e inquieta Nicolasa, la requirió de amores. Decíase que pasión tormentosa y transgresora habíase desatado en el corazón timorato de aquel economista y abogado boyacense, que pronto sería designado presidente de la república. La pasión de amor, siempre ciega e incitadora de riesgos, aun en el corazón del hombre menos aventurado o aventurero, llevó un día —el del cumpleaños de Nicolasa, el 30 de abril— a que don José Ignacio, muy tieso y muy majo, fuese hasta la residencia de la atractiva dama con ramo de fragantes flores y caligrafiada esquela, para ofrecerle sus congratulaciones.

Pero el azar, que es un dios lúdico y perverso, quizá para que en el futuro los hombres tengan algo que contar o mucho que sufrir, hizo que el general, recién llegado del exilio, apareciese justo en ese instante, en ese desilusionado instante en que el señor Márquez llegaba al éxtasis en sus amatorias declaraciones. Y allí fue Troya, pues Santander, poseído de celos incontrolados e incontrolables, se precipitó como energúmeno enloquecido sobre la diminuta figura de su apasionado contrincante, quien a partir de ese instante se convertiría en el más insoportable de sus enemigos políticos y personales.

Cuentan las crónicas de la época, y lo dicen también relatos posteriores que escribieron parientes cercanos de los implicados, que Santander, siendo alto y fornido y con rumor creciente de obesidad, rompió las flores de Márquez y, tomando a éste por las solapas, pretendió arrojarlo por el balcón, buscando verlo convertido en destrozo y en cadáver. Sí, así deseó ver el general Santander al filisteo amigo que pretendía robarle el amor y el fervor de su doncella muy fermosa. Y no solo fermosa era la sin par doncella. En dicho trance, por lo demás azaroso y comprometido, fue ella quien arrebató de las furibundas manos de su amante contrariado al pequeño galán que había venido a ofrendarle sus requiebros. Y se evitó de esta forma que se consumase la pasional tragedia.

Lo que no pudo evitarse fue el cúmulo de episodios políticos que habían de derivarse de tan particular evento. Y no solo descalabros y sinsabores políticos, sino muy dolorosas consecuencias personales, pues hasta allí llegó el público y escandaloso amorío, que había ligado a la voluble Nicolasa con el que, a su propio juicio, era el hombre más notorio de la Nueva Granada. El episodio, en esa melancólica aldea de lanudos y chismosos que era la timorata Santafé de Bogotá, fue risueña y perversa comidilla pública. Festín para gracejos, ocasión más que propicia para afilar las lenguas y hacer brillar las ironías. Se decía que Santander, en ese lance que lo estaba convirtiendo en general cornudo, había mostrado en tan desigual combate un valor inaudito, ese mismo valor que nunca tuvo en las pasadas gestas de guerrero, con las cuales él suponía pudo ayudar a libertar un mundo. General de pasiones y nunca de principios, se le empezó a nombrar en las tertulias y en todas las muchas y humildes chicherías... El pueblo se reía.

Lo cierto es que de esa desilusión de amante nació, creció y se fortaleció el partido de oposición, del cual Santander devino en jefe. Partido que pretendió a partir de entonces hacerle imposible la vida y la faena al asustado Márquez. ¡Y, oh perversa concatenación de los sucesos! Como se verá después, antes de la agonía, durante la agonía y después de la agonía, la presencia inquietante de la voluble Nicolasa estaría como al principio y al final de sus últimos estremecimientos y dolores.

6

Retornando a la descarnada sesión del Senado, tenemos que Francisco de Paula Santander —"don Pacho", solía nombrarlo mucha gente— encontró que en ese ruinoso hemiciclo democrático era como si se hubiesen dado cita todos los demonios y todos los rencores que parecían predestinados a precipitar su fuga asustadiza del mundo de los vivos.

El Gobierno, por supuesto, se oponía al Proyecto de Indulto y de Amnistía, que con fines equívocos y razones de corte acomodaticio y claramente oportunista, presentó la oposición para que fuese aprobado. Por eso le correspondió al coronel José Eusebio Borrero, en calidad de Secretario del Interior, presentar los argumentos que sustentaban y defendían su negativa, pues consideró que era iniciativa inoportuna e improcedente.

Si no hubiese sido tiempo de pasiones, de acrecentados rencores, de inquinas y de envidias, de heridas profundas y nunca bien cicatrizadas, vinculadas de manera especial a los escabrosos y escandalosos sucesos que se anudaron a la noche septembrina, y que decantaron el perfil de dos grandes tendencias que desde un principio parecían haber nacido para ser ferozmente opuestas y fanáticamente irreconciliables y antagónicas —el bolivarianismo y el santanderismo—, seguramente la discusión del Proyecto de Indulto y Amnistía no hubiese dejado de ser uno más de los trámites o iniciativas que se agotan, se aprueban o desaprueban en el tedioso trajín parlamentario.

Pero eran tiempos de odio, tiempos coincidentes con un momento de trágica y amarga confusión. Tiempos en los que una sociedad recién parida a la historia y convulsionada y ensangrentada aún por el esfuerzo arbitrario de ese nacimiento, no permitía que triunfasen los principios sobre las pasiones. Tiempos sin lenguaje político verdadero y descifrador. La magnitud y complejidad de la guerra de Independencia y el surgimiento precario y vacilante de unas nuevas naciones y de unas frágiles y contrahechas democracias era un hecho que por muchas décadas desbordaría la comprensión de casi todos aquellos hombres que propiciaron su advenimiento. Hombres fuertes e ideas muy débiles parecían haber configurado un fenómeno histórico que estaba convirtiendo ese tiempo en oscuro y mezquino espectáculo de pequeños títeres devorados y extraviados en la confusión. El errático proyecto de fundar una nación amenazó disolverse en los primeros años en un ridículo y anodino festín de ambiciones personales, que pareció incapaz de asumir la inmensa responsabilidad de diseñar un proyecto histórico coherente, para darle organicidad y auténtica realidad a la criatura nacida en esa época triste y desmesurada, como fue aquella en la que se gestó la supuesta Independencia.

Los dioses de la historia parecían haber abandonado a los hombres de ese tiempo, o simplemente los dejaron existir a la deriva, para que en el futuro las generaciones que vendrían narraran sus pasiones, sus aciertos o sus mezquindades. Bolivarianos y santanderistas estaban muy lejos de comprender los hilos de la trama histórica en la que estaban prisioneros. Los precarios partidos que estaban pugnando por surgir a la sombra y al impulso de tan desiguales figuras, qué lejos estaban de asimilar la consecuencia de sus actos. Solo muy débilmente, casi a la manera de un aleteo lejano, lo que se estaba configurando podría ser considerado enfrentamiento visceral e irreconciliable entre un supuesto y desdibujado civilismo —pretendidamente acaudillado por Santander y vanidosa y arbitrariamente considerado así por el mismo general y quienes lo apoyaban— y una visión militarista encarnada en la figura deslumbrante e incomprendida de Bolívar. Lo que estaba en juego y en dolorosa gestación eran dos visiones diametralmente opuestas para comprender y asumir con lucidez y con responsabilidad histórica un proyecto político de construcción y conducción de sociedad: la de Bolívar, amasada con el barro y el nervio constitutivo de un mundo amorfo y en formación; y la de Santander, imaginada a partir de las materias casuísticas y formales de una juridicidad imitativa y repetidora de formas vacías y retóricas, que en nada se alimentaban de los componentes reales de la historia y de la vida.

Para Santander, y acaso en su mayor éxtasis de estadista, la ambición primaria fue crear y manejar gobiernos. La de Bolívar, desde el inicio mismo de su exaltante parábola, su ambición máxima fue consolidar naciones y sociedades. Pero la incomprensión, perversa o simplemente dictada por la ignorancia, condujo durante muchos años al simulacro y a la farsa, a la mala y a la falsa conciencia. Lo que no es de extrañar, pues sabido es que los hombres de todas las épocas casi nunca logran hacerse una imagen clara y verdadera de la sociedad en que viven, luchan y mueren. Sucedía en la Nueva Granada y seguirá sucediendo siempre. Como los habitantes de la caverna platónica, las criaturas humanas parecen condenadas a confundir la realidad con su sombra, condenadas a mirar y a solo entender las apariencias o los destellos engañadores de una realidad que no es la verdadera. Provoca risa y compasiva tristeza constatar que esas criaturas se matan, se odian y destrozan a causa del valor deleznable de lo que simplemente es un engaño ilusorio.

La nación que nacía nació enferma y deforme, desvirtuada por la fuerza de un engaño y de una amarga y profunda confusión que la fue precipitando, cuando no a la disolvente anarquía, al despiadado festín de retóricas insignificantes, donde la realidad y sus verdades fueron sacrificadas a la argucia retorcida de los abogados bartolinos.

Los que hablan en prosa desconocen que lo están haciendo. Quizá por ello, los primeros pasos de la opereta democrática y republicana se confunden y se asemejan al intento fallido de alguien que usa un vistoso traje de gala para asistir a un festín de harapientos mendigos.

Todo esto, y muchísimas otras cosas, estaban como danzando en el ambiente oscuro y enrarecido de aquellos días. Posiblemente, el general Santander no pudo percibir ni la música ni el ruido de aquellos encabritados elementos que entraban en juego en el instante en que la muerte le anunciaba que muy pronto lo llevaría a su reino. Le resultaba paradójico e incomprensible aceptar que, en aquellas horas cuando él comenzaba como a tratar inútilmente de serenar sus ánimos e imponerles una cierta mesura conciliadora a sus encubiertos procederes políticos, el inflamado coronel Borrero hubiese sacado a relucir aquellos hechos y actos terribles que, como el asesinato del general Sardá y el de Mariano París, envilecían su nombre y arrojaban infamia dilatada sobre su pasada gestión de presidente.

Lo terrible era que esa actitud incriminadora e injuriosa de su antiguo amigo hubiese dado pie y estímulo para que las barras del Senado, y después todas las tertulias bogotanas, se regocijaran con saña y manifiesta complacencia recreando cosas falsas o verdaderas, imaginarias o comprobadas, que comprometían la moralidad y la dignidad, tanto de su vida íntima como la de su vida pública. Pues en esa misma sesión, desde las barras y desde los corrillos formados en los pasillos, se habló del peculado, del empréstito inglés, de la conspiración contra Bolívar, del asesinato de Barreiro y sus oficiales. Y se habló, ¡qué inconcebible!, de su tacañería, de su hipocresía y también de su amada Nicolasa y de Bernardina y de tantas otras cosas que lo estremecían y que él nunca pudo imaginar que un día llegaran a convertirse en público regocijo para la plebe y en piedra de escándalo y controversia, destinada a sostener la envenenada polémica política y partidista entre las gentes de la Nueva Granada. ¿Cómo no iba a iniciarse su agonía, si él sentía que en esa sesión lo habían asesinado?

7

Muchas fueron las voces que se escucharon en esa tormentosa y despiadada sesión del Congreso. No solamente fue el coronel Borrero quien se arrogó el derecho de imputarle y de acosarle por supuestos y horrendos crímenes cometidos en el pasado:

> Yo no tuve la perfidia de mandar asesinos a la casa de estos desgraciados para que los matasen, fingiéndose de su partido, como se hizo aquí en 1834; yo no di orden al comandante de una escolta que llevaba preso a un individuo para que, suponiendo que quería escaparse, lo asesinasen por la espalda, como sucedió aquí con el señor Mariano París...

Se refería Borrero en el primer caso al asesinato de que fue víctima en estado de absoluta indefensión el general español Sardá, y al de Mariano París, personajes ambos que por supuesto pertenecían al partido bolivariano y que fueron implicados en una conspiración contra el gobierno de Santander. Una importante corriente de opinión pública consideraba aquellos dos asesinatos como actos de cruel e innecesaria brutalidad, realizados a nombre de las pasiones políticas. Asesinatos que en el pasado reciente habían deteriorado de manera significativa el apoyo popular al gobierno de Santander y habían ayudado a propagar la leyenda negra y envilecida sobre la hipócrita inmoralidad que caracterizaba al prócer gobernante. A raíz de estos hechos se le asignó a Santander el remoquete de "Trabuco", apodo que usualmente se acompañaba con otros epítetos denigrantes, como el de "sublime tartufo" y el de "general perfidia".

Los periódicos partidistas, las muchas hojas volantes que circulaban con profusión en esa época, se encargaron de narrar y comentar esos hechos en todos sus pormenores y se valían de ellos para lograr dividendos partidistas. El propio Santander, prevalido del anónimo, publicó muchas columnas en los periódicos que lo respaldaban, tratando de responder a los cargos que continuamente se le hacían y tratando de justificar y legalizar jurídicamente los motivos que habían determinado dichos crímenes, crímenes que conmovieron profundamente a la opinión y a la sensibilidad granadina.

En esa sesión del Senado, Santander, pálido y conmovido hasta en sus más secretas fibras, solo atinaba a limpiarse el copioso sudor de su rostro, amarillento y hepático, con un burdo y grande pañuelo de color rojo, fabricado en las rudimentarias textileras de la nación. Sentía que una avalancha de descomposición visceral y espiritual convulsionaba en toda la extensión de su ser. Fue justo en ese doloroso instante cuando supo, con certeza fría e inapelable, que había comenzado su agonía. Y le sobrevino un miedo paralizante, un estupor y un agobio, algo semejante a lo que puede acontecerle al condenado que camina vacilante hacia las gradas del patíbulo. Qué extraña y gélida sensación, ya era como el frío de la muerte. Se le nublaron los ojos, las palabras huyeron de sus labios trémulos. El cólico, el consuetinario y doloroso cólico que le producía esa tormenta implacable de cálculos biliares, lo hizo palidecer y sudar con mucha más intensidad. Malditos cálculos, abominable cólico, siempre se le manifestaba cuando su alma era golpeada por perturbadoras inquietudes. ¿Habría alguna relación? ¿Sus cólicos y su conciencia estarían comunicados?

En aquel violento instante, supo que no podía responder a los cargos que se le estaban imputando. Pidió al Cielo, y en especial a la Virgen de Chiquinquirá, con la que tenía una antigua y equívoca relación, que le concediese fuerzas, aliento y ánimo sosegado para que en la próxima sesión del Senado él pudiese responder y aclarar una vez más las circunstancias que lo comprometían con los asesinatos mencionados y con los otros graves cargos que habían salido a relucir en la infamante sesión;

pues también desde las barras le habían recordado la ejecución del coronel Infante, las pasadas persecuciones al clero, sus maniobras en la Convención de Ocaña y todo ese innumerable historial de felonías con las cuales ese pueblo indolente, ignorante y malagradecido salpicaba la inmaculada imagen del prócer fundador de la república y del partido liberal colombiano.

La tensión, la perplejidad y el pesado asombro que se levantó y se dilató por muchos minutos en la sala del Congreso no pudieron ser disipados por las intervenciones de los congresistas amigos que intentaron su defensa, que pretendieron hacer su apología o que trataron de justificar sus pasados procederes como presidente.

Lo que había expresado Borrero, con una lógica y un raciocinio seguramente infame pero contundente, no se pudo desvirtuar con los cargos que también se le hicieron a ese coronel sanguinario y carnicero, que en época anterior había cohonestado o había sido cómplice pasivo del asesinato de los mártires del Guáitara: la asombrosa "ejecución" de esas catorce parejas de inocentes e indefensos pastusos que, atados de las manos y colocados de dos en dos, espalda contra espalda, e introducidos en un costal, fueron arrojados a las profundas e intimidantes fauces de ese abismo, aquel abismo como insondable que de solo mirarlo provocaba el miedo.

La sesión se agotó, no discutiendo principios, no esgrimiendo razones jurídicas o morales, solo y exclusivamente relatando hechos y asesinatos monstruosos, recreando crímenes inenarrables, felonías abominables, desnudando pasados personales, mostrando llagas e infamias, relatando la crueldad de las pasiones de esos hombres que se ufanaban y se congratulaban de ser fundadores y héroes egregios de una nación que nacía y caminaba y se sentía orgullosa de estar haciendo el tránsito de la barbarie a la civilización. Como si de Patria Boba se hubiese dado el salto a patria carnicera.

El general Santander quedó herido de muerte. Cuando sus amigos lo ayudaron a retirarse y lo condujeron, cargado en una silla de mimbre, desde el recinto del Congreso hasta su residencia, que estaba muy próxima, el general Santander estaba ya convertido en un senador agónico. Qué larga y extraña agonía iba a padecer. Sería un tiempo desquiciado y desquiciante, preñado a veces de delirio, a veces de ráfagas coherentes de lucidez y de sinceridad, a veces de terror y de visiones inconcebibles, a veces de nostalgias dolorosas y de recuerdos inefables atravesados con algún rumor de ternura, a veces de desgarramientos que lo harían sangrar; y siempre, tiempo como de absoluta y aplastante confusión. ¡Sí! Así sería el tiempo que se inició el 28 de marzo y concluiría el 6 de mayo de 1840, que concluiría en esa tarde de lluvia antigua y triste en que el "Hombre de las Leyes" descansó en la paz del Señor.

Sus amigos, preocupados y compasivos, lograron depositar el maltrecho y casi desvanecido cuerpo del general sobre el frío lecho nupcial, enorme camastro de caoba protegido por un dosel de telas solemnes y pesadas. Él sintió reconfortante alivio, como si el alma le hubiese vuelto al cuerpo, como si estar en el lecho custodiado por la presencia adusta de su esposa, Sixta Pontón Piedrahíta, le prodigase protección contra las acechanzas del demonio y los señalamientos de sus colegas congresistas. Empezó a sentir una tenue mejoría; tenue, muy tenue, porque ya no podía ocultársele que aceleradamente se estaba convirtiendo en un cadáver.

Su esposa, que lo era solo de tiempo reciente, pues solo hacía cuatro años escasos habían contraído religiosas y ceremoniosas nupcias, era mujer de muchas maneras persona extraña y desconcertante. Fría como los vientos que bajaban de Monserrate y que ellos padecían constantemente por estar su casa ubicada —qué coincidencia, como lo estaba la Quinta de Bolívar— casi en las propias faldas de ese cerro magnífico y ensimismado que, como titán de niebla y verde, vigilaba la triste y lánguida Santafé de Bogotá.

Cuando ella lo vio llegar en ese estado de lamentable postración, tuvo un sobresalto premonitorio. "Don Pacho se va a morir", pensó, como arrepentida de haber tenido ese pecaminoso pensamiento. Y corrió, presa de gran angustia y de temblorosa excitación, a prender veladoras a todos los santos que conocía e invocaba con fatigante frecuencia, para pedirles que, por su compasiva intermediación, la misericordia divina le concediese gracia y piedad al enfermo. Ella, beata y rezandera, a pesar de que al general no le gustase que rezara tanto, a pesar de las ironías y de las no pocas burlas que su marido, masón y católico desteñido, solía prodigarle por su fervor en esas prácticas piadosas, sin embargo solo buscaba con ellas perfeccionar su beatificación y en especial implorar para que los pecados del general le fuesen perdonados; los pecados cometidos durante el matrimonio y todos los que hubiese podido cometer antes del matrimonio ese marido suyo, que ahora había comenzado a morirse.

El general, ya acostado, pero aún maltrecho y semidesvanecido y aún prisionero en un sopor que le dificultaba hablar con claridad y pensar con lucidez, logró tomar aliento para decirle a Sixta Tulia, con voz entrecortada, varias cosas: Primero, que le trajese esa medicina calmante para el cólico, ese fármaco opiáceo al que recurría con asiduidad inusitada y sospechosa. Segundo, que no permitiese que nadie entrase a su alcoba, ni sus hijas. En ese matrimonio de cuatro años, pese a algunas dificultades íntimas, habían logrado engendrar tres hijos; uno había fallecido y quedaban dos niñas. Pero el general tenía otro hijo, no en ese matrimonio, con otra doncella con la que nunca pretendió casarse, pues la doncella aquella no lo era tanto; y, en palabras del propio general, que consignaría en su testamento, "ella ya había sido conocida por otros".

El hijo bastardo, o hijo natural como se dijo durante siglos, llamábase Francisco de Paula Jesús Bartolomé. Francisco de Paula, para que perpetuase por los siglos de los siglos el nombre esclarecido del padre, y Bartolomé para que igualmente ayudara a perpetuar el nombre esclarecido del sacrosanto colegio donde había estudiado, donde había aprendido de memoria la jerigonza casuística y teologal y el ritualismo vacío del legalismo jurídico; estas cosas sin duda harto le habían servido para ostentar con orgullo el título del Hombre de las Leyes, así ese título se lo hubiese otorgado su Excelencia el Libertador Simón Bolívar. ¡Qué ironía! Había sido el propio general Bolívar quien lo graduó, tanto de general como de hombre de leyes y de incisos. No había sido propiamente el colegio de San Bartolomé el que lo graduase. Ese colegio nunca le dio título.

También le dijo a Sixta Tulia que cerrase las cortinas y le reiteró la orden de que no deseaba recibir ninguna clase de visitas, que no recibiría absolutamente a nadie, pues estaba urgido de estar a solas para tener una conversación con alguien que ella no conocía: su conciencia. Ante estos procederes enigmáticos y poco usuales de su marido, aumentó el estupor y la preocupación de la atribulada Sixta. Pero obedeció, ella siempre obedecía. Ella, más que nadie, conocía la virulencia y las iras del general cuando se le contradecían sus órdenes.

Sixta se santiguó, cerró las cortinas y pronunció en silencio los "tres Jesuses". Y como si fuese una sonámbula sacudida por voces interiores, comprendió que algo muy particular estaba aconteciendo y que lo mejor era ir de prisa a buscar a los médicos, los varios médicos que solían ocuparse de las varias enfermedades que padecía de tiempo atrás el irascible general, el héroe fundador de la república y la democracia en la Nueva Granada.

Qué mejorcito se iba sintiendo el general en la penumbra. La penumbra era como el conocido y balsámico elemento donde su espíritu se sentía a sus anchas. Atmósfera acogedora, donde podía flotar, sufrir, imaginar, divagar, maquinar, recordar; donde podía conjugar en todos los tiempos los verbos que amaba y que le proporcionaban secretas y deleitosas emociones. El general amaba la penumbra. Pensó que si algún día le hubiese sido dado escribir sus más íntimas memorias, le gustaría haberlas titulado *Las penumbras del general*, aunque también pensó que podía ser sugerente haberlas nombrado como *El general en su penumbra*. Qué importaba que lo malinterpretasen sus enemigos por haber escogido ese título, o que le diesen connotación de claroscuro o de encubrimiento, o de algo que no es luz ni es sombra. Solo él sabía que penumbra tenía un significado de placer y confesión secreta. Solo él sabía que la penumbra es ese lugar límite que existe situado en el universo de lo que no se comprende o que solo agonizando puede ser comprendido. Qué insólito y extraño, ¿por qué demonios le venían ahora esos anodinos pensamientos? Pero se le volvió a ocurrir imaginar que a lo mejor la penumbra era un espacio inexistente donde nada se clarifica y todo se confunde. Así lo intimidara, experimentó un poco de gozo comprobar que estaba pensando. "Pienso, luego existo", se dijo con júbilo inesperado, y se quedó dormido para continuar agonizando.

8

Hundido, y navegando en las sustancias de un sueño inquieto, el enfermo y agotado general pudo desligarse por algunas horas del agobio y la pesadumbre que había padecido a causa de los últimos sucesos. Pero entre los destellos reparadores de ese sueño, volvió a surgir con angustia la inquietud por las cosas del presente. ¿Cómo poder dormir y descansar, si se sentía obligado en la próxima sesión del Congreso a responder y a refutar los cargos que se le habían formulado?

Pensó que esa era su más sagrada e ineludible responsabilidad. Haría un esfuerzo supremo para levantarse de nuevo y preparar las palabras y consolidar los argumentos que constituirían su defensa. No les daría el placer a sus detractores de que lo viesen morirse mancillado. ¡Se moriría, sí! Pero en estado de gracia y purificación republicana. Afortunadamente la próxima sesión había sido convocada para dentro de dos días. Y pese a su estado lamentable, se juró a sí mismo —con decisión y arrogancia— que ese próximo 31 de marzo se presentaría ante el Congreso, ante sus enemigos y acusadores, ante esas barras insolentes y calumniadoras, para que oyesen lo que tenía que decir en su defensa. Se presentaría para dejar, de una vez y para siempre, esclarecidas esas imputaciones que amenazaban conducirlo a la muerte cargado de ignominia. Y afortunadamente también para él, disponía de su extenso y ordenado archivo y de todos los documentos necesarios para fundamentar sus alegatos y salir bien librado de ese trance amargo. Ya intuía que esa sería su última y resonante aparición en el escenario de la democracia. Después podría morirse, si no reivindicado, al menos convencido de que había muerto como un gladiador jurídico que nunca jamás supo rendir sus armas.

El poco descanso que le proporcionó el sueño fue suficiente para restaurarle algunas energías que le permitieron dedicarse a la preparación de aquel discurso en el que quedaría plasmada su defensa y con el cual quedaría salvaguardada la imagen que él deseaba legarle a la posteridad de los neogranadinos. Tuvo efímera sensación de ave fénix. Se sacudió las cobijas y les peleó por un instante a la pesadez de su párpados inflados y al sabor amargo, pastoso y casi fétido que tenía arremolinado en la boca; y llamó de nuevo a Sixta Tulia para que le descorriese las cortinas, le diese una dosis doble del fármaco con opio y le consiguiese una copia de ese escrito titulado *Apuntamientos para las memorias sobre Colombia y la Nueva Granada*, que él había escrito y publicado en Bogotá en la imprenta de su obsequioso y zalamero amigo, el doctor Lorenzo María Lleras, en el año de 1837.

Sixta Tulia corrió presurosa a la cama del general, que, con mirada errática y rostro amarillento y contraído, tenía mucho más la apariencia de un espectro que la de un general presto a enfrentarse a su última batalla. Cumplió sus exigencias, pero entró en estado de aflicción cuando él le comunicó sus propósitos. "Pachito" —díjole en un susurro que tenía una brizna de ternura—, "¿no sería bueno que antes de acometer ese esfuerzo consultásemos al doctor Merizalde?" Don Pachito, complaciente por el agotamiento, pensó que no era idea descabellada consultar a su amigo el galeno. Estuvo de acuerdo en que fuese llamado, pues además el cólico maldito y despiadado anunciaba otra vez su llegada a las miserias de su cuerpo.

En ese entretanto, mientras Sixta iba y regresaba con el médico, le sobrevino un vómito turbulento y desagradable que parecía provenir desde la profundidad de sus huesos. Qué fastitio infinito sintió contemplando esas sustancias abominables y malolientes que se habían gestado y ahora eran evacuadas desde el dolor de sus vísceras. "Me estoy convirtiendo en puro vómito", comentó con desolación y en silencio. Tomó un poco de agua. Tomó también su bastón, él siempre había sido hombre de bastón mucho más que de espada. Teníale afecto a ese instrumento oscuro y fuerte, ornamentado con metal, con el cual se había ayudado a caminar por los senderos de espinas y de piedras que le proporcionó la vida.

Apoyado en ese báculo laico, se asomó a la ventana. Vio con sorpresa y desagrado que un grupo de mujeres, portando cirios y camándulas, rezaba con fervor equívoco por el restablecimiento de su salud. Él no lo sabía, pero pudo imaginarlo: era Sixta Tulia la que había convocado a la cofradía de sus beatas, para que intercediesen ante la Divina Providencia por su plena recuperación. También ignoraba en ese instante que, a raíz de los sucesos acaecidos en el Congreso, se había difundido como reguero de pólvora la noticia de que el senador, el vicepresidente y ex presidente, había sufrido un colapso irreparable y que se temía por su vida. Y era cierto.

En una ciudad triste y acorralada casi siempre por esa llovizna sempiterna de difuntos, las pocas cosas que convocaban a las gentes eran los enfermos y los funerales. Por eso estaban allí, a la expectativa, fisgoneando y murmurando, no solo el coro de las beatas sino que igualmente habían venido hombres y mujeres de diversa condición social; hombres unos de ruana y otros de chaleco; mujeres, unas vestidas de zaraza y pañolón y calzadas de alpargatas, así como damas de prendas más distinguidas y protegidas con zapatos y sombrillas. Y había, era inevitable, profusión de mendigos harapientos que eran como plaga en Santafé. Y había mutilados de las pasadas y continuas guerras. Se veían muñones, rústicas muletas, heridas grotescas, abiertas y sanguinolentas, para suscitar la caridad.

Eso fue lo que vio el general al asomarse a la ventana: vio a su pueblo. Qué oscura y melancólica fue la contemplación de ese paisaje. Un paisaje humano promiscuo, encubierto por la sombra, embarrado, hambriento, herido, rezandero, presuntamente bien y mal vestido. "Sin embargo, este pueblo sabe amarme" —pensó con su corazón entumecido— y pedirá por mi salud y llorará mi muerte".

Sixta Tulia pronto regresó a la casa. Lo hizo en compañía, no del doctor Merizalde, que había salido a población vecina, sino del doctor

Eugenio Rampón, médico de origen francés llegado recientemente a Santafé, donde ejercía como profesor de medicina y era tenido por sus ingenuos pobladores como "toda una eminencia". El facultativo hizo una revisión más o menos minuciosa en el cuerpo del paciente. Hizo algunas preguntas e hizo también un gesto de irremediable desconsuelo. Después de una pausa breve de silencio, comentó con cierto desgano: "El hígado es un órgano en extremo delicado y traicionero". Recetó algunos fármacos caseros, más para inducir al sueño que para aplacar el desventurado hígado.

Sixta Tulia "metió la cucharada" y le rogó al facultativo que aconsejase al general que se privase de esfuerzo y preocupación alguna. Le narró precipitadamente la pretensión del paciente de presentarse dentro de dos días a un debate en el Congreso. "No es aconsejable que lo haga", insinuó tímidamente el profesor. "Necesita todo el descanso que le sea posible. La situación es preocupante, casi crítica, pues usted no es un enfermo imaginario como el de mi amado compatriota Molière, sino un enfermo muy réal". Agregó esas últimas frases como queriendo darle "gracia y tono" a la extraña situación.

Santander, que en verdad no era muy amigo del galeno, tal vez solo un conocido, mantenía con él distancia amable y cortesía de circunstancia. Respondióle que, sucediese lo que sucediese, iría al Senado y afrontaría el debate, pues consideraba que era un deber y un imperativo que le prescribía su propia conciencia. Quiso agregar que se trataba de una especie de cita con la historia, pero prefirió decir que se trataba de un compromiso con la democracia.

El médico Rampón se despidió con silenciosa cortesía. Le dijo que pronto volvería, que se tomase con juicio y cumplimiento lo recetado. Y a la manera de consejo, le comentó, sin que de ello se percatase Sixta Tulia: "General, haga usted lo que le dicte la conciencia, eso podrá ayudar un poco". Sixta Tulia acompañó al doctor hasta la puerta que daba hacia la calle. Allí, en el umbral, lo interrogó con desesperación y evidente nerviosismo : "¿Cómo lo encuentra?" "Doña Sixta" —le respondió con voz grave el médico— "usted que seguramente está más cerca del corazón de Dios de lo que puedo estarlo yo, ruegue por un milagro, pues la ciencia médica ya no tiene nada que decir en este caso". Sixta Tulia se desbarrancó por los despeñaderos de la perplejidad. Quiso llorar y no pudo. Subió jadeante por las escaleras, se proponía no desamparar a ese señor que era su marido.

9

Pero si el doctor Rampón sabía, y lo confirmó en su visita, que todo esfuerzo y toda sapiencia médica eran ya inútiles para enfrentar la enfermedad, mucho más y con más profunda certeza lo sabía y lo intuía el propio general Santander. Certeza e intuición que le nacían del alma y se las reconfirmaban sus dolores.

Loable y valerosa resultó en esos momentos su inquebrantable decisión de volver al Congreso y enfrentar el debate. Se dedicó en esos días a ordenar su mente y sus recuerdos, a revisar documentos, a cavilar sobre la mejor forma y el mejor estilo que convendría elegir para dirigirse a sus colegas y a esos miembros de la guacherna, que seguramente acudirían en masa para colmar las barras del Senado. ¿Convendría ser agresivo o persuasivo? ¿Convendría contraatacar y sacar él también a relucir los crímenes y las felonías de sus detractores, o convendría un análisis sereno y sosegado de los hechos que habían acontecido? ¿Convendría escribirlo o improvisarlo? ¿Sería conveniente, en esa que sería su última actuación en el Senado, hablar como hombre de partido o como personaje que había encarnado la representación de la majestad nacional? Todas estas preocupaciones lo acosaban. ¿Ser o no ser, o solo parecerlo? ¿Ser espontáneo y emocional, o ser frío y calculador? ¿Encubrir o descubrir la verdad sobre aquellos hechos pasados y terribles?

La preocupación sobre la forma y el estilo de lo que él calificaba de trascendental disertación le impedía concentrarse sobre lo que era la sustancia y el contenido de la misma. Y entretanto, las horas pasaban implacables, convertidas en afilada espada de Damocles que pendía

Pedro José Figueroa (atribuido). *General Santander*. Óleo sobre tela. Museo Nacional de Colombia.

amenazante sobre su atribulada cabeza. Afortunadamente, y a Dios gracias, el cólico le concedió una tregua, y el fármaco que producía ese sopor y esa somnolencia restauradora le permitió que esas cavilaciones no tuviesen el estropicio de lo dramático. Y afortunadamente también, Sixta Tulia, aturdida por sus propios desgarramientos, se había encerrado en un gran silencio, y por eso ni sus palabras ni sus desvelos interruptores vinieron a mortificarlo en esas horas de su gran reflexión. Para acrecentar su beneplácito espiritual, las niñas, las dos pequeñas niñas que eran sus hijas, se habían puesto como de acuerdo para no llorar ni gritar. ¿Sería que Sixta Tulia se las había llevado donde su hermana Josefa para evitarle mortificaciones? Estaba protegido y sentíase cómodo en ese silencio y, sobre todo, la maravillosa penumbra difundía sobre su espíritu un rumor seráfico que no era intimidante ni le regalaba angustia. A lo mejor la muerte era silencio perpetuo y misteriosa penumbra. ¿Por qué tenerle miedo? Lo malo era que estos pensamientos traviesos e inoportunos continuaban afectando su concentración y el discurso no avanzaba.

Afuera, en la ciudad triste y mojada por la lluvia, crecían las inquietudes y crecía la preocupación por el deterioro de su salud. Se habían multiplicado las consejas y las más diversas murmuraciones sobre los hechos que determinaron su agravamiento. Se comentaba con furia partidista que Borrero y los bolivarianos habían conducido, estaban conduciendo al sepulcro al Hombre de las Leyes. Más gente continuaba aglomerándose en las afueras de su casa. La cofradía de beatas se acrecentó y también los cirios y las camándulas y el murmullo casi macabro de esos rezos, de esas aleluyas y misereres y de esas invocaciones a las almas del purgatorio. Y en especial, los mendigos y los lisiados parecían haber tomado posesión de los lugares aledaños a su casa. De su agonía, lo que más le estaba irritando era esa pública y siniestra multitud de gente adicta a los velorios y a las novedades. Pensó que le diría a Sixta Tulia que hiciese todo lo posible para espantar a esa gente, que terminaría por espantarlo a él. Lo pensó, pero olvidó decírselo y por eso la multitud "crecería, como crecen las sombras cuando el sol declina". Y vigilaría su muerte a lo largo de esos treinta días, en los que el enfermo seguiría agonizando, hasta que llegase la hora de levantar anclas para jamás volver.

Qué cosas extrañas e inusuales estaban aconteciendo en la imaginación del general. En vez de pensar, recordaba. En vez de meditar, evocaba. Y esas emociones y aquellos recuerdos le llegaban como bandadas de imágenes difusas, que tal vez habían estado dormidas en algún lugar olvidado de su agitada memoria. Pero todo eso no le suscitaba pensamientos sino emociones trémulas y tiernas, que lo hacían querer llorar y no lloraba. ¿Y por qué tendría que sucederle aquello, justo en el momento en que anhelaba pensar en el discurso, pensar en su defensa? Tuvo que luchar contra ese tumulto de emociones que lo apartaban del objetivo prioritario. Era en extremo difícil esa lucha contra las emociones y contra esa algarabía de imágenes que brotaban del pasado. No quería verse rescatando los hechos brumosos de la infancia, ni ver, ni sentir la presencia perturbadora de su hermosa Nicolasa revolviendo en él deliciosas complacencias en la carne. No anhelaba reencontrarse con Bolívar, ni reconstruir la larga y tortuosa trayectoria de sus vidas. Solo quería en ese instante arrancarse del pasado. Solo quería presente puro, solo quería ser y estar en ese discurso donde dejaría su alma expuesta a las miradas de quienes deseasen saber quién había sido verdaderamente él, para que lo comprendiesen o, en su defecto, lo juzgasen.

Pocas fueron las personas que pudieron enterarse de que el general Santander se presentaría nuevamente ante el Senado para continuar el inconcluso debate. Es más, nadie imaginó que lo haría, pues lo habían visto derrumbarse, casi convertido en difunto, la tarde del 28 de marzo. Para sorpresa y casi para escándalo de no pocos, el jueves 31 de marzo, el senador don Pacho hizo su espectral aparición en la puerta de su casa y, apoyado en su pesado bastón, atravesó con paso firme y decidido, las calles que separaban su casa del Senado.

Aun cuando no fuese lógico suponerlo, el general Santander sentíase ligeramente eufórico. Esa sensación de haber triunfado por algunos breves instantes sobre sus duelos y quebrantos le transmitía ese tenue murmullo de alegría. "Cumplir el deber vivifica", decíase para sus adentros. Y esa alegría, también tenuemente, parecía reflejarse en su rostro, de sí ya algo ajado; le hacía ver el amarillento color matizado por un tono menos tétrico. Al levantarse temprano aquella mañana, había tenido pequeñas contrariedades que amenazaron con despojarlo de su precaria y fugaz alegría. Las contrariedades se presentaron cuando quiso tomar la decisión sobre el traje que iría a lucir en tan crucial reunión. Examinó varias alternativas. Primeramente lo tentó la posibilidad de engalanarse con su uniforme de general de división. No estaría mal para la ocasión. Su uniforme tenía algo de solemne y de intimidante. Reforzaría su nunca agotada vanidad. Ayudaría a rescatar sus formas, esas sí requeridas de resaltamiento, pues a lo largo de su cruel y penosa enfermedad habían sido arrasados por completo los aires de marcialidad o de elegancia que hubiesen podido existir en su figura. Y pensó que, de ponerse el uniforme, hasta luciría la espada, espada hermosa con no pocas joyas deslumbrantes, que le habían regalado en otra época, esa época que él denominaba de la gesta gloriosa y fundadora.

Pero su lucidez en esta ocasión fue en algo superior a su vanidad. Y le pasó como una ráfaga el alarmante pensamiento de que el ir vestido de militar en ocasión tan definitiva podría socavar su imagen de Hombre de las Leyes. Desechó, con arrogancia y un poco de tristeza, la posibilidad de lucir y de lucirse con el flamante uniforme de general granadino. Y además, ¿qué tal que hubiese una norma que prohibiese a los militares retirados usar prendas que eran solamente para miembros activos del ejército? ¿Qué tal que por el uniforme violase una ley frente al Congreso? Qué descalabro hubiese sido. Ni la posteridad ni sus enemigos le perdonarían jamás esa falta transgresora.

Resolvió entonces que el traje de civil era el atuendo conveniente para retirarse de la vida pública y de la vida toda. Se pondría su otro levitón color tabaco. Él amaba esa prenda, y el amor se lo demostraba usándola hasta el deterioro. Él, que en todo era circunspecto y contenido, y sobre todo en aquello de gastos innecesarios, cuando en París compró esa prenda, fue como si hubiese echado la casa por la ventana. Pero la había comprado por acicalar un poco su vanidad y por probar las mieles, para él ajenas, de la elegancia parisina y europea. Lo compró para ir a una fiesta a la que había sido invitado por los generales Herrán y Mosquera. Mosquera —decía él— era y sería siempre un incorregible adicto a eso de andar merodeando por palacios, donde hubiese condesas y marquesas. Lo recuerda como si fuese ayer. Fue en el año de 1831. No había sido muy agradable ese gesto de pagar tanto por un simple levitón, pero una vez, cuando creyó sentir la elegancia que le proporcionaba, justificó el gasto y el derroche. Si París bien vale una misa, él podría decir —con auténtico orgullo provinciano— París bien vale este gasto y este abrigo.

Tomada la decisión, comprobó que el viejo levitón exhibía la impiedad de algunas manchas. "Sixta olvida sus deberes conyugales", se dijo con austeridad, con rabia; y también pensó que el matrimonio, cuando corren los años, termina por debilitar la disciplina y los deberes. Se abotonó hasta el cuello la vetusta prenda y se lanzó a la calle... Y en la calle, por supuesto, llovía...

Para su propio asombro, sus pasos no fueron ni frágiles ni vacilantes. Tal vez la satisfacción de cumplir con el deber le rescataba energía a su cuerpo. Su aparición en el recinto del Senado tuvo algo de "aparición transfigurante". "Los muertos sí hablan", comentó alguien con sorna y algo de estupor. Amigos y enemigos guardaron respeto y compostura. La sobria y enferma figura del general se les impuso como una ejemplarizante lección de valor y gallardía. Sus íntimos, sus más íntimos y próximos correligionarios, juzgaron con admiración el gesto de ese hombre que, en el umbral de la muerte, presentábase ante ellos para defender con dignidad su causa. Nadie, ni la incierta y ambigua posteridad, pondría en duda ese acto de gallardía, de valor y de entereza.

Antes de pedir la palabra, embriagado por una emoción profunda que resaltaba en medio de ese silencio apaciguador de ánimos, saludó con gentileza y fina urbanidad a muchos de los presentes, a sus amigos y también a no pocos de sus enemigos. Al coronel Borrero le prodigó una mirada enigmática, una mirada que parecía provenir desde muy lejos. Borrero se estremeció y hubo de desviar sus ojos de los ojos de aquel hombre, que estaba ya muriéndose, o que a lo mejor ya estaba muerto.

El general se percató de que en ese intenso instante se jugaban muchas cosas. Imploró de nuevo al Supremo Arquitecto del Universo les concediese iluminación a sus palabras, ecuanimidad a sus juicios, moderación a sus pasiones. Seguramente el sublime y divino Arquitecto no le regateó esas gracias simples. Y el general comenzó su intervención con voz sonora, dicción clara y rítmica. Sus palabras se oyeron con respeto, sin duda el aleteo de su próxima y perceptible muerte las preñaron de cierta resonancia respetable.

Decidió no leer las notas que había garrapateado con su letra diminuta y enmarañada, esa letra con la cual aprendió a escribir en lastimera caligrafía, en la escuela regentada por la maestra Chávez. Improvisaría. E improvisó. Nadie dejó de notarlo. Y esto ayudó a que se desataran algunas simpatías y algunas complacencias hacia la figura del general enfermo. Así fue su comienzo:

> Navegaba el respetable general Jackson por uno de los ríos de los Estados Unidos, y de improviso uno de los pasajeros se acercó a él y le dio una bofetada; el general guardó silencio y reservó a la opinión pública hiciese justicia al estado inofensivo del paciente y a la alevosía del ofensor.

Terminando de expresar esta parrafada, hizo una pausa... larga y deliberada. Se proponía medir el impacto que lo expresado había causado en la expectante audiencia. Durante la pausa, y para su irritación, lo acosó de nuevo el sudor que le empapó la frente. Hubo de buscar entre los bolsillos de su abrigo algún pañuelo para enjuagarlo. ¡Y oh desagradable sorpresa! Se encontró de nuevo con el burdo y sucio pañuelo que había usado en la sesión pasada del Congreso: el pañuelo rojo. Parecióle que esa prenda, de fabricación nacional, arrojaba contrastante infamia sobre el abrigo parisino. Por un momento —mientras refunfuñaba por la negligencia de Sixta Tulia— titubeó entre usarlo o no usarlo. Pero era inexorable. Tuvo que usar el grasiento pañuelo para mitigar los torrentes de pegajoso sudor que desde la frente habían ya pasado al rostro.

Todos notaron y vieron el sudor y, sobre todo, vieron el pañuelo; ese pañuelo boyacense, áspero; esa prenda de irrisorio precio que él, para ahorrar, había comprado tiempo atrás en una de las tiendas de la Calle Real. Nunca dijo que era para ahorrar, solo para estimular la naciente industria nacional.

Pero pasó la pausa, así como la crisis abominable del *mouchoir* y del sudor. Y el general Santander, habiendo visto que era grande y poderoso el impacto que habían provocado sus palabras, y habiéndose percatado de que el gran silencio habíase amplificado entre la muda y absorta concurrencia, continuó con estimulante calma los desarrollos de su discurso. Acto seguido, arrancó con una disgresión entre jurídica y política sobre el indulto y la amnistía. Defendió el proyecto. Anotó: "El honor y la reputación del gobierno y del país están pendientes del exacto cumplimiento de los indultos concedidos: No se olvide que toda pérdida en punto de honor y de reputación es irreparable".

Aquí apeló nuevamente al recurso de la pausa, y en ella pudo percatarse de que el favorable impacto inicial de sus palabras estaba desvaneciéndose. Que el silencio se deterioraba. Que algunos asistentes y congresistas ya susurraban y murmuraban. Pero continuó hablando. Ahora habló de los eventos acontecidos en Pasto y en Timbío. Habló de batallas. De Buesaco, del general Herrán. Su voz perdió entonación y en su ademán se eclipsó la gracia. Afortunadamente el sudor ya no lo acosaba. Y continuó hablando, ahora de Roma, del senador Menenio, de sediciones aplacadas... Mientras hablaba logró percibir que la audiencia empezaba a fatigarse. Trató de darle otro giro a su perorata, pero no encontraba la forma de lograrlo. Continuó hablando. Pasó a las referencias de sus propios actos pretéritos: "Permítaseme citar hechos particulares que comprueban que no he sido yo tan severo como generalmente se ha creído, ni perseguidor, ni vengativo como se me suele pintar...".

Desvirtuó, o creyó haber desvirtuado, acusaciones sobre su pasado, asuntos en los que alegó ser siempre inocente. Volvió a subir el tono, y trató de ensayar además arrogante cuando afirmó que un juicio imparcial y exacto de su pasada administración no se podía formular en épocas en que predominasen las pasiones, los resentimientos, los odios y las animosidades. Y agregó otras cosas sobre tales asuntos.

Se dio cuenta de que ya era necesario terminar su intervención y empezó a tratar de hacerlo. Dijo que de ninguna manera simpatizaba con las revoluciones: "Yo, bien sea por carácter, genio, pusilanimidad, o cualquiera otra causa, no comulgo con revoluciones". Y ya para concluir, agregó que por tener ahora familia e hijos, comodidades y, sobre todo, el honor adquirido en una larga carrera pública, quería repetirlo de forma solemne y pública: "Yo abomino de las revoluciones".

Por un fugaz instante, quiso terminar allí. Dejar las cosas de ese tamaño. Convertirse en el Jackson granadino. Mostrar su estado inofensivo para resaltar la alevosía del ofensor. Pero no pudo contenerse ni evitar hacer referencia a las imputaciones que le habían hecho. Aunque no se explotó del todo su sangre motilona y, a pesar de estar enfermo y demacrado, creyó que era deber recoger el guante que le habían lanzado. Sacó energía y aliento de sus dolientes ruinas y se dispuso a responderle al coronel José Eusebio Borrero.

"Nunca me aguardaba yo oír en este lugar acusaciones enigmáticas procedentes de la boca de uno de los secretarios de Estado". Dijo, mirando a su acusador, que ojalá él no tuviera que llorar en el futuro por esas acusaciones que le había hecho. Prosiguió diciéndole que por qué solo ahora sacaba a relucirle esos presumibles y aborrecibles crímenes y no lo había hecho antes, cuando ocupó una silla en el Senado. Le dijo que su silencio en esa época había sido para él garantía de su inocencia. Agregó que quería repetirlo solemnemente que en la muerte del señor París, él era absolutamente inculpable. Que respecto a la muerte del general Sardá, nadie había mandado a dar muerte a ese general donde se lo encontrase; que lo que se había mandado era aprehenderlo a todo trance, como a un condenado judicialmente a muerte; y que la muerte del reo fue efecto de imperiosas circunstancias que no pudieron evitarse. Después citó a un historiador para fortalecer sus argumentos, hasta que por fin logró terminar sin pena y sin gloria su frágil e inconsistente defensa.

Esa fue la defensa y la narración encubridora y acomodaticia que hizo el general Santander de aquellos hechos delictivos, que lo incriminaban de manera directa y sobre los cuales abundan imparciales y veraces testimonios históricos. "Cada cual narra la procesión según le vaya en ella", dice el viejo refrán. Lo que sucedió había sido muy distinto. Por eso era equívoca, dolorosa y mentirosa la despedida política que hizo aquella tarde gris el enfermo general. No había en ello ninguna grandeza, solo precarias falacias argumentales que no pudieron justificar delitos siniestros y repugnantes.

Hasta allí logró decir, y en ese allí se le quebró la voz. El sudor volvió a torrentes a brotarle por todas las partes de su cuerpo. El cólico rugió con furia inusitada desde el fondo de sus lastimadas vísceras. Le faltó el aire. Nublóse su mirada. Otra vez esa sensación gélida abrazándose a su cuerpo. Sintió que se desvanecía, que se le iba el alma, llevándose todas sus fuerzas y energías. Antes de hundirse en el desvanecimiento, alcanzó a ver, sobre la mesita del frente, su pañuelo rojo. Intentó agarrarlo... no pudo... se había desvanecido.

Y otra vez sus amigos, incrédulos, desconcertados y abrumados por este nuevo episodio, tuvieron que recogerlo, reanimarlo con aromática sal que alguien previsivo guardaba para urgencias. A todos parecía imposible que solo en dos días se hubiese repetido la lastimera ceremonia de llevar en silla de mimbre al general Francisco de Paula Santander y Omaña desde el recinto del Senado hasta su espaciosa casa. Allí Sixta Tulia tendría que cuidarlo y ojalá esta vez tuviese más esmero en lavarle sus pañuelos.

Esa fue la última ceremonia que representó el supuesto fundador del civilismo y la nacionalidad colombiana, antes de entrar a los laberintos de la muerte. A partir de aquel instante comenzó, y duraría treinta y seis largos y angustiosos días, su última penumbra. Moriría el 6 de mayo, a las seis y treinta y dos minutos de la tarde, de un día con lluvia... por supuesto.

En ese breve tiempo, el general Santander recordaría... volvería a vivir, con emoción intensa y exaltada, muchos episodios de su pasada vida.

Cuando Sixta Tulia vio repetirse la perturbadora escena que solo dos días atrás había vivido y padecido, pensó que se trataba de alguna argucia confundidora del demonio. Estaba en el balcón de la casa, cuando vio venir al general transportado en silla y —al verlo allí postrado— solo atinó a repetir los consabidos tres Jesuses, y quedó como hundida en la impenetrable materia del asombro. Bajó presurosa las largas escaleras, salió a la Calle Real, corrió hacia el esposo quebrantado y no supo qué decirle. Solo se le ocurrió abrazarlo con manos nerviosas y quedó petrificada ante el amarillento rostro... Estaba intensamente frío.

Entre los colegas senadores del general que ayudaron a transportarlo hasta su casa, estaban Soto y Azuero y también estaba el veleidoso Florentino González. Subieron con él las escaleras, y nuevamente lo depositaron, con respeto, sobre el enorme lecho de caoba oscura, ese lecho donde solo muy pocas semanas antes, el general había amado con pasión mermada y vacilante, a esa mujer extraña y definitivamente desconcertante que era doña Sixta Pontón, su legítima esposa, pero persona que nunca fue ni el único ni el verdadero amor de su vida.

Pasados algunos minutos, pudo percatarse débilmente de que estaba otra vez en su casa, en su alcoba, en la tibia y protectora penumbra; que estaba también con Sixta Tulia, que con ojos abiertos vigilaba su desmayo. Se sintió doblemente protegido y se quedó dormido. Pero los sueños, si es que los tuvo aquella tarde, se le perdieron en los pantanos abisales del olvido.

10

A partir de la segunda y fulminante recaída del general, Sixta Tulia desplegó nueva y minuciosa estrategia para hacer frente a las muchas exigencias que imponía la calamitosa situación. Afortunadamente tenían recursos y personal para la emergencia. Tres "sirvientas" y dos criados. Las sirvientas se las había "domesticado", con férrea disciplina, su cuñada Josefa y trabajaban en la casa desde que se inició el tardío matrimonio, ese que Sixta Tulia y Francisco de Paula habían contraído solo cuatro años atrás. Los dos criados los mantenía a su servicio el general desde los tiempos lejanos de la vicepresidencia. Eran como parte esencial y entrañable de su vida. A ellos los había llevado a su exilio; ellos conocían y compartían muchos de sus secretos, de sus mañas (oh, mañas), de sus resabios y de sus gustos, que en verdad eran simples y "republicanos", pues nunca tuvieron esplendor sibarítico, ya que el ahorro y la circunspección en gastos eran las virtudes más sobresalientes y cultivadas que distinguían al general. En este trance, Sixta Tulia lamentó que, al regreso de su exilio, el general hubiese concedido la manumisión a un negrito esclavo; ese negrito que, de forma incomprensible, él había llevado a su periplo europeo. ¿Pues cómo podía entenderse que el héroe fundador de una democracia y de una república liberal anduviese de paseo con un esclavo en ese mundo civilizado?

Pero aun así, sin esclavos, pensó Sixta Tulia que podía capear y hacer frente a la calamidad que les estaba enviando el Cielo. Dispuso entonces que uno de los sirvientes y una de las sirvientas no dormirían de noche, pues las enfermedades por lo general son desconsideradas y como más amantes de las nocturnas e indeseables visitas. Dispuso que el cochero y el lánguido caballo tendrían que estar disponibles, en lo posible, durante las veinticuatro horas del día. De los tres coches que existían en la mugrienta y enlodada Santafé, uno era el del general. Ordenó también que los criados vistiesen uniforme. El general en Europa había visto que los criados lo usaban y que esto reforzaba el tono y el estilo, y sobre todo la importancia y la distincion de las familias; había introducido esa novedad en las costumbres, y Sixta Tulia la había acogido complacida. Esa costumbre causó admiración y seguramente no pocas envidias entre los deshilachados lanudos que nacían, vegetaban y se morían sin brillo en la nada elegante capital de la república.

Tomó igualmente la decisión, sabia y precavida, de mandar a comprar toda la existencia que hubiese en las boticas de ese fármaco opiáceo, con el cual el general mitigaba los dolores devastadores de su recurrente cólico hepático. Ordenó de igual manera se comprasen muchísimas palmatorias y muchísimos cirios para que la batalla contra las tinieblas no los cogiese de sorpresa. Dispuso que se trajesen víveres en abundancia, y algunas botellas del licor más fino que pudiese conseguirse, para atender a las numerosas visitas distinguidas, que seguramente vendrían para acompañar "la agonía del difunto".

Afortunadamente —reflexionaba para sí misma Sixta Tulia— esta casa es grande y espaciosa, y qué privilegio que esté situada en la Calle Real. Y además, era casa bien socorrida de recursos y dotada de algunas comodidades, pues su esposo, en gasto y gesto —por lo demás inusual y estrafalario en él—, cuando se celebró su matrimonio la había dotado de artículos importados y suntuarios, que un amigo le había despachado de los Estados Unidos. Había muchas lámparas y alfombras para su ornamento y estaban los diversos objetos que había traído de la lejana Europa, una vez concluyeron los padecimientos de su exilio. Entre estos, una mesa de billar, de retorcidas patas en bronce con garras de león. El general siempre había sido adicto compulsivo al juego; al de cartas, en especial. Jugó tresillo y ropilla como un endemoniado. Hasta con su Excelencia el Libertador jugó tresillo, y más le valiera no haber jugado, pues en una partida en Hato Grande, Bolívar le había esputado, sin miramiento alguno: "Por fin me está tocando algo del empréstito inglés". Y esa envenenada frase había sido como violenta puñalada, que seguramente había influido en el deterioro de su vida.

También gustaba de jugar billar. Se hizo un virtuoso de este juego casi desconocido en la Nueva Granada, pues en este juego todo movimiento debe ser fríamente calculado para producir un efecto. En este juego hay que saber poner la fuerza y el golpe en el lugar y tiempo correspondientes. Al general parecíale que este juego era una metáfora del maquiavelismo, y por eso gustaba de él hasta el deleite.

También había libros varios y costosos, traídos del exilio. Libros finamente encuadernados. La *Enciclopedia Británica*; la obra toda de Voltaire; la de Betham, autografiada por el autor, pues Santander se enorgullecía de mantener amistad estrecha y personal con el filósofo; libros de derecho y de esas doctrinas tediosas y estériles sobre el universo de la jurisprudencia, que eran sus libros favoritos, los que lo remontaban al más puro éxtasis intelectual.

En fin, haciendo lo que pudo, Sixta Tulia se dispuso, con decoro y eficiencia, a dirigir todos los asuntos para afrontar los imprevistos que podrían surgir en la agonía de su esposo. No estaba ni desvelada ni anonadada por la embestida de la fatalidad. Quedar viuda —no le cabía la menor duda de que quedaría viuda muy pronto— no la derrotaba ni la hacía rodar por los abismos de la desesperación, pues ella más que nadie sabía que su vocación íntima y verdadera estaba más bien orientada al servicio de Dios y de la pedagogía, y que su matrimonio a lo mejor solo había sido un atajo para volver a ella. Si quedase viuda, si fuese liberada del piadoso deber de atender a un general hepático y bilioso, dedicaría sus fuerzas a la salvación de su alma y al servicio de Dios.

También tomó como medida de precaución hacer una lista exhaustiva de todos los médicos que existían y ejercían su profesión en Santafé de Bogotá. Les transmitió esa información a todos los sirvientes, indicándoles de manera precisa dónde quedaban las residencias de aquellos galenos. Gracias a Dios, no era muy extensa esa lista de facultativos y, para mayor fortuna, eran casi todos conocidos de la familia. Estaban allí Antonio María Fortul, pariente cercano del enfermo; el doctor Merizalde; el ya nombrado Eugenio Rampón; el doctor Ricardo Cheyne; a éste no lo tachó de la lista, a pesar de haber sido amigo de Bolívar y de esa mujerzuela siniestra llamada Manuelita Saénz, esa perdida... esa barragana. También en la lista incluyó al doctor Hipólito Villaret, a José Ignacio Quevedo y a otros más.

11

Posterior a su desvanecimiento, él ya no quiso recordar esa sesión tormentosa donde se había iniciado el tiempo desolador de su agonía. Y no era porque su memoria se hubiese debilitado, sino que había entrado en la confusión y en el delirio. Era solo como si se le hubiese extraviado y lo invitase a un juego.

En la primera noche, y ya bajo los efluvios de su fármaco que le prodigaba placenteras sensaciones en donde no había dolor ni había sueño profundo, sino percepción de irrealidad y como imaginaria posibilidad de creer que el espíritu flota libre e irreponsablemente desligado de las incómodas ataduras de la carne, el general comenzó por evocar su infancia; se entregó a cosechar recuerdos antiguos y borrosos que no gustaba de evocar en los tiempos rutinarios de la normalidad y la salud.

Pero ahora estaba viendo, y a lo mejor sintiendo, su infancia como agrupada y condensada en un tiempo unificado, como si se tratase de un bloque compacto de emociones. Volvía a ver a sus padres, a sus condiscípulos y amigos. Volvía a ver su casa; la casa es lo que más le agrada de esa infancia ya perdida. Esa casa volvía con todos sus rincones y todos sus olores, y era tan viva y tan nítida su presencia, que hasta llegó a imaginar que aún estaba en ella y que el tiempo del ahora solo era una trampa ilusoria que no estaba aconteciendo, que tal vez nunca había acontecido. Sí, lo vio todo. Volvió a revivir todo ese pretérito carcomido y cercado por olvidos y, a pesar de que lo emocionaba y lo enternecía, provocábale ambigüedad y desconcierto.

Tal vez en el fondo —y le dolía reconocerlo— él no amaba su infancia. En estricta verdad, ese tiempo le dolía y lo asustaba. Nunca pudo imaginar que esa infancia suya había sido paraíso, ni época maravillosamente irresponsable para alimentarle los recuerdos, para evocarle magias con las que pudo ser feliz. Su infancia, campesina, rudimentaria y dura, fue más bien un paisaje sin colores. No era propiamente que hubiese sido una infancia flagelada por el rigor de la miseria, pero sí torturada por el rigor de las costumbres bárbaras que impone la ignorancia. Su padre, un señor severo, intransigente y falsamente moralista, nunca le negó el látigo que imprime disciplina, pero sí le negó el cariño comprensivo que hace proclive el alma de los niños a los goces afables y a las cosas hermosas de la vida.

Llamábase su progenitor Juan Agustín Santander Colmenares. Había contraído nupcias a la edad de cuarenta y tres años, con Manuela Antonia de Omaña y Rodríguez; ella frisaba la edad de los veinte años, no obstante ser ya viuda. Ambos eran viudos, pues el susodicho Juan Agustín no solo era viudo una vez sino que lo era dos. Había tenido un primer matrimonio con Paula Petronila de Vargas, con quien procreó cuatro hijos. Fallecida la dicha Petronila, se apresuró a contraer nuevo enlace con Justa Rufina Ferreira, con la que tuvo dos hijos. La Providencia —así se decía— determinó que fallecieran prematuramente. Rufina no tardó mucho tiempo en ser difunta. Habiendo enviudado por segunda vez, don Juan Agustín, que al parecer abominaba de la soledad que regala la viudez, no demoró en solicitar en matrimonio a esa joven que también era viuda, la señora Omaña y Rodríguez, madre que sería del general.

Su padre —y es como si lo estuviese viendo— es hombre de complexión robusta. Hombre de buenos músculos y de reconocible fuerza bruta, atributos provenientes ambos del duro y agotador trabajo que impone laborar la tierra. Buena parte de su vida ha sido entregada a las faenas agrícolas. Es campesino, rústico, desconocedor de los modales, de las delicadezas y de las sensiblerías que usualmente parecen derivarse de trabajos menos fuertes. Pero a pesar de estas condiciones, que podrían ser juzgadas un tanto incompatibles, Juan Agustín Santander, en el año de 1790, había sido nombrado por el virrey José de Espeleta gobernador de la provincia de San Faustino de los Ríos.

Con carga y genética burocrática vendría al mundo el general Santander. La dicha provincia de San Faustino de los Ríos estaba, cual diminuta ínsula colonial, situada en la parte oriental del río Táchira, lugar habitado por los indios Chinatos, que no necesitaban para ser sometidos y gobernados de ningún letrado, sino de hombres rudos que manejasen con virtuosismo el látigo y conociesen las enseñanzas del sagrado catecismo. En tiempos de Colonia, gobernar solía ser blandir el látigo y recitar los mandamientos de la Iglesia. Cuando Juan Agustín tomó posesión del anodino cargo, "encontró que la región de su mandato había venido muy a menos". Así lo consignó en una biografía apologética una historiadora, pariente del general Santander. Ser gobernador aumentó en algo los caudales de la familia y en algo aumentó el prestigio frente a sus coterráneos; ese prestigio que era lo más deseado en aquellos tiempos discriminantes de la Colonia.

Del matrimonio de la pareja doblemente viuda, nacieron cuatro hijos: los dos mayores, Pedro José y Josefa Teresa, fallecieron en edad temprana, casi infantes. El tercer hijo de esta unión fue Francisco de Paula. Vio la luz primera en la Villa del Rosario de Cúcuta, el 2 de abril de 1792. Nació entonces bajo los efluvios del signo de Aries, que le proyectaría destellos problemáticos y azarosos a su embrollada personalidad. Temiendo sus padres que este tercero, por designios perversos de la Providencia, falleciese prematuramente igual que los otros, dispusieron que su bautizo se efectuase el 13 de abril. Si muriese, no iría al limbo; iría derecho al Cielo para sentarse y disfrutar de la presencia de Dios. El presbítero Manuel Francisco de Lara ofició la ceremonia: "Baptisé y puse óleo y chrisma a un párvulo nombrado Josef de Paula... "Josef, por San José, el esposo carpintero de María, mas no el progenitor del buen Jesús. Y Francisco de Paula, por el extraño ermitaño fundador de la Orden de los Mínimos. ¡Qué curiosa simbología! Al general se le bautizaba con el nombre de quien fundó la Orden de los Mínimos, esa orden mendicante fundada en Italia por San Francisco de Paula.

De todo esto, el general, como es obvio, no tiene memoria. Solo de oídas, pues se lo han referido muchas veces. Cuando pasaron los años, se le antojó curioso eso de tener como santo patrón al fundador de la Orden de los Mínimos.

De lo que sí tiene memoria es de la casa donde empezó a vivir. Casa de muros de tapia, teja de barro y complementada con altillo. Al lado de esa casa, una tapia que está al final de la calle sirve de lindero a una plantación de cacao. Qué ironía —pensaría años después el general—, nací bajo el rumor de un cacaotal y el delicioso chocolate (que es afrodisíaco) no lo puede soportar mi desvencijado hígado. Esa casa sería descrita por un viajero tomador de notas y aficionado a reflexiones, don Manuel Ancízar, de la siguiente forma:

> Casa de tapia y teja, con claras señales de antigüedad en su construcción mezquina y del color del techo. Pasando el corredor donde concluye la escalera de un cuarto alto, se entra a la sala, cuadrada y húmeda, siguiéndose el espacioso dormitorio que viene a quedar debajo de un cuarto alto, también húmedo.

Allí había nacido y había sido engendrado el prócer, en cuarto húmedo, en casa de construcción mezquina, en alcoba acosada por penumbras.

Después de recibir crisma y óleo, el infante fue traído de nuevo a aquella casa y empezó a crecer arrullado con el rumor del cacaotal, y de otros muchos árboles que también había, y bajo la protección y el amor severo de su madre. No era hombre de fortuna acrecentada el buen Juan Agustín, como les ha dado por decir a algunos; solo de buen pasar y de comodidad menguada. Y había en casa también una nodriza: Bárbara Albarracín llamábase ella, antigua criada de la casa, a quien don Juan Agustín Santander legó en su testamento un pedacillo de tierra a orillas de un camino, en gracia a los varios servicios prestados.

No eran pues ricos ni ostentosos terratenientes, ni dueños de extensas o numerosas propiedades, ni amos de innumerables esclavos, los padres del general Santander, como también insisten en decirlo algunos, para tratar de igualarlo y compararlo hasta en esto con el general Bolívar. Era hombre e hijo de clase media, rural y no muy acomodada. Clase temerosa, amante fetichista de la seguridad, abominadora de trastornos y revoluciones, secular despreciadora de lo que tenga música de cambio. Clase timorata, acosada por la incertidumbre. Clase fronteriza y de moral ambigua, que así como anhela subir, tiene miedo de bajar en las escalas sociales. Clase advenediza, tatuada por la moral y las dudas políticas. Veleidosa, voluble, que aceptaría las revoluciones y los trastornos solo y cuando les sirviesen a sus pequeños intereses, si les sirviesen para pescar en río revuelto. Clase que suele amar hasta el sacrificio el poder vigente, si éste garantiza y salvaguarda los pocos privilegios que detenta.

Especie de "clase mestiza" era la parentela del general Santander, desde que nació hasta que hubo de morir. Y de hecho, mestizos también eran él y su familia. Por eso nacieron y vivieron condenados a la ambigüedad, pues no eran ni del todo blancos ni eran indios; no tenían un lugar definido en la estructura social, ni tampoco lo tenían en el orden moral ni en el orden político. De allí se alimentaba su perpetua inseguridad, su perpetua y angustiosa inestabilidad en casi todo. Amar y creer en lo español, o amar y creer en lo que estaba naciendo y que parecía ser lo propio, fue el dilema que llenó de interrogantes el vaivén de su existencia social.

Dentro de pocos años, lo viviría y padecería en carne y sueño propios el mismísimo general Francisco de Paula Santander y Omaña. Un escoger entre la lealtad o la traición. Una clase y una moral susceptibles de engendrar frailes o escribanos, rábulas o burócratas, abogadillos tramposos y simuladores, funcionarios sumisos y obsecuentes; pero difícilmente una clase —por razones quizá de genética cultural y social— capaz de producir héroes auténticos, hombres máximos, con capacidad y dignidad para fundar y orientar naciones, pues cosa bien profunda y bien compleja es un héroe. A propóstio, ¿no había escrito o dicho alguna vez el general Bolívar que Santander era un hombre que tenía espíritu de fraile en cuerpo de escribano?

12

Cuando en ese sueño sonámbulo e inquieto, el general se interroga si fue o no fue feliz en esa infancia lejana, se responde en forma contundente: ¡No! Claro que recuerda con amable complacencia la figura callada y protectora de su madre. ¿Amó a su madre? ¿Lo quiso ella a él? No sabría qué decir; la recuerda y punto. Es una especie de recuerdo sin comentarios y sin sensiblería.

Su padre, es decir, el recuerdo de su padre, lo intimida. Esa rusticidad adusta y manifiesta con la cual siempre le dio consejos, que eran mucho más órdenes inapelables: hay que trabajar, hay que acostarse temprano y, sobre todas las cosas, hay que ahorrar, hay que ahorrar siempre, nunca malgastar. Un futuro seguro se prepara desde la infancia. Estas son las letanías, la eterna y agresiva cantaleta con la cual reconstruye la imagen deteriorada de ese padre gruñón y nunca cariñoso. Definitivamente no lo quiere y no lo quiso, a pesar de que esas máximas y esos consejos se le hayan quedado grabados como con buril en las canteras de su corazón bastante duro. Ahorrar, ahorrar, nunca malgastar. Disciplina y trabajo. ¿Por qué su padre nunca le leyó cuentos de hadas? ¿Sería que en ese tiempo no existían las hadas? ¿Por qué será que su imaginación de niño nunca tomó vuelo, y por qué aceptó que era mejor ahorrar y trabajar y nunca soñar o divagar?

De la infancia también recuerda —y éste sí que es un buen recuerdo— un caballo que le obsequió un pariente cuando cumplió once años. En un acto exigente para su imaginación, lo llamó Clavijero; se le antojó sonoro y casi soberbio ese nombre que él no sabía exactamente qué significaba. Alazán y de buen porte era el buen caballo. No de paso fino, pero sí de trote suave, como para pasear hasta bien lejos. Aprendió a montar desde esa edad temprana, le gustaba en grado sumo. Lo hacía con gracia y con arrojo. Contraviniendo las órdenes del padre, solía escaparse con frecuencia; y niño y cabalgadura recorrían y exploraban caminos lejanos y distantes de la casa. Esta, sin duda, fue la parte maravillosa de esos años. Cómo gozaron sus secretas fibras con ese andar despreocupado entre montes y cañadas. A su caballo —nunca tuvo dudas— lo amaba y lo amaba con pasión sincera. Y tal vez por haber amado a su caballo, se inclinó años más tarde a seguir la carrera de las armas, pues allí viviría entre el gratificante olor de los equinos.

Rescata y recuerda también de esa lejana infancia las voces y los rostros de sus primos. Los Fortul, los Fernández y las Fernández; por los Omaña había poca parentela. Aprendió a jugar, aunque no a reír con ellos. Jugaba muchos juegos, en especial los días de fiesta, que eran innumerables. Cosa extraña, ya desde esa edad sus primos decíanle "don Pacho". ¿Sería por no reír? ¿Por no haber tenido de niño nunca nada?... Él nunca pudo esclarecer de dónde provenía ese apodo, ese remoquete extraño para un niño.

De su infancia no recuerda, y no quiere recordarla nunca, a su primera maestra, esa doña Bárbara Josefa Chávez, quien le inculcó y le hizo aprender la lastimera y horrorosa caligrafía que ahora usa, esa caligrafía aprendida a reglazos y con palabrotas gruesas. Esa señora también hubo de enseñarle refranes, letanías y la hermosa explosión de las vocales. Era dama histérica y mandona, solterona mal amada, por supuesto, tan fea como sus cólicos y no carente de bienes de fortuna. Se le figura ver su rostro ceñudo y atravesado de arrugas prematuras y agresivas. Le provocó miedo a Francisco de Paula, desde el primer día en que asomó a la escuela. A veces siente que ese miedo todavía lo mantiene vivo en su conciencia.

La escuela fue infierno y purgatorio. Quizá por eso, los amables libros no fueron sus amigos ni sus sabios consejeros en los primeros años. Después leería un poco, por el influjo de maestros menos torpes y por el influjo de amigos que eran casuísticos y abogados teologales.

13

La primera noche de la agonía no fue tan demoledora ni tan amarga para el general Santander. Lo fue mucho más para Sixta Tulia y los varios amigos que se quedaron para acompañarla y para ayudar a velar el sueño del enfermo. Tal vez la tensión y la fatiga, y muy en especial el consabido fármaco, provocaron en él ese estado de seminconsciencia placentera que permite ese límite entre turbio y borroso, entre la vigilia y el sueño propiamente dicho, donde se recuerdan con viva intensidad, pero de manera fragmentaria, los episodios del pasado. Para él había sido estimulante esa aventura recordatoria. Ese volver con espíritu inseguro a los eventos perdidos de la infancia. Ese recordar los rostros lejanos de sus padres y de algunos de sus amigos, algunos ya difuntos. Ese volver a haber mirado su casa, sus tapias, su umbroso cacaotal y las noches perdidas con estrellas.

Despertó en hora que no supo precisar, pero las del alba serían; sintióse conmovido, empapado y envuelto en una sensación que tenía el inconfundible olor de la nostalgia, tal vez de la ternura. Comprobó que había llorado; él, que nunca ha sido hombre de lágrima fácil; él, que tantas veces ha sido tildado de crueldad y hasta de crueldad desmesurada. Algo profundo entonces, y muy definitivo, estaba aconteciéndole en los recodos secretos del espíritu. ¿Sería que la enfermedad del hígado se le estaba desparramando por el alma? Lo ignoraba. Solo sabía que estaba débil y que sentíase urgido de algún afecto humano. Con extrema dificultad quiso incorporarse dentro de los muchos y grandes almohadones. Le dolieron los huesos, le dolieron como todas las partes de su cuerpo, y pensó que era conveniente solicitarle ayuda a Sixta Tulia. Con un sentimiento poco común de consideración con las personas que lo han rodeado y que lo atienden, desistió de ese llamado y prefirió permanecer allí, quieto y en silencio, esperando que las horas transcurriesen... Ya aparecería alguien para socorrerlo.

El silencio lo induce a cavilaciones. ¿Será que empezar a morir es también empezar verdaderamente a recordar? Anhela continuar en sus recuerdos, recordar los hechos de esa infancia que acontecieron en sus sueños. ¿Se podrá establecer un puente entre lo que es recordado en la ilusión de un sueño y lo que puede recordarse bajo la luz despiadada que ilumina las vigilias? No quiere que se rompa esa tibia continuidad entre el sueño ya ido y la vigilia que ha llegado. Quiere que el frágil hilo que comunica la vigilia con el sueño no se rompa; quiere que se siga tejiendo la confusa tela donde se plasman los hechos vividos como sueño y los hechos que siguen sucediendo cuando los sueños se terminan. Y, oh maravilloso y tibio milagro que se despliega simple ante sus ojos: vuelve a recordar, vuelve a los hilos rotos de la infancia y está despierto ahora.

Un día, y todo fue tan imprevisto, padre y madre —como en tácito y ceñudo acuerdo— le comunican con solemnidad que han decidido enviarlo a Santafé de Bogotá para que adelante en sus estudios. Quedó virtualmente anonadado y en el primer momento no entendió qué podía significar lo que aquello implicaba. ¿Y podré llevar a mi caballo Clavijero? ¿Y esa ciudad es bonita, o hace sol en ella? Con esas preguntas vacilantes quiere defenderse de esa posibilidad que cae sobre su alma y se la aplasta. Padre y madre, cada uno por su cuenta, y a veces al unísono, comienzan a contarle las cosas que hay detrás de aquella insólita propuesta.

Empieza a hablar su madre, casi en tono de conmovida beatitud. Habla del hermano de ella, del tío que Francisco de Paula por supuesto no conoce. Es decir, del venerable canónigo; nada menos que el presbítero Nicolás Mauricio de Omaña, un letrado y sabio varón. Un hombre de sapiencia y sabiduría extraordinarias. Un amigo de papas y de cardenales. Un eximio hijo de la santa madre Iglesia, que oficia misa en la catedral metropolitana. Todo un apóstol de bondad y desprendimiento. Un hombre amado y reverenciado por todos en la lejana capital.

Su madre, sencilla y campechana, que no suele hacer alarde de nada casi nunca, se inflama sin embargo hablando con arrobo del ilustre prelado que es su hermano. Su padre está en silencio, silencio acatador, donde escucha con reverencia suma ese historial de gloria y de sapiencia que parece exaltar casi hasta el umbral de lo divino las prendas que ornamentan la figura esclarecida de ese señor que es su cuñado. Se siente pletórico de orgullo, de en buena hora haber contraído matrimonio con alguien de esa familia que le transmite ese prestigio purpurado. Para él —no tiene duda— Nicolás Mauricio de Omaña, su cuñado, va con paso apresurado a conquistar la mitra; después vendrá el capello de cardenal. ¿Y después, por qué no imaginarlo, no sería posible que viniese el báculo dorado de San Pedro en Roma? Qué orgulloso se siente de haberse casado con esa señora que es la hermana de Nicolás Mauricio.

Su madre, usualmente poco expresiva y poco comunicadora de noticias y novedades, semeja ahora un torrente, una catarata incontenible narrando sucesos y noticias, que el pobre párvulo de Francisco de Paula desconoce. Él solo escucha aturdido, arrasado por esas crónicas casi fabulosas. Cuenta ella que su hermano es hombre culto, cultísimo. Que vive en el Colegio Real Seminario de San Bartolomé. Que es hombre de buenos y distinguidísimos modales. Hace énfasis en esto, tal vez para que su rústico marido tome nota. Agrega que es bachiller en derecho civil y doctor en cánones por la tomística de Santafé. El niño Francisco de Paula se sorprende y se asombra al oír a su madre hablar en esos términos; nunca lo hubiese imaginado. Pero más se sorprende y se intimida el marido agricultor. Continúa. Son eminentes las dotes intelectuales del hermano presbítero. Que qué don de gentes, que qué simpatía, que qué relaciones las que mantiene con los más ilustres, poderosos e ilustrados personajes. Que qué distinción, que qué pompa. Nunca había visto Francisco de Paula a su madre llegar al éxtasis, nunca la vio tan próxima a lo sublime y nunca había visto a su padre tan anonadado, tan respetuoso frente al orgullo sapiente de su esposa.

Aunque apabullado un tanto por la perorata presumida y casi nobiliaria de su esposa, don Juan Agustín Santander tomó la palabra para redondear las cosas que había que decirle al infante atribulado. Trató de darles a sus palabras el mismo tono exaltado de su esposa... quiso hablar con donosura, pero no logró escalar esas alturas. Y acabó señalando solamente que su benemérito cuñado, don Nicolás Mauricio Omaña, usando de sus poderes e influencias, había logrado conseguirle a él, su bienamado sobrino, el privilegio de una beca para que adelantase estudios en el más que renombrado colegio de San Bartolomé. "Sí, hijo mío, serás, si el Cielo así lo quiere, todo un bartolino". Se le hizo agua y miel aquella expresión entre la boca.

Qué privilegio, hijo... No nos toca sino rendirle y darle gracias a la Divina Providencia, al Dios supremo y a los santos y a tu piadoso y generoso tío. Con esa beca, Francisco de Paula, se te despeja el camino del futuro; se abren para ti, de par en par, todas las puertas que a lo mejor llevan a la gloria, o también a la riqueza. Todo un privilegio. Todo un don del Cielo...

No pudo decir más. La imagen de ese futuro venturoso que vislumbró para su hijo le enredó, entre sagradas emociones, las palabras. Y se quedó callado, elaborando nuevas y halagadoras visiones para el tiempo que vendría después.

El malhadado o venturoso día del viaje no demoró en llegar. Llególe al alma niña de Francisco de Paula como hecatombe mixturada de esperanza. Irse y no llevar a Clavijero era un dolor muy grande. Abandonar la escuela de la feroz Bárbara Chávez era una esperanza placentera. Dejar la casa, a su madre, el rumoroso cacaotal, el juego con sus primos, el cálido paisaje de esas tierras, era todo un festín de desconciertos.

Fue lunes el día de la partida. Lunes de julio de 1805. Solo trece años tenía Francisco cuando la hora de irse había llegado. Un grupo de señores, amigos y vecinos, lo acompañarían en la larga y no errante travesía. Las bestias habían sido preparadas el día anterior. Se revisaron aperos y monturas. Se llenaron las petacas con los enseres y la ropa. Camisas no muchas, pantalones pocos y pocas también eran las medias, todas prendas producidas en Ramiquirí, para ahorrar en gastos.

Se dispuso salir al amanecer, cuando apenas el sol era un deseo. Francisco de Paula fue arrancado de la cama entre asombros y quejidos. Se le dio chocolate (en ese tiempo no le molestaba el hígado) y grande y llamativa arepa. Triste como todas las despedidas fue su despedida. Lloró la madre, lloraron los sirvientes, lloró el niño que partía. A lo lejos, relinchó el caballo. Y su padre, haciéndose el fuerte y conteniendo lágrima, abrazó al hijo que sin duda se iba a conquistar la gloria.

14

Comienza el viaje. Pero al viaje habían antecedido angustias y diligencias varias para toda la familia. A los padres de Francisco de Paula habíales correspondido el tedioso y enmarañado trámite de papeles que la gran y aplastante burocracia colonial había impuesto para poder merecer los favores y los dones del Estado. Testigos, comprobantes, documentos, demostración de limpiezas de sangre y otras cosas; es decir, papeles que certificasen las virtudes tanto de la familia como la del becario; papeles donde se comprobasen que tenía merecimiento. Y lo más terrible era que por cada papel había que pagar el irritante impuesto. Lograron cumplir con todo lo que se pudo desde la lejana Villa del Rosario: lo que hiciese falta que lo hiciera el influyente don Mauricio Nicolás de Omaña en Bogotá.

Para El infante Francisco de Paula, en los días que antecedieron al inconmensurable viaje, la cabeza se le tornó en todo un hervidero. No faltaron los nocturnos terrores, las crudas pesadillas, los inquietantes sobresaltos. Pero también hubo los estímulos amables, pues era excitante aquello de conocer un mundo nuevo, el placer de imaginarse a tan temprana edad el afrontar maravillosas aventuras. Conocer gentes distintas, ciudades que a lo mejor serían lugares fabulosos. También imaginaba que durante el viaje, y en el mundo en que viviría después, podrían acontecer hechos sin duda extraordinarios. Al fin y al cabo, para un niño el mundo es aventura y atrayente y seductora posibilidad para los sueños. Padeció miedo, pero también gozó ilusión.

Salieron por el occidente. Desde una pequeña elevación divisó, ya flotando en lejanía, la paterna casa. Allí dejó lágrimas amasadas con suspiros.

Lloró por todo lo dejado: padres, caminos, cacaotal; y en especial lloró por su caballo amado.

Después de esa colina, empezó el viaje verdadero. Empezó la distancia a convertirse en emoción apartadora de todo lo que hasta ese instante había sido su pequeña vida. Empezaron a surgir paisajes para él desconocidos. Vio frondosas plantaciones, vegetación cambiante, montañas grandes con enigma. Vio rostros diferentes, personas de curioso atuendo, gentes amables que les abrían las puertas de su casa y les ofrecían albergue. Vio nuevos cultivos, sembrados de café, de caña, de añil. Peregrinar tenía su magia. Andar y andar los caminos no era tan terrible, resultóle hermoso. La tristeza se le fue volviendo niebla lejana que estaba en el ayer. Le gustó oír vientos diferentes y pensó también que eran lunas diferentes las que veía; sí, que eran distintas a las que vio desde el altillo de su casa. Le gustó dormir en otro sitio, tender la hamaca, conversar con gentes que tenían historias para él desconocidas. A los pocos días de iniciado el viaje, Francisco de Paula tuvo la sensación desconcertante de haber crecido como nunca antes. Se sintió cambiado, se sintió creciendo.

Recorrieron en lento paso muchas poblaciones; Chinácota, entre otras. Vieron caudalosos ríos, el Pamplonita; se bañó en sus aguas. Atravesaron llanuras pintadas de colores con el pincel de los cultivos. Vio sembrados de maíz y los vio de trigo. Pasaron por Pamplona, de casas blancas y sencillas. Sintió pánico y asombro ante los intimidantes y aterradores desfiladeros. El Cañón del Chicamocha le creció el espanto. Sí, era bueno viajar, viajar por estas tierras era bueno. Y parecía no terminar nunca ese viaje hasta la Santafé imposible. ¿Cómo sería la maravillosa y lejana capital?

Lo que más le sorprendió en el transcurso de ese largo, excitante y fatigoso tránsito fue algo que le resultó incomprensible en todo, pero que oyó con insistencia, como un rumor clandestino y poderoso al que todos hacían veladas y como asustadas referencias. Algo que parecía haber acontecido solo en época reciente y que parecía conmover, asombrar, entusiasmar o escandalizar a las gentes de todas las comarcas por donde habían pasado. Dizque una revuelta del común, dizque un tumulto, dizque una revolución de pueblos y de hombres. Y oyó hablar de tributos, de alcabalas. de armadas de barlovento. Oyó hablar del pueblo y le pareció que eso que nombraban como pueblo era como un océano de furia endemoniada. Él no entendía mayor cosa sobre aquello. Eran palabras estrafalarias, inauditas, atravesando la virginal corteza de su cerebro niño. Escuchó de rebeldes, de hombre y mujeres que se habían desbordado en el tumulto. Oyó hablar de Manuela Beltrán, del intrépido Galán, del fariseo Berbeo. Y también escuchó nombrar, a veces con desprecio y a veces con respeto, los nombres del arzobispo Caballero y Góngora y de un visitador real que era despiadado, un tal Gutiérrez de Piñeres, el que había venido a imponer nuevos tributos.

Pero de esas cosas él casi no entendía y sin embargo pudo discernir, con cierto escalofrío, que algo muy serio y terriblemente grave había sucedido en esas tierras y que tal vez cosas mucho más graves podían volver a suceder en el futuro. Notó con su intuición de niño que el reino serenísimo que conformaba el virreinato de la Nueva Granada estaba conmovido. Tuvo pesadillas, violentas y desgarradoras pesadillas, cuando oyó referir que la cabeza soberbia de Galán fue exhibida en una jaula de hierro, para escarmiento de los hombres que buscan alterar la paz. Vio esa cabeza, chorreando sangre oscura, vio esos ojos en órbitas perdidas. Y en esas noches tuvo miedo y tuvo frío.

Arribaron a Tunja, y qué grande y también qué gélido le pareció el mundo que existía más allá de su casa y de su valle ardiente. Vio iglesias suntuosas y pensó que tal vez el Dios de esos tunjanos era más rico y más soberbio que el pobre Dios que se adoraba en las mezquinas capillas de su lejana villa. Vio indios taciturnos, gentes cubiertas y encubiertas bajo la pesada y la lanuda protección de hermosas ruanas. También vio monjas, frailes y oscuros clérigos vestidos con pesados hábitos, y era tal su tumultuosa cantidad que se le antojó la bella y noble gran ciudad como un inmenso y gran convento, donde seguramente mandaba solo Dios y nunca el rey.

Por fin, después de tantas y tantas leguas, de tanto lastimar el trote, de tanto malestar en los molidos e infantiles huesos, llegó la lenta caravana al curioso reino de los lanudos y orejones, cuya capital era la muy mentada y muy leal y muy noble ciudad de Santafé de Bogotá. Y no lo pudo creer, sufrió desilusión profunda. La gran ciudad era un menesteroso pueblo con niebla y frío y mucho lodazal en todas partes. Los castillos imaginados se le convirtieron en pobres casas viejas, húmedas y bajas. Las grandes avenidas se le transmutaron en calles harapientas de mal olor y habitadas por muchos perros y muchos burros de ojos melancólicos. Todo parecía pelear perpetuamente con la brillante agresividad de los colores. Mucho de gris, de pardo oscuro, y otra vez ese enjambre de frailes, de monjas y de clérigos que multiplicaban la Tunja que se le había quedado prendida en las pupilas. Y las hordas vocingleras de mendigos y la sempiterna lluvia engendrando esos murciélagos que eran las sombrillas. Y todo ese paisaje grande, "mucho" grande para sus ojos acostumbrados a un mundo de cosas verdes y pequeñas. Lo impresionó tan vivamente que durante muchas semanas no supo distinguir si lo habían arrancado de un sueño para arrojarlo en una inabarcable pesadilla. Pero poco a poco, al paso de las semanas, los meses y los años, acostumbrará sus ritmos y su vida a la manera de ser de esa ciudad de iglesias y de imágenes brumosas. Y terminará queriéndola, terminará sintiendo que es su verdadera patria, la ciudad perfecta para vivir su vida, pues es una ciudad de funcionarios, de oscuros y grises funcionarios como las arenas grises del desierto. Cuando vio por vez primera el cerro grande llamado Monserrate y el otro que es Guadalupe, se le antojó que era lo único verde y vivo en esa ciudad que olía a fraile y también olía a difunto.

15

El gran claustro del colegio de San Bartolomé, de donde podía mirar los cerros, le alborotó todos sus asombros. Le inculcó respeto y casi un reverencial recogimiento desde la primera vez que se hizo monstruosidad y grandeza en sus pupilas niñas. Era la construcción humana más grande y más soberbia que hasta entonces le había tocado ver. Era como un Monserrate de pura y altanera piedra. Le gustó y no le pareció sombría la idea de vivir algunos años como becario interno en ese gran recinto, hecho para gentes que, como él, venían a conseguir seguramente hasta la misma gloria.

Otro estelar momento, destinado igualmente a provocarle asombro y mucho desconcierto, fue conocer en directo y en persona al benemérito tío, don Mauricio Nicolás de Omaña. Se lo había imaginado como un gran obispo, distante, soberbio y arrogante: como alguien casi a la altura y semejanza de su Santidad el Papa, pero nada de eso era don Nicolás Mauricio: lánguido de figura, de sotana sucia y donde cantaban su abandono varios rotos, de rostro agrio y ojos pequeños —como de indio—, de voz chillona, tal vez por los pocos dientes. Ese tío suyo, al conocerlo, parecióle que sólo por obra de un milagro podría servir de obispo. ¿Por qué su madre se lo había pintado con colores tan magníficos?

Pero no demoró sino pocas semanas para constatar que su tío, Nicolás Mauricio, poseía virtud más halagadora que una elegante mitra: era el vicerrector del gran colegio de San Bartolomé. Al saberlo, se le puso en claro esa palabra que su padre había expresado con fervor de rústico: el "privilegio". Cómo son de extrañas las cosas del destino. Él, un niño pobre, nacido en una ciudad lejana, aperado con burdas ropas que movían a risa, sin embargo venía a la capital a gozar del privilegio.

Empezaron a correr los años. Empezó la embrutecedora rutina, ese aprender cosas que acabarían volviéndolo, si no cura, al menos abogado. Su beca era beca seminaria. Pero no se aburría, no se aburrió nunca entre bartolinos, pues desde el comienzo hubo mucha novedad y mundo y caras nuevas y entretúvose conociendo lo desconocido. Y después la novedad vino de afuera. Le tocó en suerte un mundo que cambiaba, que estaba agitándose por hombres, ideas y realidades que ponían en entredicho el vasto y monstruoso aparato de rutina que era la Colonia. Y a él tocóle por fortuna estar en Santafé en los días que precedieron a las grandes cosas y a los grandes e inesperados acontecimientos que acabarían haciendo que de la Colonia mudásemos a república incierta y vacilante. A él le correspondió ver y estar en los dichos asuntos, por los cuales hubimos de engendrar patria, "Patria Boba", por supuesto, boba desde que nació y que es padecimiento que al parecer sólo podrá ser vencido con el transcurso de muchísimos más siglos.

Los primeros meses en que se fue adaptando al espíritu bartolino, que mucho se correspondía al ambiguo espíritu santafereño, el espíritu niño y calentano de Francisco de Paula Santander y Omaña sufrió de manera especial por el rigor del frío. Pero gozó mucho con cosas nimias que a él le halagaban y empezaron a fortalecerle su curiosa vanidad. Le gustaba en grado sumo su suntuoso uniforme, hopalanda y el bonete negro; y llegó casi hasta el deleite cuando se ceñía la beca roja, en la cual iban bordadas las armas de la insolente e invencible España. Si por él hubiese sido, hubiese vestido siempre este galante uniforme dominguero; pues las ropas que le empacó su madre en las petacas lo hacían ver ridículo y patético y hacían que fuese blanco de muchas burlas por parte de los acicalados sabaneros. Se reían sin tregua de sus prendas compradas en Ramiquirí, sobre todo de esas medias que al descolgarse formaban como lánguidos rosquetes encima de sus tobillos. Se burlaban de sus pantalones de Marsella, que eran amarillos como la yema de un huevo y tan cortos que ponían al descubierto los tobillos que no protegían las medias. Un contemporáneo, que lo conoció en esa época y que después publicó aquellos recuerdos, cuenta:

> ... Su continente tenía atractivo, a pesar de que el pobrísimo vestido que gastaba no era para realzar su gallardía. Componíase éste de una esclavina o capa corta, de color de panza de burro... Pantalones tan cortos que dejaban ver los tobillos cubiertos con calcetines de hilo de Ramiquirí, que tenían la propiedad de no permanecer sujetos a la pierna, sino de descender en forma de rosca sobre el zapato, dándole al pie la apariencia de la pata de las palomas que los niños llaman calcetas... Finalmente, calzaba zapatos de cordobán con orejillas sujetas con una estropeada cinta negra y gastaba en vez de sombrero una cachucha de paño azul. Dábale este vestido la apariencia de una sota de baraja española... Pero así y todo, era gallardo: y como tenía buenos modales y conversación fácil, hacia olvidar lo pobre, extravagante y raído de su vestimenta... Llamábanlo "el cucuteño".

Virtuosos de la crueldad suelen ser los niños y lo fueron con sevicia esos niños bartolinos con el niño calentano. Afortunadamente, ser sobrino del vicerrector aplacó en algo esa corrosiva maldad de los infantes, que tanto puede influir en configurar los perfiles de la personalidad futura. Pero no todo era burla y no todo era soportarla con actitud pasiva. Más de una vez, su sangre motilona hizo valer sus fueros y respondió con fuerza e ironía a la insolencia de los cachaquitos. Pero se hizo prevenido y agrio y la risa se fue alejando de los dominios de su rostro y de su alma. También se hizo buen amigo de otros internos, de los pocos que provenían de la provincia y que, como él, soportaban escarnio e ironía de aquellos orejones y lanudos. Un condiscípulo venido del Tolima le enseñó el rasgueo de la guitarra y le enseñó a entonar canciones. Se refugió por muchas horas en eso de estar abrazado a su guitarra y en eso de cantar canciones. En los años que vendrían después, en los años de soldado y en los años en que pudo disfrutar francachela y comilona, solía Santander tocar guitarra y cantar las canciones aprendidas.

Pero el colegio le gustaba. Ese viejo y grande edificio, que era la construcción más sobresaliente de toda la opaca Santafé, parecía maravillarlo; y recorría con embeleso sus largos corredores y contemplaba con nostalgia campesina el verde esplendor de aquellos cerros.

Era estricto el régimen disciplinario que se les imponía a todos los alumnos y becarios. Comenzaba la jornada a las cinco y media de la mañana. Una vez levantados, encomendarse a Dios durante un cuarto de hora, minutos de recogimiento que debían practicarse en la capilla. Después venía la santa misa. Seguía posteriormente el desayuno, abominable y mezquino desayuno. Luego venían las clases hasta las once y media. Saliendo de las clases, pasaban los alumnos al gran salón del refectorio. El almuerzo era presidido por el rector y era obligatorio guardar un silencio intimidante. Allí alguien leía un tedioso texto "para provecho y erudición", que sólo estimulaba los bostezos. Después, el desteñido y parco almuerzo. Venía una breve pausa para las evacuaciones del cuerpo y el aseo de algunas partes de ese mismo cuerpo. A la una y cuarto, venía el estudio de la gramática. Al finalizar la tarde, se repasaban las lecciones para el día siguiente. A las seis de la tarde, rezar el rosario en la capilla. Después —hora mágica y maravillosa, hora de anhelante libertad— podían los estudiantes ir a sus respectivos aposentos. A las ocho de la noche se cenaba, otra vez en el refectorio y otra vez bajo la tutela del rector y del silencio. A las nueve, de nuevo volver a la capilla para entonarle letanías a Nuestra Señora la Virgen. Un poco después de las nueve, por fin podían irse a la cama; y debían dormir con las puertas abiertas, para que el ojo avizor y represivo de los profesores pudiese detectar las posibles corruptelas que cometiesen aquellos bartolinos seducidos por las argucias del demonio. Sin embargo, y desde siempre, en asuntos de placeres y pecados terminan por imponerse las argucias del demonio y de la carne.

Los domingos y los días festivos (oh, generosidad), la levantada era una hora más tarde; y cada quince días se programaban conferencias, a las que podía asistir cierto público externo.

Cinco años soportaron, y gozaron también, el joven Santander y toda esa muchachada que sería en poco tiempo parte de la élite republicana, el peso abrumador de esa educación y de esa disciplina aturdidora, para que pudiesen convertirse en abogados o en melancólicos curas al servicio de Dios y la corona.

No todos sus maestros fueron soporíferos, ni inculcadores de pura superstición o jerigonza teologal. Francisco Margallo y Duquesne era el maestro de Teología Escolástica. Rígido, intransigente, abominador de toda idea nueva donde pudiese incubarse el nocivo germen de algún cambio. Fanático defensor de la santa madre Iglesia, le interesaba solo que fuera rigurosa la asistencia de los alumnos a su clase; que aprendiesen algo, o no aprendiesen nada, no era asunto que le inmutase. Más ameno era un ladrillo. Nadie lo quería; y con la prédica de la teología escolástica no logró sembrar en nadie piadosa inclinación por los dogmas de la Iglesia.

Don Frutos Joaquín Gutiérrez de Caviedes también fue su profesor en esos años. Era cucuteño y hasta pariente del propio Santander. Parecía proclive a las nuevas ideas, tanto en lo concerniente a la vieja y achacosa filosofía como a las ideas que debían surgir para darle cambio e impulso a la política. A Santander su clase le gustaba. Oyó de él cosas sugestivas que le crearon interrogantes y preocupaciones con respecto a lo que deberían ser las cosas de la educación y la política. Por ser parientes y paisanos, establecieron amable proximidad y grado alto de confianza para intercambiar inquietudes y noticias sobre las cosas que estaban pasando por el mundo. Él influyó bastante para que el joven Santander, a la vuelta de unos pocos años, se metiese de cabezas en eso de las revoluciones y trastornos que estaban ya como aleteando por todos los aires del viejo virreinato, esas cosas que inexorablemente sucederían. Don Frutos también formaría arte de la barahúnda y del trastorno. Sería pasado por las armas en el año trágico de 1816.

Fue también profesor suyo en San Bartolomé Luis de Azuola y Lozano, persona inquieta y de harta simpatía; doctor en teología y en sagrados cánones. Fundaría con su primo, Jorge Tadeo Lozano, una de las llamadas sociedades patrióticas y fue redactor del periódico, *El Correo Curioso*. Estaba próximo a abrazar la causa de los patriotas, como en general lo hicieron casi todos los miembros de su rica familia.

Su profesor de Institura o Derecho Civil fue Francisco Plata Martínez. Este singular profesor sólo sabía repetir, con fatigante y minuciosa memoria, el texto de Justiniano. También sería adicto al gobierno de los insurgentes, que no demoraría en surgir. Otro maestro que acaparó sus afectos, y con el cual en los años por venir tendría relación especialísima, fue don Custodio García Rovira. Hubo muchos maestros, que después no recordaría casi nunca, maestros grises y rutinarios, que no sembrarían nada especial en su alma y que no le estimularon aventura intelectual alguna.

De sus condiscípulos siempre recordaría a José Ignacio de Márquez. Los azares de la vida los unirán y los desunirán hasta la fatalidad en años posteriores.

Estando aún de estudiante, supo del fallecimiento de su padre. Acaeció el 5 de enero de 1808 en la Villa del Rosario de Cúcuta, donde otorgó testamento. Se conmovieron sus 16 años con la noticia, pero fue un dolor extraño, como si le llegase envuelto en lejanía.

16

Cinco años largos transcurrieron para que Francisco de Paula, creciendo y domesticándose bajo la tutela rigurosa de aquel vestusto y renombrado claustro, comprendiese que se estaba convirtiendo en hombre. Allí se le fue yendo su niñez primera, su ingenuo y cierto amor de niño a su caballo, y fue creciendo casi sin que se diese cuenta. Se hizo relativamente alta su estatura. Pasó de imberbe a que le naciera barba y usó bigote, mezquino bigotillo separado en dos. Se le volvió costumbre usarlo casi siempre.

Era de contextura fuerte. Asimiló con cierta complacencia los rigores de aquella disciplina. Fue alumno estudioso, aunque no brillante. Genio para brillar en nada tuvo y en nada destócase. Pero era riguroso, ordenado, metódico, trabajador para jornadas largas, nunca perezoso. Adquirió virtudes para sobresaliente funcionario. Allí aprendió algunos latines, rudimentos precarios de modernas lenguas. Se enteró de la historia de Roma, de Esparta y la de Atenas. Se saturó hasta el fastidio de letanías y de oscuras oraciones que lo hicieron tornarse frío, casi indiferente, ante esa absurda sapiencia de los clérigos. En febrero de 1808 obtuvo el grado de bachiller. Desde entonces dejó de ser alumno interno y se convirtió en capista, es decir alumno externo, y a partir de eso le cambió bastante su rutinaria vida.

Ya participando de la libertad del mundo externo, ya sin tener más sobre la nuca el ojo escudriñador del rector severo y vigilante, continuó yendo al claustro para seguir la carrera de abogado. En esto encontró placer atiborrando su cabeza de esa jerga endemoniada de preceptos, con la cual las doctrinas del derecho han distorsionado y casi siempre envilecido las reglas del proceder colectivo entre los hombres. Bien dotado de memoria y no muy menguado en juicios analíticos y en el buen discernir entre doctrinas, todo auguraba que Francisco de Paula Santander, el cucuteño, iría a convertirse en un buen abogado litigante. Nadie hubiese puesto en duda su brillante vocación de hacedor o descomponedor de entuertos, sería maestro en eso de manejar y aprovechar los pleitos. Sería, muy seguramente, como el arrogante don Camilo Torres Tenorio, considerado en esos tiempos la conciencia jurídica de la época, y a quien el propio Santander vio muchas veces caminar con desgarbado paso por esas calles enlodadas por donde caminaban y siempre murmuraban todos los personajes del momento.

Pero las cosas que estaban sucediendo trastocarían el proyecto halagador. Viviendo en pensión deteriorada, pasando apuros siempre, pues su familia nunca fue generosa en el envío de los doblones, vivió Francisco de Paula también momentos muy risueños, que en algo calmaron sus ímpetus de joven. Fue invitado a fiestas, e iba a ellas, a pesar del desastre de sus trajes que no lo hacían seductor a los ojos de doncellas. Tuvo amigos varios que conoció en la calle. Se hizo más simpático en las juergas. La risa y la guitarra le dulcificaron el fruncido ceño. Hasta lo tentó la posibilidad de conseguir novia. Una garrida muchacha, hija de chapetones, que tenía rollizos los brazos y opulentos los deseables senos, convocó su atención y le hizo producir suspiros. Pero fue novia efímera y sólo una vez, y sin intención maligna, pudo acariciarle un seno.

Conoció en ocasiones las oscuras chicherías; con sus compañeros de colegio de vez en cuando visitaban esos "antros" y cantó muchas veces:

> Ay, ay, ay, mi cholita
> Ay, ay, que me muero de amor.
> De esta suerte, en contrarios afectos,
> Nos pasamos la vida los dos.

En una de esas veces, y consumida más de una totuma de la espumante chicha, sintióse febrilmente atraído por una parroquiana y compartió con ella lo que en el colegio llamaban el placer prohibido. Gustóle eso de compartir la noche con hembra placentera y volvió varias veces a practicar las ceremonias del pecado.

17

Entretanto, mientras el joven Santander seguía estudiando y, cuando podía hacerlo, andaba en tan sabrosos divertimentos, sucedían cosas, sucederían muchas cosas. Y esas cosas cambiarían su vida y la de todos los granadinos.

España, nodriza, madre, señora y dueña de los vastos dominios coloniales, de eso que se llamaba el Nuevo Mundo y que más que descubierto había sido conquistado y sometido por el poder arrogante de su espada y de sus cruces, andaba convulsionada por acontecimientos amargos que determinaron en poco tiempo la destrucción del inmenso andamiaje colonial.

Las tropas napoleónicas habían penetrado en su territorio. Cincuenta mil hombres enviados por el gran capitán, el albacea de la Revolución Francesa, por el arrogante y glorioso caudillo que decapitaría una época e inauguraría otra, pasaban por España rumbo a Portugal para someterla y a través de esto socavar el poderío de los ingleses.

Pero los ejércitos de Napoleón no solamente querían pasar; querían quedarse y desde luego someter a España. Carlos IV, el rey cornudo, el que se sentaba en el trono español y tenía que aceptar que Godoy, "el Príncipe de la Paz", se acostara en su cama y le hiciese gracias a la desdentada María Luisa de Parma, su esposa y reina del gran y errático imperio, hubo de aceptar que Napoleón entrara con su ejército a su reino, pues se lo exigieron las circunstancias de la cambiante política y se lo demandaron las desvergonzadas y calamitosas realidades familiares que estaba padeciendo. Su pueblo odiaba a Godoy, odiaba a su reina y tal vez a él, a Carlos IV, lo compadecía mientras se burlaba. Pero el rey imaginó, en un delirio desquiciante, que podía valerse de Napoleón —ese Anticristo, como lo consideraban muchos de sus amados súbditos— para poner en cintura al malagradecido y envalentonado de su hijo, el príncipe de Asturias, quien después sería Fernando VII y que en esos días andaba en trance de arrancarle la corona.

El rey Carlos IV más o menos había develado una conspiración tramada y auspiciada por el futuro y trágico Fernando VII, lo que sucedió cuando las tropas napoleónicas ya estaban en tierras españolas. Pero la conspiración, mal aplacada, tomó fuerza y nervio y produjo en Madrid una violenta y generalizada insurrección popular de marcado tinte y acento antifrancés. Una insurrección que no quería ceder sino hasta haber desterrado o decapitado al recursivo Godoy o hasta haber logrado la abdicación de Carlos IV a favor de su hijo.

El monarca se encontró atrapado y desgarrado en este limbo de dolor y de ignominia, tanto familiar como político. Su hijo, el Príncipe de Asturias, lo odiaba. Odiaba igualmente a su madre y a su amante. Esta situación le provocaba vergüenza y real deshonra. Es de suponerse que el comportamiento escandaloso de sus progenitores, en especial el de su madre con su reconocido y oficial amante, hizo pensar al príncipe heredero que aquellos profanaban la augusta majestad de la monarquía, y arrojaba indignidad, lodo y miseria a los símbolos sagrados sobre los cuales se había edificado el poder de los reyes. Esto lo llevó a maquinar una estrategia conspirativa orientada a reclamar para sí la corona de los reyes de España. Gran parte del pueblo lo acompañó en este propósito de altas y supuestas nobles miras.

Como parte del plan conspirativo, entabló relaciones secretas con el embajador francés Beauharnais y hasta llegó a concebir con premeditado cálculo pedir la mano de una sobrina del propio emperador de los franceses; se trataba de la señorita Tascher, que posteriormente se convertiría en la duquesa de Arenberg. El príncipe de Asturias, ilusionado y embelesado con estos proyectos y apoyado por todos sus partidarios, estaba convencido de que por medio de estos procederes tenía plenamente garantizado el apoyo del propio Bonaparte. Y se entregó de lleno a organizar la conspiración que dejaría sin corona a Carlos IV.

Pero enterado el monarca de estas maquinaciones, ordenó poner preso a su hijo, acusándolo no sólo de conspirar contra el poder real, sino de tratar de asesinar a su propio padre. Le fueron encontradas cartas donde efectivamente estaban consignadas estas pretensiones. Al descubrirse la conspiración, cuando Carlos IV se decidió a elevar quejas y solicitar ayuda al propio Napoleón. Para el conjunto del pueblo español, todo este proceder del monarca y la realeza era a todas luces algo más que indigno y repulsivo, pues convertía a un usurpador y a un invasor extranjero en árbitro absoluto de los destinos del pueblo español. Napoleón le aconsejó al monarca que tratase de evitar a todo trance el gran escándalo. Entretanto, el hijo del conspirador y aspirante a parricida y regicida se declaró culpable y pidió a su propio padre la gracia y el perdón. Carlos IV se los concedió en decreto en el que se estipulaba que se concedían esos dones "por súplica de su madre y en razón del arrepentimiento de su hijo".

Todos estos sucesos patéticos, dolorosos y hasta repugnantes lastimaron de manera muy profunda la sensibilidad del perplejo pueblo español. España vivía un angustioso momento de humillación. El alma de la nación se sentía escarnecida y ultrajada por estos procederes, que parecían más de bribones que actuaciones de monarcas. Y mientras este sainete se desarrollaba, las tropas francesas continuaban acantonadas en el territorio de España y se desconocían los designios y las pretensiones verdaderas que bullían en el alma conquistadora de Bonaparte.

Se suscitaban por supuesto las más acaloradas discusiones y diatribas entre todos los españoles, tratando de adivinar qué partido tomaría Napoleón en la violenta contienda familiar que afrontaba la monarquía española. Se armaron bandos irreconciliables que se trenzaban en trifulcas, a veces muy sangrientas, y que convertían también en enemigos irreconciliables a todos los antiguos y antes apacibles y sumisos súbditos. Por un lado, se encontraban los que estaban convencidos y los que juraban con esa fe violenta de los españoles que Napoleón favorecería a Carlos IV; y por otro lado, los que con igual ardentía y fe igualmente fanática y violenta juraban que se inclinaría a favorecer al Príncipe de Asturias. E inclusive se formó otro bando más pequeño, que deseaba y aspiraba a que Napoleón tomara el partido de Godoy, aunque era el grupo más reducido, ya que en su conjunto la sociedad española consideraba al inefable Príncipe de la Paz el causante de la deshonra y de la decadencia moral y política de la monarquía española.

Mientras todas estas maquinaciones y todas estas equívocas y ardientes suposiciones seguían su envenenado curso, se conoció en España que el propio Bonaparte había hecho público su deseo de ir personalmente hasta Madrid, para ponerse frente a frente con tan espinoso conflicto. Este solo anuncio fue como un cataclismo emocional que sacudió y conmovió las más secretas fibras del alma española. Los catorce millones de españoles empezaron a dilatar su angustia y su desconcierto en función de esa calamitosa espera.

Por su parte, "la pérfida Albión" intrigaba en las sombras, y también a plena luz del sol, para sacar la mejor tajada de este confuso y escandaloso pleito, entre morboso y político. Los ingleses, virtuosos del cinismo diplomático, no descuidaban la tarea de fomentar por todos los medios posibles los vientos de insurrección popular antifrancesa. Para ellos, cualquier descalabro napoleónico sería siempre una importante ganancia. Napoleón se les había convertido en el enemigo histórico. Y Francia, gobernada por él, amenazaba ferozmente su hegemonía de imperio, tanto en Europa como en el mundo conocido y sometido a la rapiña de otros imperios, pues esa era en esencia la política internacional de aquel entonces. Agentes ingleses repartieron oro, con mano pródiga y muchos recursos, entre diversos núcleos españoles; y fomentaban abiertamente la posibilidad de una guerra de España contra Francia, en la que ellos pondrían el oro, pero no la sangre.

Por estos días fue cuando se conoció que los franceses, sin motivo evidente o reconocido, sin tan siquiera mediar una declaración, se habían apoderado de las plazas fuertes de Cataluña y de Navarra, e igualmente de Vizcaya. Y simultáneamente se regaba como pólvora la noticia de que el gran duque de Berg avanzaba, altivo y desafiante, desde Burgos hasta Madrid. Ahora Bonaparte había puesto sobre la mesa sus sangrientas cartas de usurpación y de perfidia. Este fue el dramático detonante que arrancó del letargo a los que aún eran indiferentes en España. Fue como una voz de combate para empezar a derribar esa farsa, dramática y desvergonzada, con la cual sus propios monarcas estaban ensuciando y envileciendo la nación.

Pero faltaban aún momentos culminantes en este festín de infamias y traiciones. Esos momentos estaban muy próximos. Fue cuando el consejero de Estado, don Eugenio Izquierdo, quien a su vez era agente directo del Príncipe de la Paz, llegó de las Tullerías y proclamó que Napoleón demandaba la cesión inmediata de las provincias del norte del Ebro, pues era su pretensión anexarlas a Francia, y que él compensaría a los españoles esa cesión con la entrega de Portugal. Y además, que Napoleón había expresado en forma terminante que la casa de Borbón dejaría para siempre de reinar en cualquier lugar de Europa y que sólo México era el lugar para su asilo.

Un escalofrío recorrió a España. Un punzante dolor atravesó su médula y su dignidad. Y lo más inquietante e incomprensible fue que, desde entonces, emigrar a México se convirtió en el único deseo de los gobernantes y en la única opción que encontraron esos monarcas carcomidos por la estupidez y la debilidad. Se dedicaron con frenesí cobarde y apresurado, aun cuando en total secreto, a preparar su desvergonzada huida a ese país lejano y exótico nombrado como México. En este momento la corte residía en Aranjuez, pero el secreto de esa fuga clandestina y de ese proceder acobardado acabó por divulgarse.

De inmediato, y al conocerse tan impresionante noticia, los pueblos de Madrid y de Aranjuez se amotinaron en sangrienta y valerosa revuelta, para impedir por cualquier forma que esos monarca suyos continuaran ultrajando la dignidad de su nación amada. Y había un consenso tenso y terrible de todos los amotinados exigiendo la cabeza del favorito Godoy. El abúlico y acorralado monarca emitió una proclama donde desmentía el rumor de la fuga a México, pero ya nadie le creía.

Y el enardecido pueblo, ya amotinado, sólo atinaba a gritar con desesperación: "¡Muera el favorito!", a quien se le atribuía sin ningún equívoco la culpa de que los franceses hubieran hollado y profanado el territorio sagrado y legendario de la nación española.

Entre estos entreactos de opereta, farsa y mucha infamia, Murat avanzaba hacia Madrid. El pueblo errático y enardecido se inclinaba por favorecer a Fernando, el equívoco Príncipe de Asturias. Su nombre era pronunciado con amor y hasta con deshilachada y precaria esperanza. Se le decía Fernando, el bienamado. Se lo veía como a la primera víctima de Godoy. Los guardias de Corps se incorporaron con sus armas a la muchedumbre excitada e incendiaria y tenían la intención de apresar a Godoy y cobrar venganza cortándole su cabeza infame.

La insurrección fue general: cada español, niño, hombre o mujer, quería tener un puesto de combate en ese ritual reivindicatorio de la dignidad española. El rey, con ojos absortos y cerebro embrutecido y amedrentado, abdicó a favor de su hijo Fernando, pero le arrancó al pueblo la promesa de que debería salvarse Godoy. Parece que lo amaba tanto como lo amaba la horripilante María Luisa de Parma. No faltaron quienes dejaban correr el rumor de que tal vez Godoy era amante de ambos. El rito bochornoso de esta abdicación fue publicado en Aranjuez el 19 de marzo de 1808 y tuvo por un instante un destello esperanzador y balsámico, le regaló alivio al dolor y a la angustia del pueblo enardecido. Proclamado rey Fernando VII, hizo entrada triunfal en Madrid el 24 de ese mismo mes. Era jueves y llovía.

Pero una abdicación firmada entre el fulgor de los cuchillos y la intimidación de las bayonetas no dejaría de tener terribles e inimaginables consecuencias. Todos sabían que ese no era un acto libre y voluntario, y todos quedaron sometidos a la tensa espera de una tormenta que sería arrasadora y aplastante. Carlos IV, el rey envejecido y envilecido, protestó ante Napoleón por los sucesos. Y Napoleón, amo y árbitro supremo de Europa en ese instante, insinuó —a lo mejor sólo ordenó— que todos los comprometidos en ese escandaloso festín de vulgaridad y cobardía se trasladasen a Bayona. Y en Bayona culminó, con todos los destellos de vergüenza, aquel espectáculo que parecía engendrado por los muchos demonios que siempre han torturado a España; a España, ese pueblo que tantas veces ha sido como el pueblo de todos los demonios.

Fernando VII, ese rey con cara de babucha, heredero indigno y torpe de la debilidad de un padre cazador y cornudo, renunció a sus derechos a favor de ese mismo padre. A su vez, Carlos IV renunció a sus derechos y a los de su descendencia a favor de Napoleón y de la casa dinástica que éste quisiera designar. Napoleón, al recibir la corona de esta testa cansada, a su vez la transfirió a su hermano, José Bonaparte, al que llamarían Pepe Botellas. Este sería el nuevo rey de un pueblo humillado y escarnecido por su propia monarquía.

Toda esta ignominia se selló el 5 de mayo de 1808. Asistieron todos los actores de la tragedia y de la farsa. El único gran ausente sería el pueblo español; esta vez ese pueblo fue como un fantasma que les regaló silencio y, sobre todo, les proveyó desprecio. El duque de Berg ya gobernaba en Madrid a nombre de Napoleón I, como rey de España y de las Indias. Pero el fuego incontenible de la insurrección ya trepidaba en todas las provincias de España y sobre todo incineraba con una especie de violencia sagrada el alma de cada español que amaba a su nación. Ese fuego tenía fuerza sacra, era religioso, y así sería la guerra que emprendería para expulsar al invasor.

Como suplemento de horror de los pactos de cesión y abdicación que se celebraron en Bayona, coincidió la fuerza dramática y desgarradora de las escenas del 2 de mayo en Madrid, donde Murat, actuando como imperial y despiadado general, pareció encontrar regocijo asesinando a muchísimos hombres de aquel pueblo. La guerra y su ferocidad carnicera vomitaron fuego y muerte. Murieron inocentes desarmados. La brutalidad feroz de toda guerra tendría en esos primeros meses una salvaje y primitiva violencia que helaba la sangre de las venas, que estremecía a los vivos y a los muertos.

Pero ese pueblo español estaba ya insoburdinado y pondría todo su ardor en expulsar, también a sangre y fuego, a ese invasor que lastimaba lo más profundo de su honor colectivo. Y ese pueblo se organiza, sabe

Esquina del Colegio de San Bartolomé. Grabado de Rodríguez, *Papel Periódico Ilustrado* 1881-1887.

por intuición que hay que proclamar y construir un instrumento que responda y asuma la soberanía nacional, y designa para que eso se haga a las juntas provinciales. Estas juntas, a su vez, pactan alianzas ofensivas y defensivas con Inglaterra y proceden a declarar ante toda Europa que Fernando VII es el nuevo rey de España y que esa España invadida declara una guerra nacional contra Francia.

18

Todos estos sucesos se conocieron en las colonias de América. El impacto, el asombro y las consecuencias que ellos provocaron fueron de una profundidad insospechada, y nadie en esa época pudo haber previsto la dinámica espontánea que empezaron a desatar y que culminarían en la gran y triunfante guerra de la Independencia.

En lo esencial, esa gran guerra fue impulsada y alimentada por aquellos procesos y aquellas determinaciones externas que lograron fecundar los elementos y los personajes que en el interior de las colonias asumirían el control de aquella guerra. La guerra no fue un proyecto deliberado, anticipado o planificado que, soportado en una visión y en una elaboración previa, se hubiese puesto en marcha por la intrépida voluntad de unos pocos héroes iluminados. Existían, claro está, algunas condiciones y algunos estímulos previos que habían abonado el terreno y hacían más fácil y asimilable la posibilidad de romper y redefinir la estructura del colonialismo; pero esos elementos por sí mismos hubiesen sido insuficientes y precarios para emprender la gran empresa de construir naciones y soñar con democracias para dar al traste con el poderío español. Hay bastante de azar histórico en lo que empezó a suceder; a lo mejor mucho más que proyecto voluntarista y de deliberación humana en el desarrollo de esa gran y magnífica epopeya. Los hombres, a despecho de su voluntad, no manejan todos los hilos y todas las tramas de la historia.

Entre esos grandes antecedentes estaba la independencia de las colonias inglesas, que demostró a los hombres de su tiempo que los imperios, por más poderosos que sean y por más consolidados que parezcan, son susceptibles de ser socavados y derribados por el juego de muchas fuerzas y por la expansión explosiva de sus propias contradicciones. Esa guerra triunfante proveyó y excitó en todas partes el deseo y la necesidad de autonomía; proveyó a los hombres de estímulos morales y políticos lo suficientemente seductores para emprender luchas por la autonomía.

Estaba igualmente el ejemplo también triunfante y electrizante de la Revolución Francesa, que había puesto sobre el tapete de los acontecimientos y abierto a la conciencia de los hombres los instrumentos de un nuevo credo político y de una transformadora y atrayente ideología que predicaba la igualdad, la fraternidad y la solidaridad entre los seres. Triunfando la revolución en Francia, habiendo guillotinado la testa soberbia e insensible del rey y de la reina, se había guillotinado toda una secular tradición donde se había supuesto que era divino el origen del poder entre los reyes. Música laica y racional impulsó el credo ideológico de la revolución de los franceses. El poder sería ahora el resultado de un contrato social. La historia en lo posible sería un despliegue de la razón en busca de la libertad y no sería más la expresión supersticiosa de los deseos inescrutables de una Divina Providencia. La Revolución Francesa había instaurado la visión burguesa del mundo en casi todas las dimensiones de la vida. Y esa visión había venido para quedarse varios siglos. Todos estos eran signos inaugurales de una nueva y prometedora época. Esa razón burguesa, transmutada en ideología política, fue el liberalismo y su forma de existir fue y trataría de ser la democracia. Y estas nuevas formas, este nuevo pensamiento, se obstaculizaban y agredían con las rígidas formas monopólicas de un imperio, con el vetusto imperio colonial creado y mantenido por España.

La fermentación de estos fenómenos había sido un largo, lento y conflictivo proceso de años. Pero esas ideas habían permeado al mundo. En la misma España, la seducción irradiada por las luces y por los hombres de la Ilustración había captado espíritus selectos. Fue una eclosión y un deslumbramiento universal. Las colonias españolas en América no fueron inmunes a ese redentor "contagio" que quería arrancarles a Dios, a los monarcas y a la Iglesia los manejos de la política y la regulación de la vida civil entre los hombres.

Hombres legendarios como Miranda, heroicos como Nariño, visionarios como los jesuitas expulsados, habían años atrás encendido la tea iluminante de esas ideas y fueron los adelantados y los pioneros de esa nueva gramática política que terminaría, a la manera de un viento huracanado, empujando las naves de la Independencia.

Desde tiempo atrás, y antes de que se sucediesen esos hechos escandalosos en España, las élites cultas, los grupos de privilegio en las colonias españolas, patrocinaban y acogían con mucha ambigüedad y confusión el aliento de estas ideas inflamantes; y, un poco al influjo contradictorio de ellas con respecto a la realidad social prevaleciente, se embarcaron en la épica aventura de destruir un imperio y soñar y edificar un mundo de naciones libres. Y fue delirio y epopeya esa gesta extraordinaria. Y sería Bolívar el más lúcido de sus capitanes, a quien cabría la gloria máxima de conducir y de orientar la desmesurada gesta, esa gesta que por desgracia y en muchos casos terminaría en farsa, en traición envilecida, en mezquina y pequeña tergiversación de ese sueño heroico e inmenso.

El apacible y molondro mundo de la Nueva Granada, y en especial el de la somnolienta Santafé de Bogotá, vegetaba entre la lluvia y el olvido y, sobre todo, se aburría en el letargo de una rutina que era aplastante. En los años que anteceden a 1810, este mundo había sufrido el impacto sutil de algunos hechos que estaban significando una alteración de su sensibilidad y una modificación de sus esquemas mentales, de esos esquemas con los cuales los hombres se enfrentan a comprender sus circunstancias vitales.

La Expedición Botánica los había puesto en contacto con la ciencia. La ciencia, aún rudimentaria y asustadiza, había hecho ver a algunos que la búsqueda de la verdad no nace en supuestas revelaciones teologales; que ella nace de la aplicación de métodos y de procesos de experimentación con la naturaleza. Se empezaba a provocar un conflicto entre la conciencia científica y la conciencia religiosa. Esa conciencia religiosa que en el mundo español mantenía prisionera la mente de los hombres y les dictaba con fuerza impositiva lo que debía y lo que podía creerse, no sólo respecto a lo espiritual sino frente a todas las dimensiones de la vida, como la política, la organización social, etc. Con la Expedición Botánica llegaron nuevas inquietudes, se abrieron nuevos interrogantes. Se quería pensar, no sólo creer; pero al empezar a pensar, los hombres empezaron a no creer. Sobre todo a no creer ni en los mitos, ni en las ideas, ni en las verdades que se les habían impuesto en el pasado.

Pero si los señoritos y algunos de esos miembros de la élite minúscula e ilustrada, que había logrado constituirse en los espacios excluyentes y jerarquizados de la sociedad española, podían gozar del privilegio de entregarse a estos divertimentos académicos e intelectuales, a jugar con las ideas para ampliar sus horizontes personales o para combatir el tedio teologal y casuístico que imperaba en la filosofía de la época, no acontecía lo mismo con los hombres cobijados en esa categoría que se designa como pueblo. Ese pueblo permanecía y permanecería mucho tiempo anclado, seguro y protegido en sus creencias. El pueblo creía en Dios, en su opulenta Iglesia; y creía en el rey, en su augusta majestad lejana. Ese pueblo en buena parte permanecía indiferente y miraba, con rústica ironía y complaciente burla, la angustia y la picazón del intelecto que empezó a volver intranquilos y ambiciosos a los nuevos letrados que habían surgido en la cantera criolla.

19

Acostado, y como a la deriva, en la extensión de su gran cama, el enfermo general Santander corrobora con manifiesta complacencia que los graves deterioros de su enfermedad no le han impedido esos viajes de ensoñación, mediante los cuales empieza a rescatar las imágenes y las vivencias del pasado. Lo insólito y aun lo maravilloso es que, en esas ceremonias evocativas, las punzadas con las cuales se manifiestan sus cólicos parecen darle una tregua. De manera que todo lo que puede recordar y reconstruir de su pasado no está atravesado por la oscura presencia del dolor y sus quejidos. Supone entonces que si en estas horas últimas de su vida logra recomponer ese pretérito, toda recordación será amable, al menos tranquila y en nada distorsionada por las embestidas engañosas de la desesperación. Por eso ha creído, con irónico pensamiento, que morir lentamente de pronto no es algo tan trágico ni tan abominable. ¿Pero podrá modificarse en algo ese pasado ya vivido que ahora se recuerda? ¿Podrá uno antes de morir borrar las huellas falsas? ¿Podrá uno perdonar o perdonarse ciertos actos que agravian y pesan con cierta vergüenza en la conciencia? Quizá eso no sea nunca posible, pero al menos uno puede volver a ese pasado con una nueva mirada y una nueva comprensión.

Le extraña también comprobar que ese tiempo enfermo que está viviendo ahora ha sufrido una trastocación. Por momentos no sabe distinguir cuál es la línea divisoria que separa el tiempo del ayer con el tiempo del ahora. Como si estar agonizando hubiese obrado el misterio de fundir en una sola sustancia todos los tiempos posibles de la vida.

Por momentos no logra saber si hoy es ayer o si mañana ya ha sido. Se encuentra como extraviado en su propio tiempo. Pero lejos de precipitarse en lo angustioso, lejos de sentirse intimidado por esa confusión, siente un alivio; pues sólo puede ser halagador saber que, al menos por un precario instante, el tiempo se unifica en la conciencia y volvemos a ser lo que hemos sido. Y, siendo lo que somos, podemos vislumbrar lo que nunca hemos podido ser.

No han pasado más de tres días desde que acontecieron aquellos eventos del Congreso. Solo tres días hace que lo trajeron en silla de mimbre hasta su casa. Y sin embargo él piensa, y sobre todo siente, que está aconteciendo un nuevo tiempo extraordinario; como si se tratase de un tiempo que no puede encadenarse a la turbia y mezquina medición de los relojes. ¿Por qué solo en esos tres días ha podido, con la misma intensidad y con la misma densidad, recuperar las imágenes, los rostros, todos los detalles que parecían anclados o perdidos en los laberintos de toda su memoria?

Su espíritu se gratifica con estas cosas extrañas. Parece que se hubiesen roto los lazos que lo unen con el mundo real que ahora lo rodea. Sabe que no es delirio ni demencia. Sabe reconocer con exacta y minuciosa certidumbre los hechos, las cosas y las duras realidades que precisamente en este momento se están dando en la proximidad de ese universo suyo y único, que es su lecho de enfermo agonizante. Sabe que es el 3 de abril de 1840. Sabe que justo en este instante son las cuatro y treinta de la tarde y que afuera, en las cercanas calles, sigue lloviendo. Se percata de que fuera de su casa continúan muchas personas esperando noticias sobre su salud o esperando que se les avise que él ha dejado de existir. Reconoce todo, las voces que vienen de la contigua alcoba, escucha a Sixta Tulia conversar con los médicos; oye las voces de este mundo y sin embargo, qué extraño, él ya no se siente de este mundo. ¿Será que la vida es sueño? ¿O será que la muerte que se acerca es otro sueño donde soñamos todo lo que pudo ser en la vida que ya huye?

Muchas horas de su existencia agónica se le malgastan en ese juego de extrañas sensaciones, en ese ir y volver por episodios diversos de su vida. Y cada vez, y con mayor nitidez, se le antoja que lo verdaderamente real es el pasado y que su única y verdadera preocupación consiste en rescatarlo. Y tal vez por eso mismo mira con cierta lejanía y menosprecio el enfermizo presente en el que se está ahora disolviendo. De manera que no desea para nada ocuparse de esta realidad menesterosa y agresiva que lo tiene anclado en su presente. Quiere eliminarla del todo y escapársele a sus garras. No quiere saber nada de los médicos. No quiere recibir visitas ni oír lamentaciones. No quiere enterarse de su esposa ni de la vida de sus hijas. Nada quiere saber de amigos que pretenden reconciliarse con él en esta hora postrera. Sólo anhela la mágica protección de sus penumbras, donde podrá recordar y donde podrá volver a vivir la vida ya vivida, así esta vida rescatada se encuentre atravesada de nostalgia y a veces por el opresivo sentimiento de un arrepentimiento inútil.

Imagina que para no confundirse con las argucias del delirio, o para no extraviarse en los recuerdos a causa de los deterioros que regala la memoria, tal vez no estaría mal, o tal vez no sería del todo innecesario, afrontar con cierto método las avalanchas desquiciantes del recuerdo. Le pide a Sixta Tulia que lo provea de papel y tinta, pues piensa anotar y hacer como una selección rigurosa de aquellos episodios y de aquellos recuerdos que para él tienen mucho más valor y relevancia.

Sixta Tulia, por su parte, creyó que esa petición de tinta y de papel obedecía a que seguramente su esposo, el general, deseaba consignar por escrito su última voluntad testamentaria. Ella, más que nadie, sabe de esa obsesión casi diabólica que siempre y en cualquier circunstancia une al general con sus intereses materiales. Más que las preocupaciones por los desgarramientos del espíritu, se ha preocupado siempre por el manejo cuidadoso de todos sus caudales. Eso es, en su maltrecho marido, cuestión de vida o muerte. Su existencia ha estado ligada a lo largo de los años a ese fervor por cuidar sus intereses y los rendimientos de su fortuna. Le pareció a ella más que normal, entonces, que su esposo enfermo, sintiéndose ya al borde de la muerte, quisiese consignar esa voluntad testamentaria.

"Pacho" —le expresó con voz susurrante y lastimera— "¿desea que le haga venir al señor notario"? Su sorpresa fue grande cuando él, con voz que casi sonó enérgica, con voz que no se correspondía con su lastimoso estado, le respondió que no requería de ningún notario para arreglar las cuentas pendientes de su alma. Que lo único que quería era estar solo. Sin embargo, el comentario de Sixta Tulia le hizo recordar que a su testamento, que había elaborado tiempo atrás, bien valía la pena introducirle algunas modificaciones. Y justo en ese momento recordó algunos dineros que aún le adeudaban y que no había consignado en dicho documento. Y fue también en ese instante cuando decidió que su Enciclopedia Británica, la que había traído del exilio y le había costado una buena suma, se la legaría con todas las formalidades del caso al colegio de San Bartolomé, para retribuir en algo lo que ese claustro venerable había hecho por el perfeccionamiento de sus virtudes ciudadanas.

Disipada la irritación que le provocó el comentario de su esposa, tornó el general al método que utilizaría para someter al orden el desorden de sus recuerdos. Anotó sobre la hoja de papel:

a. Recordar cómo se inició en la carrera de las armas.
b. Recordar cómo habían sido sus relaciones iniciales con el general Bolívar.
c. Obligarse a recordar cómo habían sido sus sentimientos, sus contactos, sus vicisitudes y tribulaciones, sus cambiantes vínculos durante tantos años con Nicolasa Ibáñez.

No pasaría mucho tiempo para que el general Santander comprobara con desilusión que el mundo de los recuerdos y los procederes de la memoria no son siempre susceptibles de someterse a los caprichos arbitrarios de la voluntad. Esa forma de recordar con método y con sistema no le resultó en nada eficaz; y juzgó que los recuerdos traídos a la fuerza a los espacios de la memoria carecían de la magia espontánea y vívida con la cual surgían las evocaciones que se engendran en la ensoñación. Recordar no es pensar. Cuando se convoca el pasado por medio de un acto deliberado del pensamiento, ese recuerdo, esos recuerdos, se convierten en objetos de acomodaticia manipulación. Se tergiversan, dejan de ser lo que verdaderamente deben ser: reconstrucciones vivenciales y emocionales del pasado. Sirven para cualquier otra cosa, pero no para volver a vivir la ilusoria realidad de eso que ya ha sido, de eso que ya se ha ido. Quizá puedan artificialmente reconstruirse a través de ese recurso sólo unas memorias falsificadas sobre el pretérito, reconstruirse como mentira y como engaño lo esencial de lo vivido.

Así, por ejemplo, él había escrito en el pasado reciente unos supuestos "apuntamientos" sobre los hechos y los sucesos personales en los que se vio comprometido. Pero ahora sabe, con certeza, que lo que allí ha consignado carece por completo de esa verdad íntima y emocional con la cual el alma a veces trata de expresarse y de existir en la fragilidad de las palabras. Que más bien eso era un frío documento, destinado a crear un efecto político para que su imagen saliese bien librada frente a la mirada de los otros; pero que ese escrito, concebido para narrar los hechos desde su interpretación y conveniencia personal, podría tener de todo, menos sinceridad, menos verdad desnuda y simple. En este momento, donde la muerte es aleteo que incita al desnudamiento interior, lo que él necesita es otra cosa: necesita verdad, necesita esa maravillosa virtud que puede llamarse sinceridad, pues sólo con ella uno puede morir tranquilo y a lo mejor reconocer en su silencio aquello de que la verdad puede hacernos libres.

Se olvidó por un momento de los papelitos, de la bitácora con la cual pensó gobernar y someter a su arbitrio el curso rebelde de sus recuerdos. Se consoló imaginando que era mejor ser poseído por recuerdos y no ser el poseedor de recuerdos manipulados... Sí, ya volvería la ensoñación, pues en el fondo tal vez ese era el único verdadero privilegio de estar y de saberse muriendo. Y además, ¿no estaba por ventura también viviendo momentos extraordinarios? ¿No estaba acaso esa circundante y amarga realidad desplegada frente a sus ojos moribundos? ¿Entonces por qué no ocuparse de ella?

En ese instante, para perturbación de sus penumbras, penetró a la alcoba de nuevo Sixta Tulia. Afortunadamente traía una bandeja con el oscuro frasco que contiene el siempre amado y necesario fármaco. Solo por el fármaco aceptó su presencia pues, negando toda la absurda lógica de la felicidad doméstica, ni siquiera al borde de la muerte la presencia y el contacto con esa mujer extraña y desconcertante que era su esposa le resultaban halagadores o complacientes. Sin embargo, y hundido otra vez en su silencio, se entregó a pensar en ella. Se iniciaron de nuevo las imprevistas ceremonias del recuerdo.

¿Cómo había penetrado Sixta Tulia a las entrañas mismas de su vida? ¿Cómo era posible que estuviese casado con ella y que tuviesen varios hijos? Ya no sabe si ella es recuerdo o es fantasma. Lo que sí sabe es que está allí y que estará hasta el momento en que él cierre los ojos para siempre. Lo que sabe es que morirá devorado por el desamor.

Y pensar que ni siquiera hacía cinco años la había conocido. Y fue por causa de una parienta suya, a la que se le ocurrió presentársela un domingo en el atrio de la catedral. Sí, allí de alguna manera se había iniciado eso que él muchas veces ha llamado su fatalidad doméstica. Todo había sido tan imprevisto, tan carente de deliberación, que nunca deja de sorprenderse por cómo pudo ser posible que Sixta Tulia hubiese llegado a convertirse en su legítima esposa, cuando él —y ahora sí que lo sabe con certeza absoluta en el fondo de su corazón enfermo— si alguna vez ha podido amar a alguien con desmesura y con plena sinceridad, esa persona es, ha sido y sólo será su bienamada Nicolasa Ibáñez. Ah, pero es terrible y voluble el caprichoso destino amoroso de los seres humanos. Precisamente por Nicolasa, por lo sucedido entre ellos esa tarde desastrosa de abril de 1835, fue que él acabó, casi precipitadamente, solicitando en matrimonio a la gélida e inquietante Sixta Tulia.

Todo comenzó en los primeros meses de su retorno del exilio cuando, estando ya de regreso y pasando por los Estados Unidos, se le había comunicado que el Congreso lo había designado como presidente de la república. Su partido y sus áulicos con ese nombramiento les rendían tributo a sus orientaciones y consejos en la conspiración septembrina contra Bolívar. Se le premiaba su ambigua y equívoca lucha contra la dictadura del general Libertador y se le recompensaba el supuesto sufrimiento padecido en el exilio europeo. Su presidencia, por supuesto, sólo pudo haber nacido del cadáver de Bolívar y de la destrucción definitiva del sueño grande y heroico de haber imaginado una nación digna y poderosa como la Gran Colombia.

Pero contrariando lo que podría admitir su propia e inflada vanidad, el honor de ser presidente de la martirizada y vacilante república no lo llenó de exaltante júbilo ni le prodigó desbordante plenitud. Cuando llegó de Europa, ya llegó enfermo, lastimado profundamente en su hígado y acosado por otros males diversos que lo hundían en oscuros presentimientos. En Suiza, un médico afamado le declaró que, de seguir el curso su enfermedad —y lo seguiría, pues no se conocía tratamiento adecuado para ella— eran muy pocos los años de vida que aún le restaban sobre la tierra. Independientemente de ese diagnóstico, él, a través de sus propias percepciones acerca de la realidad de su cuerpo, sabía y sentía que eso sería así de manera inexorable. Por eso, cuando se dio el regreso, era un hombre enfermo y desilusionado. Un general casi condenado a preparar sus propios funerales. Y como si los dioses o los vientos favorables de la fortuna lo hubiesen definitivamente abandonado, vino a suceder lo que sucedió.

Su amorío con Nicolasa Ibáñez, a quien había conocido muchos años atrás, había logrado sobreponerse y resistir hasta cierto punto los años separadores y corrosivos del exilio. Ella, con decoro especial y delicadeza extrema, manejó en esa larga ausencia parte de los bienes y de los caudales dejados por el general; en especial, una crecida suma en metálico que dejó a su custodia el meticuloso y obsesivo amante, ese amante que partió para un exilio del cual no se conocía su término. Ella, en compañía de otros amigos y socios de negocios y de empréstitos en los que estuvo involucrado en el pasado reciente, asumió la tarea de administrar —al menos ella— con toda pulcritud la fortuna dejada a su tutela y a procurar que los bienes multiplicaran rendimientos.

La relación de amantes de muchas maneras empezó a mantenerse, soportada en esta relación de cuentas y negocios. Para Santander era esencial que su socio Arrubla y su socio Montoya, y en especial su socia Nicolasa, le proveyeran de los recursos necesarios para su periplo europeo, ese periplo que él hacía con criados, que le impuso tantos viajes, que lo obligó a tantas fiestas y a tantas óperas, que le exigió tantos gastos.

En un hombre tan manifiestamente caracterizado por la oscura virtud de la tacañería como lo era Santander, el examen de sus cuentas y el repaso de sus gastos le provocó a su regreso no pocas contrariedades, contrariedades que deterioraron el curso de esa relación de esposo sin matrimonio que él había mantenido durante tantos y tan largos años con la abnegada amante. Nicolasa se sintió lastimada por las minucias, por los comentarios de este general amante del dinero, a quien la ausencia había convertido en escrupuloso y mortificante revisor fiscal de cuentas íntimas. La relación empezó a enfriarse, y con el frío de esa distancia surgió la indiferencia, acompañada de rutina. Pero igualmente aparecieron otros elementos que serían como el prólogo triste y prosaico que determinaría el colapso definitivo de ese amorío, que había sido la única relación de verdadero amor que pudo cultivar el general durante el curso de su vida.

Consideró que, siendo ya presidente, y un presidente enfermo y agobiado por el presentimiento de una muerte cercana, le era conveniente a su salud y a las circunstancias de su nuevo estatus, contraer un matrimonio que le sirviese a esos dos propósitos: uno, el de buscar una compañera amable y sumisa que le ayudase a sobrellevar las calamidades de su deterioro físico; y otro, conseguir ese ornamento de una primera dama para la nación, una mujer que pudiese acompañarlo al tedio formalista y repetitivo de las ceremonias públicas. Creía que no sería bien visto un presidente solterón y solitario, que eso podría acarrear murmuraciones perversas y envenenadas contra su moralidad íntima.

Pero para ese matrimonio, él, que creía ser un hombre de cabeza fría antes que hombre de corazón ardiente, no pensó nunca en Nicolasa, pues Nicolasa, a pesar de ser ya viuda en esa época, era reconocida como su pública amante. Y esto, a su sano y católico juicio jurídico, mancillaba la moralidad y la legitimidad de ese posible matrimonio, que no era un matrimonio cualquiera; era el matrimonio del señor presidente de la república. Nicolasa, enterada de estas cavilaciones y de estos cálculos pequeños y mezquinos que embargaban y hacían sufrir el espíritu también enfermo de su amante el general, comenzó a incubar en su corazón apasionado un rencor enconado y una desilusión creciente y compasiva por aquel hombre que abrigaba consideraciones tan filisteas acerca de las realidades esenciales de la vida humana. Y por supuesto, no podía sobrevivir el amor y mucho menos la pasión en esa relación donde el cálculo anodino sobre los hechos de la apariencia prevalecía sobre la generosa y espontánea eclosión con la que se manifiestan las verdades del corazón humano.

Nicolasa, aún hermosa y vibrante, atravesada por una energía vital que le concedía a su personalidad destellos seductores y atractivos, y poco comunes en un medio pacato, mediocre y "santificado" por el olor del fraile y del pecado, comprendió —tal vez demasiado tarde— que si alguna vez había amado a un general de división, éste ahora se le había transformado sólo en un asustado y amarillento enfermo del tenebroso hígado. Sufrió desilusión y acumuló desprecio por aquel ciudadano presidente, del que esperaba gestos de elegancia y de grandeza, y del que sólo recibía ignominia.

De ella huyó el amor y comenzó el desprecio. Sin embargo, mantenía el simulacro de una relación que sólo profundizaba las desconfianzas. Él, que de manera irremediable permanecería encadenado a los encantos de esta mujer hermosa y abnegada, mantenía la ilusión de conservarla como amante, mientras persistía en sus clandestinas prácticas de andar buscando esposa. Continuaba pretendiendo a Nicolasa con insistencia, so pretexto de aclarar viejas cuentas y de revisar viejos recibos. Solía visitarla y, creyéndose revestido de aquel supuesto derecho que le otorgaba haber sido su amante, se presentaba de improviso, a la casa de Nicolasa; esa casa que era suya y que no demoraría en exigirle a ella que se la devolviese.

En una de las dichas visitas, y eso ya lo ha recordado y lo seguirá recordando muchas veces, un día que era el del cumpleaños de Nicolasa, se apareció de improviso. Y encontró que su amigo, el señor José Ignacio Márquez, su condiscípulo y copartidario, también estaba de visita en casa de la ahora indiferente amante. Y entonces, él, poseído de esa furia endemoniada e incontrolable que desatan los celos en el alma, había tratado de matar al no imaginado contrincante. Márquez, pequeño de estatura, nervioso y educado, fue tomado de las solapas por el amante hepático y colérico que intentó arrojarlo por el balcón. Y hubiese sucedido, si la arrogante y también encolerizada Nicolasa no impide que se consumara el crimen.

Varios días transcurrieron a partir de esos sucesos con los cuales se canceló para siempre la relación melancólica de los amantes, días en los que estuvo encerrado el general, rumiando sus nostalgias, padeciendo sus recrudecidos cólicos y vomitando rabia y maldiciones. Cuando se recuperó un poco, salió fortalecido en su decisión: buscaría esposa. Fue entonces cuando recordó a la doncella de la triste figura, a la sin par doncella con rumor de abadesa, que su hermana Josefina le había presentado en el atrio de la catedral.

20

Sin recuperarse aún de los perturbadores destrozos que en su corazón habían dejado los sucesos que culminaron con el doloroso rompimiento con Nicolasa, el general y ahora presidente Santander se lanzó con premura, no a la búsqueda de la felicidad que ahora ya sentía imposible, sino a la búsqueda de una esposa fiel y complaciente que le ayudase a soportar las cada vez más crecientes mortificaciones que le imponían las dolencias de su hígado. Tenía muy claros los objetivos que se proponía en esto de conseguir esposa. Se lo había escrito en una carta a su hermana:

> Es probable en efecto que se vuelva de veras lo de Sixta: lo he pensado mucho... Ella tendrá defectos: no me importa. Lo que yo aprecio en ella es que pertenece a una familia honradísima, que tiene modales, talento y sabe manejar una casa. Yo ya no estoy para buscar belleza. Su orgullo se le acabará y espero que me cuide de mis males...

Antes de comenzar el cortejo con la elegida, por él mismo y por interpuestas personas, se dio a la tarea de averiguar todo lo concerniente a las costumbres y a la vida familiar de la que sería su futura esposa. Supo que era hija de José Mariano Pontón de Vargas, funcionario de muy bajo rango en la administración pública, quien sin embargo alegaba y hacía gala de pertenecer a familia distinguida. Hombre sencillo, honorable y trabajador. Se había casado en segundas nupcias con María Francisca Piedrahíta, que también era viuda de un señor Villa de Antioquia, y de este segundo matrimonio tenían seis hijos. Sixta Tulia era la segunda hija de este matrimonio maduro.

La visitó varias veces en su casa. Una vez llevóle de regalo una vitela de la Virgen, colocada en un marco sobrio que había traído de Europa. Ella era piadosa en grado sumo. La trataba de usted y usaba con ella una cortesía extraña que creía haber asimilado en el mundo sofisticado con el que se relacionó en su exilio. En ese exilio, donde por su continuo y supuesto trato con duquesas y marquesas y altos personajes había, según él, alcanzado a valorar la importancia que tienen los modales en las ceremonias de este mundo. Iba en lo posible pulcramente vestido a las visitas. Unas veces lucía el levitón color tabaco oscuro y otras, el levitón verde botella, ambos comprados en una tienda de París y por los que guardaba un singular afecto. El bastón lo acompañaba siempre. No demoraba mayor tiempo en las visitas, que no eran propiamente nocturnas sino que eran hechas en esas horas tranquilas que anteceden al crepúsculo. Nunca le habló a ella del osado proyecto que venía tejiendo en su silencio. De eso habló con el padre de ella, y era en familia que debían de decidirlo.

Le contó muchas anécdotas acerca de su vida. De los tiempos en que fue soldado. Le habló del Casanare, de la dura vida en la campaña. También le habló de su caballo, Clavijero. Y puso emoción especial en relatarle el mundo de ciudades que había visto en su reciente periplo de exiliado. Habló de París, Roma y Londres, con arrobo y emoción auténticos. Le habló de bibliotecas, de grandes avenidas, de soberbios y fabulosos bailes, y casi llegó al éxtasis cuando le habló de óperas.

Sixta Tulia, que ya estaba enterada de los planes del atribulado presidente por medio de su padre, lo escuchaba con cortesía y respeto; pero no estaba entre sus planes convertirse en la primera dama de una nación que era de segunda. Ella aspiraba a entregarse en cuerpo y alma al servicio de Dios y de sus santos. Pero una vez que, en una de aquellas visitas, el general sufrió uno de esos cólicos violentos que le arrancaban lágrimas, la piadosa Sixta Tulia imaginó que también era posible que estuviese en los planes de la Divina Providencia el que ella pudiese ser la esposa de aquel hombre que sufría y se quejaba. Extrañas y diversas son las señales que envía el Cielo para que se haga su santa voluntad, pensaba ella con místico consuelo.

El general, a medida que aumentaba la frecuencia de sus visitas, descubría en Sixta Tulia virtudes que ciertamente lo halagaban y que le hacían crecer el interés y la curiosidad por ese modo tan peculiar de ser de ella. Descubrió que le gustaban y parecía amar a los niños, que mantenía viva y en efervescente latencia ese instinto maternal y que, al menos ahora de soltera, parecía satisfacerlo con sus animales domésticos. Tenía dos perros, cuatro gatos y tres loros. Le gustaba que fuese trabajadora y que tuviese una caligrafía fluida y elegante, muy distinta a la suya, que era enmarañada, minúscula y mezquina. Y descubrió, para su asombro, "pues él no andaba buscando belleza", que Sixta Tulia, si bien no era el esplendor encarnando la belleza, no carecía del todo de ese dulce atributo. Su rostro era amable y su sonrisa, limpia y generosa, además de poseer unos grandes ojos tatuados de cierto resplandor melancólico.

Por otra parte, su juventud era evidente y reconocible en la vibración ansiosa y clandestina de su cuerpo. Pese a sus ropas oscuras y a ese afán de cubrirse por completo, el general —cuando el cólico le daba tregua y le permitía sacar a flote sus vigentes apetitos carnales— la miraba y la deseaba con una lujuria y un deseo que lograba estremecerlo. Curioso, su vestimenta y su estilo monjeril suscitaban en él un frenético deseo erótico hasta entonces desconocido. Al verla, se imaginaba que no carecería de atractivos inquietantes el poder sobrepasar las corazas de ese vestido para imaginarla desnuda. Sin duda que sería una aventura llena de deleites ir más allá de ese encubrimiento y llegar a la pura almendra de esa desnudez, por ahora tan esquiva y tan lejana. Un hombre como él, educado por clérigos y frailes, y obligado a creer en la estética del pecado y no en la del placer, juzgaba que esa transgresión, que ese como deseo enclaustrado de poseer a una santa, a una virgen de iglesia, tenía un extraño poder de seducción. Sin darse cuenta, de una tenue y sutil manera, Sixta Tulia se le fue convirtiendo en esos días en una especie de deseable y deseada fruta prohibida. Y le parecía maravilloso constatar que poco a poco, que paso a paso, la perturbadora y opulenta belleza que había amado en las carnes tibias de Nicolasa fuera cediendo y que empezara a tener complacencia en imaginarse que las carnes frías e inexploradas de Sixta Tulia le fueran tejiendo esos deseos que lo inquietaban.

"De amar a una puta voy a pasar a amar a una santa", pensó una vez con furia y resentimiento sacrílego. Y seguía pensando cosas parecidas cuando recordaba a José Ignacio Márquez solicitando los favores de esa amada Nica que ahora no era suya, esa Nicolasa por la cual ahora estaba condenado a desear y a casarse con una virgen pueblerina.

Un día, por fin, y como tomando impulso, el general Santander se animó a expresarle a Sixta Tulia su deseo de convertirla en su legítima esposa. Se lo dijo con solemnidad, propuesta de magistrado, con romántico estilo de documento. Le habló de los deberes y la dignidad y de las altas responsabilidades que le aguardaban al aceptar ser la esposa del presidente. Sixta Tulia, que lo había meditado en medio de sus oraciones, le respondió con cortesía que aceptaba y asumía el compromiso. Se cogieron por primera vez la mano y sintieron un extraño e inusual temblor... como si ya hubiesen pecado.

El romance de la casi etérea Sixta Tulia Pontón con el enfermo presidente, como era obvio, fue comidilla pública en todas las tertulias santafereñas. Y por supuesto, y como era obvio, no faltaron los comentarios envenenados, las murmuraciones y las suposiciones más descabelladas tratando de indagar los motivos que habían dado inicio a ese noviazgo tan curioso y a esa próxima boda.

Don Lino de Pombo, amigo personal y alto funcionario del gobierno de Santander, seguramente influido por su altiva y aristocrática esposa, doña Ana María Rebolledo, solía comentar que el general Santander uniría su blanca mano con la mano no muy blanca de Sixta Tulia Pontón. Las señoras bien del cerrado y oscuro círculo santafereño juzgaban indecoroso y extraño que el presidente se casara con esa "morenilla". La murmuración era divertimento colectivo y a ella se entregaban con auténtico ardor las gentes de esa ciudad que carecía de diversiones.

Una vez decidida la fecha de la sonada boda, el abogado y presidente Francisco de Paula Santander y Omaña procedió a despachar asuntos que afectaban sus intereses materiales y que en este caso ayudaban a consumar su venganza pasional. Se valió de su socio e íntimo amigo, el señor Arrubla, para hacerle saber a Nicolasa Ibáñez que debía cuanto antes hacerle devolución de unas propiedades que él había escriturado a su nombre. El 22 de julio de 1836, Nicolasa firmó una escritura por la cual devolvía a Santander la casa ubicada en la Calle de San Juan de Dios. E igualmente le devolvía la quinta de Santa Catalina, "comprada con el producto de unas ropas de Santander". Esta quinta se la escrituró Nicolasa a Juan Manuel Arrubla, el socio y amigo íntimo del Hombre de las Leyes.

Diligenciados estos negocios, quedó en paz su conciencia. Su honor de caballero quedó saldado. El descalabro emocional vivido por causa de la bella Nicolasa quedó aparentemente liquidado al convertirse en asunto de dinero. Su alma de jurista quedó purificada por estas ceremonias santificadas por la mirada del notario. Por algo era abogado.

Consecuente siempre con su moral laxa y sus procederes arbitrarios, el general Santander, por estas mismas épocas o solo muy poco antes, mientras buscaba esposa y padecía los estragos de su rompimiento con Nicolasa, había establecido una relación con la señorita Paz Piedrahíta Sanz, relación que dejó como fruto a su hijo Francisco de Paula Bartolomé, quien con el paso de los años se dedicaría a la carrera de las armas, llegando también a general, y teniendo activa participación en las múltiples contiendas y guerras civiles que caracterizaron el turbulento siglo en que le tocó vivir. Pero su militancia siempre fue en contra del partido que alguna vez orientó su padre.

Al parecer tampoco estuvo nunca comprometido el amor en esta relación del general Santander. Seguramente sólo las urgencias de sus apetitos carnales lo llevaron a ese compromiso. En referencia a la madre de Francisco de Paula Bartolomé, fue que consignó en su testamento esa elegante y delicada mención de que nunca pensó contraer matrimonio con ella, pues ésta ya había sido conocida por otros. Seguramente la oposición del hijo "bastardo" a las ideas políticas y morales de su padre nacen de esa galante alusión sobre su madre, esa tierna mención consignada en el testamento por tan gentil caballero.

La relación con la madre de Francisco Bartolomé parece había dejado de existir en los meses previos a que el general celebrase sus nupcias con Sixta Tulia. Con su hijo mantuvo una relación esquiva y lejana a través del tiempo. Al menos lo mencionó en su testamento; y en sus éxtasis de amoroso padre, lo llamaba "Pachito".

No hay duda de que el futuro cónyuge asumió con bastante interés y con evidente pasión administrativa los asuntos relacionados con su próximo enlace matrimonial. Para tal efecto, adquirió buena y cómoda vivienda en la Plaza de San Francisco y se propuso dotarla y adecuarla de la manera más conveniente a su estatus de presidente. En acto de generosidad y largueza poco usual en él, se permitió el derroche de encargar muebles a Nueva York. Se valió de su amigo, don Domingo Acosta, que residía en los Estados Unidos, para que se encargase de estas compras. Domingo Acosta le escribía:

> Ya tengo vista una lámpara, que aunque no es perfectamente como usted la quiere, sin embargo, quitándole y añadiéndole, se puede acomodar a su deseo; pero como tengo miedo de que por la ansia de vender vayan a hacer alguna chapucería, no la contrataré hasta ver si encuentro otra que no tenga necesidad sino de encajonarla y mandarla.

Igualmente el señor Acosta le consiguió y le envió cuatro docenas de silletas medio desarmadas, advirtiéndole que para la sala eran las de color aceituna, que solo llevaban el armazón para poner el cojín; otra docena era de caoba, con asiento de crin; las otras dos docenas, para la antesala y el comedor, tenían asiento de paja: una docena de amarillo jaspeado y la otra negra o morada oscura.

Las alfombras se las envió en cuatro cajas: la verde con flores y ramos, para la sala; la de color zapote con cuadros, para el estudio; la otra, color punzó, sería para la recámara. Todas eran de Bruselas, y el amigo despachador agregaba con dilatado orgullo: "No creo que haya alfombras mejores en toda la Nueva Granada y creo que hasta en el palacio del rey de los belgas harían buena figura". Le remitió también una pequeña caja con todos los útiles de Bellfry... Y por supuesto también le envió anillos, uno en solitario redondo para el dedo del corazón y uno en ópalo muy bello para el dedo meñique. Y le decía que habían sido comprados en casa de Marqueand, el primer *bijoutier* de Nueva York. Y le advertía el señor Acosta: "No me vaya a decir que están caros". En los anillos se tomó la libertad el amigo Acosta de hacer grabar en su interior las letras S. de S., es decir, Sixta de Santander.

Pasaron raudas y ansiosas las semanas que antecedieron a la fecha de la boda, fijada para el 15 de febrero de 1836 en la población de Soacha. Pero el día llegó y hubo francachela y hubo comilona. La boda de un presidente —y más en aquel entonces— era connotado hecho y jolgorio público. La novia, vestida de blanco, con blanco de telas nacionales, y el novio con levitón verde oliva, comprado en una tienda de realizaciones en París.

> Lucían gallardos y atractivos, con esa serenidad solemne y severa con la cual el primer magistrado realza su figura de ser el Hombre de las Leyes. Con esa figura apuesta y con ese gesto altivo que él suele imponerles a todos sus actos, sean estos públicos o privados.

Así lo reseñó un publicista de la época. Y por supuesto, a juzgar por el brindis que hizo el romántico y nuevo presidente de la Nueva Granada, el contrato que él celebraba tuvo connotaciones de un rito más notarial que de una amorosa y apasionada ceremonia.

Dijo así el contrayente:

Señoras y señores:

> El matrimonio, que es el contrato más conforme a nuestra naturaleza y a la razón, ha merecido ser elevado a la dignidad de sacramento desde la publicación del Evangelio. Hoy he pagado con toda mi voluntad este obsequio a la naturaleza, y un homenaje a la religión católica y a la moral pública... Yo brindo con toda la efusión de mi corazón por

aquellos de mis compatriotas que se hallen en mi caso, hagan igual homenaje a la razón, a la religión y a la moral, a favor de su felicidad doméstica y de la general de nuestra querida patria.

Sixta Tulia palideció cuando escuchó de los labios trémulos de su amado esa perorata de clara estirpe jurídica, esa efervescente, laica y racionalista palabrería que la convertía a ella mucho más en una minúscula parte del andamiaje jurídico con el cual funcionaba la mente ritualista de su singular esposo, que en alguien que tuviese alguna significación en las convulsiones de su corazón helado. "Pero que se haga la voluntad de Dios", aceptó en el silencio de su conciencia, de su conciencia atribulada y compungida por la felicidad que debería esperar al lado de este hombre, que lo más romántico que podía expresarle era el oropel de un inciso.

Pasaron la primera noche de aquella luna de miel en una hacienda que unos amigos habían facilitado. El general se había entusiasmado con la animada concurrencia que asistió al ágape. Él era adicto y entusiasta al contacto con las gentes que le prodigaban su respeto y, sobre todo, que lo favorecían con sus votos. Por eso no rehusó los muchos brindis que se hicieron a nombre de su nueva y radiante felicidad doméstica. Estaba alegre y tenía bastante contentura cuando penetraron a la alcoba nupcial.

Sixta Tulia, por su parte, y para no contrariar los deseos de los muchos invitados y familiares que le proponían brindis de champaña por ese matrimonio afortunado, que la convertiría en la primera dama de los granadinos, también había tomado algunas copas del burbujeante *champagne*, y tanto su alma como su cuerpo andaban como en un extravío alborotado donde se le confundían todas las realidades de este mundo. Cuando se encontró a solas con el general, no sabía si estaba entrando por la puerta ancha del pecado hacia los dominios del infierno, o si por el contrario esa puerta la estaba conduciendo por el camino del deber hacia el dominio insoportable de un nuevo purgatorio. "Que se haga la voluntad de Dios", se dijo, como siempre solía decirse cuando la confusión desbordaba sus entendimientos.

Esa noche, en la que sin embargo no padeció cólico, el general Santander, estimulado por el fuego clandestino de las fantasías eróticas que le había suscitado la extraña Sixta Tulia, no pudo —tal vez por el exceso en el licor, tal vez por los padecimientos y ansiedades— satisfacer como Dios manda sus apetitos de ardoroso amante. Lo invadieron la fatiga y la somnolencia. Sólo alcanzaría a recordar, tiempo después, las lentas e intrincadas maniobras que hubo de hacer la casta Sixta Tulia para alcanzar el purificante estado de la desnudez. Cuando la vio desnuda, con esos senos opulentos que tan celosamente había guardado en los tiempos del noviazgo; cuando vio sus caderas blancas y generosas y como atravesadas por un rumor ex huberante de maternidad, pensó: "Con esta mujer sin duda voy a tener muchos hijos". Se quedó dormido, profundamente dormido, seguramente complaciéndose de ser ahora un hombre casado, de tener ahora a su lado y para siempre a una mujer que cuidaría de sus dolores y sus bienes.

Sixta Tulia, cuando lo vio dormido, rezó sus tres Jesuses, y se quedó como sumergida en un harapiento éxtasis, implorando que se hiciera la voluntad de Dios. Pero esa noche la voluntad de Dios nunca se hizo.

Empezó entonces a correr el tiempo monocorde de la vida matrimonial. "Hecha la voluntad de Dios", con la complacencia y la ayuda del general, Sixta Tulia quedó embarazada. El primer hijo del matrimonio nació el 20 de diciembre de 1836, pero falleció minutos después de su nacimiento. Se hubiese llamado Juan, de haber vivido, y su padrino hubiese sido el general José María Obando, ligado por fuertes lazos políticos y muchas complicidades con el general Santander. La muerte del niño inició un ritual hasta entonces desconocido en la Nueva Granada: el de que los muertos fuesen enterrados en el Cementerio Central de Bogotá. Fue el primer cadáver que se sepultó en dicho lugar, antes los entierros se llevaban a cabo en las iglesias de la capital.

El general Santander nunca sabrá si el matrimonio le regaló mayor felicidad. Tal vez se acostumbró a él como suelen las personas acostumbrarse a los zapatos viejos. El hecho es que sólo dos meses después de su matrimonio le escribía a su amigo, don Rufino Cuervo: "Desde el 15 de febrero me tiene usted casado... Estoy contento hasta ahora". El hecho también cierto y evidente es que Sixta Tulia Pontón Piedrahíta cumplió con abnegación su papel de enfermera y con sus responsabilidades conyugales y maternales. Lo hizo con ejemplar y piadosa devoción. Sin embargo, no le faltaban a ella cualidades defectuosas y mortificantes, como la de unos rabiosos e incontrolables celos, que con bastante frecuencia la incitaban a recitarle interminables cantaletas a ese esposo del cual desconocía muchos secretos y muchas travesuras. Por causa de esos celos, hizo Sixta Tulia que el general presidente despidiese de su servicio al fiel y antiguo sirviente, don José Delfín Caballero, quien lo había acompañado en el exilio, que conocía la letra menuda de muchos negocios y de muchos asuntos, que a lo mejor fue testigo de cosas que ella solamente se imaginaba. Este fiel servidor del general escribiría muchos años después unos recuerdos breves sobre algunas de esas andanzas. Y por causa de esos mismos y alborotados celos, la iracunda Sixta Tulia, al parecer en una de sus tardes de tormenta emocional, destruyó con furia despiadada gran parte de las cartas que el general había recibido de su amante, Nicolasa Ibáñez. Esa Nicolasa era para ella el más acosador y perseguidor de sus demonios.

Favoreció la estabilidad del matrimonio el embarazo casi perpetuo al que fue sometida la lánguida Sixta Tulia, así como el progresivo y doloroso avance de la enfermedad hepática que padecía el general. Si bien su genio nunca dejó de ser agrio y arbitrario, esas tormentas de furia las condensaba en quejidos y maldiciones que dirigía contra la naturaleza de las cosas y contra la fatalidad biológica que le había prodigado esa enfermedad que dolía un jurgo. La enfermedad, en sus últimos años, tornólo melancólico y algo abúlico y somnoliento, a lo cual también contribuía una reconocible obesidad que convirtió su cuerpo en una especie de estructura paquidérmica y pesada que le regalaba fatiga y un esfuerzo grande para trasladarla de un lado a otro. Esto lo mortificaba en extremo, pues al influjo de una vanidad personal nunca aniquilada del todo, el general en sus años mozos se vio, se pensó y se sintió dotado de figura gallarda y atractiva. Y en verdad no era un hombre del todo feo. Era de estatura más que mediana. De buena contextura física; su piel blanca, blanca pálida, pues el sonrosado juvenil que lució en los años pretéritos lo perdió por haber vivido los mejores años de su vida metido en las penumbras de las oficinas. Él era general de pluma y nunca de campaña. Su campo de batalla fue siempre el escritorio. "Cuerpo de escribano", como dijo Bolívar alguna vez, era el del general Santander.

De manera que no era de extrañar que la obesidad y esa forma adiposa y fofa fueran las características físicas que en su vejez prematura acompañasen su cuerpo de eterno funcionario. Por eso le dolía y algo se le retorcía en su alma cuando, frente a la malignidad de algún espejo siniestro, miraba y no se regocijaba con su imagen. Por eso mismo no gustaba de los espejos. Los espejos lo escudriñaban sin compasión ninguna. Le mostraban esos ojos castaños y pequeños, oblicuos, que delataban un rumor indígena en su sangre y que le hacían imaginar cómo son de efímeras las falsas vanidades de la vida. Frente al espejo, en esos años últimos, surgía en todo su esplendor la huella de la decrepitud y el deterioro. Lo único que soportaba de esa escrutación frente al espejo era constatar que, pese a todo, su bigote partido en dos, cuidado con cierto esmero, y su cabello, peinado también con cierto esmero sobre sus cienes, mantenían aún el sello lejano de un brillo perdido y le concedían a su expresión algo que él mismo consideraba como de una presencia distinguida.

21

Así transcurrían, con extraña e incomprensible realidad, las horas agónicas del general Santander. Se había vuelto como un cosechador empedernido de recuerdos. Le interesaba solo el tiempo que ya ha sido. Abolida ya de su vida la perspectiva de todo porvenir, rescatar las ruinas y los escombros de lo que era ahora su propia vida era lo único que tenía sentido. Le contristaba el ánimo no poder realizar ese amable y legítimo deseo de escribir una especie de nuevos apuntamientos para consignar por escrito y para legar a la posteridad sus mejores memorias y sus mejores recuerdos. Cuando intentaba coger la pluma para desparramar su memoria sobre la incertidumbre de un papel, algo se lo impedía. No podía sacar ni poner en limpio lo que él creía serían las grandes verdades sobre su pasada vida. La imaginación se le iba por confusos extravíos. Los pensamientos se le tornaban incoherentes y caprichosos. Los interrogantes lo hundían en la vacilación. Contar o no contar, he ahí el problema. ¿Valdrá la pena, tendrá sentido que cuente la verdad de lo que ha sucedido en mi existencia? El temor y un extraño sentimiento de vergüenza también se convertían en elementos paralizantes de ese tardío proyecto de consignar por escrito sus verdades. ¿Hablan o no hablan los muertos? ¿No será por ventura obligación de las generaciones que vendrán después la responsabilidad de hacer que se pongan a cantar mis huesos?

En estas dubitaciones se le enmarañaban sus deseos de escribir. Pero para mi propia fortuna —se consolaba a sí mismo— allí está mi archivo. Allí están escrupulosamente guardados y conservados mis documentos, mis cartas, mis proclamas. Allí está toda la huella escrita de mi existencia. Y allí está, y estará siempre expuesto al escrutinio público, mi testamento. El testamento de un hombre, pensaba con solemnidad el abatido general, es como una síntesis suprema, como la expresión sublime y definitiva de esa voluntad última con la cual el alma y el ser de una criatura manifiestan, frente a su propia conciencia y frente a la conciencia de los otros, lo que ha sido y lo que quiere seguir siendo en la memoria de los hombres.

Claro que este pensamiento se le volvía turbio y pesado cuando recordaba que en el testamento de su padre, el de ese buen hombre llamado Juan Agustín Santander y que también había sido funcionario, estaba consignado: "Declara que son de su cargo dos reses de Francisco de Paula Santander, su hijo, la una que le regaló su padrino, de valor de ocho pesos, y la otra que fue una baca criolla, de un valor de quince pesos". ¿Sería entonces que su padre, del que heredó las veleidades de ser funcionario y del que recibió esas dos reses, expresaba allí lo más sublime de sus aspiraciones espirituales? No importa, se dijo, sea como fuere, mi archivo y mi testamento me eximen a esta hora de escribir el último capítulo de mis memorias.

De esta forma, perdido y perdiéndose en estas divagaciones, continuaban consumiéndose las horas últimas del general Santander. Y continuaba como aislado e indiferente hacia el mundo exterior. No mostraba ningún interés por las visitas. Los médicos, a pesar de ser sus amigos, le mortificaban; sólo le interesaba que ellos le facilitaran tener al alcance de su mano el fármaco maravilloso que aliviaba sus dolores. Sentía que estaba viviendo una especie de muerte anticipada y sólo quería proteger sus penumbras y sus silencios y sus recuerdos. Curiosamente, las más de las veces se sentía tranquilo. Era amable y dulce la somnolencia con la cual se estaba muriendo. Lo complacía que muchas de las cotidianas y habituales cosas que solían contrariarlo no le estuviesen perturbando ahora el espíritu. No se descomponía si Sixta Tulia le cambiaba de lugar la escupidera. Lo estaba soportando todo.

22

A medida que avanzaban los extraños días de su agonía, el general adquirió cierto virtuosismo para someter el flujo desordenado de sus recuerdos a los dictados y a los imperativos de su voluntad, que siempre se complació en ser arbitraria y autoritaria. Se satisfacía al corroborar que, aun muriéndose, tuviese los arrestos necesarios para hacer prevalecer las exaltadas virtudes del orden sobre las anárquicas veleidades de la caprichosa libertad.

Se propuso recordar, y recordó con nitidez y regodeo, los complejos sucesos que acontecieron ese viernes 20 de julio de 1810, que sin duda alguna fueron para él momentos de decisiva trascendencia y que acabaron señalándole derroteros que él nunca pudo haber imaginado. Y se sorprende y se llena de estupor reconociendo y aceptando que el azar impredecible sea lo que determina y encadena en buena parte el curso que a veces sigue la vida de los hombres.

Tenía dieciocho años. Estaba a punto de concluir sus estudios de abogado. Su imaginación y sus deseos se abrazaban con juvenil ilusión a soñar con un porvenir venturoso, donde bien como abogado o como adusto y distinguido funcionario, alcanzaría algo de gloria, de prestigio, y sin duda alguna algo de esa esquiva fortuna que proporciona tranquilidad y permite vislumbrar que, al cabo de los años, es lógico y posible suponer se alcanzará una vejez amable para despedirse de la vida rodeado de hijos, de nietos y de vacas. Por esos días sus cantos de sirena no estaban impregnados de melodías épicas o heroicas. Su temperamento, sus cualidades más sobresalientes, sus más íntimas inclinaciones no lo predisponían en nada para imaginarse viviendo su vida entre el fulgor de las batallas o el tremolar de las banderas. Pero sin embargo, estaba intacta y vibrante su juventud, esa juventud que casi inexorablemente obliga y empuja a convertir la vida en aventura, en riesgo que seduce, en fuerza y cambio que anhela transformar el mundo y derrotar la opresiva rutina que convierte la existencia en pura sucesión de hechos anodinos. Y estaban también las circunstancias de un mundo que parecía convulsionado por fuerzas antiguas y secretas que querían trastornar y desquiciar las formas seculares que condicionan el ritmo de la vida y de la historia.

Él, por su condición de estudiante bartolino, había sido tocado por el rumor de aquellas inquietudes. Algunos de sus propios profesores eran destacados portavoces de aquellas ideas que señalaban que era imperativo buscarle nuevos horizontes a la condición de ser americano. Su maestro, Frutos Joaquín Gutiérrez, sólo el pasado año de 1809 había publicado las llamadas *Cartas de Suba* y había comentado con sus alumnos aquellos escritos que eran como los primeros intentos de forjar una incipiente opinión pública y donde se pretendía sostener que el pueblo tenía derechos que lo habilitaban para darse formas propias y convenientes de gobierno. La palabra y el concepto de libertad, aunque matizada, ya habían traspasado los celosos e impenetrables muros de aquel claustro. Se conocían, también como un murmullo, las osadías de don Antonio Nariño, que en un acto de insólita y valerosa transgresión, había traducido y publicado los famosos *Derechos del hombre y del ciudadano*. Y si bien la dicha publicación no había sido leída casi por nadie, pues los ejemplares publicados fueron en su totalidad a parar en combustible de la hoguera, el murmullo y la curiosidad habían convertido dicho escrito en fuente y estímulo maravilloso de fantasías políticas y habían convencido a algunos hombres de que existían formas muy diversas de organizar y gobernar la sociedad para alcanzar grandes y más elevados fundamentos de igualdad y fraternidad entre los miembros de una sociedad política.

Nariño, que como consecuencia de ese atrevimiento político había sufrido persecución, escarnio, exilio, confiscación de bienes y abultado sufrimiento, se había convertido, en especial a los ojos de la juventud estudiosa, en paradigma y en exaltado y ejemplar símbolo de una época y de una generación que se proponía convertir lo heroico y lo nuevo en derrotero para transitar los nuevos tiempos. Se discutía con apasionamiento su singular hazaña, y así como había voces que condenaban y se escandalizaban con la supuesta e irresponsable tentativa de auspiciar un pensamiento que cuestionaba las esencias divinas del poder monárquico, había también muchas voces entusiastas que proclamaban la urgente necesidad de un pensamiento que permitiese a los hombres imaginar nuevas formas de gobierno.

Más que un pensamiento que alimentara y diese claras orientaciones a esos impulsos renovadores y libertarios que venían inquietando el espíritu de los pocos criollos ilustrados, se trataba más bien de un dilatado sentimiento de rechazo a las formas discriminatorias y humillantes mediante las cuales se les hacía sentir su condición de americanos. Un inmenso y tumultuoso resentimiento de odio y de rechazo se había venido acumulando, diferenciando a peninsulares y nativos. Al sentir y al comprobar estos últimos que el simple hecho de haber nacido en América les concedía una especie de estigma y de marca de inferioridad frente a los nacidos en España, surgía en ellos una necesidad imperiosa de poner fin a tan humillante situación.

Esta situación intolerante, que traía aparejada exclusión en dignidades en el ejercicio del poder político, lastimaba de manera honda y profunda la sensibilidad de los criollos ilustrados. Sentirse considerados súbditos de segunda lastimaba hasta lo insoportable su orgullo personal y colectivo. La ausencia de un verdadero reconocimiento de su valor y de su dignidad como personas era el punto crucial de ese sentimiento de rechazo frente al poder monárquico. El que se les hubiese secularmente negado su condición de ser ellos también legítimos descendientes de don Pelayo fue el detonante más explosivo que condujo gradualmente a un radical cuestionamiento de los símbolos y de los procederes de la monarquía, ya que por otra parte, el estamento criollo participaba abiertamente de todas las prerrogativas del privilegio económico.

Ellos eran los dueños de la tierra, los herederos de la encomienda, los dueños de las minas y los esclavos. Las formas fundamentales de producción de la riqueza en el mundo colonial les pertenecían sin discusión y se les antojaba incomprensible, y por supuesto intolerable, que ese control sobre el poder económico no tuviese una correspondencia ni una proyección equivalente en el usufructo y en el control del poder político. De allí que inicialmente el generalizado estallido "revolucionario" que casi al unísono se propagó como un incendio incontenible a partir del año de 1810 en el mundo colonial, no se propuso como objetivo fundamental quebrantar las bases mismas del poder monárquico, sino redefinir e introducir modificaciones que permitiesen al estamento ilustrado criollo acceso a las dignidades y a las distinciones reales y simbólicas que se derivan del poder.

Mucho más un motín que una revolución caracterizó las primeras manifestaciones de estos estallidos de inconformidad. No hubo al comienzo ninguna matriz ideológica, ningún aliento de corte jacobino o afrancesado que alimentara el proyecto político de la espontánea revuelta social, que en el curso de su propia e impredecible marcha fue incorporando elementos para su justificación. Nunca nadie, en las primeras fases del movimiento, se planteó con plena y orientadora claridad la sustitución de la monarquía por un modelo de gobierno democrático o republicano. Nunca nadie, como fundamento y soporte de esa dinámica que se tornó incendiaria, apeló a los recursos propagandísticos propalados por la Revolución Francesa para seducir y convocar al pueblo en ese ritual de "efervescencia y calor", que pretendió reivindicar resentimientos que humillaban a los criollos ricos e ilustrados. Es más, la "revolución" tomó fuerza y brío cuando se acudió a promover el temor que provocaba en las mentes ignorantes y supersticiosas la amenaza de las ideas "sacrílegas, ateas e igualitarias" que había entronizado la revolución de los franceses, cuando se temió que esas ideas pudieran propagarse y anidar en este mundo construido por España bajo la tutela de Dios y de su Iglesia.

Pero muchos hechos históricos por lo general, y mucho más las supuestas revoluciones en particular, tienen su propio lenguaje y construyen

Santander en 1831. Miniatura de Jean-Baptiste Sabatier.

su propia gramática. Nadie los controla y nadie los orienta. Se desbordan y acaban trazando su propio e impredecible curso. Su torbellino arrasa y confunde a los hombres. Vorágine de aconteceres y acontecimientos donde la voluntad humana parece disgregarse y donde acaban prevaleciendo las fuerzas caóticas de lo impersonal, hecho que comienza y nadie intuye dónde acaba. Todo parece indicar que Dios sí gusta de jugar al azar de los dados en el escenario inescrutable de la historia.

23

El joven y aplicado estudiante Santander no demoraría sino unas pocas horas para comprobar en carne propia el poder seductor y trastocador que les prodigó el incomprendido azar a los frágiles supuestos sobre los cuales él había edificado sus sueños y las directrices de su vida personal.

Caminaba tranquilo y desprevenido al mediodía de ese viernes por la Calle Real, con la pretensión de asistir al mercado y proveerse de algunas frutas que complementarían la no muy generosa ración de alimentos que se le brindaba en su pobre pensión, cuando oyó voces enardecidas y vio rostros congestionados que iniciaban las primeras ceremonias de una gran asonada popular que conduciría al virreinato y a su propia persona a entrar en la vorágine vertiginosa de unos acontecimientos que, quién lo creyera, remataron con la destrucción de un imperio y dieron forma vacilante e incierta a unas nuevas naciones.

Él era ajeno e ignoraba por completo que el gran escándalo y el gran bochinche que le correspondió contemplar, y al que acabaría incorporándose en pocas horas, era un acto premeditado y fríamente planificado en sus detalles primordiales. Desde semanas atrás, los criollos ilustrados y claramente resentidos con los funcionarios del gobierno colonial, valorando y relacionando con sus intereses particulares los turbulentos sucesos acontecidos en España a raíz de la invasión napoleónica, sucesos que los colocaron a ellos en una situación inédita respecto a la corona española, se percataron de que podían obtener un inesperado beneficio político y no se les escapaba que esa monarquía —ahora sin rey legítimo sino con rey invasor— no les obligaba a mantener los antiguos vínculos de obediencia y sumisión. Esto les abría la puerta a una posibilidad insospechada de maniobras y aventuras políticas, donde podrían soñar, no solamente con la autonomía, sino hasta con la nunca imaginada realidad de una independencia plena frente a la metrópoli.

Napoleón, de forma indirecta pero manifiesta y reconocible, les sirvió en bandeja de plata el sueño hechizante pero difuso de convertirse en imprevistos dueños y señores de una nación propia, donde la ley fundamental sería el predominio de sus ambiciones y de sus intereses. Nadie en ese festivo y confundido comienzo andaba alucinado con las promesas ilusorias de aclimatar y hacer efectivas para las grandes muchedumbres de los desposeídos de todo, las consignas reivindicatorias de una república que le diese fundamento real a la libertad, a la fraternidad o a la insospechada igualdad. Lo que siempre se quiso desde un principio fue deponer a un gobierno para sustituirlo por otro. El gobierno español simplemente debería pasar a manos criollas. Esto pondría fin a la humillación y cortaría de un tajo esa intolerable e insostenible situación de seguir suponiendo que los altivos criollos eran inferiores a los altaneros españoles. Al conjuro de esas ingenuas pero explicables suposiciones, el estamento criollo se entregó, sin duda con entusiasmo y fervor verdaderos, a maquinar la estrategia que condujera a la pronta y efectiva realización de esos anhelos.

Cuando se supo que en España se constituían juntas de gobierno que representarían, al menos transitoriamente, la majestad conculcada de la monarquía española, y cuando se supo que esas juntas enviaban comisionados regios para que mantuviesen viva la lealtad de las colonias, los criollos presintieron que había llegado el momento más oportuno también de constituir juntas de gobierno que ejercieran el poder en las colonias mientras volvían las cosas a su antiguo curso. En la letárgica Santafé se conoció que desde el primero de marzo de aquel año turbulento de 1809, habían sido enviados desde Cádiz los señores Carlos Montúfar y Antonio Villavicencio, en calidad de comisionados regios y nombrados como tales por la regencia española. Enterados los criollos, que ya estaban comprometidos en el proceso conspirativo contra la autoridad española, se propusieron organizar una recepción de bienvenida a Villavicencio, que era el delegado para Santafé, pues Montúfar lo era para Quito. Pensaron que con este recibimiento ganarían las simpatías del delegado para la causa patriota. Pero más que recibimiento, lo que se quería era aprovechar la ocasión para fomentar un disturbio público que sirviese para convocar al pueblo y comprometerlo en una asonada que posibilitara, al amparo de su presencia amenazante, la creación de una junta de gobierno.

Reunidos los promotores del tumulto en el Observatorio Astronómico que dirigía el silencioso e introvertido Francisco José de Caldas, acordaron una treta singular y efectiva para dar inicio al gran bochinche, con el que imaginaron podía desatarse la anhelada revolución. Se escogió el día viernes, día de mercado, día siempre de alborozo y concurrencia, donde la ciudad reunía campesinos, indígenas, señoras y señoritos en la plaza principal; día donde la compra y la venta, el trueque y el intercambio de los víveres, y el consabido y hasta el desmesurado consumo de la traicionera chicha y del turbulento aguardiente predisponen al pueblo para cualquier cosa, en especial para la novedad y el alborozo. Al mediodía, cuando más gente había concentrada, se había dispuesto que don Francisco Morales, criollo cincuentón y de espíritu pendenciero, fuese a la tienda del peninsular José González Llorente, español casi senil y conocido por su altanería y su lenguaje procaz y provocador contra los criollos, y que era dueño de conocida tienda de dos puertas donde también hasta se vendían algunos libros, y le solicitase en préstamo un adorno que serviría para engalanar la mesa con la cual se ofrecería el homenaje al señor comisionado.

Se ve que conocían en detalle las caracterísiticas de los personajes que estarían implicados en la farsa, pues no bien le expresó Morales a Llorente el motivo de su visita, éste, con desparpajo grandilocuente y usando el lenguaje con el cual ponía en evidencia su desprecio por los criollos, le dijo simplemente que por qué recurrían a él, si él se cagaba en los americanos. Y ahí fue Troya. Al escuchar Morales tan densa expresión despreciativa, que era por supuesto la que esperaba oír, saltó como una fiera enardecida detrás del mostrador y, tomando una vara de madera, empezó a darle una golpiza despiadada al insolente español, que paradójicamente se cagó del susto y no sobre los americanos. La revolución había empezado.

Se aglomeró el pueblo en frente de la tienda. La gritería se hizo atronadora. Francisco Morales continuaba dando palo al viejo gaditano, que no podía defenderse del sorpresivo ataque. Tuvo que huir, salir corriendo a refugiarse en una casa vecina. Pero la trifulca se había iniciado con fuerza inusitada y todos los conspiradores que se habían dado cita prestaban su concurso para ensanchar las dimensiones del conflicto. "¡Que mueran los chapetones!", fue la consigna que empezó a flotar y a repetirse de manera inquietante y con destellos de amenaza sobre el aire frío. Corría la gente. Se recogían los puestos de verduras. Se amarraban los asnos y las bestias de los postes. Se desparramaban los canastos de frutas por el barro de las calles. Y la rabia y los viejos fermentos del resentimiento salían a flote; y cada vez más la insolentada multitud se iba embriagando con ese deseo secreto de desbaratar con gritos y desorden el peso acumulado de sus vidas grises y agobiadas. El pueblo hacía presencia con todas sus miserias y sus secretos infortunios en la embriaguez sobrecogedora del tumulto.

A las pocas horas de iniciado, todo parecía una explosión incontrolada y por supuesto incontenible. Ya no se obedecía a nadie. La muchedumbre se manejaba de acuerdo a sus propias leyes vocingleras. Aparecieron las armas, refulgieron con luz intimidante los cuchillos, las palas, los picos, los machetes. La furia contenida se hizo dueña de los rostros y las manos. Rugió con volcánica fuerza el desenfreno. La ebriedad, transgresora del desorden, se apoderaba progresivamente del espíritu colectivo y progresivamente la audacia desfiante del tumulto quería saciar sus ansias vengativas por medio del saqueo y la violencia.

Tuvieron miedo y padecieron vacilación y espanto los señoritos ilustrados que habían estimulado la furia del común y procuraron, a pesar de los temores y los miedos, transar con componendas la amenaza insurreccional de aquella "plebe". La multitud apasionada, y conducida por el verbo inflamado de José María Carbonell, exigió cabildo abierto.

Presionaron los tribunos por lograr esa exigencia. El virrey, dubitativo, siempre vacilante y temeroso, al principio no cedía; pero acabó cediendo a la exigencia tumultuaria y hubo cabildo abierto y el pueblo sintióse soberano. Pensaron muchos que así se calmarían los ánimos y dejaría de brillar la intimidación de los cuchillos. El cabildo abierto prolongóse hasta las horas del amanecer y decidió instalar junta suprema que juró fidelidad a la regencia que representaba a don Fernando VII. Veinticinco vocales conformaron la primera junta, todos criollos ilustrados y detentadores de riqueza. Hasta el desabrido clérigo, don Nicolás Mauricio y Omaña, fue incluido en dicha junta. Al otro día y por varios otros días continuaría con más fuerza y con mucha más insolencia reivindicadora la presencia de la multitud entusiasmada hasta el delirio persistiendo en eso de humillar al poder, a ese poder que había humillado al pueblo desde tiempo inmemorial.

Y todas estas cosas vio y seguiría viendo en esos días de frenesí y convulsión el joven y asombrado bartolino, Francisco de Paula Santander. Su curiosidad sufrió como un violento ataque de ambición y quiso ver con ojos muy abiertos y escuchar con oídos muy atentos ese despliegue de sucesos donde parecían haberse reunido todas las emociones de este mundo. Presenció el llanto, el grito, el gesto amenazante, la risa, el miedo y el quejido, el temor y la alegría. Y él quedó como hechizado y también metido en estupores, pues se le antojó del todo incomprensible que sólo en una misma tarde y en una misma noche se hubiese desatado esa incontenible avalancha de sucesos en un mundo acostumbrado y resignado a que casi nunca sucediese nada.

Fibras secretas y algo adormecidas también hicieron explosión dentro de su alma joven. Ambivalentes emociones, confusos sentimientos y quizás alocados e incoherentes pensamientos surgieron en él, al conjuro de esos llamados perturbadores del escándalo. Sintióse atraído por la fuerza convocadora de esa hora que parecía invitar a sacudirse el peso del letargo y la rutina. Se dejó llevar por esa marea creciente de locas sensaciones y se sintió irresponsablemente vivo, participando también con sus gritos entusiastas en esa fiesta transgresora donde intentar romper un orden parecía equivalente a querer arrancarle a la vida las máscaras de infamia que la niegan. Corrió y se mezcló con ese pueblo abigarrado, que entre blasfemias sacrílegas e iracundas expresiones proclamaba un deseo aplazado y contenido de ser, así fuese por un precario momento, hacedor y dueño de ese simulacro libertario que también podía desvanecerse en un instante.

Curiosa sensación de libertad sintió al fundirse en esa extraña fiesta de explosiones y estallidos, donde parecía haberse aniquilado el tiempo aborrecible y gris de la rutina, como si el torbellino alborozado de ese caos lo hubiese liberado de los oscuros temores que habían depositado sobre su alma confundida los densos rituales de su pasada vida bartolina. Un júbilo insólito e imprevisto le prodigó esa fusión inesperada con las palpitaciones del tumulto. Descubrió que estaba vivo y que la única y verdadera manera de preservar y continuar participando de esa vida que se le estaba revelando como negación y fractura del orden y el pasado, era incorporándose a ese nuevo e impredecible proceso que ya se había iniciado sin que nadie supiese a dónde llevaría.

Pocos días después de toda esta confusa y caótica eclosión de elementos que empezaron a romper en forma significativa el mundo molondro y quietista de la lenta y antigua estructura colonial, y una vez se hubieron surtido los diversos eventos y secuencias que desembocaron en la huida del virrey y en la consolidación de un enclenque gobierno, controlado de manera exclusiva por el estamento criollo ilustrado, el perplejo estudiante Francisco de Paula Santander supo con sobrecogedora convicción que igualmente había sido quebrantada su propia posibilidad de continuar el proyecto de vida y de futuro que sólo poca semanas atrás se había trazado.

No se habían silenciado aún del todo las voces y los afanes del tumulto, de ese tumulto que vino a trastocarlo todo, cuando el gobierno recién constituido —intuyendo y previendo que los hechos del 20 de julio y sus inesperadas consecuencias eran solo el prólogo, a lo mejor amargo y trágico y sin duda también heroico, de una época que implicaría la guerra y los grandes sacrificios, si verdaderamente se pretendía alcanzar una auténtica independencia y construir también una auténtica nación— se dispuso entonces a organizar ejército y a formar milicia, que deberían asumir en el futuro inmediato las angustiosas responsabilidades que estaban por llegar. A nadie se le escapaba que, a la vuelta de muy poco tiempo, España, una vez restaurada la normalidad monárquica, volvería de manera inexorable a su pretensión de recuperar el socavado equilibrio de su imperio colonial. Vendría la guerra verdadera, la lucha despiadada y carnicera. Consquitar la libertad apenas estaba comenzando.

24

    Las semanas que acontecen entre ese día convulso del 20 de julio y el 26 de octubre de ese mismo y definitivo año, en el cual formalmente Francisco de Paula Santander se incorpora al servicio militar, son para él tiempo de angustiosa y conflictiva cavilación interior. Un tiempo atravesado por los desgarramientos de la confusión y torturado por el difuso rumor de pensamientos y presentimientos que parecían anunciarle que el caos y sus elementos impredecibles se habían instalado como en el centro mismo de su alma, juvenilmente perpleja frente a lo que estaba aconteciendo. Por varios días, y sobre todo por extenuantes noches, logró sustraerse del agitado y tenso fluir de los hechos exteriores que aún continuaban como devorando y desordenando hasta lo inconcebible la antigua y apacible serenidad que había caracterizado la vida cotidiana de la lluviosa Santafé de Bogotá.

    Pero logró precariamente, en medio de esa frágil soledad, reflexionar sobre el decisivo y trascendental paso que iba a dar al incorporarse a la milicia que asumiría el papel de sostener y defender con la fuerza de las armas la incierta legitimidad de ese gobierno, que había surgido entre los vaivenes alocados del tumulto. Supo que ingresar al ejército en esas circunstancias era un no poder volver atrás, que esa decisión era una especie de "la suerte está echada" y que a partir de aquel instante su vida quedaba comprometida y encadenada a los azares de esa revolución apenas iniciada y con posibilidades calamitosamente inciertas. Supo que esa decisión le imponía renunciar para siempre a la visión de futuro venturoso que se había forjado viéndose como abogado o como funcionario prestigioso, viéndose acomodado muellemente en una gran seguridad, viéndose vivir su futura vida liberada de amargos sobresaltos. Supo que optar por esa decisión era optar por el riesgo, que era equivalente a lanzarse a una aventura cercada de peligros que no garantizaba para nada un punto seguro de llegada. Él aún no tenía un discernimiento claro sobre los muchos y contradictorios elementos que se habían puesto en juego para impulsar esa envolvente marea de cambios revolucionarios que estaban implicados en eso de querer sustituir al gobierno arrogante y secular de la imperial España por un gobierno del que se apropiarían los criollos. ¿Qué gobierno tendrían y querrían ahora? A lo mejor todos los comprometidos en esa aventura sediciosa, y por el momento afortunada, se consumían también en esas dudas.

Pero a él lo que más lo atormentaba era interrogarse sobre la posibilidad de supervivencia de aquel gobierno surgido de manera imprevista e improvisada, al conjuro del disturbio. ¿Aceptaría España que le fuese arrebatado un imperio como si se tratase de un simple juego de traviesos niños? ¿Qué pasaría si, luego de la inicial sorpresa, retornase España a recobrar la iniciativa para recuperar lo que estaba perdiendo por un conjunto imprevisto y transitorio de calamitosas circunstancias? ¿Estarían los criollos falsamente ilusionados con el espejismo de que un gobierno y una nación nueva podían surgir sólo por un momento de efervescencia y calor? ¿Y eso que llamaban el pueblo continuaría acompañando la intentona de cambiar el acatado gobierno, que era como "de Dios y del rey", por el gobierno improvisado de un grupo de señoritos altaneros que eran como los dueños de todo y para quienes el pueblo sólo era esa gente que sirve como carne de cañón?

Todas estas preguntas y todos estos punzantes interrogantes ocuparon su mente en esos días previos a su gran decisión. ¿Odiaba acaso él ese gobierno de siglos, impuesto por los peninsulares? ¿Lo embriagaba algún sentimiento poderoso que lo impulsara a anhelar una patria con gobierno propio? ¿Sentía por ventura en su corazón un gran resentimiento contra lo que era y lo que significaba España? ¿Podría ser mejor, más justo, más ilustrado o más inteligente un gobierno orientado por los criollos que el gobierno que hasta ahora habían tenido?

Muchas de las respuestas que se daba no satisfacían sus dudas, a veces sólo las amplificaban hasta su desesperación. Pero lo que sí sabía con certeza inconmovible es que en ese trance estaba decidido a pasarse del lado de la revolución; y que en eso no estaba solo, que era como una inmensa y seductora devoración colectiva que había convocado casi sin excepción a todas las personas que él conocía y que pertenecían al pequeño y privilegiado universo bartolino. No estaba ni estaría solo en ese crucial momento, donde no solo él sino toda una generación aceptaba y se entregaba con apasionada complacencia a los rituales inciertos de una gran y sorprendente aventura. Hizo visceralmente suyo ese sentimiento de exaltación que era como un imperativo irrenunciable y que además era como una ebriedad del alma que aniquilaba las dudas que se podían fecundar con pensamientos. Difícilmente se podía renunciar o traicionar esas emociones. Vagamente intuía que no eran ideas previas o preconcebidas, ni cálculos mezquinos sobre el buen o mal suceso de lo que pudiese acontecer, lo que estaba determinando los pasos a seguir en esa complicada coyuntura. Era una emoción profunda, una especie de fiebre arrasadora que le imponía a su ser esa obligatoriedad de entregarse, inclusive con todas sus dudas y sus miedos, a ese llamado irracional y poderoso con el cual la vida quiere ser vivida como puro riesgo y como puro impulso libertario.

Aceptó también en esas horas donde su soledad fue compañera que lo que había sucedido y continuaba sucediendo tenía el sello de lo irreversible. Nada ni nadie haría posible que a partir de ese instante se detuviese o se devolviese la rueda de la historia. Ya no importaba mucho que lo que viniese fuese la fatalidad o el extravío, el sacrificio, la muerte o la destrucción violenta del futuro. Recordaba, para estimularse y para reforzar sus decisiones, las palabras que le había escuchado al tribuno criollo, aquellas de que sólo los esperaban los grillos, los calabozos y las cadenas si dejaban escapar esa ocasión única y feliz. Pero ni él, ni muchos otros, dejaron escapar esa ocasión única, aunque no hubiese sido feliz.

Y arrancándose de sus dudas, dejando como en el pasado los temores que lo acosaron y le proporcionaron flaqueza para tomar la osada decisión de incorporarse a la milicia, pese a todo la tomó. Y se sintió poseído de una nueva y renovadora energía vital que disipó sus temores y lo hizo creer y sentir que estaba realizando un acto heroico y dignificante.

En septiembre comenzó su nueva vida, y cómo fue de distinto y novedoso todo. Se lo incorporó a la milicia con el grado de subteniente abanderado del Batallón de Infantería de Guardias Nacionales. Pequeños detalles vinieron a recompensar los no pocos sufrimientos que padeció en esos días que antecedieron a su decisión de convertirse en militar de circunstancia. Vestir el uniforme le inflamó su vanidad y le proporcionó un sentimiento de estimulante orgullo. Se trataba de una casaca azul corta; solapa y cuello carmesí con guarnición de galón, éste y las armas de la ciudad en él, y la solapa ojalada; chupa y pantalón blanco; botín negro y gorra también negra, cubierta la copa con piel de oso y adornados con cordón y borlas de color. Y como si esto fuera poco, un escudo de plata con el nombre del batallón y pluma encarnada.

Al verse vestido de esa forma, se complació muchas horas sintiendo la acariciante sensación de que ese era como el auténtico e inexorable traje para someter a su capricho todas las glorias de este mundo. Se sintió empapado por efluvios de lo marcial y de lo heroico. Se sintió más que recompensado por los años de humillación y de insignificancia que le había supuesto vestir aquellas burdas prendas de Ramiquirí y, sobre todo, por esas malditas medias que se le desparramaban con vistosa vulgaridad sobre sus tobillos. Por fin un traje que se correspondía con su figura, esa figura que él siempre consideró gallarda y varonil. El espejo donde auscultó con minuciosa impaciencia la nueva imagen que le estaba regalando la vida, le devolvió la figura de un joven casi seguro de sí mismo, de alguien envanecido, de alguien que parecía haber adquirido de improviso el ímpetu y el brío necesarios para afrontar con éxito y con triunfo los desafíos inciertos del futuro.

Al batallón se le asignó el Convento de Las Aguas como cuartel general y era su comandante don Antonio Baraya. Y fue allí donde propiamente comenzó su nueva vida, esa vida pública que lo sería hasta el día de su muerte. Afortunadamente para él, en el cuartel-convento encontró a muchos de sus amigos y condiscípulos del colegio de San Bartolomé. La disciplina militar, que al principio llegó a imaginar como espartana, no lo fue tal. Era relajada, alegre y de muchas formas divertida y novedosa esa existencia cuartelaria. Se hacían los ejercicios y se aprendía el manejo de las armas. Él nunca padeció tormento aceptando la nueva disciplina, pues si alguna virtud era evidente en él era el riguroso cumplimiento de todos los deberes, la aplicación, el método, la pasión compulsiva por el orden; mucho de organizador innato había en su espíritu. Las armas propiamente dichas, su ronco y ensordecedor bramido, poco o nada lo entusiasmaban, más bien lo intimidaban. Y también, para fortuna suya, su condición de abanderado lo alejaba de la irritante preocupación de usar aquellas armas y de convertirse en diestro conocedor de sus secretos explosivos.

En el cuartel había diversas formas de mostrarse útil ejerciendo sus destrezas organizativas y se entregó desde el principio a ejecutarlas. A nadie le pasó desapercibida esa habilidad suya para ser eficiente y talentosamente competente para recomponer desórdenes y corregir anomalías. Pronto ganó prestigio y fue tenido en cuenta para las labores secretariales y administrativas. Nadie vio ni vislumbró en él a un valeroso capitán para batallas, sino a un futuro y prestigioso funcionario para organizar el turbulento caos que a veces pretende prevalecer en todos los asuntos.

Otro elemento amable y poderosamente atractivo a sus más íntimas inclinaciones personales lo encontró en el juego de las cartas. Se jugaba en los cuarteles con inusitada frecuencia y se apostaba siempre. Ya en el colegio, donde igualmente se jugaba cuando las circunstancias lo permitían, él había aprendido ese arte endemoniado y traicionero de las cartas y, gracias a él, había logrado aumentar sus mezquinos haberes en dinero, esos dineros que le fueron tan escasos, pues nadie se los enviaba de su casa y su tío, don Mauricio Nicolás y Omaña, nunca practicó con su sobrino la virtud de la largueza. Conservar y nunca dilapidar dinero, cuidarlo como cosa santa, era inclinación marcada en todo su universo de familia. Y él había heredado y hasta había exagerado al máximo ese amor y ese extraño culto por las mágicas cualidades del dinero.

Se volvió jugador empedernido, virtuoso, casi un artista consumado en aquello de convertir el juego en una forma de manipular sus emociones y controlar sus gestos. Jugaba para ganar dinero y no para divertirse o para perder el tiempo. Astuto, calculador y frío, desarrolló una técnica y una destreza máxima que le evitó casi siempre estar en el bando de los perdedores. En las muchas horas de ocio que podían disfrutar en el cuartel, perfeccionó sus artes jugadoras, y jugando con aquellos orejones sabaneros que eran los hijos de los campesinos ricos, o con esos señoritos santafereños que igualmente disponían de dinero en abundancia para vivir de juerga, empezó a acrecentar pequeña fortuna de soldado, que amaba con esmero religioso. Y así dispuso de fondos suficientes para convertirse en prestamista y en dueño y señor ocasional de improvisada banca, que socorría con préstamos de interés subido las frecuentes urgencias de aquellos jugadores que, por jugar con impaciencia, desenfreno y poco cálculo, ingresaban al bando lastimoso de los que son vencidos.

Confortable y risueña en los primeros meses le resultó a Francisco de Paula la vida de cuartel. Era abanderado y era secretario. No le correspondía ni cargar con los cañones ni andar de manipulación con los fusiles. Sólo ordenar papeles y asumir rutinas de soportable trajín administrativo. Pero tenía uniforme, vistoso, flamante uniforme de múltiples colores que le proporcionaba dilatado orgullo. Y además, ganaba buen dinero con las cartas y los dados, e iba siendo considerado por muchos superiores como un hombre de talentos especiales. Al poco tiempo de estar en los cuarteles, incineró al olvido las dudas y las vacilaciones que lo acosaron por haber cambiado su futuro de abogado por el destino incierto de soldado. Le sonreía la vida.

Pero parece que toda felicidad nace para ser efímera. Esa revolución y ese gobierno que habían surgido bajo el signo móvil y cambiante del azar y de las imprevistas circunstancias, comenzaron muy pronto a mostrar sus deleznables cualidades y también a derrumbarse bajo el peso de sus inconsistencias y de sus múltiples contradicciones. Carentes de

El Gral. Santander. Grabado de José Domínguez Roche en la página liminar de la tragedia *La Pola*. Imprenta Bogotana, 1826. Biblioteca Nacional de Colombia.

un marco político e ideológico que hubiese previamente orientado sus derroteros y objetivos, el gobierno y la deshilachada "revolución" se transformaron pronto en un festín de adjetivos y de anodina retórica. No demoraría alguien en pulir un sonoro adjetivo que convertiría la ingenua farsa en lo único que ella tendría de perdurable: la Patria Boba.

25

Pero vino a tratarse de una boba violenta y carnicera la susodicha patria. Como carecían de formación y de ilustración política necesaria para asumir las complejas responsabilidades de un gobierno, los sediciosos señoritos se entregaron a imaginar y a construir la patria a imagen y semejanza de sus recortadas luces y en correspondencia plena con sus particulares y pequeños intereses. Unos pensaron que tener gobierno propio era solamente distribuir dignidades, multiplicar los cargos públicos, amparar y fortalecer los viejos y escandalosos privilegios y, sobre todo, mantener la plebe bajo control.

Veían tan halagadoras las maravillas que podrían conseguirse con eso de tener gobierno, que todos en cada ciudad, provincia o polvorienta villa, creyeron llegada la gran oportunidad de formar y usufructuar gobierno en cada región del antiguo virreinato. Estos formaron el partido federalista y, acaudillados por el verbo entre grandilocuente y soporífero del abogado don Camilo Torres —el mismo que clamó siempre con quejidos lastimeros que se les reconociese a los criollos el legítimo orgullo de ser ellos también herederos de la gloria y de la sangre de don Pelayo— organizaron un gobierno que sería de las provincias unidas, un gobierno que podría repartir con mano generosa las dignidades, los bordados, las prebendas; y que no estaría nunca sometido a la arbitraria veleidad de un gobierno fuerte y centralista situado en Santafé de Bogotá, gobierno que, pensaban ellos, con absoluta seguridad terminaría amenazando su libertad y convirtiendo en nuevas colonias interiores las provincias. En Santafé, alguien tradujo y publicó en 1811 la Constitución de los

Estados Unidos, y este fue el modelo y el ejemplo iluminado que serviría para plagar de gobiernos provinciales la vasta extensión de aquella nación que había nacido boba. Para colmo de las fatalidades, y para sacrificar las posibilidades del futuro, el dicho plan federalista gozaba de acogida general en muchas partes.

Pero también, y en perspectiva que parecía más lúcida y sensata, y acaudillada por Nariño, surgió la propuesta de un gobierno centralista. Sólo un gobierno unificado podría afrontar con éxito la próxima e inexorable arremetida que asumiría España para arreglar y normalizar el desorden libertario que pretendía dar al traste con las formas seculares del imperio.

A don Antonio Nariño, los sucesos del 20 de julio lo sorprendieron con humillantes grillos en las bóvedas de Cartagena. El gobierno recién inaugurado decretó su libertad después de algunos meses y, una vez se hubo reinstalado en Santafé, su prestigio, su liderazgo, su heroico pasado de luchador y en especial su condición casi de ídolo de aquellos sectores que efectivamente propugnaron por establecer un gobierno capaz de asumir la transformación y comenzar la construcción de una patria verdadera, lo condujeron casi necesariamente a convertirse en el caudillo orientador de la tendencia centralista. Solo él pudo ver y entender con cierta dosis de realismo que un gobierno centralizado, al que obedecerían las provincias, era la única garantía posible para afrontar con alguna posibilidad de éxito la reconquista española, que de manera inexorable se pondría en marcha en corto tiempo.

Colocado al frente del gobierno que se instaló en la ciudad de Santafé, desarrolló una efectiva labor de propaganda política destinada a difundir sus ideas de gobernante, que no eran otras que procurar unir a las provincias diversas del reino a fin de consolidar y darle forma a un cierto sentido de la nacionalidad. Periodista polémico y brillante, desde su periódico, *La Bagatela*, trató de difundir y convencer con sus elocuentes tesis a todos los granadinos para que aceptasen la necesidad de unirse y juntar fuerzas para afrontar los riesgos que ya se cernían sobre el errático virreinato que se creyó liberado e independiente. Con tono y convicción casi de profeta, prevenía a los neogranadinos sobre la suerte que estaban próximos a correr:

> Hay amenazas por todas partes. Los españoles se mueven para recobrar su colonia. ¿Y nosotros cómo estamos? ¡Dios lo sabe! Cacareando y alborotando al mundo con un solo huevo que hemos puesto. ¿Qué medida, qué providencias se toman en el estado de peligro en que se halla la patria?... Fuera paños calientes y discursos pueriles; fuera esperanzas quiméricas, hijas de la pereza y de esa desconfianza estúpida que nos va a envolver de nuevo en las cadenas. La patria no se salva con palabras, ni con alegar la justicia de nuestra causa... Que no se engañen; somos insurgentes, rebeldes, traidores; y a los traidores, a los insurgentes y rebeldes se les castiga como tales. Desengáñense los hipócritas que nos rodean; caerán sin misericordia bajo la espada de la venganza, porque nuestros conquistadores no vendrán a disputar con palabras como nosotros, sino que s egarán las dos hierbas sin detenerse a examinar y a apartar la buena de la mala; moriremos todos, y el que sobreviviere, sólo conservará su miserable existencia para llorar al padre, al hermano, al hijo o al marido.

Ni que estuviese leyendo como libro abierto la llegada del futuro, pues las admoniciones y los oscuros presentimientos de don Antonio Nariño se cumplieron pronto, con un rigor escalofriante. Pero nadie oyó, ni nadie quiso escuchar a tiempo el peso de esas argumentaciones. Se creyó siempre que Nariño sólo representaba los intereses de la pequeña aristocracia santafereña —lo que en parte era cierto— contra los intereses de las supuestas aristocracias locales. Y entonces los dos bandos se tornaron intransigentes e intolerantes en la defensa de sus posiciones y no demorarían mucho tiempo en tratar de dirimir por las armas y la guerra el significado de sus confusas y absurdas diferencias. Y sobrevinieron las primeras guerras civiles, donde casi sucumbe el sueño prematuro e improvisado de una independencia que había nacido cabalgando sobre el lomo de acontecimientos lejanos.

La guerra de los señoritos dejó expedito el camino para la reconquista. La fuerza que pudo haberse opuesto al general Morillo, encargado poco después para recomponer el alborotado orden colonial, se dilapidó en carnicería interna. Y en esa reconquista fue sacrificada a sangre y fuego la más brillante generación de esos criollos que trataron de buscar la independencia frente a la metrópoli. En esa guerra sucumbirían federalistas y centralistas, los ingenuos y los inteligentes, los ilusos y los oportunistas. Sólo el genio iluminado e iluminante de un hombre que, a pesar de ser también señorito, fue superior en todo a esas limitaciones de su condición y pudo acaudillar con éxito y orientar con lucidez el verdadero rumbo de la guerra de la Independencia: sería Simón Bolívar.

Antonio Nariño, presidente de Cundinamarca, ardoroso y belicoso, y convencido intransigentemente de que en ese dramático momento tal vez la razón de las armas podría lograr que prevaleciera sobre el arma de la razón y la sensatez de los argumentos que él defendía, se aprestó para la guerra. Y envió los primeros contingentes para doblegar a las provincias que se negaron a someterse al gobierno central. El ejército, en primera instancia y al mando de don Antonio Baraya, fue enviado a los valles de Cúcuta. Y allí iba nuestro engalanado abanderado, en condición de tal y en condición también de secretario del comandante Baraya. A pesar de la intimidación que podía provocar en su espíritu el curso aterrador de las posibles e inexorables batallas, lo halagó saber que volvería a su tierra nativa, engalanado con su uniforme vistoso y siendo abanderado y secretario del comandante en jefe de esa primera expedición en defensa de los fueros de la Patria Boba.

Pero la dicha expedición nunca llegó a Cúcuta, pues al parecer en el curso de la marcha, que pasaría primero por Tunja, el señor Baraya comenzó a incubar en su corazón nuevas y apresuradas ideas políticas que lo volverían federalista y lo convertirían en traidor frente a Nariño. Influido por Torres y por Caldas, que eran primos y sobresalientes conductores de las ideas federales, Baraya reunió en Sogamoso a todos sus oficiales y por unanimidad decidieron abandonar el gobierno centralista de Cundinamarca y consecuentemente abandonar a Nariño, al que empezaron a juzgar como fanático y como jacobino, y se plegaron al gobierno de Tunja. En la junta que decidió la deserción y consumó la traición, actuó como secretario el subteniente abanderado, don Francisco de Paula Santander y Omaña, que acababa de cumplir veinte años. Su primer documento de hombre público aparece firmando una traición. Muchos años después hace constar en otro documento:

> No fue ciertamente un acto de disciplina militar; pero lo fue de la necesidad imperiosa de ceder a la opinión bien pronunciada de las provincias granadinas. Mi grado y mi posición me inhibían de haberlo provocado o sugerido; cedí a la voz y al mandato de los jefes dejándoles la debida responsabilidad. El Congreso aprobó el acto y nos dio recompensa, ascendiendo a todos los militares.

Para su regocijo personal, su deserción fue recompensada dos veces y en tiempo muy breve. De subteniente pasó a teniente y de teniente fue promovido a capitán, en mayo de 1812, y continuó con el cargo de secretario del comandante Baraya.

La guerra civil y fratricida siguió su curso. Al general Nariño se lo confirmó como presidente de Cundinamarca y se le concedieron facultades extraordinarias. Y en su calidad de dictador, expidió decretos llamando a las armas a todos los ciudadanos entre quince y cuarenta y cinco años, "sin distinción de clases". El ejército central salió dispuesto a someter a las provincias insurrectas y sobre todo decidido a castigar a los traidores. Hubo combates en Charalá y Palo Blanco. Los combates iniciales fueron adversos a los centralistas y favorables a los federalistas. Nariño regresó derrotado a Santafé e hizo renuncia de la dictadura; restableció la vigencia de la Constitución; y, enfermo y amargado por las derrotas y las traiciones, se retiró a su quinta de Fucha.

Pero el pueblo, amotinado, le exigió que asumiera nuevamente el poder ejecutivo. Así lo hizo. Frente a este proceder, el Congreso federalista de Tunja, reunido esta vez en Villa de Leyva, declaró a don Antonio Nariño como usurpador y tirano de la provincia de Cundinamarca; y a todas las personas adictas a su facción las declaró enemigas de la unión y de la Nueva Granada. Es decir, se decretó el reinicio de la guerra civil. Ante esto, Nariño despachó de nuevo un ejército con destino a Tunja. A su vez, el desertor Baraya se aprestó al combate y envió sus tropas en dirección a Ventaquemada, donde finalmente acabaron enfrentándose los dos ejércitos.

De nuevo fueron derrotados los centralistas. Sin embargo, parte significativa del ejército de Nariño logró reagruparse y pudo efectuar una retirada exitosa hacia la capital, Santafé. La ciudad entró en pánico ante esta nueva fatalidad y floreció entre sus habitantes la posibilidad de que se negociara una rendición. Para tal efecto, se envió una delegación para que conversara con el triunfante Baraya; en la delegación estaba otra vez incluido el clérigo don Nicolás Mauricio Omaña. El abanderado secretario estaba ahora en bando contrario al de su tío, enfrentado al canónigo y protector suyo. Pero la negociación fue un soberano fracaso. Envanecido por su reciente triunfo, el señor Baraya se hizo altanero y prepotente y se negó en forma terminante a cualquier conversación con los vencidos. Nariño agotó todos los recursos de la persuasión, "pero todo fue infructuoso: orgullo, altanería, desprecio y amenazas fueron todas las contestaciones". El abanderado secretario, que aplaudía y firmaba las actuaciones de su arrogante y envalentonado comandante, sin embargo no demoraría mucho tiempo en criticar y reprochar esos procederes.

Pero tal terquedad y la arrogancia vengativa produjeron que la ciudad en su conjunto cerrase filas en torno a Nariño y se dispusiera a una defensa heroica y valerosa contra los federalistas, que no demoraron en sitiar la ciudad para someterla por la fuerza. El sitio de la ciudad se inició en diciembre de 1812, justamente el 24, a la manera de un sangriento regalo navideño. Se bloquearon las entradas principales y se pretendía rendirla por hambre. Y como era Patria Boba, y la bobería da para todo, a Nariño, a quienes muchos acusaban de afrancesado, de impío y de jacobino, se le ocurrió apelar al sentimiento religioso para reforzar el valor de los santafereños y se dispuso que sus partidarios lucieran una escarapela con el nombre de Jesús crucificado. Lo cierto es que con ayuda o sin ayuda de aquellas legiones celestiales, los santafereños obtuvieron una absoluta y total victoria sobre las tropas del ejército sitiador. Las tropas de Baraya quedaron aniquiladas. La totalidad de sus oficiales fueron hechos prisioneros y todos los recursos de guerra pasaron a manos del vencedor Nariño.

El abanderado secretario escribiría posteriormente un relato pormenorizado de aquellos hechos, donde dice que él previó esa derrota, donde dice que él ama a Baraya, pero lo juzga como autor de todos esos males; donde habla que el ejército se había emborrachado y que por cobardía perdió esa batalla. Y en ese mismo relato consigna, con sapiencia de secretario, lo que sería con el correr de los años la fórmula suprema de su accionar militar: la prudencia de un militar consigue ganar más batallas que su intrepidez. Quizá por esa prudencia, y cuando tuvo la oportunidad de comandar tropas, el diseño de retiradas constituyó su máxima hazaña en los rituales de la guerra.

El capitán secretario también fue hecho prisionero en esa ocasión. Pero como su tío, don Mauricio Nicolás, era miembro distinguido del centralismo y persona con alguna influencia en el círculo de Nariño, y como nunca dejó de ser ni tío ni protector del sobrino que había abandonado su causa, se determinó que el arresto lo cumpliese en su casa. Posteriormente el mismo Francisco de Paula solicitó a Nariño en forma por demás comedida, que se le trasladase al colegio de San Bartolomé. Quería recordar los años de estudiante. Quería sentirse protegido por el colegio, que era como su vientre nutricio, y quería seguir bajo la tutela de aquel tío suyo, que era como el ángel de la guarda. El colegio donde el prisionero permaneció un mes era, por supuesto, el domicilio de Mauricio Nicolás Omaña.

El triunfo de Nariño no trastocó de manera profunda el orden político del gobierno federal. Se pactó un canje de prisioneros, a lo cual accedió Nariño con largueza y sin demora alguna. Quedaron en libertad los prisioneros y entre ellos el secretario abanderado Francisco de Paula, quien de inmediato se trasladó a Tunja. Era ya febrero de 1813. Allí se lo destinó al servicio del coronel Manuel del Castillo y Rada.

Se apresuró el secretario a escribirle una extensa carta a su nuevo coronel, carta donde consignaba muchas cosas, entre otras que su elección de él como segundo al mando —pues se lo nombró sargento mayor en esa condición— era una elección bien equivocada, pues él carecía de suficiencia para ese empleo; que decir eso era para él reconocer una verdad y no padecer una humillación; que se contentaba de estar a órdenes de un amigo, de un jefe del que podría aprender muchas cosas; y etc., etc.

Castillo y Rada, por designación del Congreso de las Provincias Unidas, fue encargado de la comandancia general de la provincia de Pamplona y como jefe de la vanguardia de ese ejército del Norte. Y debía de situarse en Piedecuesta para hacer frente a la inminente invasión española que amenazaba el valle de Cúcuta.

26

A estas alturas, y en estas circunstancias, ya había entrado en contacto con el gobierno de don Camilo Torres el hombre destinado a cambiar el curso de la independencia americana, el que vendría a trastocar la Patria Boba en patria heroica: Simón Bolívar. Había arribado a Cartagena y había publicado su más que famoso manifiesto político, la llamada *Memoria dirigida a los ciudadanos de la Nueva Granada por un caraqueño*, donde con lucidez iluminante y comprensión descifradora se señalaba el derrotero político de toda la revolución americana y se redefenían los planes estratégicos del hasta ahora errático proceso de construir el proyecto independentista.

Cartagena le confió al coronel Bolívar un pequeño ejército de sólo doscientos hombres. Y con este reducido contingente inició el futuro Libertador su hazaña victoriosa, que lo condujo a la campaña que liberó al río Magdalena y lo llevó posteriormente a establecer su cuartel en la ciudad de Ocaña.

Pero la reconquista también se había iniciado. Ya se desplegaba su marcha amenazante y vengativa. El coronel español, Ramón Correa y Guerra, quien era el comandante general de Maracaibo, avanzaba con su ejército hacia los valles de Cúcuta con la intención de proyectarse después al interior de la Nueva Granada. Frente a la inminencia del peligro, el coronel Castillo y Rada solicitó la colaboración del entonces coronel Bolívar, quien en ese momento dependía de las órdenes de Cartagena y del presidente de ese estado, don Manuel Rodríguez Torices. Solicitó Bolívar la autorización correspondiente y se dispuso a colaborar con el coronel Castillo y Rada, que era cartagenero. Abrió operaciones Bolívar, con esa intrepidez intimidante que caracterizaba su estrategia y que tantas veces comprometía la prudencia, y obtuvo un resonante triunfo sobre Correa. Ya Bolívar actuaba como comandante de un ejército combinado, pues en esa batalla participaron los hombres que le fueron enviados por Castillo. Los españoles que habitaban Cúcuta huyeron despavoridos y las tropas triunfantes saquearon sus pertenencias. Castillo se trasladó a Cúcuta para conocer personalmente a Bolívar. Y sólo fue que se conociesen para sentirse antipatía mutua y para encontrar muchos puntos de conflicto y desavenencias. Eran dos posiciones políticas y dos concepciones militares opuestas y antagónicas. A Bolívar, en homenaje a sus victorias militares en el suelo granadino, el Congreso de Cúcuta le había concedido la ciudadanía y el grado de brigadier del ejército de la Unión. Don Camilo Torres parecía fascinado con la personalidad fulgurante y arrolladora de ese coronel de veintiocho años que parecía no subestimar obstáculos para coronar la hazaña de desmesura que ya se había propuesto.

El plan de Bolívar, que ya había presenciado el derrumbe y la disolución de la Primera República en Venezuela, consistía en proponerles a los granadinos la reconquista de Caracas, pues sólo así se salvaguardaría la seguridad de la Nueva Granada y se ampliaría el escenario de la guerra libertadora para comprometer a todo el continente. A muchos, entre ellos a Castillo y por supuesto a su obsequioso secretario, esta perspectiva se les antojaba alucinada, hija de una mente febril y seguramente tocada por los destellos de la demencia. Castillo se empeñaba sólo en defender y proteger lo que correspondía a su patria. Ir más allá de las fronteras le parecía una insensatez y un contrasentido, también un desfilfarro y una estupidez suicida, que se propuso impedir a cualquier precio. Su patriotismo era territorial y de parroquia. Se escandalizaba con este proyecto sin duda ambicioso, y escribió muchos informes al Congreso poniendo en entredicho la cordura de Bolívar y, sobre todo, la factibilidad de sus planes. Pero el verbo vehemente de Bolívar y el carisma arrollador y enardecido de sus convicciones pudieron más que las argumentaciones del coronel Castillo. Y el Congreso y el gobierno de las provincias, orientado por don Camilo Torres, admirador sin límites de los talentos y las posibilidades de Bolívar, le concedieron la autorización respectiva para que él, con tropas neogranadinas, avanzara hacia territorio venezolano.

Esto produjo el rompimiento definitivo entre Bolívar y Castillo. Y no solo el rompimiento, sino una irreconciliable enemistad personal. Continuó Castillo escribiendo cartas al Congreso para denunciar "la loca empresa de Bolívar" y menospreciando con ultrajes y calumnias sus merecimientos y cualidades personales. Antes de este rompimiento definitivo, los dos coroneles patriotas habían pasado por el grave incidente de La Grita. Al iniciar Bolívar su tránsito hacia Venezuela por el territorio de San Cristóbal, le había ordenado a Castillo ocupar un lugar llamado Angostura de La Grita, donde estaban atrincheradas las tropas españolas. Castillo, con el deseo de sabotear el plan de Bolívar, al que se oponía con ferocidad, demoró mucho tiempo en cumplir esta orden. Al fin lo hizo con ochocientos hombres y con toda su oficialidad; pero al llegar a un pueblo cercano a San Cristóbal, reunió un consejo de guerra, pues según él, todo movimiento de tropa fuera del territorio de la Nueva Granada se tenía que decidir por este procedimiento. El consejo de guerrra concluyó diciendo que la empresa de Bolívar era temeraria y se exigía que se enviara en breve al general Baraya para que asumisiese el comando del ejército. Se sellaba así la desobediencia y la traición contra Bolívar. Y se pretendía bloquearle y sabotearle su empresa libertadora. El oficial secretario, don Francisco de Paula Santander, rubricaría con su firma este nuevo acto de traición y de indisciplina militar.

Bolívar, ante estos hechos cumplidos, no decayó en su inquebrantable empeño de continuar adelante con sus planes. Y afortunadamente, y convergente con este propósito, Castillo había recibido órdenes terminantes del gobierno de la Unión para que pusiese término a sus desavenencias con Bolívar. Ante esto, el coronel cartagenero no tuvo más opción que abandonar este complicado escenario militar y regresar resentido a su ciudad natal. Semanas antes de esta decisión difícil y espinosa para su fuero y para su orgullo de militar y de patriota, habían sus tropas librado un combate afortunado en La Grita y Bailadores, donde participaron los oficiales Miguel Ricaurte y Francisco de Paula Santander. Posteriormente a estos hechos, el oficial Miguel Ricaurte, para eludir comprometerse en el intransigente conflicto entre Bolívar y Castillo, se había trasladado a Cúcuta; y como consecuencia de ello, el mando de aquellas fuerzas pasó a órdenes del sargento mayor, Francisco de Paula Santander.

El 15 de mayo de 1813 pudo emprender Bolívar su obstinada pretensión de penetrar a Venezuela para ir a liberar a Caracas. Con aproximadamente quinientos hombres, pertenecientes al ejército de la Unión, y con oficialidad en su mayoría granadina, logró en esa campaña —que se conocería como la Campaña Admirable— coronar en brevísimo tiempo ese hecho heroico, que sus malquerientes y opositores habían calificado de pretensión loca, precipitada y de aventura suicida. Pero logró hacerlo, para asombro de los que, creyéndose prudentes, despreciaron su intrepidez. No sería perdurable el fruto de este accionar heroico y extraordinariamente imaginativo y valeroso, pero fue parte de esa formación que convirtió al Hombre de las Dificultades en el guerrero que en años posteriores devendría en el verdadero y solitario alfarero de las repúblicas suramericanas.

Bolívar había comprendido los muchos temores que acosaban al sargento Santander para que lo acompañase con sus tropas en la arriesgada campaña en la que él estaba comprometido para liberar a Caracas. Conocía los íntimos recelos que abrigaban muchos granadinos sobre la posibilidad de prestar su contingente a una guerra situada mucho más allá de sus fronteras. No podía obligarlos a pensar en términos de grandeza y tenía que aceptar que muchos de ellos se abrazaban a una estrecha visión sobre lo que significaba el proyecto de Independencia. Como en las semanas previas había tenido ocasión de conocer las cualidades y defectos de ese oficial granadino, que parecía siempre encubierto y protegido por la frialdad de las expresiones que en su rostro ocultaban su alma y hacían difícil suponer lo que podía sentir o pensar, optó por dejarlo en Cúcuta, medida que además tenía significación estratégica, pues se garantizaba la defensa de la frontera norte de la Nueva Granada, siempre amenazada de ser invadida por fuerzas españolas, en especial por las acantanodas en Maracaibo. Además ya era consciente Bolívar, y lo había vivido en todos los meses anteriores, de las hostilidades e incompatibilidades que se daban entre venezolanos y granadinos. Estas tensiones fueron para Bolívar fuente constante de preocupación, y en lo posible hizo lo que estuvo a su alcance para mitigarlas. Por otra parte, las dificultades que había tenido con Castillo, que casi condenan al fracaso sus planes, no le aconsejaban continuar profundizando enfrentamienos con los oficiales de la Nueva Granada. Conciliar y restaurar el entendimiento entre americanos fue siempre un propósito que no descuidó nunca.

Mientras los agudos enfrentamientos entre Bolívar y el coronel Castillo se sucedieron, Santander vivió y padeció momentos de ambigüedad y angustia. Por un lado, se sentía ligado por sentimientos de amistad y obediencia con el coronel cartagenero, con el que mantuvo, mantenía y mantendría una copiosa correspondencia. Y por el otro lado, al conocer y tratar el coronel Bolívar, habíase sentido subyugado de muchas formas. Reconoció desde el principio su superioridad humana y militar, el despliegue prodigioso de su energía vital, la arrogancia de su gesto aristocrático y electrizante, el fluir de ese pensamiento audaz e intuitivo que le imponía comprender y descifrar los elementos esenciales de los procesos históricos. Todo eso creóle una fascinación que parecía someter su propia debilidad al hechizo de esos elementos superiores. Todas estas extrañas y deslumbrantes cualidades crearon en él un sentimiento de admiración, que reconoció sin miramientos y sin dobleces durante muchos años. ¿Acaso no llegaría a escribir años después que él debía valer algo desde que Bolívar lo despreciaba?

Habitualmente, el sargento mayor Santander comprometía su adhesión hacia las personas y no hacia las ideas o hacia los principios. Su proceso de formación política e intelectual era por aquellos días en extremo precario e insuficiente. Su pensamiento no podía permitirle juicios profundos y legítimos sobre lo que estaba aconteciendo. Y prefirió en esa complicada situación un comportamiento matizado por la ambigüedad, evitando tomar partido abierto y decidido por alguno de sus dos superiores. No desconoció ni renegó de su amistad con Castillo, ni se enemistó de una manera abierta con el coronel Bolívar.

Mientras Bolívar avanzó victorioso en su Campaña Admirable, fue dramática y desoladora la suerte militar del inexperto y prudente Francisco de Paula. Personalmente, tuvo él siempre la dignidad y la honestidad de reconocer que sus atributos no eran épicos sino administrativos; que no era en el campo de batalla sino en el bufete de abogado o de funcionario público donde podían lucir sus presumibles glorias; no era hombre de guerra, lo era de escritorio. Innumerables veces hizo público su deseo de no querer comandar tropas. Innumerables veces también pidió su licencia absoluta y le fue negada.

Pero las circunstancias de la guerra, y los elementos dramáticos y adversos que fue imponiendo la dura y despidadada realidad de ese proceso de reconquista que inició España para someter y recobrar sus colonias, impusieron al gobierno la necesidad perentoria de darles mando de tropas a quienes no tenían virtudes ni talentos para ese accionar, que casi siempre es intrépido y exige valor y pasión sobre todas las cosas.

El comandante Mijares, a cargo de la guarnición de Maracaibo, designó al capitán Bartolomé Lizón para liquidar la fuerza que quedó a cargo de Santander. Conocedor de esto, Santander suplicó al gobierno de la provincia de Pamplona que lo relevasen del mando, súplica que no fue acogida. Consciente entonces de la fragilidad de su posición, Santander reunió un consejo de guerra y logró que por unanimidad se acordase la retirada, antes que enfrentar combate con el enemigo. La retirada se hizo en orden, por el camino que conducía a Pamplona. Mientras ésta se realizaba, decidió hacerse fuerte en la llanura de Carrillo. Lizón le venía pisando los talones y se ubicó igualmente muy cerca de aquella llanura, donde ya se había ubicado Santander. A las diez de la mañana del 18 de octubre de ese año de 1813, el capitán español dio orden de iniciar su arrasador ataque. Y a esa misma hora, la aterrada tropa de Santander inició su fuga. A las dos de la tarde, la derrota de los patriotas era amarga, desoladora y total. Su comandante, don Francisco de Paula, y sus dos primos entrañables, José Concha y Pedro Fortul, fueron de los pocos que se lograron poner a salvo; dueños de muy buenos caballos, su fuga fue más veloz y afortunada.

En Pamplona, cuando tuvo tiempo de sopesar el significado de tan terrible suceso, padeció el dolor y la desesperanza adicional de saber que su derrota la había sufrido en tierra nativa, esa derrota que le prodigó deshonra y que le ganó en vida el adjetivo que lo calificó en esos tiempos de heroicidad y valor como un militar cobarde. Don Camilo Torres, por ejemplo, en carta privada que le escribía a García Rovira, juzgaba con los más duros y descalificadores epítetos a Santander:

> En cuanto a Santander, no dude usted de que es cobarde e inepto para el mando, pues ya hemos tenido repetidas experiencias en Santafé, en La Grita cuando fue últimamente, en Capacho, en Carrillo y en todas partes. Él es la causa principal de la ruina de Cúcuta, pues, después de no haber tenido nunca valor para perseguir al enemigo, cometió la perfidia de abandonar a los vecinos de Cúcuta, suponiendo que iba a atacar al enemigo y dando la vuelta por Carrillo, de modo que no pudo ponerse a salvo ninguno de ellos; estos son los hechos y usted puede informarse de ellos en Cúcuta.

Terrible y dolorosa imagen se había formado el tranquilo don Camilo Torres de las virtudes de su subalterno, imagen que se generalizó entre los combatientes neogranadinos. Y terrible y amarga debía ser la condición moral y sicológica del derrotado Santander en aquellos años, pues a raíz de esa derrota comprometía gravemente la supervivencia del gobierno y entregaba al degüello y a la venganza carnicera de Lizón a sus paisanos, entre los que había muchos amigos suyos y muchos parientes. Su conciencia desgarrada y el insoportable sentimiento de culpa por tan dudosos y equívocos procederes como militar, por su insuficiencia y por su carencia de virtudes épicas, lo llevaron a solicitar que se le instruyese un consejo de guerra, y a pedir que se le concediese una licencia absoluta, "para que separado del mando, deje de alternar con los demás oficiales, que no merecen ser compañeros de un cobarde". Al menos en su dolor, tenía lúcida conciencia de su atribulada situación.

Pero no tuvo tiempo el Congreso de satisfacer sus pedidos y sus lamentaciones. La derrota sufrida colocó al gobierno frente a un inquietante y angustioso problema: perder los valles de Cúcuta y Pamplona; y esto sencillamente significaba abrir de par en par las puertas para que los españoles pudiesen avanzar triunfantes hacia Tunja y hacia Santafé. Para hacer frente a tan dramática y amenazante coyuntura, se nombró al brigadier Gregor Mac-Gregor como nuevo comandante de las Fuerzas Combinadas del Norte. Y ante la ausencia de un oficial conocedor del terreno, el gobierno mantuvo como segundo a Francisco de Paula Santander. Por supuesto, no habían terminado las incoherencias y las inconsistencias de la inefable Patria Boba.

Asumiendo su cargo de comandante del Ejército del Norte, Mac-Gregor se ubicó en Piedecuesta, donde logró aumentar el ejército con lanceros reclutados en Socorro y en Tunja. A esta fuerza se agregó Santander, con los residuos que quedaban de su ejército derrotado. Con esta tropa, Mac-Gregor tomó la ciudad de Pamplona; pero atacados nuevamente por Lizón, Matute y Casas, tuvieron que retirarse a Bucaramanga. Aquí nuevamente se logró reorganizar y fortalecer en algo el ejército, llegándose a reunir más de mil cuatrocientos hombres. A este ejército se incorporó Custodio García Rovira como segundo jefe al mando. Don Custodio era amigo y había sido profesor de Santander en el colegio de San Bartolomé. Lo apodaban "el estudiante". Con este ejército procedieron a tomarse nuevamente la ciudad de Pamplona.

Aquejado de larga y penosa enfermedad, Mac-Gregor se vio forzado a dejar el mando para retirarse, casi agónico, a la ciudad de Cartagena; pero su permanencia y su accionar frente al Ejército del Norte habían sido respectivamente, eficaz y valeroso. Se retiraba habiendo cumplido con lealtad y con éxito su comandancia y dejando a Lizón y a sus secuaces relativamente sometidos a control. Retirado Mac-Gregor del mando, la jefatura pasó a manos del académico García Rovira. Sobre él no demorarían en enfilarse los dardos hirientes y acusadores de su discípulo y subalterno, el bartolino Francisco de Paula. El 14 de junio de 1814, y otorgado por el Colegio Electoral de Pamplona, recibió Santander el grado de coronel. La Patria Boba y federal se había hecho para eso, para distribuir a manos llenas falsas dignidades. ¿Se le consultaría este ascenso al presidente don Camilo Torres?

Al ejército, comandado ahora por el antiguo profesor bartolino, don García Rovira, correspondióle la responsabilidad máxima de tratar de contener la avalancha de la reconquista que se acercaba triunfante y ufana desde el norte. En ese momento venía comandada por un veterano militar de muchas guerras europeas, llamado Sebastián de la Calzada, quien había establecido su cuartel general en Pamplona.

Don Custodio García, con el objeto de hostigar y perseguir a Calzada, decidió atravesar el páramo Cachirí. Su discípulo, y ahora segundo al mando y convertido por gracia de lo incomprensible en coronel, escribió en sus memorias muchos años después, que él se había opuesto a ese absurdo movimiento "que facilitó a Morillo la reconquista de Santafé". Y agrega en el mismo documento que Custodio Rovira,

> ... aunque dotado de valor personal admirable y empapado de muchas teorías militares, cometió la grave falta de querer hacer con las tropas bisoñas lo que había leído que hicieron los grandes capitanes con tropas bien disciplinadas.

Y sostenía también qué él había notado que día tras día él veía disminuir la fuerza moral del pueblo y del ejército a favor de la Independencia. No consta en ninguna parte ni en documento alguno el supuesto celo preventivo desplegado por el coronel Santander que, al contrario de García Rovira, ni siquiera estaba empapado de muchas teorías militares, sino de teorías teológicas y jurídicas aprendidas de sus profesores en el viejo colegio de San Bartolomé. Y por otra parte, esas tropas bisoñas y carentes de moral y disciplina habían sido supuestamente entrenadas y disciplinadas por él mismo en los meses anteriores. Pero al parecer, ni en moral ni en disciplina lograron obtener conocimiento alguno bajo su tutela.

Calzada realizó un movimiento diseñado para aniquilar ingenuos. Fingió una retirada falsa hacia Ocaña, aparentando abandonar Pamplona. E internándose en el páramo de Cachirí, dejó una tropa para resguardar la entrada del único camino a ese páramo. Las tropas patriotas se precipitaron en un ataque sobre dicho contingente. El ataque se realizó bajo las órdenes de Santander y sus dos oficiales primos, Fortul y Concha. Esta pequeña escaramuza, prevista y diseñada por Calzada, fue presentada por García Rovira como una gran victoria. Sin duda la Patria Boba se había refinado hasta límites increíbles. Pocos días después, aconteció lo obvio. El general republicano y su avezado y crítico coronel se internaron en el páramo de Cachirí. Era el lugar donde los quería tener el general español para aniquilarlos. En la tarde del 26 de febrero de 1816, Calzada dio inicio a la batalla. Y cuando los españoles hicieron hacer sonar sus cornetas, las tropas bisoñas —entrenadas y supuestamente disciplinadas por el coronel Santander—, que nunca habían oído sonar tan diabólico y aterrador instrumento, creyeron que legiones invencibles e infernales habían llegado para arrasarlos. Y llenos de estupor y mucho miedo por los infernales sonidos, se dieron a la más ignominiosa fuga. Cundió un desorden total. Sólo García Rovira y algunos oficiales dotados de buenos caballos pudieron huir veloz y milagrosamente. Entre ellos, por supuesto, se encontraba el coronel Santander, que en rauda y frenética retirada logró llegar hasta El Socorro.

La triste e increíble derrota de Cachirí fue la estocada final a la república boba. Fue como el símbolo de esa gran amargura y de esa tragedia inenarrable que entregó al pobre e improvisado gobierno a los rituales del terror y la desolación que muy pronto les impuso el general Morillo.

La noticia del gran desastre que propiciaron nuestros dos preclaros bartolinos vino a conocerse en Santafé de Bogotá en los primeros días de marzo. El pánico, la desolación, la amargura y la desesperanza invadieron el corazón de todos. Las iglesias multiplicaron hasta lo inconcebible su clientela de asustados y arrepentidos. Con quejidos se empezó a enterrar, y con entierro de tercera, a esa criatura contrahecha engendrada entre estupores y vacilaciones que seguimos llamando nuestra Patria Boba.

Camilo Torres procedió a renunciar a su cargo. En apresurada y asustada ceremonia, se optó por nombrar a José Fernández Madrid —que era médico y doctor en derecho canónico y cartagenero y de sólo veintisiete años— como nuevo presidente de la fantasmal y adolorida república agonizante. Se lo revistió con los ornamentos de la dictadura. Como acto último de su atribulada presidencia, don Camilo Torres designó como general en jefe de lo que quedaba de las fuerzas republicanas al general Serviez, que era colombiano pero de origen francés, personaje sin duda novelesco y casi estrafalario, como hijo de la leyenda y heredero de la desventura.

A García Rovira, en acto posiblemente de inútil lucidez tardía, se le ordenó que entregase el mando a Serviez y que regresara inmediatamente a la capital. El ejército que recibió Serviez era un ejército de desnudos, de hambrientos, de desmoralizados; pero sin embargo, y lo escribió el general Serviez, "nuestros soldados son los más virtuosos que jamás ha tenido nación alguna". El militar francés tenía una visión más dignificante y respetuosa de esas tropas que el coronel Santander calificaba de cobardes y de bisoñas.

En estas circunstancias, el veterano soldado europeo, don Emmanuel Gervais Röergais de Serviez, supo que no podría enfrentarse con ningún éxito a la quinta división española, que después de haber vencido en Cachirí, avanzaba envanecida para culminar la reconquista. Además, a la marcha sobre Santafé se había sumado ahora la División de Oriente, al mando del brigadier Miguel de la Torre. Traía un cuerpo de veteranos españoles que Morillo había seleccionado para dar el asalto final sobre la capital.

Antes de la sepultura definitiva de nuestra Patria Boba, ésta tuvo unos últimos pataleos. El nuevo dictador presidente, que por algo era canónigo, resolvió, en un acto piadoso y desesperado, poner las armas de la república bajo la protección y el amparo de Nuestra Señora de Chiquinquirá. El general Serviez, aconsejado por el coronel Santander, que era hombre de religiosidad cambiante y equívoca, imitó el proceder del presidente y, en gesto de imaginación extraordinaria, supuso que para lograr el apoyo popular lo mejor era secuestrar esa santa imagen para que acompañara a sus tropas. Y dicho y hecho. Ordenó construir un enorme y rústico cajón y allí empacó a la Virgen. Y Virgen y ejército emprendieron la dificultosa marcha, a pesar de las protestas de muchos. El coronel Santander, también muchos años después, justamente cuando agonizaba, justamente cuando estaba de vuelta de su indiferencia y de su impiedad religiosa y cuando lo torturaban sus terribles cólicos hepáticos, se hacía poner un escapulario con la Virgen de Chiquinquirá sobre las partes adoloridas. Y recordaba en esa larga agonía, recordaba con enternecimiento ese consejo que él le proporcionó a Serviez para que secuestrara a la venerable señora.

Serviez, aferrado a una certidumbre pragmática, supo que para salvar algo de ese harapiento ejército, sólo había una alternativa posible: huir a los Llanos, más exactamente hacia el Casanare; hasta allá no irían a perseguirlos los españoles. La naturaleza salvaje e ilímite de ese mundo se los impediría y los derrotaría. Quizá la estorbosa imagen, que posteriormente tuvo que ser abandonada por las dificultades que le agregaba a la marcha del ejército, fue la que le prodigó ese único milagro: la iluminación de comprender que huyendo a Casanare se salvaría la atribulada tropa y hasta la pobre patria, así fuese boba.

El nuevo presidente, Fernández Madrid, y el antiguo y desolado ex presidente, don Camilo Torres, por el contrario pensaron que lo mejor era huir hacia el sur, hacia Popayán. Por un instante imaginaron que así escaparían a la inexorable subida al patíbulo que ya veían en el horizonte confuso y torturado en que estaba terminando la república. Ya nadie pensó en pelear, sólo en huir. Y en ese momento, todos muy seguramente se acordaron de Nariño, de lo que había escrito en sus *Bagatelas*, de sus profecías laicas y lúcidas. Pero era demasiado tarde, se había perdido todo, posiblemente hasta el honor.

27

Mucha intriga, tejemaneje y cruce de cartas, procurando hacer fructificar nuevas traiciones, hubo en torno a la decisión de si el resto del ejército se iba con Serviez a los Llanos del Casanare, o si se iba con el presidente Fernández Madrid hacia las regiones del sur. Por estos días de la estampida, estaba ejerciendo el cargo de Secretario de Guerra el señor José María Castillo y Rada, hermano del coronel Castillo, que tanto problema le había causado a Bolívar, y por supuesto conocido y amigo del coronel Francisco de Paula. Este Castillo y Rada le escribió una carta a Santander, donde le decía a él, y por su intermedio a Serviez, que la retirada no se debía hacer hacia Casanare sino hacia Popayán. Que si Serviez no obedecía, debía Santander tomar el mando. Santander desobedeció la orden, pues consideró mucho más seguro Casanare para asegurar su propia supervivencia y la del menguado ejército. En carta de respuesta a Castillo sostenía entre otras cosas: "Quiera Dios que no se mueva el enemigo para que nuestras fuerzas estén quietas y no nos veamos en la necesidad de tomar un partido violento, que siempre es malo". Prudencia antes que valor era ya una consigna sagrada que orientaba su conducta militar. Y esta vez, sin duda, su afilada prudencia fue afortunada para el desarrollo posterior de los eventos.

El asunto se resolvió como se había planteado desde el principio. Serviez, en abierto desafío al presidente, y en acuerdo con Santander, tomó la ruta de Casanare y se salvaron. El presidente, y un grupo importante de los más distinguidos miembros del gobierno, escaparon presurosos con rumbo a Popayán y en su mayoría sucumbieron por el terror y los patíbulos que levantó la reconquista española.

Fue dura, dramática y por supuesto triste y angustiosa la marcha defensiva de los que huyeron a Casanare, como igual sucedió con los que huyeron hacia el sur. Los que huían a los Llanos tomaron el camino por Cáqueza. Llevaban una enorme cantidad de equipaje y más de doscientas reses, pero lo que más estorbaba era la secuestrada Virgen, metida en el descomunal cajón de madera. Al grupo se había unido un buen número de civiles, que temieron la venganza de los reconquistadores. El que no los acompañó fue don Mauricio Nicolás de Omaña, quien imaginó podría arreglárselas con los españoles en tan terrible situación. Fallaron sus cálculos y pocos días después sería deportado por Morillo a La Guaira, donde moriría sin olor a libertad en abril del año de 1817, quizás pensando en la suerte incierta de su sobrino y protegido por tantos años en el colegio de San Bartolomé.

El ejército español, al mando de don Miguel de la Torre, realizó su triunfante entrada a Santafé de Bogotá el 6 de mayo de 1816. No llovía, y por eso las gentes salieron a recibirlo con júbilo, con fiesta, con arcos triunfales, con campanas al aire, con banderitas y con ramos blancos. Extraño este pueblo. ¿Por qué glorificaban así a quienes venían a libertarlos de su libertad? Para asombro de todos ellos, don Miguel de la Torre llegó ofreciendo un indulto general para todos los que estaban comprometidos en la revolución.

La tropa que huía con Serviez, por su parte, comenzó a dar pruebas palpables de su terror y su desmoralización. Cerca de Tunjuelo desertaron más de mil quinientos hombres, lo que redujo el ejército a sólo seiscientos hombres y a cuarenta jinetes. El parque y los demás elementos de guerra fueron abandonados en la montaña. Ya reducidos casi a nada, llegaron a Chipaque. Los españoles habían ordenado su persecución y entonces, en otro acto de lucidez tardía y de prudencia poco religiosa, tuvieron que dejar abandonada la santa imagen de la Virgen. La dejaron en un lugar llamado Samane, y es lícito imaginar que aquellos perseguidos creyeron que hasta el Cielo los estaba abandonando. Y se reafirmaron en esa dolorosa creencia, cuando a los pocos kilómetros se encontraron que, para atravesar el caudaloso Rionegro —que necesariamente había que atravesar para llegar a los Llanos— se tenía que hacer por medio de una tarabita. La demora y la lentitud que supuso lograrlo determinó que las tropas españolas los alcanzaran. Hubo escaramuza entre estos y los españoles, muertos y heridos y sobre todo muchísimos ahogados que se lanzaron al río. Fue Serviez el último en pasar por el frágil vehículo y el que cortó el cable de la tarabita para inutilizarlo. Santander y otros oficiales, entre los que estaba José María Córdoba, ya habían pasado con el resto de los sobrevivientes. Después de estos sucesos, el ejército quedaba reducido sólo a unos ciento sesenta hombres. Y serían estos los que continuarían hasta Pore.

Vinieron días de hambre y de la más grande y poderosa desolación. Y los españoles persistían en perseguirlos. Se desatarían las enfermedades. El implacable clima dilataría la angustia. Casi como un hecho milagroso, sucedió que el general Urdaneta envió un escuadrón con el propósito de reunirse y proteger a los fugitivos. Los encontró en un lugar llamado Chire; ya eran sesenta los infantes y unos ciento cincuenta los jinetes, pues alguna gente y algunas cabalgaduras se les fueron sumando en el camino.

Al llegar a los Llanos, los fugitivos encontraron que este gran territorio, visualizado por venezolanos y granadinos como lugar de refugio inexpugnable, albergaba a tres jefes distintos al mando de su correspondiente tropa. Estaban allí el enfermo coronel venezolano Miguel Valdez; el coronel, también venezolano, Nepomuceno More; y el general Rafael Urdaneta, de Venezuela igualmente.

No eran muy armoniosas las relaciones entre los tres grupos; hostilidades, y muchas, entre los comandantes comprometían a corto plazo la unidad y la posibilidad real de organizar un verdadero ejército que prosiguiese las faenas de la guerra. La anarquía se cernía amenazante, pero también surgió la sensatez para comprender que había que terminar tan inquietante situación. El coronel Valdez, más que ningún otro, era consciente de la necesidad de crear una autoridad estable que coordinara y armonizara las facciones. Para tal efecto, propuso una reunión de todos los jefes. Santander fue delegado por Serviez y por Urdaneta para que los representase en dicha reunión. Allí se acordó nombrar un presidente, al granadino Fernando Serrano Uribe, que era bartolino y por supuesto amigo y paisano del coronel Francisco de Paula. Santander colaboró activamente en el nombramiento de Serrano, y Serrano le correspondió, colaborándole en el nombramiento que se le hizo a Santander como jefe del ejército. Años después, el general Santander escribiría:

> Parecía natural que el nombramiento de jefe del ejército hubiera recaído en el general Rafael Urdaneta, como de superior graduación, y experto en la guerra de Venezuela, o en otro general, antes que en mí; pero los jefes de caballería tenían anteriores resentimientos con Urdaneta; y Serviez era extranjero; yo vi con sorpresa que, hecho el escrutinio de los votos, resulté nombrado.

Por fin, y en medio de los Llanos, quién lo pudiera imaginar, estaba Santander en su elemento: votaciones, arreglos entre bartolinos y casuística jurídica para formar república aérea y fantasmal, pero engolosinada con la pura apariencia. Pero por supuesto que el coronel Francisco de Paula se daba perfecta cuenta de lo que era real en ese festín de elementos expectrales, pues en el mismo citado documento agrega:

> Demasiado preveía yo que todo lo que se estaba haciendo se desbarataría el día que lo quisiese alguno de aquellos jefes, que por la analogía de costumbres debía tener influencia sobre los llaneros; además, ya para entonces, se me había tachado de enemigo de los venezolanos con motivo de las diferencias suscitadas en Cúcuta entre Bolívar y Castillo. El resultado correspondió a mis recelos; a los dos meses de mi nuevo mando, los emigrados de Venezuela hicieron revivir los celos entre granadinos y venezolanos, que tanto se habían fomentado cuando Bolívar bloqueó a Cartagena en 1815. Se quiso deponerme del mando...

Y por supuesto lo depusieron, pues sostenía en el documento citado que en ese país se creía deshonroso que un granadino mandase a los venezolanos. Se nombró en su reemplazo a José Antonio Páez, a quienes todos consideraban el más valeroso e intrépido comandante de las aguerridas tropas llaneras. Se le conocía como el León de Apure, como el Centauro de los Llanos, como el Catire. En él sus hombres confiaban de manera abosoluta, y pronto sus hazañas demostrarían que los hombres a veces no se equivocan en la escogencia de sus jefes.

Era apenas explicable que Santander hubiese sido destituido tan pronto del mando. Ningún llanero lo consideró un auténtico militar y mucho menos un auténtico guerrero. Con ironía y sarcasmo, se le nombraba como militar de pluma, y muchos otros hablaban ya de él como del abominable Hombre de las Leyes. Y lo había demostrado hasta en esas latitudes, coadyuvando, eficaz y tesoneramente, a formar gobierno civil, con presidencia y todo, a pesar —y también es expresión de Santander— de que no tenían más patria que el terreno donde vivanqueaban. Patria no, pero presidente sí. Ah, y por supuesto, engalanado jefe para el ejército.

Difícil para Santander, y en general para los que no eran de la región, la adaptación a las intimidantes formas de vida que se practicaban en el Llano. Entre otras, porque él no sabía nadar y porque allá toda esa vida era exuberante, hostil y salvaje. Grandes y profundos debieron ser sin duda alguna sus sufrimientos, y heroico y exaltante el que hubiese persistido en ese tiempo, entre inviernos despiadados y donde se padecía tanta hambre. Loable ese empeño de insistir en ayudar a organizar el ejército, que pronto se llenaría de gloria en las jornadas del Pantano de Vargas y del Puente de Boyacá.

Nombrado Páez como jefe máximo, una de sus primeras decisiones fue decretar que el insólito gobierno del joven presidente bartolino, don Fernando Serrano Uribe, cesase en sus teóricas y abstractas funciones. Acto seguido, se declaró investido de la autoridad civil y militar y procedió a dividir el ejército en tres divisiones de caballería. Al mando de las mismas, designó a Urdaneta, a Santander y a Serviez en el orden respectivo. Y de inmediato se dispuso a buscar al enemigo para enfrentarlo en batalla. La suerte les fue favorable en la primera batalla, la librada en un sitio llamado el Alto del Yagual. Allí, el coronel español López fue arrasado por las tropas llaneras de Páez. López caería prisionero unos días más tarde y sería decapitado por orden de Páez.

Por aquellos días, y para estremecimiento de todos los patriotas y en especial de los granadinos, murieron vilmente asesinados dos soldados franceses de valiosa participación y de merecida recordación en los anales de esa épica, a veces enloquecida y casi siempre desmesurada: don Luis de Girardot y don Manuel Serviez. Se les asesinó para robarles sus pocas pertenencias.

No cesaban las desventuras de Santander. Él no se avenía sintiéndose integrado a la caballería de los llaneros. Con otros oficiales que pertenecían a la infantería, solicitó pasaporte para trasladarse a Guyana, provincia controlada y al mando del general Piar. Estando en camino para Guyana, vino a saber que Bolívar, de nuevo en Venezuela, se dirigía hacia el mismo sitio. Eran malos días para Bolívar. Su Campaña Admirable terminó cayendo en el vacío, en derrota, y él en el exilio. Su esfuerzo magnífico por ahora estaba coronado de fracaso, por la acción de innumerables e incontrolables factores. Llegado a Barcelona, Bolívar ofició a los españoles terminar el doloroso y tal vez incomprensible capítulo de la guerra a muerte. Santander se apresuró para ir a su encuentro. Se reunirían en la villa de Pao.

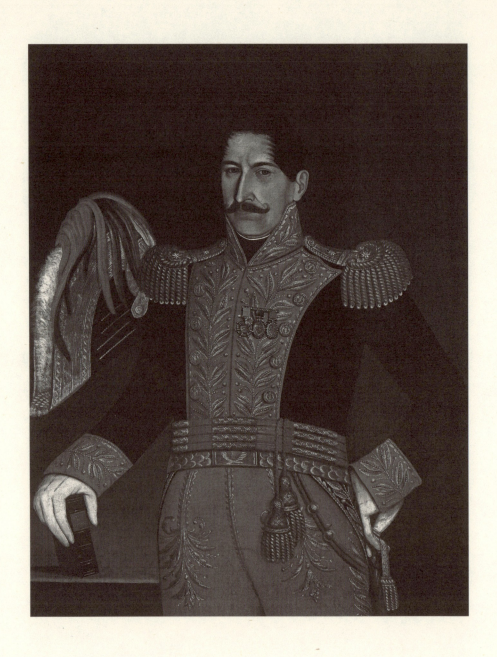

No fue efusivo ni cálido el encuentro entre Bolívar y Santander. Frialdad y distancia al comienzo. "La acogida que le hizo el jefe supremo fue tan desabrida como era de suponer en un hombre que conservaba memoria de las mortificaciones sufridas en Cúcuta". Así lo relata de manera distante y en tercera persona el propio Santander. Y por supuesto, su presencia le evocaba a Bolívar esa reciente y pasada época, donde con Castillo maquinó en su contra, cuando le habían desobedecido y traicionado y cuando atizaron la hostilidad entre venezolanos y granadinos. Temperamental y emocionalmente, las diferencias entre el uno y el otro configuraban abismo intransitable. Bolívar, volcánico y apasionado; Santander, especie de criatura de sangre fría, calculador y prudente. Bolívar, generoso y derrochador hasta lo irresponsable; Santander, manifiestamente tacaño hasta lo grotesco. Bolívar, poderosa y desbordada inteligencia intuitiva; Santander, inteligencia limitada y repetitiva, espíritu mimético y casuístico. Cada uno configuraba como dos esencias antagónicas y altamente diferenciadas, que lo único que las hace compatibles es la circunstancia de haber estado unidos y comprometidos en las necesidades de un mismo proceso histórico.

Esta relación entre ambos de manera casi inexorable tenía que terminar en el fracaso total y en el más irremediable y feroz distanciamiento. La colaboración entre ellos dos nunca pudo haber nacido ni se pudo alimentar en las certidumbres de una amistad verdadera. Nació de las urgencias y de las necesidades transitorias que les impuso la convergencia de los hechos históricos. Bolívar no podía creer ni aceptar la amistad de Santander,

Ignacio de Beltrán, *General Francisco de Paula Santander*. 1825.   Óleo sobre tela. Museo Nacional, Bogotá.

e igualmente tendría que sucederle al coronel cucuteño. Si hemos de creerle a O'Leary, uno de los dos debió haber fusilado al otro, para que tuviese posibilidad el adecuado funcionamiento de las cosas que se habían propuesto. No podía haber amistad, pero hubo y había necesidad de que existiese colaboración, valiosa y larga colaboración en muchos aspectos. Al final, si no hubo fusilamiento, hubo ignominioso intento de asesinato.

Y cuando se encontraron aquella vez en la villa de Pao, las imperiosas y superiores necesidades de la guerra obligaron a Bolívar, a pesar de sus prevenciones y sus íntimos recelos, a contar con Santander. De manera explícita, el propio Santander reconoce y acepta esas circunstancias:

> Fuese que Bolívar llegara a persuadirse que tenía en su ejército un oficial honrado, laborioso y de regulares luces en su profesión, o fuese que desde entonces calculara que podía serle útil en la Nueva Granada para su proyecto militar que había gozado allí de alguna reputación, que tenía amigos y parientes, y que era de los pocos a quienes la cuchilla española no había alcanzado, ello es que Bolívar empezó a mirarlo favorablemente y aun a distinguirlo.

Eso lo escribe él en sus *Memorias*, esas memorias en las que pretende usar un tono impersonal.

En el momento de ese encuentro entre Bolívar y Santander, se estaba viviendo una etapa definitiva para la posterior evolución de la guerra de Independencia. Un momento en que podría definirse o sacrificarse todo el proyecto de liberación de un continente, que era la obsesión y el motivo fundamental que impulsó desde el principio la acción y el épico pensamiento de Bolívar, el desmesurado. Pero no había unidad de mando, ni unidad política, sin lo cual todo podría irse a pique. Una guerra continental, no una guerra nacional, era lo que ambicionaba Bolívar; y en este pensamiento estaba solo, pues para casi todos, eso era un estar seducido por el delirio para emprender las faenas de una epopeya.

Por otra parte, el ejército de Morillo se componía de más de trece mil unidades, disciplinadas y entrenadas; y su mayor fortaleza eran los arrogantes cuerpos de infantería. Surgió para Bolívar, como un imperativo, la necesidad de someter a un mando unificado las diferentes fuerzas en que estaba fragmentado el ejército patriota. Terrible y estremecedor esfuerzo, que pasó por el sometimiento, el juicio y posterior fusilamiento del valeroso e intrépido general Piar, que era casi una leyenda en la ensangrentada y descuartizada Venezuela de aquel tiempo. Pasó por la acusación y el sometimiento del general Mariño, que valerosamente y con éxitos desiguales había logrado mantener libres algunas regiones y mantener a raya al vanidoso ejército español, que crecientemente recibía la adhesión en masa de la población civil. Pasó por la persuasión a Páez, cuyo temperamento belicoso e irascible era difícil someterlo a que acatara órdenes. Pero Bolívar, con tesón y valiéndose de todos los elementos posibles, logró al fin unificar el mando.

En este interregno, y previendo el desarrollo futuro de su accionar militar, que lo llevaría con sus tropas a la Nueva Granada, Bolívar nombró a Santander como Subjefe de Estado Mayor. "Santander" —lo dice el mismo Santander— "llenó sus deberes con celo y actividad".

Bolívar reunió sus fuerzas con la caballería de Páez, que se componía casi de dos mil míticos y aguerridos centauros de los Llanos, y comenzó con nuevo furor la violenta e impresionante guerra venezolana, que tenía ya convertida a esa nación en un universo de quejidos, de sangre y muerte y en escenario de un dolor inenarrable. En esta nueva fase de la guerra hubo victorias y fracasos. Hechos que rayan en lo increíble, como la afortunada e inexplicable retirada de Morillo de Calabozo, que le evitó el sacrificio de su ejército, y por consecuencia impidió que la posterior lucha fuese menos dramática y violenta.

Las tensiones y los desacuerdos entre Bolívar y Páez sobre movimientos tácticos para el accionar del ejército eran frecuentes y arrojaban dolorosa confusión sobre los episodios de esa guerra sangrienta. A Bolívar, y a la manera de una trágica relación edípica con Caracas, lo traicionaba su deseo constante de conquistarla y poseerla. Movido por esa impaciencia, planificó mal varias batallas, que supusieron los más terribles descalabros para su historial militar. Allí está la batalla de La

Puerta, donde su ejército fue destrozado. En dicha batalla estuvo Santander, y allí tambien fue herido gravemente el general Morillo, al ser atravesado por una lanza llanera, pero sobreviviría. Después de la derrota de La Puerta, Bolívar estuvo a punto de ser ultimado por una partida española, en un lugar llamado el Rincón de los Toros. Eficaz ayuda le prestó en ese trance el coronel Santander para que pudiera salvar su vida.

Los desastres militares que padeció Bolívar en Venezuela lo persuadieron de manera definitiva de que, al menos en esa hora, no cabía ninguna posibilidad real de vencer las fortalecidas fuerzas de Morillo. Por otra parte, y esto era esencial, la población civil seguía abandonando la causa libertadora y se mostraba crecientemente proclive a brindar su apoyo y simpatía a la causa monárquica. Para ellos, para la población civil venezolana, hasta el momento la lucha por la independencia y las sucesivas tentativas de construir frágiles repúblicas no habían significado sino desolación y muerte, pobreza y enfermedad. La casi totalidad del territorio venezolano estaba convertida en un campo de exterminio y de miseria, en un colectivo y lastimoso quejido que hacía que la población civil mirase hacia el pasado colonial con la nostalgia triste de un paraíso perdido.

Todos estos elementos contribuyeron para que Bolívar apresurase la realización de su plan de invadir, y derrotar en la Nueva Granada, a las fuerzas vencedoras de la monarquía. Previo a esto, era condición necesaria reorganizar, reagrupar y disciplinar un ejército en las llanuras de Casanare para emprender esa marcha, tal vez nunca imaginada por Morillo. Pensó muchas veces en la persona que pudiese encargarse con pleno éxito de tan trascendental misión. Después de muchas dudas y vacilaciones, se decidió por Santander. Era granadino, ya tenía conocimiento del Llano, conocía las tropas del Casanare. Y por supuesto, Bolívar conocía y reconocía sin dobleces los claros talentos administrativos que siempre caracterizaron a su voluble subalterno.

Por esos días, O'Leary, el edecán favorito y de total confianza de Bolívar, describía a Santander en los siguientes términos:

... Joven entusiasta y ambicioso, era, de todos los granadinos que se hallaban en el cuartel general, el más idóneo para desempeñar el puesto a que Bolívar lo destinaba. Gran conocedor de hombres, no se equivocó en la elección. Era Santander entonces joven, de regular estatura, un tanto corpulento, lo que le quitaba a su porte la gracia y dignidad de sus movimientos. De cabellos lisos y castaños, tez blanca, frente pequeña e inclinada hacia atrás, ojos pardos con largas pestañas, hundidos y vivos y penetrantes, nariz recta y bien formada, labios delgados y comprimidos, barba redonda y corta. Su rostro grave revelaba energía y resolución, pero cierto descuido en el vestir le hacían deslucir los atractivos de su persona, a lo que también contribuían sus modales bruscos y su poca franqueza. Tenía talento, alguna instrucción y mucha aplicación a los negocios; en los trabajos de bufete era infatigable, pero gustaba poco del movimiento y ejercicio de la vida militar; no sólo esto, sino mayor defecto le atribuían camaradas de campaña, que le acusaban de falta de brío como soldado. Fue siempre más ambicioso de dinero que de gloria...

Penetrante y analítico perfil de Santander, que en esos días ya no era coronel sino general, por nombramiento que le hiciera Bolívar a fin de que se encargase de la misión del Casanare. Su ascenso a general de brigada le fue conferido el 12 de agosto de 1818. Eran buenos tiempos para Santander. A la sombra de Bolívar, se le reconocían grados y se le encomendaban misiones de enorme importancia para el curso venidero de la independencia.

29

Salió el nuevo general de brigada, don Francisco de Paula Santander, de Guyana con destino a Casanare, el 27 de agosto de 1818. Iba revestido de mando y de instrucciones precisas y necesarias. La misión específica que le había asignado Bolívar era levantar, organizar y disciplinar una división con la cual se procedería posteriormente a iniciar la invasión liberadora de la Nueva Granada.

Bolívar le confió 1 200 fusiles y las correspondientes municiones, y le asignó al coronel Lara y al teniente coronel Antonio Obando, así como a los sargentos París y González, para que le colaborasen en esa importante comisión. Llegaría al Casanare el 29 de noviembre, "venciendo grandes dificultades y entorpecimientos". Entre esas dificultades, algunos malentendidos con Páez, que se mostró celoso e irónico de que a un general de pluma se le encargase tan delicada tarea. Pero se subsanaron pronto los descuerdos y Páez terminó colaborando activamente con los objetivos señalados por Bolívar. La navegación por el turbulento Orinoco fue difícil; padeció fiebre en el trayecto, fiebre perniciosa que le hizo tiritar y doler los huesos.

Pero en la fiebre, y para consuelo de las tribulaciones y de las incertidumbres que lo acosaban frente al desafiante reto, recordó con deleite estremecido los ojos grandes y maravillosos de una mujer que había conocido en Ocaña y que ya estaba hundida en la confusión de sus sueños y en los ardores convulsionados de su deseo: era Nicolasa Ibáñez. La había conocido en 1815 cuando estuvo acantonado en Ocaña; y ella era, desde ese entonces, visión y frenesí, tibia promesa y alborozada nostalgia que le quitaría el dolor a sus muchas horas tristes. No mantenía aún una relación formal con ella. Sólo habían tenido encuentros fugaces, pero ambos habían intuido que la vida les depararía horas dilatadas de intensidad, abismos maravillosos de placer y mutua complacencia. Cuando la fiebre se abrazó a sus carnes en ese viaje por el Orinoco, ella era la fiebre, la compulsión secreta que se le volvía delirio. Pronunció muchas veces su nombre. Sintió que ella lo devoraba y que ser devorado por esa pasión que empezaba a crecer en su alma era como la suprema felicidad y el máximo gozo al que por ahora quería aspirar. Nicolasa Ibáñez fue la hermosa imagen que le permitió atravesar triunfante por la devastación de la fiebre carnicera. Pensó y sintió que la amaba y tal vez empezó a intuir que la amaría siempre. Se prometió solemnemente que la buscaría y la encontraría una vez hubiese cumplido su misión en Casanare.

En el villorio de Caicara descansaron unos pocos días. Superó los embates perniciosos de la fiebre, aquella donde soñó y amó a Nicolasa, y continuaron el largo y mortificante viaje. Parecía haber salido fortalecido de la enfermedad y casi irremediablemente enamorado de la mujer que evocó en sus fiebres.

Llegaron por fin a su destino. En Casanare encontró desorden y anarquía. Intrigas y desunión. Pero hizo valer su autoridad y sometió a los diferentes jefes. Se entregó con virtuosismo y dedicación a esas faenas organizativas y administrativas que le provocaban un profundo placer personal. Especie de erotismo burocrático que le permitía ser infatigable y gozar con gozo auténtico las largas horas de esas faenas, que para él nada tenían de mortificación. Algunos años después, escribiría: "Todos cedieron a mi voz, me prestaron obediencia y trabajaron conmigo activamente en la formación de una hermosa división, a que tanto deben los granadinos por la libertad...".

Estando en Casanare, y trabajando diligentemente en consolidar la hermosa división, fue notificado por Francisco Antonio Zea de que iba "a abrirse el Congreso" y que entonces debía proveer lo necesario para que esa provincia tuviese representación y diputados que lo hicieran con honor y, sobre todo que defendiesen los derechos de soberanía de la

Nueva Granada, sobre aquellas tierras que, de hecho, estaban y habían sido convertidas en esos tiempos en territorio de presencia y accionar venezolanos. Fueron escogidos como diputados el propio Zea, José María Salazar y los coroneles Vergara y Uribe.

El Congreso a reunirse era el de Angostura, aquel donde el verbo iluminante de Bolívar proclamaría la unión de Venezuela con la Nueva Granada. Aquel de donde saldría engendrada la Gran Colombia, esa patria que fue imaginada grande y respetable, pero que acabó convertida en festín minúsculo de incomprensión y odio.

Por supuesto que, a estas alturas de los acontecimientos, el mando español se había percatado perfectamente de las intenciones que abrigaba Bolívar respecto a la Nueva Granada. Era fácil deducir que el reclutamiento y la organización de tropas en Casanare tenía la finalidad de proyectar una invasión. Se desconocía sólo la fecha y el lugar exacto por donde debería realizarse. Bolívar fue en extremo cuidadoso en preservar hasta el último momento el secreto de su audaz estrategia.

En Casanare circularon muchos rumores sobre la posibilidad de un ataque español enviado desde la Nueva Granada. La tensión, las expectativas y las alarmas crecían y afectaban a ambos bandos. Morillo no bajaba la guardia y se cuidaba de ser víctima de una sorpresa. El coronel español José María Barreiro tenía a su cargo las tropas para la defensa del virreinato granadino. Se había situado con una fuerza de mil doscientos hombres en Sogamoso y desde allí ejercía la vigilancia y preparaba las condiciones para un ataque. Pero era época de invierno, invierno que en los Llanos hacía imposible para los españoles siquiera imaginar la posibilidad de aventurarse en esos territorios que por meses permanecían anegados por las aguas y anulaban tanto el accionar de la caballería como el de la infantería. Esta circunstancia determinó que Barreiro procurase incitar a los patriotas a que presentasen combate en el piedemonte llanero. Pero nada más lejos de la prudencia de un ejército al mando del general Santander que esto de afrontar combate abierto y formal con el enemigo. Él prefería la sorpresa y la irregularidad asociadas a la lucha de guerrilla y por su parte pretendía que los españoles abandonasen la serranía y se fuesen internando en los Llanos.

Pronto ambos cayeron en una especie de juego parecido al del ratón y al gato. Santander se mantuvo intransigente en la táctica de nunca presentar batalla frontal. Esto le ocasionó no pocos disgustos y contrariedades con los oficiales llaneros, ansiosos siempre de mostrar su valor y blandir sus lanzas con un enemigo que desconocía por completo las condiciones del terreno y que no era nada experto en las modalidades de la guerra con lanza y a caballo. Pero la táctica acogida por Santander supuso el desgaste de enemigos y permitió al ejército patriota no sufrir bajas significativas. Muchas veces ambos ejércitos se vieron en marchas paralelas, el uno incitando un combate y el otro evitando a toda costa dar ese combate. Barreiro se convenció de que esas batallas que él provocaba y anhelaba eran un imposible, y decidió preparar la retirada hacia el interior del virreinato.

Por su parte, Santander contramarchó para conducir su infantería hacia Paya. Bolívar le escribió a Santander y le decía:

> La conducta prudente de ustedes ha salvado al país de la invasión... Doy a usted las gracias por todos estos sucesos que, aunque pequeños, son preliminares seguros de otros más completos y decisivos.

Qué satisfacción sentiría Santander al comprobar que su prudencia era glorificada y santificada como arma y como táctica valiosa de guerra por el general Bolívar.

Muchos informes recibió Bolívar sobre la crítica situación que estaban atravesando los españoles en la Nueva Granada, sobre todo por el deterioro que había sufrido la simpatía por su causa entre la población civil. El reciente y macabro recuerdo de los patíbulos y la arbitraria manera de ejercer el mando Sámano habían, por el contrario, hecho crecer y multiplicar el apoyo por la causa patriota. Valorando éste y muchos otros elementos se persuadió el general Bolívar de que había llegado el momento propicio para dar comienzo a la marcha invasora sobre la Nueva Granada.

Convocó entonces la famosa reunión en la aldea El Setenta, población ubicada sobre el río Apure. Era ya mayo de 1819 y allí reunió una junta de oficiales. Expuso sus planes y comentó sus inquietudes. Señaló el peligro que significaba para la unidad del ejército permanecer inactivo por tanto tiempo. Detalló su plan: un movimiento envolvente, donde las divisiones de Páez y Anzoátegui deberían marchar por la vía de Cúcuta, en tanto que las fuerzas comandadas por Santander entrarían por Soatá. Expuesto el plan, exigió de manera vehemente que se mantuviese la más absoluta reserva sobre lo allí decidido.

A Santander, que no había estado presente en aquella reunión, le escribió:

> Para ejecutar una expedición que medito a la Nueva Granada, conviene que reúna usted todas las fuerzas en el punto más cómodo y favorable para entrar en el interior inmediatamente que reciba usted las órdenes que le comunicaré...

La intensa emoción que le provocó a Santander esa esperada comunicación de Bolívar le trastornó un poco la comprensión real y verdadera de las circunstancias. Se apresuró a enviar un pregonero a la Nueva Granada para que hiciese circular precisamente una proclama que creyó inflamada y donde dejó claramente expuestas sus jóvenes e incontenibles ambiciones. Decía:

> El momento de vuestra libertad ha llegado. La intrépida vanguardia de un numeroso ejército marcha bajo mis órdenes a despedazar vuestras cadenas y a burlar los ultrajes recibidos del bárbaro español...

Se volvió épico en el papel y ya se atribuía los méritos todos de las hazañas y batallas que había diseñado Bolívar para consolidar su proyecto de liberación continental.

Bolívar reinició su marcha. Llegó a Tame el 12 de junio. Allí se encontró con el entusiasta y eufórico Santander. Hubo descanso, mejoró la alimentación. Se reforzaron los sentimientos de alegría y esos guerreros, condenados a meses de inacción, intuyeron con desbordado júbilo que estaba próximo el tiempo de las batallas, que era lo que los inflamaba, lo que les hacía vibrar la sangre y les hacía soportables todos los sacrificios y todas las privaciones.

Se decidió atravesar la cordillera por el llamado páramo de Pisba. Al parecer influyó en esto el consejo de Santander, quien tenía por qué conocer mejor el terreno que Bolívar. El ejército que estaba a punto de emprender esa formidable epopeya se componía de dos mil ciento cincuenta llaneros. Ahí estaba incorporada la Legión Extranjera, en su mayoría conformada por ingleses reclutados por las gestiones de Bolívar y sus emisarios en Londres. Este ejército iría comandado por Bolívar. Además se componía de dos mil ochocientos combatientes al mando del general Santander, que conformaría la división de vanguardia.

Reunido el ejército, inició el desplazamiento el 17 de junio de 1819. La división de vanguardia recibió orden de avanzar dos días antes con respecto al resto de la tropa. Avanzó hasta Paya la vanguardia y allí libró una primera y afortunada escaramuza que supuso desalojar de buenas y atrincheradas posiciones a trescientos efectivos realistas. Por esta acción, confirmaron los españoles que Bolívar, al mando de un poderoso ejército, había iniciado su desplazamiento hacia la Nueva Granada.

Nunca imaginaron los españoles que les fuese posible a los ejércitos patriotas remontar la desafiante y peligrosa cordillera de los Andes, atravesando el páramo de Pisba por aquellos meses del año. Pero para su incredulidad y sorpresa, por allí hizo su terrible y valeroso tránsito aquel ejército, ejército poco preparado para las inclemencias y las dificultades de aquel terreno. Los sufrimientos que soportó pertenecen a lo inenarrable, pertenecen a los anales de lo heroico. La leyenda que ha florecido en torno a esa marcha es más que legítima. Pero lograron atravesarlo y lograron llegar a Socha, un pequeño y amable pueblo ubicado al descender la montaña en la provincia de Tunja. Aquí la tropas, recibidas con júbilo por la población, pudieron descansar y alimentarse como nunca lo habían hecho en esos días previos y terribles. Además, en forma espontánea y generosa, los pobladores de la región facilitaron al ejército toda clase de recursos, en especial en ropas y alimentos.

Dos días después llegarían Bolívar y su ejército hasta Socha. Entretanto, el coronel Barreiro se aprestaba también para las que imaginaba violentas y duras batallas que inexorablemente debían darse en los próximos días. Barreiro ejecutaba sin fórmula de juicio a los prisioneros que lograba hacerle al ejército patriota. Sostenía: "La clase de soldados que tenemos se necesita ensangrentarlos para enardecerlos".

Después del breve descanso en Socha, se reinicia el avance de la vanguardia. Al mando del teniente Mateo Franco, se logró por medio de una pequeña columna tomar el pueblo de Gámeza. Siguieron otras pequeñas escaramuzas, en algunas de las cuales triunfaron los españoles. Estos pequeños combates tenían la finalidad de desviar la atención española del ejército que continuaba fortaleciéndose en Socha. Bolívar estimó necesario ordenar y realizar un movimiento envolvente con la pretensión de cortar las comunicaciones del ejército español con la capital del virreinato y, de paso, poder tomarse la ciudad de Tunja.

El 25 de julio, después de vadear el no muy caudaloso río Sogamoso, las tropas patriotas se aventuraron por el Pantano de Vargas. En los altos se había ubicado Barreiro. Bolívar ordenó un movimiento de ataque a su vanguardia. Durante casi siete largas e interminables horas se disputó con fiereza el terreno. De especial ardentía y vigor fue la carga de la Legión Extranjera. Pero en un momento dado se desequilibró la batalla y todo pareció perdido para los patriotas, pues Barreiro ordenó una imprevista y violenta carga con sus quinientos jinetes. Se dice que Bolívar exclamó lleno de angustia: "¡Se nos vino la caballería y se perdió la batalla!" Y se cuenta igualmente que el comandante venezolano Rondón, que estaba a su lado, le comentó: "¿Por qué va a estar perdida, si ni yo ni mis jinetes hemos peleado?" Y que Bolívar, casi desesperanzado, le había respondido: "Pues haga usted lo que pueda y lo que debe. Salve usted la patria, coronel".

Y lo increíble aconteció. El coronel salvó la patria. Con sólo catorce lanceros escalaron el cerro, desordenaron la caballería y la infantería enemiga, y empezaron a escribir con intrépida imprudencia el prólogo a esa victoria definitiva que llegaría en Boyacá en los próximos días.

Barreiro ordenó la retirada. Llegaría a Paipa en horas de la noche y allí creyó que aún era posible, una vez reagrupado su ejército, ir a proteger el camino que de la soñolienta Tunja va hasta la lluviosa Santafé de Bogotá.

Bolívar se manifestó ansioso de precicipar las acciones. Se reunió con Santander y Anzoátegui en la casa de la Hacienda de Vargas al empezar la noche. Y el 3 de agosto movilizó de nuevo sus tropas contra Barreiro, quien a su vez juzgó como lo más aconsejable y prudente abandonar Paipa, para intentar colocarse en una altura de evidente valor estratégico que le permitiría avizorar el cruce de caminos que unen a Tunja con El Socorro.

Valiéndose de una hábil estratagema, el ejército patriota avanzó por el camino de Toca con dirección a la capital de la provincia. Barreiro, engañado, supuso que Bolívar y su ejército regresaban hacia su posición en los molinos de Tópaga. Pero Bolívar con su caballería lo que hacía era asaltar y tomarse la ciudad de Tunja. Era ya el 5 de agosto cuando se efectuó esta operación que les significó a los patriotas capturar mucho armamento y municiones y toda clase de pertrechos. También permitió este audaz movimiento que Bolívar pudiera interponerse ventajosamente entre las tropas de Barreiro y la capital Santafé. Se hacía crítica y altamente peligrosa la situación del ejército español. Quizá allí comprendió Barreiro que se precipitaba una inevitable derrota. Se puso en marcha de inmediato con el grueso de su ejército por el camino principal que conduce a Paipa. Hostigado por avanzadas patriotas, apresuró su marcha, tratando de ocupar el pequeño Puente de Boyacá. En las horas de la mañana del 7 de agosto, se ubicaron sus tropas en el puente y descansaron brevemente. A esas mismas horas, Bolívar, desde un sitio bien cercano, dictaba la siguiente e imperativa orden militar: "Generales Santander y Anzoátegui, salgan inmediatamente hacia Santafé por el Camino Real y destruyan a Barreiro donde lo encuentren". Estos dos generales inician su marcha hacia el puente a las diez de la mañana; recibieron la orden cuando estaban en Tunja.

Al mando de Santander, del coronel Joaquín París y del coronel Antonio Obando, comenzó el ataque. La tropa española se batió en retirada. Después sobrevinieron otros furiosos ataques sobre los contingentes españoles que pretendían conservar a todo trance la estratégica posición del puente. A bayoneta calada fueron desalojados los realistas, que quisieron hacerse fuertes y seguir resistiendo en las pequeñas montañas aledañas. Apareció la división de Anzoátegui, que comandaba la retaguardia, y logró ubicarse entre Barreiro y las tropas que defendían el pequeño puente. Bolívar, por su parte, ordena un ataque de su caballería, que esa vez exhibió como nunca su legendario valor y arrojo, produciendo el estupor y la derrota del enemigo. Breve, pero de impacto impresionante y de consecuencias políticas trascendentales para la causa de los patriotas, fue aquella batalla, insignificante en términos estrictamente militares, pero de desmesurado impacto en términos y consecuencias políticas. En sólo dos horas, la causa de la Independencia se alzaba con todo un virreinato. A partir de allí se fortaleció y se potencializó el proyecto de liberación continental, acaudillado con lucidez de visionario por Bolívar. La Nueva Granada aportaría los recursos fundamentales para continuar la guerra en Venezuela y posteriormente en el sur del continente.

Parece inconcebible y hasta desproporcionado que una simple batalla, donde sólo hubo trece bajas patriotas, consiguiera tantas cosas. Allí cayeron prisioneros el coronel Barreiro y su segundo al mando, Francisco Jiménez. Todos los comandantes y oficiales, y además mil seiscientos soldados al servicio de la monarquía, fueron hechos prisioneros. Golpe definitivo y mortal para la arrogancia ibérica. Morillo, al enterarse del desastre, debió haber intuido que la causa de su rey estaba perdida en América. Que esa batalla era el comienzo del fin de un imperio que se había perpetuado por varios siglos.

Bolívar, con su legendaria y generosa gallardía, reconoció los méritos de todos y de cada uno de los que hicieron posible esa edificante hazaña.

Esta batalla cerró para siempre el ciclo militar de Franciso de Paula Santander. Ciclo ambiguo y considerado como carente de esplendor épico. Se iniciaba el ciclo civil de este general sin fortuna, cuyos verdaderos talentos y virtudes estaban en actividades muy distintas a las de la guerra. Pero, sin duda, había sido valiosa su contribución para la organización de ese ejército que consiguió la libertad del virreinato. Se lo ha nombrado —y nadie tiene por qué discutirle el mérito de ese título— el Organizador de la Victoria.

Un nuevo tiempo, un nuevo ritmo y una inédita e impredecible circunstancia se abrían para el futuro, aún incierto y vacilante, que se desplegaba para nuestras sociedades todavía en formación, que buscaban en primera instancia consolidar el inconcluso proyecto de la guerra que les permitiría alcanzar la independencia.

Días de jubileo, jolgorio y plenitud le aguardaban al general Santander después de que el ejército orientado y comandado por Bolívar sellara con el triunfo de Boyacá el proceso que culminaría con la independencia de la Nueva Granada.

Como si hubiese intuido esa felicidad próxima que le caería encima de manera tan inesperada, escribiría años después "que se habría arrodillado para besar la mano de Bolívar como principal autor del bien que empezaba a disfrutar". Se nota que en ese momento lo delataron ya sus pasadas emociones, pues esos párrafos los consignó en un escrito de 1837, cuando tantas cosas oscuras, ignominiosas y criminales habrían ya ocurrido entre él y el general Bolívar.

Nunca logró imaginar el venturoso porvenir que se les abrió a sus sueños y a sus enmarañadas ambiciones una vez se inició el ciclo civil de su existencia. Todo parecía sonreírle, hasta el amor. Su vida parecía redefinirse en todos los planos y en todas sus varias dimensiones. Como si ese 7 de agosto de 1819 marcara un antes y un después. En el antes quedarían escritos con letras oscuras de frustración y de tristeza los tiempos opacos, donde la pobreza, sus confusiones y sus desteñidos hechos como militar no le aportaron gloria ni le concedieron a su existencia ningún destello épico sobresaliente. Nada de eso que parecía ser la condición fulgurante que distinguía aquella turbulenta época vivida entre el fulgor de las batallas. Pero intuía, con una visceral y trémula emoción, que ese atrás ya era pasado, que todo eso quedaría en ese tiempo previo a la Batalla de Boyacá y que ahora venía —ya había llegado— el tiempo luminoso y exaltante donde su vida entraría en armoniosa correspondencia con las verdaderas vibraciones de su alma. Sabía que su tiempo había llegado y predispuso todas sus energías vitales para que ese tiempo que llegaba se le convirtiese de manera fundamental en tiempo perdurable de realizaciones.

Y lo que él creía era la gloria comenzó casi de inmediato. No fue sino que el ejército iniciara su desplazamiento triunfal hacia la expectante Santafé de Bogotá, para que empezara a sentir —como íntima caricia que le enterneció la piel del alma y la del cuerpo— el impacto de ese recibimiento, que percibió con sus propios y asombrados ojos. La ciudad, convertida en multitud, les tributaba aplausos para saludarlos y recibirlos como auténticos y verdaderos héroes. Y no era sueño, ni trampa ilusoria o engañadora fabricada en el clandestino crisol de sus deseos. Era verdad, verdad sonora, alegre, jubilosa. Él, montado a caballo y en compañía de los otros oficiales, estaba recibiendo y sintiendo ese colectivo aplauso. Estaba atravesando arcos triunfales. Siete arcos de flores y festones, por donde ellos pasaban envanecidos y sin embargo aún creyendo que todo era irreal y tibia fantasmagoría. Veía, y podía casi oler, el cuerpo de las núbiles doncellas portando coronas y laureles, que después colocarían sobre sus sienes. Qué deleitoso estruendo, qué multicolor y avasallante abrazo estaban recibiendo de todas esas gentes que parecían embriagadas y parecían sinceras al prodigarles aquel homenaje, homenaje que para tantas personas era de nuevo posibilidad de asomarse a los esplendores de la vida después de haber soportado las oscuridades del terror.

Por un fugaz instante de vanidad legítima, pensó y creyó que él también pertenecía, y con auténtico derecho, a esa condición de héroe. ¿Acaso no había padecido fiebre, insomnio y sufrimiento en Casanare, ayudando con desvelo a organizar el ejército que había hecho posible la victoria? ¿Acaso no había sacrificado ya nueve largos años de su vida luchando por la causa, que aunque no del todo comprendida, ahora comenzaba a prodigar sus frutos? ¿Acaso no había truncado su apacible destino de abogado por el destino incierto y turbulento de la guerra?

Sí, estaba atravesado y enajenado por la euforia. Y su delirio llegó casi hasta el umbral de la demencia, cuando aún montado en su cabalgadura nerviosa y agitada, vio en un balcón los ojos maravillosamente grandes de la amable y sonriente Nicolasa Ibáñez. Qué deliciosa cantidad de milagros le estaban aconteciendo en esa pequeña porción de paraíso. Nicolasa en Bogotá... ¿Cómo habría llegado? ¿No sería por arte del hechizo o del conjuro? ¿Acaso en las noches de la fiebre maligna y carnicera que padeció en el Orinoco no la había evocado, no la había llamado a gritos para que cruzara otra vez por los territorios de su vida?

Y eso que la felicidad solo estaba empezando. Llegaría al límite casi de lo prodigiosamente insoportable cuando supo que el general Bolívar, investido de poderes plenos y derrochando siempre generosidades, los acababa de nombrar a él y a Anzoátegui como generales de división. Engalanaría con ese uniforme su figura. Sobre todo ahora, su figura la requería más que engalanada, pues en ese instante supo, y se juró a sí mismo, que su verdadera Batalla de Boyacá sería la conquista de la bella Nicolasa. Qué importa que estuviese casada y que fuese ya madre de tres hijos. "Caiga quien caiga, Nicolasa Ibáñez será mía", se dijo a sí mismo con solemnidad que le sacudió los huesos.

Pero la felicidad iba en *crescendo*, como si tratara de enloquecerlo. En medio del estropicio del desfile, alguien le comunicó que su madre y su hermana Josefa estaban también viviendo en Bogotá. "Virgen de Chiquinquirá —pensó—, son tus milagros". Quiso creer que la Virgen le devolvía en prodigios el gesto de él haberle insinuado al general Serviez de llevarla al Casanare. Con piedad casi infantil, siguió pensando que la buena Virgen había ya convertido en puro olvido lo que pudo haber sufrido encerrada en su cajón. Él, frío y distante, tan ajeno a todos los efluvios de lo sentimental, sentíase aquella vez hondamente conmovido al saber que en breves horas podría volver abrazar a su hermana y a su madre. Catorce largos años hacía que no compartía nada de aquellos afectos familiares. Pero ahora se le dilataba el orgullo y se le encogía el corazón de gozo inédito, al saber que su madre lo estaba mirando convertido en héroe; en flamante y triunfante general de división, coronado de laurel. Cómo es de sabia y cómo sabe compensar la vida las pesadas amarguras. Así pensaba en ese instante. Su buena y silenciosa doña Manuela Omaña, la que tanto creyó en él desde la infancia, la que lo imaginó, si no canónigo vestido de ostentosa púrpura, al menos como prestigioso funcionario colonial acumulando honores y doblones, podría verlo ahora cabalgando y henchido de satisfacciones por los caminos del presente y del futuro. Varias lágrimas, secretas y difíciles, dolorosamente difíciles de serle arrancadas al fondo de su alma, le nublaron sus ojos y le hicieron mirar las imágenes maravillosas y cambiantes de aquel momento único que se quedaría congelado amorosamente en su memoria.

Y eso que faltaban aún muchas y más exaltantes sorpresas, que acabarían de redondear su plenitud, para hacerle más feliz aquel tiempo que se estaba iniciando lleno de prometedores augurios y en el que él entraría con desafiante altivez al universo que más había ambicionado en el torturado despliegue de sus sueños: el poder civil de la república.

Largos, casi extenuantes, fueron los jolgorios y las celebraciones con los cuales los santafereños se entregaron a vivir y a disfrutar de esa inmensa alegría que les deparó el triunfo de Boyacá, con el que se inició el ciclo republicano. La ciudad había sido por excelencia el gran epicentro de ese oscuro y trágico momento que ha pasado a los anales de nuestra historia como el Régimen del Terror, que orquestó Morillo para consolidar la reconquista. Gran parte de la élite criolla, la de esos señoritos ilustrados, muchos de los cuales, movidos por la ingenuidad o por la confusión ideológica y algunos de ellos, sin duda ninguna, sinceramente convencidos de un nuevo ideario político, pagaron con su vida y también con sufrimiento y con sus bienes, la osadía de haberse sublevado contra el poder monolítico y arrogante de la corona española.

Desde el año de 1816, habían visto levantarse los patíbulos, habían visto actuar a los tribunales y los juicios sumarios que arrasaron con esa generación donde hubo personajes brillantes y valerosos, como también señoritos mediocres y oportunistas que no demorarían en pedir clemencia y renegar y abominar de las "diabólicas y sacrílegas ideas" que por un momento trastocaron su juicio y los llevaron a levantar la bandera de la sedición. Pero Morillo, resentido y vengativo por los hechos que a su juicio pusieron al desnudo su debilidad y su generosidad con los patriotas de la isla de Margarita, creyó que la dureza y el patíbulo eran las formas expeditas para acallar las voces de la revolución. Por eso en Santafé, y en el resto del virreinato, su proceder fue implacable. Extremó su severidad hasta los límites de una crueldad que a veces fue innecesaria. La ciudad en su conjunto padeció el miedo y el horror. Y de manera clandestina se acercó y fue abrazando la perspectiva de esperanza que le brindaba la causa libertadora, acaudillada a partir de ese entonces por la estrella triunfante de Bolívar.

La derrota del ejército español significó abrir de nuevo las puertas de un tiempo más amable y menos trágico. Colectivamente, existía un deseo aplazado y poderoso de reconciliarse con los rituales de la fiesta y la alegría. Quizá por ello, los días posteriores al triunfo de los patriotas estuvieron señalados por ese frenesí celebratorio, donde hubo profusión de fiestas, corridas de toros y ambigús, danzas y contradanzas, tedeums y cabalgatas. La moral se hacía laxa. La tristeza cedía sus territorios al festejo. La vida quería de nuevo imponerle sus poderes a la muerte.

Lo que había sucedido en el puente de Boyacá lo había visualizado con escalofriante realismo el propio general Morillo:

> El sedicioso Bolívar ha ocupado a Santafé y el fatal éxito de esta batalla ha puesto a su disposición todo el reino y los inmensos recursos de un país muy poblado, rico y abundante, de donde sacará lo que necesite para continuar la guerra... Bolívar, en un solo día, acaba con el fruto de cinco años de campaña, y en una sola batalla reconquista lo que las tropas del rey ganaron en muchos combates...

Con razón, en algún momento dado, el general Morillo, en frase lapidaria, expresaría: "Bolívar es la revolución".

Perspicaz y escalofriante era el comentario del general Morillo sobre las consecuencias de lo acontecido. Pero igual, o más perspicaz y penetrante, era el juicio de Bolívar sobre aquellos eventos. Supo que esa completa victoria que acababa de obtener era apenas el poderoso y gran impulso inicial que le facilitaría los recursos y las fuerzas necesarias para darle forma definitiva a su sueño de liberación continental. La Nueva Granada sería la plataforma y la base de operaciones político-militares de la gran empresa que se proponía continuar y culminar. A pesar de la fiesta, a pesar de las delicias del baile, del cual era adicto y amoroso esclavo, y a pesar de los melodiosos ojos de Bernardina Ibáñez, a la que también conocía desde Ocaña, y que ahora volvió a ver en compañía de su hermana Nicolasa en Santafé —y con la que había bailado casi como hechizado y a la que requirió de amores—, Bolívar, mucho más hechizado por los destellos de su gloria, la que se le prometía si liberaba un mundo, no descuidó un solo instante en asumir las grandes y desafiantes responsabilidades que le implicaba ir dando los pasos necesarios y previos para fortalecer su poderoso delirio y sus próximas hazañas.

Ese mismo mes de agosto envía al general Soublette con una fuerte división para que ocupase los valles de Cúcuta y formase un muro de contención y protección en la frontera con Venezuela. Ese mismo mes, para empezar a darle forma, organización y realidad a la república, y para ir configurando un Estado, expide decretos señalando los límites entre las autoridades políticas y militares. Establece, a través de decretos, reglamentos que regirán las causas sobre reclamación de bienes secuestrados.

Escribe proclamas exaltantes a sus soldados:

> América entera es teatro demasiado pequeño para vuestro valor... Por el norte y el sur de esta mitad del mundo derramaréis la libertad... Bien pronto la capital de Venezuela os recibirá por la tercera vez... Y el opulento Perú será cubierto a la vez por las banderas venezolanas, granadinas, argentinas y chilenas...

Siempre abrazado y siempre proclamando esa visión universal y continental que pronto habría de convertirlo en el caballero triunfante de la libertad.

Envía al derrotado Sámano una propuesta hidalga y caballerosa sobre canje de prisioneros:

> El ejército español que defendía el partido del rey en la Nueva Granada está todo en nuestro poder... El derecho de la guerra nos autoriza para destruir a los destructores de nuestros prisioneros y de nuestros pacíficos conciudadanos; pero yo, lejos de competir en maleficencia con nuestros enemigos, quiero colmarlos de generosidad por la centésima vez. Propongo un canje de prisioneros para libertar al general Barreiro, y a toda su oficialidad y soldados. Este canje se hará conforme a las reglas de la guerra entre naciones civilizadas.

Era infatigable Bolívar. Ni su lucidez ni su energía le daban tregua. El 11 de septiembre expide su esencial decreto para institucionalizar el estado independiente de la Nueva Granada. Consolida un gobierno provisional, mientras el Congreso resuelve la convocación de la representación nacional, que será la encargada de elegir un gobierno en forma permanente. Y dentro de ese frenesí creativo y legislativo, decreta que el gobierno de la Nueva Granada sea ejercido en su ausencia por un vicepresidente. Y que el señor general de división, Francisco de Paula Santander, sea nombrado vicepresidente de la Nueva Granada. Esto sucedía el 11 de septiembre de 1819.

Estaban lloviendo todos los prodigios sobre el general Santander. Faltaban otros, que llevarían su felicidad casi hasta lo inconcebible. El 12 de septiembre, sólo veinticuatro horas después de haber sido nombrado vicepresidente, expide el general Bolívar otro decreto que le concede en propiedad al general Santander una casa en Bogotá y la hermosa y gran hacienda de Hatogrande, propiedades que anteriormente eran de españoles. La hacienda de Hatogrande colmaría con creces sus ambiciones de provinciano pobre. Su antiguo y persistente celo por acumular riqueza y seguridad estaba siendo cumplido de una manera que tal vez no pudo haberlo imaginado. Por aquellos días, la vida le estaba resultando de una exuberancia desquiciante. Sin duda que con sus cortos veintisiete años, todo era como un derroche y una avalancha de bienaventuranzas. Tantos y casi simultáneos beneficios parecieron por un momento confundirlo y, a pesar de los jolgorios y de las tibias y deleitosas complacencias que empezó a compartir con la belleza vibrante de Nicolasa, logró encontrar horas de silencio y de refugio para su intimidad personal, donde quería tratar de poner en claro algunos de esos elementos, entre maravillosos y desafiantes, que le estaban aconteciendo y que no dejaban de proporcionarle agobio e incertidumbre.

Su pensamiento político no encontró ni encontraría un norte definido. Y en esas horas calladas de la meditación que precedieron a la posesión de su cargo como vicepresidente, tomó conciencia de que, en últimas, sobre esas materias nunca había logrado una visión firme, clara y sólida. Sus ideas y convicciones eran precarias y no muy convincentes para orientar la marcha de un gobierno. Corroboró, con cierta angustia, por supuesto, que antes que ideas o principios filosóficos profundos y arraigados, él simplemente había seguido y acatado las orientaciones y las pautas de aquellos que habían figurado como sus jefes. Que había mostrado adhesión a las personas, no a las ideas. Por eso había podido ser centralista cuando Nariño ejercía la jefatura y la orientación del gobierno, al amparo de aquellos ideales. Cuando Baraya fue su comandante en el ejército, y una vez que éste consumó la traición y el cambio de bando, acompañó a Baraya contra Nariño y se tornó federalista y acogió la jefatura de don Camilo Torres. Pensó con simplismo que el deber de un soldado es obedecer, no el de pensar. Y al amparo de esa simplicidad, no tuvo mayores problemas de conciencia en esos días. Se le antojó normal cambiar de bando de un momento a otro y además reforzó esa convicción, diciéndose a sí mismo que a su corta edad y con su escasa formación y estudio en esas materias sobre teorías y pensamientos políticos, se sentía eximido de ser coherente o consecuente con el ideario que correspondía seguir en esas cambiantes circunstancias.

Ahora, por supuesto, bajo el mando y bajo la fascinación carismática que irradiaban la figura y la orientación iluminante y poderosa del general Bolívar, él y sus veintisiete años, y cargado con los títulos de general de división y de vicepresidente, era centralista inconmovible y acataría las claras y esenciales definiciones de Bolívar al respecto para la consolidación del gobierno. No quería tener dudas, se acogería en todo a las formulaciones bolivarianas; y con el correr de los días y en la práctica del gobierno, ya tendría la oportunidad de fortalecer esas convicciones a través del estudio y de la reflexión sobre los hechos. Se dedicaría a estudiar con apasionamiento el pensamiento de su nuevo jefe y protector que, para fortuna suya, estaba ya consignado en diversos y magníficos documentos. La *Carta de Jamaica*, y en especial el *Mensaje al Congreso de Angostura*, constituirían su carta de navegación para orientarse en la azarosa travesía que ahora le correspondía dirigir como vicepresidente.

Al hacerse cargo de la vicepresidencia, no se le escapó considerar que el gobierno que presidía tenía ante todo la característica de la provisionalidad. Que sólo cuando la representación nacional fuese reunida con carácter constituyente, como ya se había proyectado hacerlo en Cúcuta para el año de 1821, el gobierno adquiriría naturaleza estable y de alguna manera su legitimidad se tornaría incuestionable. Pero mientras tanto, mientras continuase la guerra, que aún propiamente estaba en sus comienzos, pues ni siquiera la Nueva Granada estaba completamente liberada y el resto de América —incluyendo Venezuela, Ecuador y Perú— continuaba bajo el pleno control y dominio español, el gobierno de alguna manera era un simulacro y un aparato de simples apariencias jurídicas, que de manera esencial estaba destinado a servir de apoyo a las grandes urgencias y múltiples requerimientos que demandaba la continuación de la guerra libertadora.

En estas circunstancias, y mientras no se superasen esas dramáticas e inéditas condiciones, de hecho el poder era el ejército y, por consecuencia, el máximo orientador de ese gobierno era el jefe supremo de ese ejército: el general Libertador Simón Bolívar. En esas circunstancias, de hecho, el poder militar supeditaba y condicionaba las diversas expresiones del poder político e institucional. Estas tenían que acogerse y plegarse a esa poderosa realidad. Pero Bolívar era el más consciente y el más lúcido impulsador de esa imperiosa necesidad de crear para estas naciones emergentes y en pleno proceso de formación una forma y una estructura política que, una vez terminada la guerra, posibilitasen su continuidad y les garantizasen su inserción a esas naciones en el mundo de la verdadera civilización política que se estaba construyendo en la sociedad occidental.

El de Bolívar era un pensamiento creador y original. Un pensamiento que estaba muy lejos de ser imitativo y repetitivo, de fórmulas surgidas a la manera de construcciones abstractas y teóricas, para supuestamente aplicarse a condiciones de universalidad inexistentes. Sus ideas le servían, no para congelar o someter a un molde de rigideces conceptuales el flujo cambiante y diferenciado de la realidad, sino para poder comprender ese flujo y ese movimiento constante que caracteriza la historia. Por eso formulaba políticas nuevas que no eran resultado de una heterodoxia fosilizada, sino intentos de encontrar correspondencias entre esos anhelos y esos impulsos —que ya se vislumbraban en la universalidad racionalista que predicaban la Ilustración y el liberalismo— con las inéditas y particulares circunstancias que se expresaban en el mundo colonial español. Comprendía como nadie, en ese momento, que era una época de revolución democrática, que una etapa nueva estaba pugnando por consolidarse en la dimensión política del mundo occidental. Comprendía y aceptaba que esa fascinación ideológica y que ese contagio político que provenía de Europa, de forma necesaria e inexorable permeaba e influía el proceso revolucionario que se estaba gestando en la América meridional. Era consciente de que esa revolución en la América fortalecía a su vez el proceso universal de las ideas políticas. Comprendía que esa ideología, convertida ya en fuerza y en factor histórico, tenía que ser asimilada e incorporada en forma crítica y creadora, y no en forma mecánica o superpuesta a las realidades políticas que surgiesen de la guerra de Independencia.

En este sentido, fue el profeta y el caudillo de un liberalismo que inteligentemente debería ajustarse a nuestras particularidades. Defendió y legitimó como propuestas políticas los más esenciales presupuestos de la democracia liberal y los más definitivos elementos del nuevo orden político, predicados y contenidos en la filosofía de la Ilustración. "Necesitamos de la igualdad para refundir, digámoslo así, en un todo, la especie de los hombres, las opiniones políticas y las costumbres públicas".

En Angostura afirmó categóricamente:

Un gobierno republicano ha sido, es y debe ser el de Venezuela; sus bases deben ser la soberanía del pueblo, la división de los poderes, la libertad civil, la proscripción de la esclavitud, la abolición de la monarquía y de los privilegios.

En esta apretada síntesis plasma con claridad incontrovertible los fundamentos sobre los cuales debe edificarse el gobierno de las nacientes repúblicas; pero advierte siempre que no se deben aceptar como realidades las formas ilusorias, pues siempre había que tener presente que nuestro pueblo no es el europeo, ni el americano del norte; que más bien es un compuesto de África y de América que una emanación de Europa, y que era imposible asignar con propiedad a qué familia humana pertenecíamos. Advertía de la necesidad de que la historia pasada de los pueblos nos sirviese de guía para conocer los peligros que debían evitarse y no para caer en una ciega imitación de sus procesos. Reconocía de una manera clara e inequívoca que en los tiempos modernos, la Revolución Inglesa y la Revolución Francesa, a la manera de radiantes meteoros, inundaban el mundo con tal profusión de luces políticas, que ya todos los seres pensantes habían aprendido cuáles son los derechos de los hombres y cuáles son sus deberes.

Bolívar, por supuesto, sabía como ninguno que la revolución por él acaudillada incorporaba lo más avanzado del pensamiento político de la época. Pero, al contrario de los abogados y de los oscuros jurisconsultos miméticos y repetidores de un pensamiento que nunca habían producido, pero que recitaban como letanías, no se alienaba ni se deslumbraba con las construcciones abstractas de la teoría, sino que se servía de ellas para comprender y descifrar el peculiar proceso de nuestra historia: "La excelencia de un gobierno no consiste en su teoría, ni en su forma, ni en su mecanismo, sino en ser apropiado a la naturaleza y al carácter de la nación para quien se instituye".

La misma originalidad de su pensamiento condenaba a Bolívar a la soledad política. Nadie parecía captar el ritmo y la vibración íntima de esa visión que logró gestar bajo el impulso de querer encontrar una forma que respondiese en forma orgánica y legítima a la construcción de un proyecto político, que acogiera y respondiese a las diferenciadas realidades sociales y humanas que se daban en América. Eso, a su vez, daría origen a la perversa y acomodaticia tergiversación de su pensamiento revolucionario y marcaría el rumbo errático que tantas veces adquirió en América el curso de su destino histórico.

Solo él vio, en esos años de sangrienta confusión y devastadora anarquía que siguieron a la guerra de la Independencia, que la teoría debía sujetarse a la realidad, y que era necesario entender y aceptar que las instituciones no podían verse como una simple e imposible cristalización de principios abstractos, sino como elementos garantes del funcionamiento de una sociedad que, antes que nada, tenía que sobrevivir y garantizar su perpetuidad en correspondencia con sus realidades y sus elementos configurantes. Los filósofos de la época suponían, en forma puramente ilusoria y falseada, que la libertad era un simple principio de aplicación universal. Sus irresponsables imitadores ultramarinos suponían, simplista y alegremente, que proclamar la libertad en una ley o en una constitución era ya haberla construido. Ni siquiera amparados en Rousseau podían darse cuenta de que, si bien la libertad es un alimento suculento, era igualmente un alimento de muy difícil digestión, algo que no se podía servir en los manteles de balbucientes repúblicas si no existían los elementos culturales y educativos previos que hiciesen posible servirla en un banquete.

Solo Bolívar podía ver con meridiana claridad que, simultáneamente con la creación de gobierno y de Estado, podía procurarse la creación y la construcción de una verdadera sociedad. "El caos primitivo" que nos caracterizaba debía, al influjo de los gobiernos, convertirse en algo parecido a un cosmos social y a un cosmos político. De lo contrario, quedaríamos condenados a vivir en repúblicas aéreas, que se desmonorarían al primer golpe y al primer contacto con la realidad.

Esa fue la matriz primigenia de su pensamiento político. Esa fue la línea directriz sobre la que soportó sus muchos y angustiosos desvelos de estadista. Esa persistencia en creer y defender que la libertad

El general Santander. Litografía de Martínez Hnos. Bogotá. Dibujo de Espinosa.
Casa del Florero, Museo de la Independencia, Bogotá

tiene que ajustarse y corresponderse con la historia y nutrirse de las particulares tradiciones y costumbres de los pueblos fue lo que nunca pudieron comprender los casuistas incompetentes y los hacedores de constituciones. Allí estaba la gran diferencia: Bolívar, oficiando como alfarero de naciones y los otros jugando irresponsablemente a convertirse en simples hacedores de constituciones muertas.

32

El joven abogado bartolino, el improvisado general de división que asumió la presidencia de la Nueva Granada, carecía de todas las luces necesarias y de todo el instrumental conceptual requerido para captar la profunda complejidad del fenómeno histórico y político, en el que ahora estaba inserto con delicadas responsabilidades. Ni su edad, ni su precaria formación intelectual, nutrida de casuística y teología y atiborrada de equívoca y trasnochada "sapiencia" jurídica y legalista, podían proporcionarle las luces y los instrumentos necesarios para asumir y afrontar los procesos implicados en la estructuración de una nacionalidad y de un Estado verdaderos.

Afortunadamente para él, y para la dramática circunstancia histórica que se estaba viviendo, en lo fundamental no le correspondió, en la primera fase de ese gran reto, plantearse la magnitud y la compleja significación de aquellos problemas implicados en el proyecto de afianzar y hasta crear la nacionalidad y de diseñar formas reales que se incorporarían a la construcción del Estado. Le correspondió algo de la "carpintería formal". La formulación de reglamentos, la reorganización de los aparatos administrativos alterados por la guerra, la recomposición operativa que hiciese posible volver a poner en funcionamiento tribunales de aduana o de justicia, que habían sido desquiciados por la dinámica devastadora de la guerra. Le correspondió la logística administrativa y, sin duda, sus indiscutidos e indiscutibles talentos —que de manera innata parecía poseer para las tediosas faenas de la organización y la administración— le permitieron cumplir con éxito relativo y con eficacia algunas de esas tareas que le correspondió orquestar al frente del gobierno, de ese gobierno que en lo esencial tenía que actuar en función de las urgencias y las demandas de la guerra liberadora. Y no se amedrentó, ni se sintió nunca inferior, ni en fuerza ni en capacidad, ni en imaginación, para enfrentarse a lo que para él era sólo un intrincado laberinto jurídico. Al contrario, se engolosinaba en ese festín tramitológico; descubría íntimas y poderosas complacencias en su alma resolviendo lo anodino y parecía extasiado con el esplendor de la minucia. Allí decubrió efectivamente que el inciso, el artículo y el obstáculo eran la verdadera esencia de su más amado paraíso personal.

Un autor inglés, que se ocuparía de él en años posteriores, lo describe así:

> A los veintisiete años, Santander era un individuo severo, carente del sentido del humor y quisquilloso, al que el dinero le producía un intenso interés y que poseía una vena de crueldad vengativa.

Por su parte, O'Leary lo designa como el hombre más afortunado de los que participaron en la gesta libertadora. Quizás se refería solo a esos días cuando, por gracia generosa de Bolívar, Santander había recibido tantos privilegios y tantas distinciones. Y sin duda, afortunado y casi feliz podía parecer por aquellos días el joven vicepresidente. Tenía prestigio, riqueza, amor y poder. Como si el genio de los deseos hubiese oído y complacido todas sus súplicas. Si no hubiese sido por los perversos e intensos dolores que empezaron a prodigarle los cálculos y los abominables deterioros de su hígado, el cuadro de su radiante felicidad no hubiese tenido mancha alguna.

Pero la enfermedad del hígado había venido para quedarse, para acompañarlo con sus dolores hasta el último día de su vida. Al principio, no le dio toda la importancia que debió haberle prestado. Recurrió a los remedios caseros: tisanas diversas, emplastes sobre las zonas adoloridas. No usó escapularios, como lo haría posteriormente, puesto que por aquellos días su fe religiosa venía siendo socavada por algunas lecturas "ilustradas" y por muchas de sus amistades masónicas, que juzgaban impropios y ridículos los actos supersticiosos. Y sobre todo, porque había descubierto dos formas más expeditas y efectivas para burlar con relativo éxito las embestidas endemoniadas e implacables de los cólicos: el juego de las cartas, en el que siempre ganaba dinero, y los excitantes retozos en los campos del amor con Nicolasa, que pronto fue su amante pública y reconocida, y con la que jolgaba y follaba cada vez que las urgencias del tresillo y la fascinación por los códigos le proporcionaban tiempo libre.

Sabía Santander que sólo cuando se reuniese la representación nacional en Cúcuta y se formulase allí una Constitución que daría cierta organicidad a la república y al gobierno, y en caso de que él fuese ratificado en el cargo de vicepresidente, como lo deseaba ardientemente, empezaría el ciclo verdaderamente trascendente e importante de sus funciones ejecutivas. Tenía puestos los ojos y sus mejores ensoñaciones en esa perspectiva y en esa oportunidad, y quería mostrar celo y prepararse intelectualmente para cuando se le diese esa ocasión, donde sacaría a relucir las grandes habilidades que él suponía poseía para convertirse en un gran gobernante, en un hombre del que la historia y la posteridad tendrían que ocuparse. Así lo creía y así lo escribía. Pero mientras tanto, mientras el gobierno fuese provisional y su poder fuese también transitorio y dependiese de la real gana y de la real voluntad de su Excelencia el Libertador, él seguiría siendo un fiel ejecutor y un eficiente y sumiso secretario de aquel imponente jefe supremo.

Pero con tanto uniforme, tanta riqueza y tanto prestigio que tan intempestivamente le habían caído como maná del Cielo, se le había inflado también, además del hígado, su briosa y joven vanidad. Y asumió, en un acto de estrafalaria imaginación ejecutiva, que debía y podía hacer algo que les demostrase a los granadinos, y hasta el universo entero, que el vicepresidente Francisco de Paula Santander y Omaña, de la Orden de los Libertadores y general de división, había nacido para mandar y que acometería acciones que dejasen muy en claro el alto sentido de la dignidad con la cual ejercía el mando, para que nadie dudase de que en sus manos la autoridad sería sagrada e inapelable.

33

Aprovechando que el general Bolívar había partido para Venezuela para continuar la guerra, solo pocos días después del triunfo de Boyacá, y urgido Santander de resaltar el prestigio de su flamante cargo —que no podía solamente quedar reducido a trámites y ordenanzas—, resolvió por cuenta propia tomar una medida carnicera, violenta y asesina, que instalaría su nombre en los anales de la crueldad.

Estaban en calidad de prisioneros en Santafé de Bogotá el general Barreiro y todos sus oficiales, apresados después del triunfo de Boyacá. Inicialmente habían sido recluidos en un edificio llamado de Las Aulas, pero posteriormente fueron trasladados a un cuartel de caballería. Se alegó para el traslado que en el edificio de Las Aulas recibían visitas de las encopetadas damas bogotanas, lo cual era cierto, pues el coronel Barreiro era hombre en extremo apuesto y galante, que al parecer alborotaba la líbido fría y sabanera de las piadosas señoras del virreinato. Y juzgóse que esta circunstancia ponía en riesgo la seguridad.

En el cuartel de los prisioneros se aguardaba con angustiosa impaciencia que el fugitivo virrey Sámano resolviese la solicitud de canje formulada por Bolívar, lo que por supuesto se daba por descontado. Pero Santander estaba urgido de levantar cuanto antes el pedestal de su gloria. Sin ni siquiera citar a un consejo de guerra, mucho menos convocar un tribunal donde al menos se permitiese un simulacro de defensa; sin ni siquiera aceptar —como se lo solicitó encarecidamente Barreiro— una entrevista personal, para lo cual envió su diploma y sus insignias de masón, pues ya era honorable hermano el supuesto

Hombre de las Leyes, Santander ordenó la ejecución pública de todos los prisioneros.

Se sintió como un poseso y un poseído por fuerzas diabólicas e incontroladas que le nublaron por completo el juicio y arrasaron sus bien demostradas virtudes de la prudencia y sus fortalecidas y habituales prevenciones, que le evitaron tantas veces cometer acciones que le implicasen riesgo. Le estallaron furias secretas en su alma, para precipitarlo a cometer esa acción, a todas luces perversa y abiertamente ilegal y criminal. Sus cálculos políticos le resultaron engañadores y retorcidos; y sus motivaciones personales y clandestinas no hicieron más que demostrarle que tenía el alma envenenada por antiguos y dolorosos rencores, que quería exorcizar mediante ese ritual de horror e infamia manifiesta. Supuso que se vengaría y se reivindicaría del infamante rumor que colectivamente lo señalaba como a militar cobarde, sólo capaz de haber exhibido talento para diseñar sus fugas y sus retiradas. Creyó, con juvenil y turbulenta vanidad, que ejecutando prisioneros indefensos ganaría el respeto y tal vez hasta la admiración de quienes siempre lo imaginaron como un hombre incapaz de realizar grandes acciones. Consideró que, de alguna manera, lo que habría de ejecutarse él podía hacer que se considerase un acto de guerra y de legítima defensa para la recién conquistada independencia, pues los españoles de la Nueva Granada y los partidarios de la causa monárquica tendrían necesariamente que considerar que este acto de ajusticiamiento refrendaría el poder de los patriotas. Se intimidarían, el terror los haría desistir de continuar apoyando esa causa perdida. Consideró que era legítimo responder con terror al terror. ¿Acaso no estaba trémula y viva la sombra de los patíbulos que había levantado Morillo para acallar las voces de la revolución? Imaginó que el general Bolívar —y él sabría como manejar el asunto— acabaría por aceptar lo que él hiciera, simplemente por su calidad de hecho cumplido y porque además, ¿con qué autoridad moral podría el Libertador objetarlo, si él mismo había declarado y practicado la guerra a muerte y, en su pasado, los fusilamientos de prisioneros no eran precisamente una excepción?

Por otra parte, al hacerlo, le demostraría al propio Bolívar que él, como general y como vicepresidente, no se limitaba sólo a cumplir órdenes, sino que igualmente tenía la libertad y la dignidad de darlas para ejecutar acciones grandiosas. Bolívar tendría que intuir, o ir adivinando, cuáles eran las verdaderas condiciones y virtudes que a él lo distinguían para las faenas del poder.

Trató de llenar su cabeza, atolondrada y efervescente, de toda clase de argumentos jurídicos, teológicos y militares, para tratar vanamente de justificar el crimen, el feroz crimen que se proponía. Trató de darse valor y enfriar aun más su sangre fría, en esas horas previas al espectáculo macabro que orquestó con sus enfermizos deseos, ese acto que cumpliría porque así se lo dictaba su enfermiza voluntad; ese acto que él, estúpidamente, creía podría cimentar su prestigio y su autoridad de gobernante.

El día escogido para la oscura y siniestra ceremonia fue el 11 de octubre de 1819. A las seis de la mañana, él personalmente dio la orden de que sonasen las músicas marciales y de que todo el aparato militar se desplegase por la ciudad, convocando a los soñolientos santafereños a la gran ceremonia.

No había dormido en toda la noche. Su conciencia perturbada le atravesó las horas con no pocos destellos infernales. El cólico lo había torturado de manera inmisericorde; y una rabia, y un antiguo y amargo resentimiento por muchas causas de su pasado, lo mantuvieron despierto e iracundo y sólo anhelando que viniese pronto el amanecer. A las cinco de la mañana, con la ayuda de su criado, Delfín Caballero, que ya tenía a su servicio para reforzar su prestigio, se embutió en el vistoso uniforme de gala, con el que ufano y engreído asistiría a la fúnebre parada. También el criado lo ayudó a afeitarse. Lo regañó varias veces, y él varias veces le dijo que era un inútil y un imbécil.

A las siete de la mañana, los prisioneros fueron avisados de lo que se había decidido y de lo que iba a sucederles; y ellos que creían que se le venía a confirmar que el canje había sido aceptado... Su estupor y su terror resultarían inconcebibles. Se autorizó que unos frailes entrasen a la prisión para socorrerlos con los últimos auxilios espirituales.

En su sabiduría patibularia, el señor vicepresidente había decidido que la ejecución se hiciera en pequeños grupos. Con esa misma sabiduría, supuso que así podían casi todos los prisioneros tener el privilegio de presenciar el espectáculo. Decidió también que no se colocaran patíbulos, sino que fuesen fusilados de pie y que no se les permitiese el uso de la venda en los ojos. Se escogieron como verdugos a soldados bisoños que, al desconocer el cabal uso de las armas, provocaban múltiples y horribles heridas, que por supuesto se transmutaban en gritos lastimeros. A muchos de ellos hubo que ultimarlos a sablazos. Y crecían los ayes y se volvían más penetrantes los moribundos quejidos. "Más parecía una matanza de perros", anotó un testigo presencial. Y agregó:

> Había entre los prisioneros un padre y dos hijos; todos granadinos; en la primera partida, se sacó a uno de los hijos, en la segunda al otro, y en la tercera al padre, ¡como para que recrease su vista paternal en los cuerpos despedazados de sus hijos!"

Hay que anotar que el primer ejecutado fue el apuesto y desafiante general Barreiro. Que al llegar frente a los soldados que lo asesinarían por la valerosa orden del general de división, don Francisco de Paula Santander y Omaña, gritó con heroica altivez: "¡Viva España!" Santander miraba a través de los visillos de su despacho el acontecer de su extraña batalla.

Después de la ejecución de Barreiro, había continuado la del resto de los prisioneros. De cuatro en cuatro. Todos gritaron: "¡Viva España!" El vicepresidente, tal vez para callar esas voces valerosas, ordenó por medio de un edecán que se tocase música, música granadina. Él era aficionado a la música y a la guitarra. Se cantó La Guabina, el San Juanito y Las emigradas:

> Ya salen las emigradas,
> Ya salen todas llorando
> Detrás de la triste tropa
> De su adorado Fernando.

Le molestó que el coro estuviese un tanto desentonado. Estaba lamentándose de esas disonancias en el ritmo, cuando se percató de que algo extraño e imprevisto también acontecía en medio de la ceremonia de los fusilamientos.

Sucedió que el prisionero subteniente Bernardo Labrador, después de que se le hicieron los disparos, por hecho inexplicable, resultó ileso. Entonces solicitó la gracia que concedían las caballerosas leyes españolas en casos semejantes, es decir, la de no ser fusilado. Pero la gracia que le concedió la república liberal, gobernada por quien sería el Hombre de las Leyes, fue un bayonetazo en medio de su pecho. Y sin embargo, herido de muerte, logró derribar a quien lo hería. Fue rematado por otros soldados que vinieron en ayuda del agresor.

El público, paralizado, soportaba en un silencio puro la gran función republicana. El vicepresidente se atusaba el bigote y maldijo a su sirviente que le había provocado una tenue cortada con la barbera.

Nadie entendía, nadie tenía por qué comprenderlo, el alucinante y macabro espectáculo que les había correspondido contemplar. Silencio y estupor. Profundo e inexpresado asombro flotaba en ese ambiente de degradación y muerte.

Las ejecuciones, que habían comenzado como a las siete de la mañana, empezaron a concluir hacia las diez. La sangre se mezclaba turbulenta y acusadora con las sucias aguas de ese caño que bajaba por la Calle de la Concepción. Pero la música seguía sonando... desafinada. Cómo mortificaba eso al vicepresidente.

Todo estaba a punto de concluir, cuando de improviso se presentó otro hecho que vino como a sabotear la solemnidad democrática de la función. Un español, perturbado mentalmente por los hechos, y llamado Malpica, al contemplar desde su horror y desde su incredulidad la "lucidez" macabra de aquella ceremonia, trató de pronunciar una breve e incoherente protesta contra la repulsiva masacre. Y esto fue suficiente para que su Excelencia el vicepresidente ordenase de forma terminante que fuese fusilado. Y fue fusilado de inmediato. Un simple ciudadano, alguien que no era soldado ni prisionero. Un ciudadano que simplemente era un hombre que proclamaba su asco y su desprecio por aquel ejercicio arbitrario y pintoresco del poder, por parte de un hombre que —qué ironía— sería llamado el Hombre de las Leyes.

Concluidas por fin las ejecuciones, el general Santander juzgó llegado el momento propicio para hacer su aparición en público y refrendar con su engalanada presencia las manifestaciones de su poder. Montado en caballo nervioso, y seguido por los grupos de música que continuaban en su aquelarre festivo, pasó sobre los cadáveres. Vio esa sangre coagulándose entre el barro. Vio esos rostros aún agonizantes, mirando el infinito. Y, cosa extraña, sintió, paladeó una maravillosa sensación de triunfo, que le quitó de su boca el repulsivo hedor hepático con el que ahora andaba conviviendo.

Por la noche, el vicepresidente Santander invitó a un gran baile. Hubo mucha abundancia de licor, de aquel vino tinto que se había obtenido de la repostería del palacio, cuando Sámano huyó de Santafé de Bogotá. Mucho vino ajeno, pues generoso no era, ni sería nunca, el general Santander. Tal vez sólo generoso con sus miserias.

El baile no estuvo animado, pero sí concurrido. Él se retiró pronto. Le dolía otra vez el hígado. Y Nicolasa no asistió a la fiesta, estaba horrorizada. Pero su conciencia estaba tranquila y satisfecha, también su vanidad. Por fin existía un hecho notable en el historial de su poder.

34

Posterior a la ejecución y del martirio de los prisioneros españoles, sobrevino sobre la ciudad de Santafé un opaco y mezquino tiempo, donde muchos empezaron a creer que lo que estaba logrando la Independencia no era más que una farsa sangrienta destinada a enriquecer a militares improvisados, a perpetuar nuevos privilegios, y a imponer más impuestos para proclamar una supuesta libertad que nadie a ciencia cierta sabía en qué consistía, pues sólo estaban padeciendo arbitrariedad y sólo se estaban edificando nuevos patíbulos, donde a nombre de esa libertad invisible se sacrificaban inocentes.

El hepático y ya un poco amarillento señor vicepresidente, en los días posteriores a su sangrienta fiesta, permaneció resguardado de la mirada pública. Amante obsesivo de la penumbra y virtuoso tejedor de esas relaciones cerradas que configuran los círculos, creyó en esas horas que lo más conveniente era permanecer un poco al margen y hacerse poco perceptible a las miradas acusadoras que podrían prodigarle sus gobernados. Se enclaustró a maquinar y a meditar en cómo haría posible y defensible a los ojos de Bolívar el horrendo y escandaloso delito que acaba de escenificar a nombre de una república apenas incipiente, una república que debía presentar sus credenciales de civilización a los ojos de las demás naciones del mundo.

Su preocupación fundamental después de los criminales hechos consistió en redactar el documento en el que daría cuenta de sus actos al general Bolívar, y también a la posteridad, pues en su retorcida vanidad provinciana, él creía ya que el haber sido nombrado vicepresidente lo convertía en interlocutor legítimo de la posteridad y de la historia. Creyó conveniente que para eso requería la ayuda de sus entrañables abogados amigos, de Soto y de Azuero en especial. Desde que estaba de vicepresidente en ejercicio, se le habían convertido en su sombra, en sus conterturlios de todas las horas. Con ellos maquinaba y jugaba tresillo. Con ellos comenzó a configurar un oscuro círculo de intrigas y componendas, que terminaría manejando casi todos los hilos del poder que se le había delegado. Con ellos empezó a perfilar el oscuro diseño de una especie de partido civilista, pérfido y envenenado que, con el paso de los años, se haría conspirador y predispuesto a la traición y al crimen para alcanzar sus propósitos de camarilla y para oponerse con fanatismo intransigente al proyecto político del Libertador. Con ellos, y con algunos otros, conformarían la primera Logia Masónica de la Nueva Granada y, traicionando sus principios y sus fundamentos, la convertirían también en instrumento de sus fines protervos y pequeños. Reunido con ellos, trabajando y discutiendo al amparo cómplice de las sombras y de la noche, pensó que para salir de ese trance escribiría, por una parte, una carta privada a Bolívar; y por la otra, haría público un documento donde expondría las razones justificativas de su proceder criminal.

La carta que escribió a Bolívar desnuda de una manera inequívoca y estremecedora los verdaderos soportes de su alma. "Alma simulada y simuladora", como diría después uno de sus biógrafos. Dice en ese singular documento de transparencia y éxtasis existencial:

> Al fin fue preciso salir de Barreiro y sus treinta y ocho compañeros. Las chispas me tenían loco, el pueblo estaba resfriado y yo no esperaba nada, nada favorable de mantenerlos arrestados. El expediente está bien cubierto; pero como ni usted (por desgracia de la América) es eterno, ni yo puedo ser siempre gobernante, es menester que su contestación me cubra para todo tiempo. De ella protesto no hacer uso sino cuando este remoto e inesperado caso pueda llegar. La gloria de usted, su reputación, su honor, me interesan más de lo que usted imagina...

He allí a Santander en todo el esplendor de su pureza jurídica y humana. "Es menester que su contestación me cubra para todo tiempo". Y no pocos han tratado de cubrir al cínico y al criminal. Y no sólo lo han cubierto, lo han también redescubierto para encontrar en él al inmaculado Hombre de las Leyes.

Después de escribir la carta privada, escribe el documento oficial. Aquí la hipocresía y el cinismo adquieren la categoría de documento público. La mentira se institucionaliza. Aquí se funda y adquiere entre nosotros carácter de categoría histórica la mentira como instrumento de gobierno. Ésta es la verdadera acta de nacimiento del santanderismo. A partir de entonces, la doble moral, el cinismo, la mentira, la tergiversación corrupta y acomodaticia de los hechos, adquieren estatus y vigencia como literatura y como verdad oficial. Indiscutible mérito el de Francisco de Paula Santander y Omaña: es el incontrovertible fundador de una categoría sociológica y cultural que se reproducirá y se repetirá como característica distintiva de nuestro esclarecido capítulo en la historia regional de la infamia.

Bolívar se estremeció y quedó perplejo cuando fue informado de todos estos hechos. No fue una absoluta sorpresa para él constatar que Santander fuera su promotor y ejecutor. Conocedor innato y penetrante analista del alma humana, podía perfectamente imaginar qué podía esperarse de un personaje como Santander. ¿Acaso no escribiría años después?: "Santander se ha hecho célebre por su perfidia y por su intriga: él tiene un alma de fraile en cuerpo de escribano".

Muchas otras cosas debió pensar Bolívar cuando tenía entre sus dedos esa carta viscosa de su subalterno. ¿Pero qué podía hacer? Al fin y al cabo, fue él quien lo promovió a vicepresidente. Sólo podía lamentarse, llorar y hasta maldecir que las necesidades políticas obliguen en un momento dado a tomar decisiones que pesarán y dolerán en el alma. Lo nombró por necesidad política, en especial por ser granadino, porque en ese momento no existía ningún otro granadino que tuviese merecimientos para el cargo; todos los granadinos dignos y valiosos habían caído en los patíbulos de Morillo. Lo nombró porque

Santander —sin duda y pese a todo— tenía talentos de administrador y de organizador y los había demostrado en Casanare, talentos que él consideró válidos y necesarios para avanzar en su guerra libertadora. Lo nombró, pese a sus íntimas prevenciones, conociendo su historial de deslealtad, insoburdinación y traición. Lo nombró porque lo consideró útil. Y quizá ahora tendría que arrepentirse y continuar creyendo que podía seguir manejándolo y haciendo que siguiese siendo útil a su proyecto. Tenía que aceptar con dolor y amargura cuánto pesan las grandes equivocaciones. Y tendría que aceptar, pese a cualquier repugnancia moral o personal, que hay algo de maquiavelismo burdo y venenoso que siempre estará asociado a los hechos políticos. Él lo había favorecido con distinciones, honores y riquezas, para comprar su lealtad y su compromiso con la causa libertadora. Pero ahora estaba viendo que esa extraña y pérfida criatura reclamaba y quería mostrar deseos de alcanzar vuelo propio. Comprendió que era un tiempo que aniquilaba la inocencia.

Le respondió una carta que, como lo había previsto Santander, supuso de alguna manera la inevitable aceptación de su crimen. Incluyó un reproche, pero muy tenue. No una condena abierta ni contundente. Bolívar también era prisionero de la mentira y de la necesidad política. Su drama y su gloria no lo eximirían de contribuir en ocasiones a sacrificar la indefensa inocencia ni la evasiva libertad.

No había duda de que, en ese momento, el horripilante crimen se le había convertido a Santander en un sucio y precario "triunfo personal". Recibiendo la carta de Bolívar, si bien no se sintió cubierto —ni para ese instante ni para la truculenta posteridad que aguardaba— al menos se sintió seguro.

Mientras esperaba la reunión del Congreso de Cúcuta, del que podían salir tantas cosas interesantes para él, volvió a sus mezquinas faenas de "estadista", pues ya había desplegdo sus argucias y sus intrigas para intervenir en sus resultados; volvió con excitación febricitante a ocuparse de muchos asuntos personales. La maravillosa hacienda de Hatogrande requería trabajo e inversiones. Compró ganado e hizo levantar cercas.

Muerte del joven Angiano. Cartagena, 1834. Caricatura de Manuel M. Núñez, litografía de Carlos Casar de Molina. Colección Boulton, Caracas. Como resultado de la conspiración de Sardá contra Santander fue ejecutado —entre otros— este joven. Santander asiste al fusilamiento.

Restauró la casa, hizo construir acequias y consiguió mayordomo. Pero había una esencial preocupación que convocaba todos sus anhelos y alborotaba todos sus desvelos: Nicolasa Ibáñez.

*Sólo disfrazado sé ser.
Quitadme el disfraz, y encontraréis mi esencia.*

José María Espinosa, *Francisco de Paula Santander*. 1853. Óleo sobre tela. Museo Nacional de Colombia

SEGUNDA PARTE

1

Nicolasa era bella y parecía haber nacido condenada a la fatalidad, por causa de esa belleza que provocaba inquietud y hasta cataclismos en los hombres que pretendían amarla. Como si hubiese nacido en un tiempo donde su espíritu no encontraba acomodo, su vida se fue extraviando entre la confusión y la amargura; y al parecer no encontró nunca la posibilidad de vivir con libertad e intensidad el sueño de un amor verdadero, que fue lo que ella imaginó podría ser la finalidad de su destino.

Nacida en la ciudad de Ocaña en el año de 1795, sus primeros y hermosos años juveniles transcurrieron en una época crecientemente agitada por eventos políticos, que parecían señalados a marcar un cambio en muchos órdenes y en muchas dimensiones de la vida. Inclusive alcanzó a intuir que esos cambios y esas inquietudes podrían alterar en algo la oscura y sumisa condición de la mujer, encadenada por siglos a vivir al margen de la historia; sometida a los dictados de una moralidad mezquina soportada en los prejuicios y en las supersticiones religiosas, que terminaban por sancionar que sólo el matrimonio, el convento o el burdel eran los espacios de "libertad" que la cultura concedía a la mujer para que ésta, en vez de vivir o participar de la historia, pudiese padecerla. El mundo parecía ser para los machos y para los hombres; a las mujeres y a las hembras les estaba vedado en lo esencial inmiscuirse en ese proceso donde la vida que se anhela, o la felicidad que se busca, es simple y llanamente un anhelo inconcluso y atrozmente mutilado.

Nicolasa, además de su belleza, poseía una personalidad fuerte y atrayente; una inteligencia despierta, que no le permitía aceptar pasiva y

Pilar Caballero, *Nicolasa Ibáñez y Santander*. 1980. Ilustración en *Las Ibáñez* de Jaime Duarte French, 1981 calladamente ese predominio que surgía de la sociedad y la moral; esa moral que no le permitía a ella como mujer encontrar un puesto adecuado en las ceremonias de este mundo. Pero igualmente carecía de la rebeldía, del impulso y las energías necesarias para enfrentar esa solitaria batalla contra los aplastantes gigantes que vigilaban la moralidad y los castillos mentales de su mundo. No había en ella el brillo de una heroína, pero tampoco la capacidad para dejarse aniquilar por los absurdos convencionalismos de su tiempo. Condenada a una especie de rebeldía silenciosa y clandestina, al menos tuvo el valor de romper y de echar por la borda las más evidentes y reconocibles limitaciones anudadas a la opresiva realidad del matrimonio.

Su familia era numerosa, varias hermanas y hermanos; de no muchos bienes de fortuna, y carente también de especiales abolengos. Su padre, don Miguel Ibáñez, se desempeñaba como funcionario colonial, donde tuvo inconvenientes y dificultades en el desempeño de sus tareas. Mostraría tempranas simpatías por la causa republicana y se vio forzado a vivir una vida que en muchos momentos raya en lo novelesco, vida que terminaría en una muerte rodeada casi de misterio y de leyenda, después de haber sido prisionero y después de haber logrado escapar de sus carceleros. Algunos de los hermanos de Nicolasa fueron militares y participaron con desigual fortuna en las guerras de la Independencia. Con su hermana menor, la bella Bernardina, cuya notoria belleza cautivó y desveló los arrebatos del general Bolívar, Nicolasa y los amores de ambas pertenecen por derecho propio a los anales, si no épicos, al menos a los anales íntimos y secretos más importantes de nuestra historia nacional. Sugerente capítulo, donde se cruzan y se enlazan las equívocas e intrigantes relaciones entre la belleza y el poder.

En Ocaña, Nicolasa había conocido, antes de julio de 1810, a Antonio José Caro y Fernández, hijo de españoles y también funcionario de la administración colonial. Personaje ambiguo e inestable, dotado de algún talento y de sensibilidad enfermiza, que a veces solía traducir en composiciones poéticas donde proyectaba, sin mucha fortuna literaria, los no pocos sufrimientos y las no pocas tribulaciones emocionales que le depararía la vida, nada apacible y poco comprensiva, al lado de Nicolasa Ibáñez.

Después de haberse conocido en Ocaña y de haber iniciado un romance apasionado, Antonio José Caro regresa a la ciudad de Bogotá, pensando que muy pronto formalizaría su relación y que podría convertir a la bella novia en su esposa legítima. Pero lo sorprende el estallido revolucionario de julio de 1810. Asustado y temeroso de lo que pueda sucederle, vende apresuradamente sus pocas pertenencias e inicia su errancia de exiliado, que lo llevará a diferentes ciudades del continente. Se dirige en primera instancia a Cartagena. Allí, frente al mar azul y frente a las murallas de callada piedra, le escribe a Nicolasa narrándole sus sufrimientos y renovándole las promesas de su pasado y breve amor.

De Cartagena se dirige a Puerto Rico. Lo persigue la pobreza y lo acosa la nostalgia. Estando allí, alguien le facilita la manera de trasladarse a Maracaibo, donde sobrevive algunos días hundido en la desolación y añorando el tiempo feliz y estable que podría estar compartiendo con la novia lejana. Se informa de que la ciudad de Santa Marta sigue siendo fiel a la causa del rey y hacia allá dirige sus pasos. Y las maravillas y convergentes complacencias del azar y del amor posibilitan que Nicolasa y su madre hagan un viaje desde Ocaña a esa ciudad realista. El reencuentro multiplica la intensidad del amor; los meses duros y largos del exilio precipitan en él el deseo de contraer matrimonio. Así lo convienen. Nicolasa parecía conmovida por las angustias, y seguramente también por los malos versos de su novio fugitivo y, pensando que lo amaba y al influjo de esas circunstancias, aceptó contraer matrimonio.

Regresó ella con su madre a su ciudad natal. Entretanto el novio, José Antonio, fue vinculado nuevamente a la administración colonial. Esta vez se le designó Comisionado de Guerra de la corona, con jurisdicción en las regiones del Magdalena y, como tal, ejercía funciones de secretario al servicio del comandante militar de la zona. Continuaba soñando con Nicolasa y continuaba en la faena de escribirle poemas para mantener la llama de ese amor que estaba perturbado por la guerra. Desempeñando las funciones de su cargo, pidió permiso al gobernador de la provincia para trasladarse a Ocaña y dar cumplimiento a su promesa de matrimonio. Pero la suerte no estaba de su lado. En el trayecto fue hecho prisionero y se le colocaron pesados grillos, con los cuales fue conducido a la ciudad de Mompox. La causa de su detención se debía a su condición de funcionario de la corona.

Pero otra vez favorables casualidades intervinieron en su favor. Resulta que Bolívar era huésped en la casa de la familia Ibáñez, por ser esta familia, y en especial el padre, don Miguel Ibáñez, fervorosos admiradores de la causa republicana. Nicolasa interviene frente a Bolívar para lograr la libertad de su desventurado prometido, cosa que obtiene. Bolívar, por su parte, siendo huésped de la familia, proseguía en su empeño de seducir a la inquieta y hermosa Bernardina, que no parecía del todo inclinada a recibir las ofrendas de amor del afanoso e impulsivo galán. Parece que ya su corazón andaba embriagado escuchando otras voces; pero Bolívar insistió en sus requiebros y, quizá para inclinar las veleidades de la hermosa en su favor, había nombrado a su padre en un cargo relacionado con sus asuntos militares.

Liberado José Antonio de su prisión, se apresuró a celebrar su matrimonio. Casóse el 16 de marzo de 1813. Algunos sostienen que el coronel Bolívar actuó como padrino de la obstaculizada boda. Optaron los novios por quedarse a vivir en Ocaña. Ya José Antonio vislumbraba que si la causa del rey sufría fracaso, él bien podría hacer tránsito a la causa patriota y encontraría acomodo valiéndose de las buenas relaciones de la familia de Nicolasa con los insurgentes.

Empezaron a correr los meses y con ellos fueron llegando poco a poco la rutina y el consabido aburrimiento. El matrimonio le canceló la lira al funcionario de la corona. Después del inicial fervor y del inicial ardor en eso de amar las bellas carnes de la esposa, José Antonio no veía claro su destino y sentíase enormemente preocupado por su ambigua posición política. Los realistas veían con malos ojos que se hubiese casado con una dama cuya familia era manifiestamente contraria a la causa de la monarquía y enemiga de ella. Y los patriotas, a su vez, miraban con mucha desconfianza a este funcionario colonial, que toda su vida había estado dedicado a favorecer la causa que ellos combatían.

Quedó embarazada Nicolasa. Nuevas y distintas ilusiones florecieron en sus horizontes de mujer casada y aburrida. Ser madre la distrajo. Pero su príncipe azul habíase transformado en persona quisquillosa, con resabios varios; católico intransigente, carente de voluntad para enfrentar con entereza los muchos desafíos del futuro; hombre de naturaleza débil y proclive a las melancolías. El amor se volvió tedio. Y la necesidad de volver a soñar con realidades más amables y excitantes volvió a surgir con urgencia en los espacios de su alma y volvió a llamarla desde sus aún vibrantes carnes.

Por aquellos días nació en Ocaña la primera hija del matrimonio Caro Ibáñez. Manuela, la llamaron. Trajo algo de alegría. Pero ya algo parecía irremediablemente roto en ese amor que nunca tuvo mayores fundamentos.

Por estos días fue cuando, forzado por el comandante español, José Antonio fue requerido a irse de nuevo a Santa Marta. Nicolasa, al conocer la noticia, no mostró aflicción ninguna. Al contrario, sintió una refrescante y nueva alegría al saber que por un tiempo se quedaría en Ocaña, lejos de todas las rutinas y de todos los deberes de ese matrimonio que ya le estaba pesando sobre el alma.

En esta época conoció a Santander, que ya era oficial del ejército patriota y estaba a las órdenes del coronel Bolívar. Solía venir con alguna frecuencia a casa de sus padres. Al principio ella creyó que, más que a recibir instrucciones por parte de su jefe, venía era a deleitarse con la belleza y la coquetería de su hermana Bernardina, que no perdía ocasión de mostrarse amable con quien le prodigase miradas y galanteos. En más de una ocasión, y al margen de las responsabilidades militares, Bolívar propiciaba la fiesta, y con la fiesta solía practicar el baile, que sin duda andaba como enamorado entre sus huesos. Santander rasgaba la guitarra y de cuando en vez hasta entonaba canciones. A Nicolasa, el joven oficial se le antojaba gallardo y atractivo. Sus canciones, que no carecían de gracia, empezaron a complacerla más que los antiguos y desabridos versos con los cuales su ahora ausente esposo había tratado de enamorarla cuando apenas eran novios.

Una noche supo con total certeza que, si bien el joven oficial se interesaba en Bernardina, ella no le era para nada indiferente. Lo veía vibrar en sus deseos. Por curiosidad, por juego transgresor, por simple venganza contra el tedio y sin mayores cargas de remordimiento por ser madre o ser casada, aceptó sus requiebros y después sus caricias y, casi de manera vedada e imperceptible, fue entrando en una relación clandestina que los convirtió en amantes.

Santander no se sentía incómodo —ni en ese entonces ni después— con los eventos clandestinos. Es más, viviendo y actuando bajo superficie, encontraba una extraña y profunda satisfacción. Le parecían excitantes y en extremo llamativos los esfuerzos y las tretas que debía ingeniarse para los goces del amor prohibido. Los más intensos y perturbadores placeres que encontró al inicio de esa relación con Nicolasa Ibáñez cree deberlos a esa circunstancia de haber sido amores vividos y gozados en la sombra, amores de penumbra. Se sentían felices y nunca se imaginaron ser culpables. Fueron semanas como de demencia, donde quizá ambos tuvieron pleno derecho a imaginar que la vida, aun en los tiempos de la guerra, tiene el destello de lo maravilloso.

Entretanto, su esposo, una vez llegado a Santa Marta, se encontró con que de nuevo la suerte le era adversa y que parecía ensañada en amargarle la vida. Los españoles lo sometieron a juicio, pues consideraron sospechosa su larga permanencia en Ocaña, sus relaciones cercanas con gentes pertenecientes a la causa insurgente y, por supuesto, su propio matrimonio con una dama hija de un republicano reconocido. Sin embargo, fue astuto y sagaz en su defensa, esgrimió argumentos contundentes e inteligentes y no sólo logró desvirtuar los cargos, sino que obtuvo que se lo incorporase al propio ejército realista; y como tal, le correspondió participar en el largo y sangriento sitio que Morillo le puso a la heroica ciudad de Cartagena.

Después del sitio de Cartagena, obtuvo licencia para regresar a Ocaña. Sólo pretendía recuperar a Nicolasa y a su pequeña hija. El reencuentro con la esposa fue por supuesto frío e indiferente. Todo había cambiado; pero la esposa no tuvo el valor ni la osadía de dar ese paso —en aquel tiempo verdaderamente insólito— de romper los lazos matrimoniales que la unían hasta que la muerte la separase de su ya no amado esposo. La amedrentó el destino de su hija sin padre, su propia condición de esposa separada o abandonada. Regresó al seno del matrimonio, pero al menos ahora tenía otra vez la ilusión de sentirse amada. Triste fue la despedida con el efímero amante que llenó de complacencias las noches de su amor adúltero. Pero renovaron sus promesas, se hicieron juramentos y desearon ardientemente que el futuro les prodigase un nuevo encuentro para continuar amándose.

Antes de partir a Cartagena, Nicolasa dejó guardando con el sacristán de una parroquia un baúl que contenía papeles y pertenencias de Bolívar, entre ellas una casaca. Muchas mortificaciones y muchos líos le acarrearía en el futuro próximo a la familia Ibáñez este hecho de haber dejado guardadas las cosas del gran insurgente.

No fueron felices los tiempos que compartieron en Cartagena los esposos Caro Ibáñez. Matrimonio de pura apariencia; convivencia forzada, surcada por la amargura y la incomprensión y por mutuos y pequeños resentimientos. Se les hizo insoportable la vida allá y decidieron regresar a Ocaña. En marzo de 1817, y en esa ciudad, Nicolasa daría a luz a su segundo hijo. Se le bautizó con el nombre de José Eusebio. Con el correr de los tiempos, se convertiría en un notable poeta romántico. Tendría una vida marcada por muchas vicisitudes.

Después de su permanencia de varios meses en la ciudad de Ocaña, el intranquilo y perturbado matrimonio resolvió viajar e instalarse en la ciudad capital. Y allí, en Santafé de Bogotá, nacería el tercer hijo de este extraño matrimonio. Y allí también Nicolasa y Santander se reencontrarían en los días posteriores a la Batalla de Boyacá, cuando ya Santander venía como general triunfante y estaba a punto de convertirse en el vicepresidente de la nueva república.

El reencuentro significó la reanudación de sus contrariados amores. Significó que compartiesen a partir de ese momento un largo y tormentoso tiempo de amor y desamor, de profundos y complejos eventos políticos, donde Santander fue protagonista de primer rango en los turbulentos hechos que habrían de acontecer.

Al encontrarse de nuevo con Nicolasa en Santafé de Bogotá, Santander supo que se mantenía vivo en su corazón el fuego de esa pasión que se encendió en Ocaña, en el año de 1815. Igual acontecía con Nicolasa. Pero ésta continuaba casada y era ahora madre de tres hijos. Ambos sabían que sus amores prohibidos provocarían escándalo y serían la comidilla pública, mucho más siendo ahora él vicepresidente de la república. La transgresión de la moral pública y de los convencionalismos en una ciudad ferozmente religiosa, donde la Iglesia y su enorme poder controlaban tanto la moral pública como la moral privada, resultaba un riesgo y un desafío en extremo peligrosos, que la prudencia de un hombre como Santander no iba a asumir abiertamente a favor de sus satisfacciones y placeres personales. Convertido en notable hombre público, el segundo magistrado de la nación no estaba dispuesto a sacrificar su imagen política por sus complacencias privadas. Era necesario, hasta donde fuese posible, salvar y proteger las apariencias. Las apariencias protegen todo, desde la vida conyugal hasta las buenas costumbres.

Afortunadamente para ambos, José Antonio Caro, el esposo de Nicolasa, una vez se enteró del triunfo patriota en el Puente de Boyacá, él, como muchísimos otros españoles, se había apresurado a huir de Bogotá, intentando encontrar refugio en alguna ciudad que aún permaneciese bajo control de los realistas. Parece que se fue nuevamente a Santa Marta, esperando que la situación se aclarase un poco para poder redefinir esa vida suya, que se le estaba convirtiendo en perpetua fuga y en dolorosa incertidumbre.

Nicolasa y sus hijos, al igual que su madre y dos de sus hermanas, permanecieron en Bogotá; Bernardina, entre ellas, que se convirtió por esos días, por causa de su fermosura, en la mujer más deseada de todos los oficiales del ejército libertador.

La situación de la familia Ibáñez no era nada halagadora. Carentes de fortuna, sufrían privaciones y padecían por la suerte incierta de algunos de sus cercanos parientes que habían padecido exilio. José Antonio Caro, avizorando que, más temprano que tarde, la causa del rey estaría perdida irremediablemente en los países de América, había dado los pasos necesarios para irse vinculando a los patriotas. Nada lo haría abandonar el mundo donde tenía sus raíces y todos sus afectos. Orientado en esa dirección, buscó y logró encontrar la protección de Bolívar, quien lo ayudaría para que fuese elegido diputado al Congreso de Cúcuta, en representación de la provincia de Santa Marta. Tiempo después, y ya con la ayuda de Santander, fue nombrado secretario del Congreso en Santafé.

Al retornar a la capital, continuó conviviendo con Nicolasa, pero hubo de aceptar la incómoda y espinosa situación de saber que su esposa era ya la pública y reconocida amante del vicepresidente de la república. Y no sólo aceptaba la curiosa y escandalosa situación, sino que también acabó aceptando la protección y los favores de quien era el ufano amante de su bella esposa.

En 1825, Santander, saltando todos los obstáculos morales y legales, y en abierta transgresión de todas las normas de la decencia, lo hizo nombrar en una innecesaria y curiosa comisión que se encargaría de imprimir las leyes que hasta entonces habían sido expedidas por los Congresos de la república. La comisión era en Londres, y a cargo del erario público. No pocas y envenenadas habladurías suscitó este extraño mecenazgo, que con dinero ajeno ejercía Santander con el esposo de su amante. Todas las leyes anteriores habían sido impresas en Bogotá. Sólo las que servirían para alejar del país al "intruso" en sus amores se harían imprimir en el exterior. La gente solía divertirse y refinar su maledicencia comentando en todas partes los logros que había traído consigo la nueva moralidad republicana.

Poquísimo, tal vez nada de romántico, existía en el espíritu pragmático y organizado de Santander. Ni los grandes ideales, ni las grandes ensoñaciones encontrarían cabida en su alma para arrebatarla o embriagarla con realidades que no fueran útiles o concretas. Aborrecía lo sentimental y los sentimentalismos. Se le antojaban pasiones inútiles y formas absurdas y engañadoras que alejaban al hombre de la búsqueda de una felicidad concreta. Sólo años después, durante el tiempo de exilio que vivirá en Europa, mostrará deleite y complacencia escuchando ópera. Y solo a la música le concedió la categoría de algo útil y bello para las necesidades espirituales del hombre. Su "ilustrada" ignorancia y su poco cultivada sensibilidad no le permitieron acercarse a comprender las grandes maravillas creadas por el arte para ampliar y fortalecer el universo espiritual del ser humano. Consideraba el arte como una especie de desperdicio de talento y de energía humana.

Nunca leyó obras literarias, y por las novelas sentía una especial antipatía. Sus lecturas se ocupaban de la historia, de la de Grecia y Roma en especial, pues pensaba que tenían un sentido y una cierta utilidad práctica. La historia, en su criterio, era maestra universal y conocerla podría derivar en enseñanzas útiles para las faenas cotidianas que impone la vida a los pueblos. La filosofía le parecía especulación engañosa y nebulosa, que en últimas no aclaraba nada. Ocio de desocupados que desconocían las virtudes de la acción.

Pero estaba a punto de conocer la filosofía de un relumbrante segundón y destacado exponente del más grotesco sentido común: el señor Jeremy Betham. Y pensó que de pronto la "filosofía" sí podría ser práctica y útil para alcanzar supuestos grados de bienestar que acabarían logrando, con el tiempo, la plena felicidad humana. Se convertiría en el más fervoroso de sus discípulos y en el más fanático de sus propagadores. Con la "iluminación" alcanzada a través de la influencia de tan extraño filósofo, impulsaría una reforma educativa, que fue motivo de muchas y ardientes polémicas y que, sin duda y a pesar de todo, constituyó un cambio significativo y transformador en el brutal letargo teológico que imperaba en el sistema educacional impuesto por España en el universo de las colonias.

Con estos rasgos, condicionantes de su espíritu y de su hirsuta personalidad, los entusiasmos amorosos y los regodeos sentimentales del general Santander con la bella y esperanzada Nicolasa parecían condenados de antemano a un gris naufragio en los abismos del tedio, ese tedio que ella ya conocía. Pronto pudo percatarse la hermosa e ilusionada dama de que aun sus juveniles emociones y sus alocadas fantasías de amor, opaca y prosaica respuesta iban a obtener de parte de un hombre que ella —sin conocer a Aristóteles— definía como un puro y frío animal político. Pero ella ya había dado ese paso audaz y desafiante de exhibirse públicamente como su querida. Intuyendo que sus juveniles arrebatos la condenarían otra vez a la soledad y sintiendo que la sociedad de su época la satanizaría como adúltera y como pecadora, aceptó pasivamente ese papel de amante que nuevamente la condenaba de manera irremediable a horas infinitas del aburrimiento. Por eso decidió que sería ante todo amorosa y dedicada madre y que en ese afecto abnegado por sus hijos volcaría toda la explosiva fuerza de su corazón.

Pero ella —las circunstancias se lo imponían— también tenía su faceta práctica y utilitaria. Requería con urgencia solventar los gastos crecientes de su familia. Aceptó la ayuda que a regañadientes y con muy constreñida prodigalidad pudo prestarle su quisquilloso amante, que en eso de ser generoso era contenido hasta los límites de lo enfermizo. Fue así como Santander le facilitó al matrimonio Caro Ibáñez la suma de siete mil pesos, que aseguró con pagarés endosados a nombre de José Antonio Caro; y los proveyó de unas ropas, al parecer sobrantes de las provisiones del ejército, para que Nicolasa las vendiese y completara así la suma requerida para la compra de una casa. "Quinta Catalina" se llamó la casa comprada con esos procedimientos y fue allí donde empezó a vivir Nicolasa con sus hijos. Pero la escritura fue suscrita a nombre del general Santander y cuando, tiempo después, sobrevino la ruptura en su relación, Nicolasa se vio forzada a devolver aquella casa, esa casa que fue mudo testigo de sus tortuosos amores.

También Nicolasa, en el afán de atender sus apremiantes obligaciones, solicitó de Santander ayuda para que le otorgase una concesión que la habilitaba para vender la sal proveniente de algunas minas de Cundinamarca. Apoyándose en la faceta práctica, y acosada por sus maternales responsabilidades, igualmente se valió de su amante, y de algunos amigos de éste, para que sus hijos pudieran conseguir cupo y beca en el colegio de San Bartolomé.

2

Breve, y casi nunca completa, suele ser aquella inestable realidad que los hombres designan como su felicidad. El general Santander, que en los días posteriores al triunfo de Boyacá creyó y sintió que estaba cosechando en abundancia una gran cantidad de prodigios, vio con amargura que de pronto nubarrones negros se cernían sobre el transitorio horizonte de su felicidad. El hígado, su maldito hígado, comenzó a manifestar síntomas inquietantes. Le amanecía pastosa y amarga la boca. Dolores agudos y diversos le explotaban en varios e internos sitios de su cuerpo. La piel, que tenía sonrosada en los Llanos del Casanare, comenzó a tornarse de un extraño color amarillento, que a veces adquiría matices verdosos. Él, que de por sí era agrio de genio, multiplicó esa agriedad. Cefaleas agudas también lo acosaron con frecuencia inusitada. Sospechaba que era el hígado, pero fue reacio en los primeros tiempos de su mal a consultar facultativos. Su hermana Josefa, a quien quería y con la que mantenía estrecha cercanía, aconsejábale tomar tisanas y otras yerbas y aconsejábale encarecidamente no tomar nunca el espumoso chocolate. Cómo le dolía prescindir de esa estimulante bebida, que en Bogotá la servían en todas partes. Esa bebida la extrañaba. ¿Acaso la casa donde nació no tuvo un cacaotal?

Contrariando como el curso lógico de ciertas cosas, encontraba en el trabajo refugio y protección para las embestidas de su vida enferma. Acumulando y revisando papeles hacía un poco de trampa a las argucias mortificantes del dolor. Nunca esa dolencia lo alejó de lo que él creía eran sus sagrados deberes con su oficio y con la patria. Y, curiosamente, nunca la enfermedad incipiente lo llevó a meditar sobre los asuntos profundos de la muerte. Más sufría Nicolasa tolerando la progresiva irritabilidad que iba poseyendo al general en la medida en que la enfermedad avanzaba.

La tertulia con sus amigos habituales tampoco fue abandonada por causa del malestar hepático. Era adicto y fervoroso practicante del intercambio de noticias de toda clase con el círculo más o menos cerrado de sus amigos abogados. En esas horas interminables de chismorreo y conversación, los temas y los pormenores de la vida pública eran la obsesión predominante. Empezaron a surgir allí con creciente interés las iniciales inquietudes sobre lo que no demoró en perfilarse como un dudoso partido "civilista", conformado casi en su totalidad por el círculo de abogados bartolinos que, de manera progresiva, se orientaría cada vez más a intentar una crítica mordaz y envenenada sobre los supuestos enfoques y predominios militares que, a juicio de ellos, parecían encarnarse en el estilo y en la forma de gobierno del general Bolívar y los venezolanos.

Era un hecho que existía animadversión, antipatía y recelo contra la "soldadesca" venezolana. Para los granadinos, sobre todo para el engreído y vanidoso grupillo de los juristas y los letrados que estuvieron al margen de la guerra, pero sentados en primera fila en el festín de la política, la presencia de los militares venezolanos fue siempre motivo de inquietud. Y no desaprovechaban ocasión alguna para difundir, sobre todo en la prensa capitalina, consejas y rumores contra esos soldados burdos e ignorantes que, para su pretendida sensibilidad de señoritos, materializaban amenaza latente para que su práctica civilizada de abogados consolidase el asalto a un poder en el que no habían hecho nada para conseguirlo. Ellos creían que la supuesta república civilizada y de abogados que debía consolidarse como consecuencia de la guerra heroica de la Independencia, sólo ellos podrían orientarla con sabiduría y sólo a ellos cabría la dignidad de ostentar los privilegios y los cargos que depara ese poder. Había que librarse del militarismo y de la soldadesca para que floreciera la civilización bartolina.

Este círculo de levita y traje de civil casi en su totalidad se fue integrando a su vez a las logias masónicas, que por aquellos días tuvieron inusitado auge y desarrollo, no sólo en la Nueva Granada sino en el resto de las naciones del continente. Fenómeno lógico y explicable desde muchos puntos de vista. Entre otros, por el aliento libertario que les imprimió Francisco Miranda y porque las logias eran receptoras y propagadoras de un pensamiento político y filosófico de avanzada, que siempre estuvo a favor de la causa de la emancipación de las colonias. Casi todos los caudillos de la guerra de Independencia se convirtieron en masones.

En Santafé de Bogotá, la fundación y la propagación de las logias masónicas fue estimulada plenamente por el vicepresidente y por el cercano grupo de sus amigos. Fue así como, al iniciarse el año de 1820, apareció en *La Gaceta* un aviso en los siguientes términos: "Una sociedad amante de la Ilustración, protegida por el señor general Santander, ofrece dar lecciones para aprender a traducir y hablar los idiomas francés e inglés". Se trataba de un anuncio matizado para promover la primera logia masónica que funcionaría en la capital. Y en efecto, el vicepresidente fue poco después elegido venerable de dicha institución, a la que ingresaron igualmente algunos clérigos. La logia no demoraría en promover privilegios, en especial en el orden burocrático, y Santander se valió de ella para fortalecer y agrandar el círculo que lo ayudaría activamente a controlar los hilos y las ramificaciones de su poder político. La logia funcionó por un tiempo en la Casa de Lastra, una cuadra distante del colegio del Rosario. Muchos de sus integrantes acabarían después enfrentados al poder de la Iglesia. Se activó el conflicto religioso y fueron muchos los hechos de hostilidad que se dieron entre Iglesia y masones; y en muchos de ellos el c Santander vióse involucrado de manera muy directa.

Pelópidas fue el nombre que adoptó el señor vicepresidente dentro de la cofradía de los masones. Él había ingresado a la logia, mucho más que buscando nuevos horizontes espirituales, atraído por ese halo de misterio y de ceremonias secretas con que suelen los masones animar sus reuniones. El misterio y la penumbra de esas reuniones le conmovieron su alma y lo incitaron a transitar por ese universo, que acabó reportándole buenos dividendos.

Casi de manera imperceptible, en esos días de tertulia y de tanta conversación con amigos abogados y masones, el general Santander fue evidenciando cambios muy significativos en muchos de sus aspectos personales, que al poco tiempo acabaron de convertirlo en otro personaje. Por ejemplo, una mañana decidió imaginar que su vistoso uniforme militar que, pese a todo, le concedía una especie de destello épico del que carecía su alma, no era el traje que más le convenía ni más se acomodaba a sus nuevas funciones; y que tampoco era el que más se ajustaba a esa sustancia íntima que él presentía era la que caracterizaba su verdadero espíritu de abogado; y resolvió que, mientras fuese posible, no volvería a usarlo.

Como vivía en casa de su hermana Josefa, le solicitó que le arreglase y planchase un viejo vestido negro de paño grueso que guardaba con esmero en un baúl, donde también guardaba documentos y dinero. Cuando se vio vestido con esas prendas, una extraña y complaciente sensación se apoderó de él. El espejo le devolvió la imagen de un hombre que había recobrado su plena identidad, como si los años anteriores hubiesen sido años de negación y de disfraz. En ese instante supo con maravilloso regocijo que haber vestido trajes militares había sido equivalente a vivir agazapado y humillado, como detrás de una máscara de hierro que le había negado existir con plenitud. ¿Cómo pudo haber soportado en esos largos nueve años el peso de esos atuendos militares que lo obligaron a actuar como tal, si él solo de militar tenía su grado? ¡Sí! Le pareció que en ese tiempo, que en el fondo solo era un tiempo atroz, de pesadilla y sufrimiento, él nunca había existido. Como si esos años no le hubiesen pertenecido. Como si su vida, por una condena o un embrujo, hubiese sido obligada a perderse en un extravío y en una pura y dolorosa falsedad. Claro que agradecía y agradecería siempre que, gracias a esa falsedad, era en buena parte ahora un hombre rico y además era el vicepresidente de una nación que apenas estaba por nacer. Seguro había algo de irónico y de paradójico en todo esto; pero, fuera como fuese, esa mañana de febrero de 1820, el tiempo de esa farsa se estaba terminando. El espejo lo convenció de que el espectral general Francisco de Paula Santander y Omaña acababa de morir para siempre y que para reemplazarlo, también para siempre, acababa de nacer el abogado bartolino que usaría ese mismo nombre. "Qué maravillosos son los espejos" —pensó con desgarramiento filosófico—, "nos devuelven a la imagen verdadera; nos arrancan las máscaras". Y se sintió casi feliz al contemplarse allí con toda nitidez, consubstanciado con su vestido negro.

Salió a la calle ufano, saturado y empapado de intensos efluvios civilistas, que se multiplicaron con creces cuando igualmente decidió ornamentarse con el bastón de carey que alguien, en ocasión pasada, le había obsequiado. Pensó que todos lo verían distinto y que todos reconocerían la mutación que se había realizado en su figura y en imagen. A ese nuevo Santander, vestido de civil y paño negro, no lo podría confundir nadie con el Santander vestido de uniforme, que hacía pocas semanas asesinaba a prisioneros inocentes. Qué satisfactorio y qué fácil había sido volver a sus esencias verdaderas. Estaba radiante, diríase que era un hombre feliz, hasta el punto de que cruzó por su mente la posibilidad galante de llevarle a Nicolasa un ramo de flores para que ella, al verlo con vestido negro y olorosas rosas, pudiese también percibir y constatar las maravillas del milagro que se estaba realizando. Pero sólo lo pensó y no lo hizo.

Sus complacencias se dilataron al extremo cuando se reunió con sus amigos. Todos celebraron la feliz ocurrencia al verlo así vestido, pues confirmaron lo que siempre habían sabido: que el abogado inexorablemente acabaría triunfando sobre el artificioso militar que un día había inventado el general Bolívar.

Esa recuperación de su identidad perdida tuvo un importante influjo en muchos de sus actos y le inspiró un renovado aliento a esa pasión suya por la casuística legalista que ya se le había convertido en algo irrenunciable, pero que ahora, vestido de civil y de abogado, adquiría el rango de una obsesión devoradora; y por eso la elevó a la categoría de un absoluto enmarañado. Reemplazó su antigua y engorrosa teología por una juricidad totalitaria. Y llegó hasta creer, con sincera y aberrante fe de jurisconsulto, que fuera de la ley no había salvación alguna ni para él, ni para la patria; y en especial, que no la habría para el general Bolívar, que continuaba empecinado en sus delirios de darle libertad a un mundo y suponiendo que lo que costaba ese empeño demencial debería ser financiado por el gobierno que presidía el señor vicepresidente Santander.

La correspondencia, que siempre fue asidua entre él y Bolívar, revela con meridiana claridad cómo por esa época la preocupación del uno, la de Bolívar, era pedir con impaciencia y con angustiosa urgencia los auxilios que requería para continuar la guerra y poder convertir en hecho cierto y consolidado la todavía incierta independencia; y la de él, una también impaciente y mortificante resistencia a no conseguir lo que se requería, o a ser demasiado reticente con los auxilios que podría facilitarle. Pero como sabía Santander que, al menos por esos días y por esos años, donde su poder y su prestigio en todo dependían del general Libertador, no le era posible ni rebelarse ni entrar en contradicción abierta y peligrosa con aquel victorioso general de cuyas manos dependía, sin exageración ninguna, la suerte de un mundo. Y entonces no le oponía argumentos personales para evadir el cumplimiento de sus deseos, sino que habitualmente apelaba a las argucias leguleyas para justificar sus pocos entusiasmos para enviar dineros granadinos a las necesidades de la liberación. Además, si algo le dolía y le conturbaba su irascible espíritu, era desprenderse del dinero. El dinero era para él sagrado, verdadero atributo divino que no podía ser nunca despilfarrado. El dinero no sólo era su felicidad, sino que cabía imaginar que en él estaba fundada la felicidad futura de todos los hombres y de todos los pueblos del mundo. Claro que aceptaba que no estaba mal que los pueblos tuviesen algo de la idealizada libertad. Lo que era terrible era que esa libertad demandase tanto dinero para ser conseguida.

La situación fiscal, que obviamente no era la más halagadora, lo mortificaba y le dolía tanto como las miserias lastimeras de su hígado, que ahora ya no lo abandonaban y lo hundían cada vez más en la desesperación, en la incontrolable rabia, y le aumentaban el repulsivo sabor amargo y casi fétido que se le escapaba por la boca. Cómo odiaba ese sabor, hasta Nicolasa se resistía a besarlo. Por eso le escribía a Bolívar: "Sépase usted, mi general, que conociendo la importancia de enviar a usted mucho dinero, no me descuido en buscarlo, pero nada consigo que satisfaga sus designios y mis deseos..." En innumerables cartas se repetía como una interminable y tediosa cantaleta este tipo de comentarios. Esto se volvió entre ellos una especie de diálogo de sordos.

Sin embargo, y temiendo funestas consecuencias para su propio futuro político y contrariando sus más íntimos deseos y sus más arraigadas convicciones, en no pocas ocasiones logró, por impuestos y otros medios, conseguir algo del dinero pedido y logró enviárselo a Bolívar. Cuando esto acontecía, solía sufrir intensamente. Sentíase como un niño a quien le arrebatan su más amada golosina.

Bolívar, en cambio, que conocía casi todos los recovecos de su alma "simulada y simuladora", cuando recibía sus cartas y sus negativas —cartas en las que hasta llegó a hablar de su insincera renuncia a la vicepresidencia por no poder cumplir con los requerimientos que el Libertador le imponía—, simplemente recurría a la ironía y le ponía al descubierto las paradojas y las inconsistencias de sus procederes. En una de esas cartas, por ejemplo, le escribía:

> No es tan mala la vicepresidencia, con veinte mil pesos de renta, y sin el peligro de perder una batalla, de morir en ella, ni ser prisionero, o pasar por inepto o cobarde, como le sucede a un general del ejército. V md. parece que se ha olvidado de su oficio, o no es V md. franco, como yo lo he creído siempre, y lo deseo que sea...

Pobre Santander. Cómo debería sentirse al recibir cartas y párrafos como aquellos. Cómo tendría que reconocer que su alma, por más disfraces de que se valiera, no podría escapar nunca al escrutinio total y penetrante de esa mirada de Bolívar, que siempre lo vería desnudo y que siempre lo desnudaría. Esas cartas lo intimidaban y lo hacían pensar que sólo cuando Bolívar estuviese muerto, él podría tener derecho a una existencia que nadie se la reconociese y se la juzgase más allá de sus disfraces.

Pero los días continuaban su curso inexorable. Y no dejaban de suceder cosas en ellos. Se casó su hermana Josefa, con venezolano y además militar. Al principio, él no pudo ver con buenos ojos aquella mortificante boda, que lo privaba de una hermana buena, quien era la que cuidaba de sus males y sus cosas. Pero, con el tiempo, se hizo amigo entrañable del cuñado, y éste correspondió también con afecto y generosidad insospechada a esa amistad de Santander, a pesar de ser venezolano.

El matrimonio de su hermana le acarreó pequeños sinsabores en su domesticidad. Le aumentó esa sensación de soledad que, a pesar de la relación que mantenía con Nicolasa, solía padecer con bastante frecuencia y que parecía aumentarse cuando se le alborotaban las dolencias de su hígado. Él creía que la mujer había sido creada por Dios para que estuviese al servicio del hombre; en eso era religioso y macho y no admitía discusión alguna sobre dicho asunto. Su romance adúltero con Nicolasa había sufrido notable menoscabo. Su genio agrio, que se transmutaba frecuentemente en grosería e insolencia, y en especial su abominable y desmesurada tacañería, habían ido borrando de raíz los cálidos efluvios del amor. Persistían la rutina y el oscuro sello de una relación alimentada por elementos y circunstancias que nada tenían que ver con las tiernas complacencias del amor.

Por otra parte, hubo un largo tiempo en que José Antonio Caro se vio obligado a convivir en la misma casa con su esposa y resignado a aceptar la presencia perturbadora del amante. Infierno puro debió de padecer la hermosa dama, atrapada en ese triángulo perverso de angustia y de tortura. Pero un día rompióse el triángulo. De regreso de un viaje, volvió ciego José Antonio, y aceptó o fue obligado a vivir en casa aparte. Su desgracia, su triste condición de marido engañado frente a todos, le hizo escribir versos dolorosos:

> Yo me atrevo, señora, a suplicarte,
> si algún favor alcanzo a merecerte,
> que de mi amor no vuelvas a acordarte.

Moriría años después, hundido en una soledad desgarradora, aplastado por una pobreza igual de dura y ultrajante, y humillado y recordando con voces lastimeras los tiempos pasados y presumiblemente hermosos, donde amó con emoción a esa mujer que sólo fue su herida. Su hijo, José Eusebio Caro, recogería en sus propios poemas el eco melancólico de aquel dolor de amor que sacrificó a su padre. Su nieto, Miguel Antonio Caro, por su parte, se convertiría en el culto y polémico ideólogo del partido conservador y en el más feroz y manifiesto enemigo —y por supuesto detractor— de ese señor Santander, que para él solo fue el cínico, abominable y siniestro Hombre de las Leyes; el hombre que les destrozó el hogar y que pisoteó valores y creencias que para él tenían el sello de lo venerable y lo sagrado.

Nicolasa, por las necesidades imperiosas y obligantes que le impusiera su condición de mujer, de mujer separada, de madre de tres hijos y quizá, y sobre todo, por su pobreza, se vio obligada a aceptar esa relación desigual y esclavizante. Relación donde nunca hubo una carta de amor o una mención amable a las cosas hermosas que permiten compartir la vida; pero sí rendimiento escrupuloso sobre las pequeñas cuentas y los pequeños gastos que demanda la vida cotidiana. Ella, en ocasiones, trató de valerse de sus propios medios y de su propio trabajo para librarse de esa opresión mezquina con la cual la acorralaba su tacaño y fastidioso amante. Pero sólo pudo lograrlo muchos años después, cuando logró montar un almacén que le facilitó la forma de responder a sus gastos familiares.

Fue envejeciendo. Su proverbial belleza se fue convirtiendo en una especie de atractivo recuerdo que evocaban todos. Un día, fastidiada de todo, del extraño desperdicio que había hecho de su vida amando a seres que tal vez no la entendieron, decidió marchar a la lejana Europa. Moriría después de muchos años, odiando la república, sólo teniendo desprecio y amargura por esos seres que, al contrario de ella, morirían sin haber amado.

Pero mientras estuvo en Santafé, manteniendo esa relación de amante pública del señor vicepresidente, sufrió hasta lo indecible. Muerto su esposo, tuvo derecho a imaginar que su antiguo y enfermizo amante formalizaría su relación con ella. Que una vez convertida en su legítima esposa, se anularía ese duro y denigrante estigma y esa perpetua exclusión en que esa sociedad la mantuvo por ser la amante del segundo magistrado. Le faltaba ese oscuro desengaño. Su amante se casó con otra. Creía que contraer matrimonio católico con la única mujer que a lo mejor hasta pudo haberlo amado deterioraba su inmaculada imagen de hombre público. No solamente no se casó con ella, sino que le quitó la casa y algunas otras pertenencias que supuestamente le había obsequiado en los bellos días del amor pasado.

3

La próxima reunión del Congreso Constituyente, convocado ya desde Angostura, para reunirse en la ciudad fronteriza de Cúcuta, suscitaba muy diversas inquietudes y preocupaciones, tanto políticas como personales, en la mentalidad y en la sensibilidad estrechamente legalista del vicepresidente Santander y en la de su cerrado círculo de abogados bartolinos y masones, que se habían constituido en su sombra y en sus más fieles y obsecuentes asesores. A ese grupo de adeptos y de amigos debía sin embargo muchas cosas, entre ellas su propia formación política y su propia educación e información sobre algo del pensamiento intelectual más reciente que circulaba en Europa y en América, puesto que, en especial, Soto y Azuero eran hombres relativamente ilustrados que, a pesar de su intolerancia y fanatismo, no descuidaban el estudio de aquellas materias relacionadas con las ciencias de la historia y la política. Y como además tenían veleidades y aptitudes de periodistas, se encargaron durante muchos años de divulgar y propagar por sus periódicos esas ideas y esas convicciones, y lo hicieron siempre con ánimo polémico. Sin duda contribuyeron en forma notable y apasionada a mantener encendida la polémica sobre los más diversos y candentes temas, e igualmente fue grande y sugestiva la contribución que hicieron para que entre los círculos ilustrados, y en general en diversas capas del pueblo de Santafé de Bogotá, se elevara la conciencia política y se mantuviese un interés creciente y crítico sobre aquellos asuntos de tan vital y decidida importancia en el proyecto de crear y consolidar una república. Santander se apoyaba en sus conceptos, se alimentó de sus propios entusiasmos intelectuales y políticos y, como ellos, acabó convertido también en asiduo escribidor de artículos de prensa, que amparaba con el anónimo.

El hecho de que su ingreso a la guerra de Independencia lo hubiese hecho en el año de 1810, cuando solo contaba dieciocho años y no había concluido aún sus estudios de abogado, determinó que careciera de una formación sólida en materias intelectuales; solo manejaba en forma repetitiva y memorística esa jerga estéril y enmarañada que caracteriza la precariedad mental de un inmaduro aprendiz de abogado. Las tareas y los afanes que le impuso su improvisada condición de militar no le permitieron nunca convertirse en algo parecido a un pensador o a un intelectual. Como no era brillante ni exuberante su imaginación, y mucho menos eran relevantes las dotes de escritor de artículos y memorias, pues su talento solamente podía y sabía moverse con soltura en los procesos administrativos y organizativos, aceptó y compartió la tutela intelectual y política que le ofrecieron sus amigos. Por eso, esos amigos se le volvieron inseparables. Ellos por lo general eran quienes pensaban; él, el que realizaba. Conformaron valiosa alianza en lo personal y en lo político. Además, el fraterno lazo que fortalecieron al amparo de las enseñanzas masónicas reforzó entre ellos ese vínculo, que acabó convertido en algo casi indestructible con el paso de los años.

Mucho más que un teórico, fue Santander sobre todas las cosas un hombre y un político práctico. "Lo más importante es tener con qué vivir". Amaba con pasión intransigente lo que ofrecía resultados concretos y sonantes. Nunca sacrificaría un mundo para salvar una idea, aunque si tuviese la oportunidad —y lo hizo muchas veces— para pulir un inciso sí sacrificaría todos los mundos. Por ese pragmatismo en estado salvaje y que lo mantenía como en éxtasis perpetuo, sabía que en esos años iniciales no podía desafiar ni el poder, ni el prestigio, ni la arrogancia a veces jupiterina del general Bolívar. Por supuesto que no lo amaba ni lo amó nunca, pero lo respetaba y le temía. Y además, todo lo que él era y tenía se lo debía de manera exclusiva a su generosidad. Contrariando a sus amigos, mostrábase mesurado, acatador, obsecuente y obediente con todo lo que pretendía el Libertador, así en el fondo de su alma ya se hubiesen engendrado perversos y envenenados gérmenes de envidia y oposición, que lo obligaban a disentir en muchas y cruciales cosas con las orientaciones del general Libertador. Pero aplazaría el tiempo para que esos rencores fructificasen y para que de ellos se derivara ese odio carnicero orientado a destruir la vida y la obra de aquel Prometeo americano.

Sabía que a partir de la expedición de la Constitución de Cúcuta en 1821, la Independencia entraría en una nueva fase. Vendría ya la consolidación republicana, al menos la de Venezuela y la Nueva Granada; y que, si bien faltaba aún la liberación del Sur del continente, lo hasta ahora conseguido tenía carácter de permanente e indestructible. La reunión de Cúcuta consagraría eso como un hecho incontrovertible y cumplido. De allí nacería la verdadera república. Lo que lo inquietaba y lo que visceralmente aborrecía es que en Cúcuta se tuviese que cerrar la unión y la fusión de esos dos pueblos en una sola nación y en una sola república. Eso a él siempre se le antojó un contrasentido, una transgresión escandalosa de la lógica histórica, un engendro desmesurado y delirante, hijo de la demencia incontrolada del general Bolívar. A su juicio era como tratar de unir el agua con el aceite. Sentía una poderosa y sicológica animadversión por Venezuela y contra los venezolanos. Un pensamiento contaminado con muchos ingredientes racistas le hacía considerar a Venezuela como a una nación casi exclusivamente poblada de negros y de zambos, lo que le lastimaba supuestamente su sensibilidad de señorito, adquirida muy a la fuerza cuando estudiaba con los orejones sabaneros del colegio de San Bartolomé. Su odio contra Venezuela se alimentaba de prevenciones y de circunstancias dolorosamente personales. Y lo había elevado a condición de obsesión sicológica cuando en los Llanos del Casanare fue destituido del mando del ejército, cuando los llaneros de Venezuela lo consideraron cobarde y militar de pluma y lo sustituyeron por el valeroso y legendario Páez. Desde aquel momento, lo que hiciera referencia a Venezuela tenía garantizada su violenta antipatía. Él era así, un hombre de enfermos y malos hígados.

En Angostura se había establecido un reglamento para que conforme a él se procediera a la elección de los diputados que conformarían la Convención de Cúcuta. Santander desplegó su inmenso y maniático celo legalista para intervenir activamente en la escogencia de sus amigos. Por eso entre los escogidos no podían faltar el historiador José Manuel Restrepo, José Ignacio Márquez, Vicente Azuero y Francisco Soto, como muchos otros que ya eran beneficiarios de su poder político y que prefiguraban esa especie de partido civilista, de abogados bartolinos y masones, que no demorarían mucho tiempo en convertirse en partido supuestamente constitucionalista y frenéticamente antibolivariano; partido empeñado, con estrechez mental y fanatismo, en oponerse y destruir el grandioso empeño político del general Libertador.

Entre ellos, sin duda, había hombres valiosos e ilustrados, que aportaron su sapiencia y conocimientos para construir un andamiaje jurídico respetable en muchos aspectos y orientado a darle una verdadera realidad política al naciente proyecto de república. Pero su debilidad básica era su fidelidad a simples principios académicos que los obligaba a una relación de sumisión fetichista a lo predicado por la teoría. No podían comprender la relación que vincula los principios teóricos con los cambiantes y transitorios procesos en los cuales se expresa y manifiesta la atipicidad del hecho histórico. Y en su conjunto acabaron rindiendo culto idolátrico y acrítico a normas que presumían con carácter de universalidad, aun cuando eso fuese una simple ilusión fabricada simplemente a base de las propias argucias teóricas. Platonismo de pacotilla jurídica y política que les impidió entender el flujo real y diferenciado de la historia americana y los embriagó y los extravió en un espejismo que no se correspondía casi en nada con las imperiosas urgencias que demandaba el inédito capítulo que la guerra de Independencia estaba escribiendo entre nosotros. Su fatalidad fue la de carecer de originalidad. Nunca hubo entre ellos auténticos pensadores, sino simples repetidores de fórmulas y formulismos con los cuales quisieron interpretar los hechos que debían ser pensados e interpretados a partir de su propia configuración.

Aferrados fanáticamente a esos modos de pensar y de interpretar nuestras realidades políticas, ese grupo de constitucionalistas y abogados no demoraría mucho tiempo en oponerse con ferocidad al pensamiento original y creador de Bolívar, que era sin duda y sin discusión alguna el único pensador político animado de originalidad y de verdadera capacidad comprensiva y explicativa de la singularidad de nuestra historia.

También eso fue parte de la tragedia de Bolívar. Como se verá años después, quedó condenado a la soledad y a la incomprensión política, pues Bolívar nunca pretendió suplantar el significado de los hechos concretos por los destellos aparentemente racionales y universales que formulaba la teoría, sino que optó por un procedimiento contrario: ajustar y comprender ese lenguaje de los hechos y de los procesos reales de la historia con las manifestaciones teóricas que fuesen compatibles con los mismos. Ni la libertad, ni la democracia, ni la república las podía interpretar al conjuro de normas jurídicas contenidas en un falso constitucionalismo, sino que tenían que ser construidas, elaboradas a partir de sus propias maneras de ser. El poder del Estado y del gobierno debía estar orientado a la construcción de verdaderas sociedades, con organicidad, con verdadera realidad, para que tanto la libertad como la supuesta democracia se empaparan de realidad y de posibilidad. De lo contrario se caería en el artificio y en la pura retórica. De lo contrario se terminaría en repúblicas aéreas, como efectivamente sucedió. La república en manos de abogados por eso terminó en farsa demagógica y sangrienta, en mentira y demagogia institucional. La verdadera patria de sus sueños terminaría en precario y ridículo sainete cuando pasó a manos del colegio de San Bartolomé. Y sin embargo, los intrigantes abogadillos acaudillados por el hepático Santander suponían que era Bolívar el hombre destinado por la Providencia para liquidar su engañoso y perverso festín de liberalismo de escritorio.

Antes de reunirse el Congreso de Cúcuta, Bolívar le había enviado a Santander una carta esclarecedora, que seguramente no pudo o no quiso entender, como igual hicieron aquellos juristas que pretendían ya poner la patria a su servicio y que sobre todo anhelaban construirla a imagen y semejanza de sus propias y mezquinas ambiciones.

Decía Bolívar en aquella carta:

Esos señores piensan que la voluntad del pueblo es la opinión de ellos, sin saber que en Colombia el pueblo está en el ejército, porque realmente está, y porque ha conquistado sus pueblos de manos de los tiranos, porque además es el pueblo que quiere, el pueblo que obra y el pueblo que puede; todo lo demás es gente que vegeta con más o menos malignidad, o con más o menos patriotismo, pero todo sin ningún derecho a ser otra cosa que ciudadanos pasivos. Esta política, que ciertamente no es la de Rousseau, al fin será necesario desenvolverla para que no nos vuelvan a perder esos señores... Piensan esos caballeros que Colombia está cubierta de lanudos, arropados en las chimeneas de Bogotá, Tunja y Pamplona. No han echado sus miradas sobre los caribes del Orinoco, sobre los pastores del Apure, sobre los marineros de Maracaibo, sobre los bogas del Magdalena, sobre los bandidos de Patía, sobre los indómitos pastusos, sobre los guajibos de Casanare y sobre todas las hordas de salvajes de África y de América que, como gamos, recorren las soledades de Colombia. ¿No le parece a usted, mi querido Santander, que esos legisladores más ignorantes que malos, y más presuntuosos que ambiciosos, nos van a conducir a la anarquía y después a la tiranía y siempre a la ruina? Yo lo creo así, y estoy cierto de ello. De suerte que si no son los llaneros los que completan nuestro exterminio, serán los suaves filósofos de la legitimada Colombia.

Era la ironía poderoso componente de la lucidez histórica de Bolívar. Pero muchas veces naufragó en el vacío, pues el cinismo de sus detractores y de sus oponentes llegó en muchas ocasiones a convertirse en muralla blindada e impenetrable a los fulgores de su inteligencia. Con anticipación supo el Libertador que esa asamblea no acogería elementos esenciales de su pensamiento; por eso comentó que allí se estaban celebrando los funerales de Colombia. Pero en ese instante, cuando sólo estaba en sus inicios la gran epopeya libertadora, él no quiso intervenir ni activa ni directamente para orientar y asegurar los derroteros ideológicos de la asamblea. Se conformó con que algunas de sus ideas capitales fuesen adoptadas para orientar el rumbo inmediato de los acontecimientos y dejó que muchas de las arandelas y de los ornamentos de los abogados constituyentes tuviesen cabida en ese cuerpo constitucional. Le interesaba sobre todo consolidar la unión entre Venezuela y la Nueva Granada, al amparo de un gobierno centralista, el único que a su juicio podría garantizar, en esos comienzos inciertos y turbulentos, la supervivencia de las incipientes instituciones republicanas. No le importaba saltar por algunos postulados de Rousseau; lo que se proponía era adaptar tanto el liberalismo como el pensamiento del ginebrino a las condiciones americanas.

Se resignó Bolívar a que fuesen desechadas muchas de sus propuestas, pero le satisfacía plenamente que esa Constitución del año veintiuno hubiese dado vida a un gobierno fuertemente centralista y unitario, que conseguía unir a Venezuela, a Quito y a la Nueva Granada. No importaba mucho en ese momento que ese Estado tuviese una gestación elitista y que tuviese que ser impuesto a una mayoría aún no consultada. Eran aún los tiempos épicos, los tiempos de la creación y la prefiguración de un orden futuro. Lo importante también en esas circunstancias era doblegar las voces y las pretensiones del federalismo anarquizante, que tenía gran acogida y era atractivo a muchos personajes que presumían que crear naciones era equivalente a edificar parroquias.

Sin duda que, en buena parte, la Constitución de Cúcuta fue un triunfo de ese legalismo cercenado que proclamaban los abogados. Una buena victoria de ese germen clientelista, envilecido y señoritero, que confundía las apariencias con las esencias y que terminaría, a base de argucias y de engaños demagógicos, sacrificando la posibilidad de construir repúblicas y democracias reales. Fue el triunfo efímero y trágico de la palabrería fatua frente al esplendor de los conceptos esclarecedores y verdaderos. "Un diluvio de palabras frente a un desierto de ideas". Allí en Cúcuta se pusieron los primeros elementos y se delinearon las fuerzas políticas que posteriormente sancionarían la quiebra y la liquidación de lo que pudo ser el ambicioso proyecto de consolidar una gran república como la Gran Colombia.

Santander, al igual que Bolívar, no se hizo presente en Cúcuta en las fases iniciales de deliberación de la asamblea. El vicepresidente permaneció en Bogotá y se regodeaba con júbilo celebrando cómo, gracias a sus hábiles manejos, muchos de esos "lanudos arropados en las chimeneas de Bogotá" defenderían los principios que clandestinamente él abrigaba, pero que las circunstancias todavía no le permitían que los hiciera públicos. Quizá por esos días no tuvo la imaginación ni la visión de futuro necesarias para vislumbrar que su proceder había posibilitado el surgimiento de otra nueva categoría social, que envilecería en Colombia para siempre el manifestarse de la política: el clientelismo burocrático.

4

Había algo que le resultaba especialmente mortificante a Santander para poder hacer presencia en Cúcuta: el retorno de don Antonio Nariño a la Nueva Granada. Desde el punto de vista personal, le resultaba enojoso y tal vez hasta imposible mirar de frente a los ojos a ese hombre heroico y martirizado por tantos sufrimientos, a quien él ya había traicionado en tiempos de la Patria Boba.

Nariño, escapado de las cárceles, pero perseguido siempre por una especie de sino trágico, había logrado llegar a Cúcuta en abril de 1821. Su apariencia física delataba cansancio y envejecimiento. Parecía cargar un pesado fardo de dolores acumulados. Pese a todo, su espíritu no había sido vencido por las innumerables vicisitudes padecidas. Conservaba la pasión y el fuego libertario encendidos en su alma y poseía los estímulos necesarios para continuar amando sus ideales. Además, era una leyenda, una figura acatada y respetada por quienes sabían valorar la virtud y la nobleza de las grandes causas, esas causas a las que Nariño había sacrificado todo en forma por demás altruista, ejemplar y desinteresada.

Al saberlo de nuevo en América, Bolívar, en su proverbial generosidad, le había brindado su amistad y su protección. Intervino para que fuese acogido como vicepresidente interino de la república y para que, en calidad de tal, inaugurase las sesiones del Congreso de Cúcuta. Así lo hizo Nariño, no de manera muy feliz y elocuente por cierto. Su pensamiento, ahora inclinado a veleidades federalistas, parecía desentonar de las orientaciones que en ese momento estaban prevaleciendo. Su antigua elocuencia estaba en algo socavada; y en ese, que era un congreso en buena parte integrado por jóvenes exaltados y entusiastas, estos vieron en el Precursor a un hombre como perteneciente a otra época. Lo vieron y lo sintieron viejo. Y así muchos respetasen y admirasen sus largas y pasadas luchas, no se sintieron inflamados ni representados por sus puntos de vista.

Bolívar, para quien los trabajos de administración y de escritorio eran un auténtico "suplicio", presentó —como lo hizo también Santander— renuncia de su cargo ante el congreso. Ninguna de las dos fue aceptada. Posteriormente el congreso procedería de nuevo a nombrarlo presidente y a Santander, tras largas y difíciles votaciones, se le nombraría vicepresidente.

Hechos diversos y curiosos acontecieron en el curso de las deliberaciones de la Asamblea de Cúcuta. Uno de ellos, que lastimó y afectó el prestigio y la autoridad moral del Precursor Nariño —y que ha sido contado y reinterpretado desde muchos y curiosos ángulos, tanto por la tradición oral como por los historiadores— es el incidente que se presentó entre éste y la señora Mary English, viuda del coronel James Towers English, que era miembro de la Legión Británica, y quien había participado activamente en las campañas de Venezuela. English, estando al mando del general Urdaneta, recibió una orden que, según su juicio, consideró absurda y temeraria desde el punto de vista militar. Para no cumplirla, abandonó el ejército con un contingente de legionarios y se dirigió a la isla de Margarita, con la posterior intención de abandonar la lucha y retornar a la vieja Europa. Pero lo sorprendió la muerte en esa isla; un fulminante ataque al corazón terminó con su vida aventurera y legionaria.

Su viuda, abandonada a la suerte en un mundo hostil y desconocido y saturado de violencia, consideró legítimo reclamar los sueldos que se le debían a su marido y al parecer otros dineros que, según ella, su fallecido coronel había aportado como préstamo a las tropas patriotas.

Se dice que era mujer bella e insinuante, que sus no pocos atractivos desataron la codicia carnal y el fervor amoroso de muchos oficiales del ejército. Persistente en su empeño de recuperar la deuda, se había dirigido al Congreso de Angostura para reclamar, con sonrisas y lamentos, lo que le pertenecía. Pero no logró su propósito. Enterada de que una nueva convención estaba reunida en Cúcuta, hasta allí había ido la agraciada dama. La susodicha señora, a juicio de un diplomático norteamericano, era "mujer muy hermosa, cuya reputación no era por cierto de las mejores, tenía un poder de fascinación tal que enredó en sus redes los corazones de casi todos los forasteros del lugar..."

Estando en Cúcuta, se presentó ante don Antonio Nariño para tramitar su solicitud. Nadie a ciencia cierta ha podido saber qué sucedió en esa extraña entrevista. Pero es lícito imaginar que, al impulso y al estímulo de los evidentes atractivos de la bella e inquieta mujer, al viejo y enfermo Precursor se le encabritarían los deseos y las apetencias carnales, tan malamente complacidas en su larga vida de prisionero. Y que en vez de ser galante, el demonio de sus lujurias aplazadas lo condujo a ser grosero e insolente con la hermosa solicitante. Ella salió de la reunión proclamando haber sido ultrajada y humillada por el ilustre hombre que ejercía como presidente interino de la convención.

El hecho es que el general John Deverux, comandante en jefe de la brigada irlandesa, se tomó como causa propia el supuesto irrespeto y le escribió a Nariño carta enérgica e insultante y le exigía una satisfacción personal; es decir, lo desafiaba a duelo de caballeros. Pero Nariño no respondió con espada, ni con pistolas, ni con padrinos a esa cita para dirimir el honor, sino que simplemente ordenó que el general europeo fuese arrestado de inmediato. Y además ordenó que permaneciese incomunicado en una caballeriza, "vieja, indecente y sucia", en la cual ni siquiera podía oficiar sus evacuaciones.

Se conocieron estos hechos en el Congreso de Cúcuta. Deverux escribió carta en inglés y a lápiz a los congresistas, denunciando todos estos procederes. Como gozaba de simpatía entre muchos de ellos, el suceso causó indignación y escándalo, y muchos creyeron que don Antonio Nariño, por tanto sufrimiento y tanto apetito sin colmar, se estaba enloqueciendo. El congreso ordenó el cambio de prisión, pero Nariño se negó a obedecer y escribió con dureza y altanería contra los que dictaban esa orden. Su prestigio sufrió duro golpe y por este proceder insólito y totalmente inexplicable en él, que era como el sumo pontífice entre los señoritos santafereños, muchos le retiraron sus afectos. Y claro, todas estas cosas agudizaron el enfrentamiento entre los que querían defender a Nariño y entre los que se convirtieron en sus detractores. Los amigos de Santander, que por supuesto eran los frenéticos enemigos de Nariño, gozaron lo indecible y celebraron con pleno júbilo estos extravíos del viejo luchador. Sobre el engorroso asunto no se tomaron de inmediato decisiones. Al poco tiempo lo devoró el olvido.

Nariño recogió los resentimientos y las extravagancias, que se multiplicaban con su hipocondría, y resolvió de improviso regresar a Santafé de Bogotá. Allí lo esperaban muchas acechanzas; muchos duros y sucios conflictos; muchos odios gratuitos; mezquinas y terribles bajezas que, orquestadas por Santander, precipitaron su muerte en breve tiempo.

Santander había expresado que cuando Nariño entrase a Bogotá por San Diego, él saldría de inmediato por Santa Bárbara. Pero no salió. Se quedó para prolongar y hacer más duraderos el martirio y la agonía "del enfermo y desvalido general", como él mismo lo calificaba. Una vez llegado el Precursor a Bogotá, comenzaron los mezquinos ataques contra su honra, feroces calumnias contra ese hombre y su leyenda, que ya parecía estar entrando al reino del ocaso.

Después del incidente Deverux, y antes de iniciar su marcha para Santafé, el Congreso lo había elegido senador por Cundinamarca. A raíz de eso, los entrañables y obsecuentes amigos de Santander, el señor Azuero, el señor Soto y el señor Gómez, demandaron esa elección por inválida, alegando tres causas principales: a) que se había hecho sobre un deudor fallido de las rentas de diezmo; b) que Nariño voluntariamente se había entregado al enemigo en Pasto; y c) que había permanecido por propio gusto fuera del país por muchos años.

El santanderismo, con todo su desvergonzado cinismo, se mostraba de cuerpo entero promoviendo tan repugnante infamia. Ese santanderismo que no demoraría sino unos pocos meses en saquear los dineros públicos que llegaron a manera de empréstitos. Ese santanderismo que se hizo grande organizando fugas y reemplazando la dignidad y el valor en los combates por la más escandalosa cobardía. Esa era la manera como trataba al hombre que había iniciado la guerra libertadora en la Nueva Granada; al hombre que había sufrido largos años de prisión destructiva; que había sacrificado familia, fortuna y tranquilidad a favor de esa causa, que ahora sólo usufructuaban sus viscerales y rapaces enemigos.

Santander, y el fanático y envenenado círculo de sus amigos, se valieron del periódico oficial y de otros papeluchos como *El Correo y El Patriota,* para vomitar hiel y odio sobre un hombre dignificado por su pasado y ennoblecido por su tragedia, pero un hombre que ahora era casi un moribundo. Santander, que escribía bajo el anónimo en esos periódicos financiados con dinero público, se valió de esos oscuros instrumentos para manchar y deteriorar la imagen pública de Nariño.

Y fue mucho más allá de eso. En un acto de repugnante y de cínica cobardía, y abiertamente delictivo y criminal, utilizó a un español con reconocido historial de bandido, llamado José María Barrionuevo, y a quien empleaba como teniente coronel de caballería, para que intimidara físicamente al venerable prócer, como lo haría después con el señor Urisarri, otro anciano abogado que le recordaba con frecuencia sus crímenes y sus abusos. El dicho sicario español envió un día al prócer una esquela en donde lo desafiaba a duelo. Nariño calificó la vil celada como "asesinato premeditado", pues posiblemente moriría en manos del violento coronel; o, si no moría, sería castigado con la pena de muerte, pues ese era el castigo que se le asignaba al duelo. No cayó en la cobarde celada, pero de todas maneras Barrionuevo fue pródigamente premiado por Santander con adjudicaciones de tierras. Para algo era el Hombre de las Leyes.

Los enemigos continuaron la campaña difamatoria contra Nariño. Agotaron todos los epítetos y todos los adjetivos de que se vale la infamia para descalificar al héroe casi moribundo. Cuando el Senado asumió la tarea de examinar las infamantes acusaciones que los áulicos de Santander le habían hecho al Precursor, éste, en sesión memorable que ha quedado como ejemplo de dignidad y de elocuencia en los anales de la política colombiana, desbarató todos los cargos y puso en evidencia la pequeñez moral y la capacidad de infamia y de calumnia de sus oscuros acusadores. Fue absuelto. Pero ya estaba herido de muerte. Los arteros golpes propinados a su noble espíritu por sus envilecidos enemigos, que no soportaron nunca su grandeza ni su heroismo, habían hecho su trabajo. Se retiró a Villa de Leyva, a esperar con grandeza y tranquilidad de espíritu su hora final.

Pero ni aún estando muerto cesó la persecución cobarde y la sevicia inescrutable de Santander. Se negó a que se le rindieran honores al hombre que había iniciado el proceso para que tuviésemos libertad y república, para que tuviésemos esa república que Santander esquilmaba en beneficio propio y degradaba con prácticas corruptas, que las futuras generaciones de granadinos recibirían como su verdadero legado. Se negó igualmente Santander, cuando se cumplió el primer aniversario de la muerte de Nariño, a que un sacerdote hiciera el elogio fúnebre del prócer. El sacerdote fue amenazado de muerte si lo hacía. Un sereno cronista posterior, don Tomás Rueda Vargas, santanderista para más señas, señaló al respecto: "Pecó aquí (Santander) contra la estética, le faltó mundo...".

Nadie ha podido explicar el fundamento de ese odio feroz y carnicero que alimentó en sus hígados enfermos, y en las turbias penumbras de su alma, Santander contra Nariño. ¿Sería porque fue su opositor cuando la Convención de Cúcuta lo eligió vicepresidente? ¿Sería porque en Cúcuta Nariño figuró como federalista y Santander, que había sido en el pasado federalista, actuó como centralista?

Ya en el pasado, y como primer acto de su vida pública, Santander había traicionado a Nariño. La vida de Nariño lo obligaba a recordar en forma permanente esa vergonzosa acción que lo disminuía frente a sus contemporáneos. ¿Si muriese o fuese degradado Nariño, no se mitigaría o no se desdibujaría la bajeza cobarde de su pasada acción? ¿No era Nariño acaso el personaje más culto, heroico y sacrificado por la causa republicana que existía en la Nueva Granada? ¿Viviendo Nariño —como sucedería después con Bolívar—, no estaba condenado Santander, por su mediocridad y su cinismo inmoral, a ser siempre un segundón y un subalterno opaco? Explorando la envidia y la enfermiza crueldad de Santander, más de un crimen resplandecerá en nuestra historia.

Cuando la Asamblea de Cúcuta terminó sus deliberaciones, procedió a la elección de presidente y de vicepresidente. Bolívar, que se encontraba culminando su campaña libertadora en Venezuela —la que coronaría en la batalla decisiva de Carabobo en julio de 1821— resolvió dirigirse a Cúcuta. El congreso había fijado la fecha del 7 de septiembre para proceder a la elección. Bolívar vacilaba —pues sabía que sería elegido— en aceptar el cargo, que asociaba con el suplicio y la minucia del escritorio y porque, sobre todo, se le interpondría en su designio épico, aún inconcluso, pues faltaba la liberación del Sur del continente. Pero su elección como presidente, pese a sus recelos, era inexorable y fue elegido por inmensa mayoría.

Cuando se procedió a la elección de vicepresidente, se presentaron siete candidatos. Al final, la votación se redujo a sólo dos de ellos: Nariño y Santander. Triunfó Santander con 38 votos, contra Nariño, que obtuvo 20 sufragios.

Bolívar no estuvo nunca plenamente de acuerdo con muchas de las disposiciones aprobadas por la Asamblea Constituyente. Había intuido y comprendido que en esa Constitución aprobada estaban latentes los gérmenes de la disolución que aniquilarían la Gran Colombia. Había comprendido que de esa Constitución se desprenderían los obstáculos y los legalismos que amarrarían sus manos para coronar su obra libertadora. Igualmente, había comprendido que el bartolismo casuístico y leguleyo había dejado su impronta sobre la Constitución; y vislumbraba que no demoraría mucho tiempo en que empezaran la maquinación y la conspiración contra su vida y contra sus sueños de liberación continental. No se equivocó en nada, pero su urgencia vital y su designio histórico eran, en ese instante, continuar la guerra.

Bolívar tomó posesión de su cargo pronunciando un notable y hermoso discurso, donde fulguraban su profundidad conceptual y la maravillosa arquitectura de sus metáforas políticas y literarias:

Yo soy el hijo de la guerra; el hombre que los combates han elevado a la magistratura... Un hombre como yo es un ciudadano peligroso en un gobierno popular, es una amenaza inmediata a la soberanía popular...

Pero imploró que no se le diera el título de Libertador, pues prefería el de buen ciudadano. ¿Cómo entenderían los que no podían y los no querían entender aquellos mensajes de Bolívar?

Por su parte, el vicepresidente Santander, con ese estilo gris y dromedario plagado de menudencias y de opacos lugares comunes, también pronunció su discurso. Consignó allí estas reflexiones:

Siendo la ley el origen de todo bien, y mi obediencia el instrumento del más estricto cumplimiento, puede contar la nación con que el espíritu del congreso penetrará todo mi ser, y yo no viviré sino para hacerlo obrar. La Constitución hará el bien, como lo dicta. Pero si en la obediencia se encuentra el mal, el mal se hará".

¡Qué frases, Dios mío! Dignas de figurar en la antología más selecta de la estupidez humana. Revela en todos sus pormenores ese espíritu de sumisión fetichista a lo que está escrito. Desnuda cualquier capacidad de crítica comprensiva respecto a lo jurídico. Apología simple y pura de la casuística sobre los fueros de la inteligencia. Triunfo esplendorosamente ridículo del abogado sobre el posible jurisconsulto. Pero seguramente ese era el gobernante que nos merecíamos para iniciar nuestro trágico tránsito republicano: alguien que en apariencia haría triunfar el totalitarismo muerto de la norma sobre la fuerza cambiante de la realidad y de la vida histórica.

Partió Bolívar de Cúcuta hacia Bogotá para emprender la campaña libertadora del Sur. Partió a cumplir ese destino histórico que lo convirtió en alfarero de repúblicas. Partió también para Bogotá Santander, para encontrar plenitud en las penumbras de su escritorio, para librar sus batallas en pro de los incisos que sacrifican la gloria.

5

Instalado en Bogotá, y sintiendo que el poder que ahora detentaba ya no estaba signado por la transitoriedad, sino que se soportaba en un mandato constitucional, Santander se sintió más ufano y más seguro y empezó a imaginar que hasta la prepotencia también era ornamento con el que podía engalanar su persona y su cargo. El nuevo marco legal en que se movía también le permitió sentirse menos comprometido con la autoridad de Bolívar. Y supuso que, estando éste ausente y lejano y cumpliendo sus épicos designios, Bolívar no tendría muchos instrumentos prácticos para vigilar y controlar sus actuaciones. Creyó ver llegar el placentero momento de tener autonomía ejecutiva y que podría de ahora en adelante gobernar a su leal saber y entender, saber y entender de abogado sin título y sin formación intelectual sólida y respetable. Y por supuesto, sin amplios conocimientos sobre las arduas y complejas materias que le correspondería afrontar en las difíciles funciones de su cargo. Pero sin duda que deseaba gobernar; y sin duda que deseaba sincera y vanidosamente dejar su huella y su impronta en esa gran tarea que debía acometerse para que la gran república, creada por el impulso de Bolívar, adquiriera realidad y consistencia y pudiese ostentar títulos de dignidad en el concierto de las naciones del mundo.

Afortunadamente, y por insinuación de Bolívar, el Congreso de Cúcuta había nombrado un gabinete de ministros, conformado por hombres de trayectoria y conocimiento, que le brindarían su apoyo y sus luces en la gran obra que se debía iniciar sin demora alguna. Pedro Gual había sido nombrado para la Secretaría de Relaciones Exteriores;

José Manuel Restrepo, para la Secretaría del Interior; José María Castillo y Rada, para la de Hacienda; y el general Pedro Briceño Méndez, para la de Guerra y Marina.

Con ese equipo llegó a Bogotá el vicepresidente Santander para poner en ejecución su labor de gobernante. Y no eran de poca monta los innumerables, profundos y complejos problemas que tenían que ser enfrentados. ¿Cómo demostrar efectivamente que el supuesto régimen republicano traía consigo una forma de vida superior, más estable, más segura y con mejores garantías y derechos para todos, que el régimen monárquico que había sido derrotado? ¿Estaría valiendo la pena tan desmesurado esfuerzo heroico, tan inmenso sacrificio de vidas y recursos, la pérdida de toda seguridad que había implicado la destrucción de la monarquía para ser suplantada por un régimen de señoritos, ávidos de dignididades y abanderados de una ideología nebulosa que para la inmensa mayoría del pueblo no significaba nada?

La obra del nuevo gobierno, de manera inexorable, tenía que plantearse y responder a esos inquietantes interrogantes que golpeaban con crudeza sin igual la conciencia colectiva, puesto que la guerra y la "revolución" de la Independencia sólo estaban significando para las mayorías sacrificio, incertidumbre, miseria, reclutamiento forzado, devastaciones y desolaciones de toda clase. Todo se estaba perdiendo, "tres siglos de civilización", y nada se estaba ganando. La libertad para ese pueblo era una abstracción vacía, una palabreja sin carnadura y sin realidad, a cuyo nombre se estaba edificando una nueva y avasallante forma de perpetuar el despojo y la explotación de los oprimidos.

Si bien la guerra de Independencia había ido ganando simpatía y adhesión entre muchos sectores de la población, gracias a la feroz y brutal represión que ejerció Morillo en su llamada reconquista, y gracias al carisma y a la impresionante capacidad orientadora y esclarecedora que le imprimió Bolívar, esa guerra, más que una esperanza, era vista como una terrible amenaza por las gentes del pueblo, que estaban lejos de comprender y de aceptar los engañosos malabarismos ideológicos con los cuales se pregonaba la bienaventuranza de sus principios.

Nada podía presagiar que fuese fácil y eficiente la transición de un régimen a otro.

Por otro lado —y esto era esencial para comprender la titánica tarea que le correspondía al gobierno— la parte más decisiva de la guerra liberadora aún estaba por hacerse. Sin la liberación del Sur, de Pasto, de Quito y del Perú, lo que se había logrado en Venezuela y en la Nueva Granada solo sería una precaria y transitoria ficción de libertad. Bolívar lo comprendía perfectamente. La Gran Colombia sólo sería un espejismo amenazado de muerte si la guerra no era llevada al Sur para consolidar la libertad continental. Y claro que sabía y entendía que el costo en vidas y en recursos de esa gran epopeya sería inmenso y desgarrador, y que además tendría que ser asumido en buena parte por las poblaciones ya liberadas. El gobierno civil, que dejaba instalado bajo la tutela de Santander y al amparo de la Constitución de Cúcuta, Bolívar sólo podía considerarlo como una especie de retaguardia civil encargada del apoyo logístico para su vanguardia militar, para ese ejército por él comandado, que avanzaba hacia la liberación del Sur. La tarea fundamental, prioritaria y de alguna manera hasta exclusiva de ese gobierno era proveer los recursos y los apoyos necesarios para facilitar el avance y el triunfo del ejército libertador.

Pero ni Santander, ni su camarilla de abogados y de suaves filósofos querían aceptar la dramática significación de ese hecho. Si bien —y al menos en los primeros años corridos a partir de la Constitución de Cúcuta— Santander no contradijo ni se opuso abiertamente a este designio de Bolívar, que era plenamente convergente con la necesidad histórica, con el correr de los días impuso al gobierno la tarea desleal y perversa de obstaculizar el proyecto libertador pues, a su juicio recortado, Colombia no debía y no tenía por qué financiar y malgastar recursos en libertades ajenas. En "casa ajena", decía él. Y Bolívar le replicaba: "El enemigo nunca puede ser casa ajena".

El desarrollo de ese conflicto determinaría el derrumbe de la Gran Colombia, así como el intento de asesinato de Bolívar e igualmente su derrota política. El triunfo de lo pequeño sobre lo grande, de la transitoria y oscura victoria de lo parroquial sobre lo universal, del apogeo y el éxtasis burocrático del santanderismo sobre el destello de lo épico y de lo heroico encarnado por el ideal bolivariano.

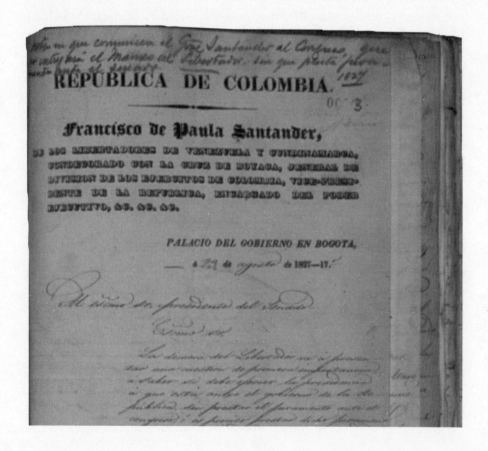

6

El Congreso de Cúcuta había acogido y promulgado, dentro de sus concepciones liberales y decimonónicas, algunas reformas que se juzgaron de urgente implantación. El rumor ideológico que las impregnaba y las animaba era el querer ampliar en lo posible la libertad individual en asuntos políticos, económicos y religiosos. Limitar el poder de la Iglesia se consideró indispensable y urgente para aclimatar la visión laica sobre la vida y el poder. Santander y su círculo masónico acogieron con beneplácito estas directrices, que les posibilitarían una acción pronta y que, sin mayores costos económicos, les facilitarían poner a funcionar uno de sus anhelos básicos en su proyecto de gobierno: la reforma educativa y la propagación de una ideología que se contraponía a la heredada y secular visión sustentada por la Iglesia y el pensamiento religioso.

Para todos ellos, los suaves filósofos, la realidad se agotaba simplemente en la expresión de las ideas. Nada, o casi nada, tenía que ver con los hechos y los procesos sociales. Platonismo de pacotilla, que les permitía suponer que si se alteraban o se modificaban los esquemas mentales, acabarían transformándose y modificándose el curso y el contenido de los hechos reales. Se entregaron con pasión y fervor a trabajar en esa dimensión y, por ejemplo, dejaron de un lado el darle fuerza y vida a leyes como la manumisión de esclavos o la libertad de vientres, que eran temas sensibles y explosivos, problemas reales y verdaderos en la configuración social y económica. Esa realidad no la tocaban, pues esa realidad gritaría y patalearía y se armaría de fusiles con los esclavistas del Cauca; y eso por supuesto pondría en peligro y en tela de juicio el liberalismo teórico de los abogados.

Carta del general Santander al Senado sobre sus diferencias con Bolívar. Bogotá, 23 de agosto de 1827. Archivo del Congreso, Bogotá.

A la Iglesia, como carecía de divisiones, era más fácil combatirla y confrontarla. Y así lo hicieron. Y sin duda tuvo mérito y su esfuerzo fue coincidente también con la necesidad histórica. Verdadero Estado dentro del Estado, la Iglesia, consolidada en el régimen virreinal, manejaba y controlaba enormes e injustificables porciones del poder político y del poder económico. Y tenía un control casi absoluto sobre el proceso intelectual e ideológico en que se soportaba la cultura de su época. Era legítimo y necesario controlar ese poder desmesurado.

El congreso también había propuesto la liquidación de los resguardos indígenas. Se impulsó esa medida a nombre del liberalismo y haciéndola aparecer como una manera de concederles a los indígenas la venerada igualdad de derechos. En la práctica, significó la destrucción de los núcleos indígenas, la liquidación de sus formas culturales básicas, el despojo de sus tierras, la conversión del indígena en asalariado agrícola, la concentración de su tierra en manos de los terratenientes blancos. Lo que era bien intencionado en la teoría tornóse en fatalidad y desgracia arrasadora en la vida práctica y cotidiana de nuestras comunidades ancestrales, que a partir de entonces fueron mucho más desiguales. Pero si en la ley está el mal, el mal se hará. Y el mal se hizo, pues el vicepresidente Santander, abogado sin título y escaso de imaginación, no pudo entender ni valorar qué relaciones de correspondencia pueden darse entre la ley escrita y los procesos reales que esa misma ley desea expresar.

Otra ley acogida por el congreso y que sirvió al gobierno para orientar sus realizaciones —y que sobre todo pretendía perfeccionar y adelantar la reforma del sistema fiscal— fue la eliminación de la alcabala o impuesto a las ventas. Para compensar lo que se perdía por ese tributo, se ensayó el sistema de impuestos directos, "que recaudaría el diez por ciento de los ingresos producidos por la tierra y el capital". A los indígenas, que ahora eran "iguales", se los obligó a pagar los impuestos de los que antes estaban exentos. Las rentas de aduana también sufrieron modificación. Se acudió a la imposición de aranceles no muy gravosos, no tanto para proteger la industria nacional, sino para que produjeran ingresos contantes y sonantes.

Pero la energía y el esfuerzo ejecutivo se centrarían en la transformación de la vida educativa. No salieron de la imaginación ejecutiva de Santander las medidas y las reformas que se tomaron respecto del sistema educativo, ni las tentativas orientadas a mitigar el poder exagerado de la Iglesia, ni las que se dictaron para ponerle coto a su enorme capacidad de inmiscuirse en la vida social y civil de los ciudadanos de la nueva república. Esas medidas estaban contenidas, en lo referente al impulso educativo como factor de igualitarismo social, en los mensajes que Bolívar dirigió al Congreso de Angostura. Y en lo atinente a lo que debía hacerse en las relaciones con la Iglesia, estaban prescritas en las directrices acogidas por la Constitución de Cúcuta.

Santander, siendo cabeza del Ejecutivo y perteneciendo a la responsabilidad y a la obligatoriedad de su cargo, simplemente ordenó su ejecución. Fue así como se suprimió la Inquisición, que prácticamente no había operado en América sino en casos de la más rara excepcionalidad. Asimismo, se eliminaron todas las formas de censura previa que antes, y por orden de la Iglesia, se practicaba sobre publicaciones de toda orden. Sin duda que se obró positiva y valerosamente desmantelando esas anacrónicas aduanas mentales, que tanto mal le habían hecho a la libre circulación del pensamiento político y científico en las colonias de América. Sin duda que se obró aquí con claro espíritu innovador y liberal. Y no se puede desconocer que hubo valor civil y decisión política, puesto que era una minoría el grupo liberal que impulsaba esos cambios contra el poder hegemónico y avasallante de la Iglesia, que por siglos había demostrado una inmensa capacidad de influencia en todos los sectores sociales y, de manera relevante, entre los sectores populares.

Estas medidas ampliaron notablemente un clima favorable a la opinión liberal que, pocos años después, emprendería empresas más audaces y radicales para materializar su ideario político. Y por supuesto que estos intentos transformadores tenían también su lado negativo, pues venían a fracturar elementos esenciales de la unidad nacional, como era el que se había configurado a través de los siglos en torno al pensamiento y al sentimiento religioso proclamado por la Iglesia Católica.

Se abría así una fractura, seguramente necesaria pero dolorosa y dramática, para el posterior desarrollo evolutivo de la sociedad granadina, en la medida en que se avanzó y se atizó el conflicto religioso, que acabaría dirimiendo a sangre y fuego y a través del expediente de la guerra civil y fratricida, las diferencias respecto a los asuntos religiosos. Los liberales, los suaves filósofos, no estaban en capacidad de discernir ni de comprender que las creencias religiosas, por definición, no pertenecen a la órbita de lo puramente mental o intelectual. Las ideas van y vienen, pertenecen a lo instrumental y a lo circunstancial, un poco a la transitoriedad de la moda; pero las creencias pertenecen al universo vivencial y emocional del ser humano. Son parte y están ancladas en los sustratos más profundos del alma humana y no son susceptibles de cambio o de recambio sino en circunstancias muy excepcionales.

El tema religioso no es asimilable al simple proceso ideológico y por eso mismo, a través de esas acciones y a través de esas medidas, seguramente bien intencionadas y válidas por diferentes aspectos, el liberalismo y el santanderismo terminaron dinamizando de manera prematura e improvisada un conflicto que, con el correr de los años, alcanzaría dimensiones carniceras y profundas, en las que se engolosinaron los colombianos y se volvieron adictos a los rituales de la violencia y de la más profunda intolerancia. Pero, al parecer, la historia cabalga sobre esas contradicciones sangrientas y, más que racionalidad, despliega y manifiesta irracionalidad instintiva y barbarie pura en su azaroso devenir.

Al conjuro de estas suposiciones amarradas al ideario liberal, se acogieron con entusiasmo medidas como la liquidación de monasterios que tuviesen menos de ocho residentes. Y se procedió a la confiscación de sus bienes, para que esos recursos fuesen destinados a la educación pública. Loable y bien intencionada medida, pero que en la práctica significó polémica ardiente y desenfrenada y alimentó pasionales elementos de discordia y de desunión entre los granadinos. Medida que sería posteriormente el origen de la más feroz y devastadora guerra civil entre los colombianos —paradójicamente adelantada por José María

Obando, el más sobresaliente y arbitrario santanderista—, que cuando acaudilló aquella guerra llamada de los Conventos o de los Supremos, atacaba precisamente la medida que Santander quiso imponer.

Sin embargo —y este es otro aspecto estimulante y positivo de este clima innovador y desafiante contra lo negativo de la herencia colonial— se propagó una especie de conciencia colectiva crítica y deliberante, que se traduciría en el aumento y la profusión y circulación de periódicos y publicaciones de muy diversa índole, que por supuesto favorecieron la discusión de todos los asuntos concernientes a la vida social y política. Eso fue un gran e informal proceso educativo que amplió enormemente los horizontes mentales de los granadinos y estimuló a convertir hacia el futuro el proceso político de los colombianos en algo más atrayente desde el punto de vista intelectual. La prensa y la circulación de ideas se estimularon notablemente; y el vicepresidente Santander, que era activo y constante escribidor de artículos periodísticos, favoreció ese desarrollo y al parecer nunca tuvo la tentación abierta y posible de practicar los abominables métodos de la censura.

Convergente con este clima de liberalización, con tufillo anticlerical, el gobierno de Santander apoyó en forma decidida la Ley del Patronato; es decir, defendió con entereza el derecho que tiene el Estado a ejercer vigilancia sobre los nombramientos clericales. Medida de necesidad política imperativa, pues el clero, mayoritariamente monarquista, utilizaba su poder y sus púlpitos para socavar y demeritar la causa republicana.

También se reglamentó y se trató de suprimir el fuero eclesiástico. De manera complementaria a este intento de liberalización del clima moral e intelectual de la república, el gobierno del vicepresidente Santander patrocinó y estimuló las sociedades bíblicas y alentó la posibilidad de que surgieran cultos religiosos diferentes al culto católico. Hasta el aborto y el divorcio fueron propuestas que resultaron gratas a su proceder liberal en el gobierno.

Otra medida que desató agrias y numerosas polémicas fue la que Santander impulsó, permitiendo que se incluyesen en los pénsums de estudios universitarios, a los que se conocían y se satanizaban en aquel entonces como autores heréticos. Entre ellos, Betham fue su autor preferido. La medida sin duda fue un hecho plausible y positivo. Lo lamentable es que las escasas luces filosóficas del vicepresidente lo llevaran a idolatrar a un "filósofo" de por lo menos quinta categoría. A un auténtico segundón, cuya rusticidad y vulgaridad conceptual produce hoy asombro o risa, pero a Santander le provocó deslumbramiento. Años después, en la época de su dorado exilio, Santander conocería personalmente al anciano y curioso pensador que, ya ciego y extraviado en su senilidad, poco entendía del desarrollo verdadero de las cosas. La conversación que tuvieron, según lo relata en su diario, en lo fundamental se centró en hablar mal del general Bolívar.

Al buen Jeremías Betham se lo entronizó como el sumo pontífice del nuevo pensamiento laico que se pretendía impulsar para socavar y contrarrestar la influencia del pensamiento religioso que durante siglos había propalado la Iglesia, en clara alianza con los fines políticos de la monarquía. Era un pensador que gozaba de alguna transitoria popularidad en Europa. Y algunos de sus puntos de vista eran acogidos por pensadores de vanguardia, sobre todo esas reflexiones que hacían referencia a la infame institución de la esclavitud. Su obra, *Tratado de legislación civil y penal*, había sido editada y traducida en España en 1821 por don Ramón Salas, doctor de Salamanca y abanderado del pensamiento liberal español. Nariño fue el primero en la Nueva Granada, y tal vez en América, en comentar en alguna de sus *Bagatelas*, las inquietudes del pensador inglés. Bolívar, en un principio, acogió con simpatía algunas de sus ideas. Pero fueron Santander y Vicente Azuero quienes se encargaron de convertirlo en el gran rector del pensamiento que a su juicio debería orientar y nutrir la vida intelectual de la nueva e incipiente república. Santander expediría un decreto por medio del cual señalaba e imponía como texto oficial en las universidades del país la obra *Derecho y legislación penal*, de Bentham.

No es difícil explicar ni encontrar las hondas y casi viscerales complacencias que podían darse entre la personalidad utilitarista y pragmática de Santander, con los supuestos principios que animan la seudofilosofía del pensador inglés. Éste sostenía que el objeto único y primordial del hombre es la búsqueda del placer y el evitar el dolor. Que el principio de utilidad lo subordina todo. Que la utilidad es el primer eslabón en la cadena de sus enseñanzas. Que el mal es pena, o causa de dolor. Que el bien es placer, o causa de placer. Que la utilidad sólo es bien cuando ocasiona placer. Que el vicio sólo es malo cuando causa pena. Que la lógica de la utilidad consiste en partir del cálculo entre lo que produce más placer o más dolor.

Toda esta especie de epicureísmo salvaje, fundamentado en la vulgar miopía del más grosero y aparencial sentido común, produjo embrujo en Santander y en su sanedrín fanático. Les prodigó un deslumbramiento y una fascinación alienadora, a cuyo amparo se diseñó toda la reforma educativa. Pensaron que reverenciando a Bentham como al máximo e indiscutido profeta de la nueva sabiduría política y jurídica, la generación presente y las generaciones venideras abandonarían de inmediato las viejas preocupaciones teológicas y espirituales que, a manera de una superstición peligrosa, habían confundido el pensamiento de los hombres. Que logrado esto, florecería una generación laica e ilustrada que, entregada a la búsqueda sensualista del placer y del bienestar, llevaría a la república a la conquista de un verdadero paraíso terrenal. ¿Cómo no iban a armonizarse ese pensamiento de Bentham y las apetencias y las vibraciones más íntimas que resoplaban en la personalidad de Santander, quien sostenía y escribía a Bolívar que "la experiencia me está enseñando que lo más seguro es tener uno con qué vivir, pues los servicios y la gratitud se olvidan y nadie se apura por el otro"? Expresión pura y bruta de su credo personal y utilitarista. De "suave filósofo" se transmutaba en codicioso y pragmático buscador de la felicidad y la seguridad personal, en lo que dio pruebas irrefutables y escandalosas de su fidelidad ciega a la doctrina utilitarista que él ajustó a sus escasas luces como pensador especulativo o imaginativo.

Santander y su agresivo y cerrado círculo de masones improvisados creyeron haber encontrado la piedra filosofal para transmutar la herencia colonial con Betham. Creyeron con fe ingenua pero fanática —y así lo sostenía José Manuel Restrepo— que con el plan de estudios apoyado en el pensamiento del señor Bentham podrían hacer una revolución tan completa como la que habían sufrido las instituciones políticas. Una revolución con la que podían olvidar lo que se aprendió en la educación colonial, y que con esa revolución se colocarían a la par de la Ilustración del siglo y obtendrían el rango al que aspiraban entre las naciones verdaderamente civilizadas.

Pero su entusiasmo laico los volvió intolerantes y perseguidores, casi al punto de suplantar la Inquisición religiosa por una nueva Inquisición "racional" y liberalizante. El propio Santander entraba a las iglesias y hacía "cesar sermones", que a su juicio podían ofender la ideología liberal que ahora detentaba el poder. Su íntimo y entrañable amigo, don Vicente Azuero, que ahora estaba en la Corte Suprema de Justicia, gracias al padrinazgo y al apoyo del vicepresidente, acusaba y hacía encarcelar clérigos que disentían del credo republicano. Los que a nombre del liberalismo y del librepensamiento habían desmantelado la Inquisición, habían predicado contra el fanatismo y consideraban abominable la intolerancia, ahora cuando estaban en el poder se convertían en los nuevos inquisidores, en los nuevos fanáticos y en los nuevos y amenazantes intolerantes. De supuestas víctimas, se transformaban en feroces victimarios. Curiosa dialéctica de la ignominia, que parece ser recurrente y cíclica en muchos momentos de la historia.

Santander tenía muchos, terribles y criminales antecedentes en eso de perseguir clérigos y frailes. Curioso, pues, según Bolívar, Santander tenía alma de fraile en cuerpo de escribano. ¿Será que los hombres persiguen lo que más aman? En los primeros años de actuar como hombre público, persiguió y atormentó curas. En los días que antecedieron a su muerte, suplicó con voces lastimeras que los frailes y los curas lo socorriesen con camándulas y con escapularios.

El 26 de marzo de 1820 había enviado la siguiente circular:

> Estoy informado de que los presbíteros doctores Santiago y José Torres y Pedro Flórez marchan con grandísima insolencia, haciendo

alarde en público de ser empecinados enemigos de la independencia de América, por lo que ordeno a ustedes que si siguen de un modo igual haciendo burla del gobierno y fijando en su tránsito opiniones subversivas, se les fusile en el momento, sin réplica ni excusa, y sin otra formalidad que la de permitir se auxilien unos a otros. Y el que así no lo cumpliese por recelo o por temor fanático, será responsable de su inobediencia, no sólo con su empleo sino con su propia vida.

¿Será que por esto se le ha llamado el Hombre de las Leyes? Leyes para asesinos, para amedrentar, para suprimir a sangre y fuego las voces disidentes.

Innumerables fueron los arbitrarios eventos y los mutuos y agresivos conflictos que se empezaron a presentar entre estas dos nuevas facciones ideológicas, que podrían perfectamente haberse calificado de la tradicionalista y la innovadora. Parece ser una ley histórica, todo cambio provoca desajustes y tensiones. Se creó entonces una nueva y desconocida tensión en la sociedad granadina. Surgió y se desarrolló a partir de entonces el pasional conflicto religioso que, como ya se dijo, terminó dirimiéndose en guerra carnicera y fratricida.

Pero estaba en las expectativas de todos esperar y desear que un cambio de régimen necesaria e inexorablemente acarrearía transformaciones y conflictos en muchas dimensiones de la vida colectiva. El gobierno dirigido por el vicepresidente Santander, en ese sentido, no defraudó aquellas expectativas y además mostróse impaciente por alcanzar realizaciones de cualquier índole. Sobre todo se tomaron medidas que no tuviesen o demandasen demasiados costos financieros. La república propiamente estaba en bancarrota. El desorden y las urgencias de la guerra habían socavado peligrosamente las bases económicas de la sociedad emergente. Fue un reformismo moderado lo que se podía poner en práctica. Sobre eso tenía claridad el propio Santander. Años después escribiría:

> Llegué al gobierno sin ambición. Me pareció entonces que debíamos avanzar lentamente en las reformas del sistema, sin pretender edificar

en un día lo que requiere tiempo y experiencia... Pensé que las bases de ulteriores reformas, así como la consolidación del sistema constitucional, debían buscarse en la educación y en la instrucción pública.

En esto era convergente con el pensamiento de Bolívar y acataba sus orientaciones. Y sin duda, en materias educativas, tanto cuantitativa como cualitativamente, hubo avances notables. Se fundaron escuelas y universidades. Se legisló a favor de que todas las provincias contaran con establecimientos educativos de diversos niveles. Se acogió y se impulsó la innovadora enseñanza que había predicado el educador Lancaster. Sin duda que en su gobierno se crearon las bases de lo que pudiera ser un sistema educativo nacional, que aún hoy sigue siendo un anhelo colectivo sin plena realización.

Otro frente en el que se movió con relativa buena fortuna la administración de Santander fue en el campo de las relaciones diplomáticas y comerciales con los otros países del mundo. Durante su administración, los Estados Unidos y la Gran Bretaña reconocieron formalmente al gobierno de Colombia y enviaron a Santafé de Bogotá sus representaciones diplomáticas. El Vaticano, de hecho y de manera menos evidente y enmarañada, acabó también dando su aprobación y su reconocimiento al gobierno de Colombia.

Pero la parte angustiosa y dramática que acosaba y desvelaba al régimen de Santander era satisfacer o no satisfacer las imperiosas y exigentes demandas de hombres, dinero y recursos que progresivamente iba solicitando Bolívar, a medida que proyectaba y organizaba su guerra libertadora en el Sur del continente.

7

La llegada de Bolívar al Perú inauguró el capítulo más oscuro, tenso, equívoco y cínico en esa relación entre él y Santander. El capítulo que es el comienzo del fin del gran sueño político de unidad continental que empezó a edificar Bolívar con la creación de la Gran Colombia.

Santander, por principio, por haber nacido y vivido abrazado a ideales parroquiales, era enemigo acérrimo y visceral de todo proyecto que tuviese proporciones de grandeza. Su localismo mental y espiritual le negaba la posibilidad de soñar con horizontes. El concepto de patria para él parecía agotarse en la mezquina porción de tierra que podría mirarse a través de sus ojos oblicuos y pequeños, o en lo que podía percibir concreta y palpablemente con el uso de sus sentidos. Carecía de abstracción y de ideales universales. Uno de sus biógrafos ha señalado con irónica lucidez que era hombre de fronteras. Nació y padeció la frontera como limitación, como impedimento y restricción que no puede ser traspasada pues se cae en el abismo, en lo desconocido y en lo peligroso. Por otra parte, a esa extraña y restrictiva condición fronteriza, él agregaba, como ornamento de su espíritu, una virtud abominable: la más feroz tacañería. Unidas en su alma esas dos categorías se reforzaron para convertirlo en un enamorado fervoroso de lo pequeño. Muchas veces señala y resalta que a él no se lo quería por ser de Cúcuta. "Usted ve que si no me quieren es por ser hijo de Cúcuta, estudiante y de casa de labrador de cacaos..." Y sobre su desbordada e incontrolable tacañería, además de dar testimonio escandaloso con casi todos los actos de su vida, sus contemporáneos se encargaron de dar cuenta a través de innumerables anécdotas de este calvinismo tropical y enfermizo del que hizo gala a lo largo de toda su existencia, y que especialmente salió a relucir a la hora de su muerte, cuando escribe su oscuro testamento que parece la sublime oración que eleva al éxtasis a un pequeño contador y acumulador de miserias.

Veremos cómo estos dos elementos señalados intervienen y proyectan su terrible influencia sobre los hechos políticos y personales que acabaron determinando el derrumbe de ese sueño y de esa ambiciosa construcción histórica diseñada por Bolívar para dar sentido y universalidad al heroico y desmesurado esfuerzo que significó la gran guerra de la Independencia.

La historia no solamente es juego y flujo, discurrir y devenir involuntario y desperzonalizado de grandes categorías sociales, económicas o políticas. La historia, y a veces es lo esencial y hasta lo definitivo, es el escenario donde actúan los seres humanos con todos sus componentes emocionales e intelectuales, el escenario donde la voluntad humana representa su drama, donde el hombre aspira a alcanzar y a materializar lo que percibe como realización de su destino, tanto personal como colectivo.

Cuando Santander estuvo en Casanare —aun antes de llegar a Casanare— su preocupación fundamental, mortificante y obsesiva, fue alegar constantemente por la pertenencia de esa región a la Nueva Granada. Sus fantasmas localistas lo hacían imaginar que la guerra liberadora apoyada por los venezolanos tenía por objetivo, no derrotar a España, sino apropiarse de esa región, ubicada en aquel entonces en una patria inexistente. Desde muy temprano había sacado a relucir ese celo patriotero y recortado, que le impedía entender el vuelo del águila que estaba encarnando y propiciando Bolívar. Si aceptó la fusión integradora entre Venezuela y la Nueva Granada fue por simple oportunismo, por obediencia a los mandatos superiores emanados de Angostura y del Congreso de Cúcuta y sancionados por el poder visionario de Bolívar; pero su alma quedó envenenada por esa medida que lastimaba sus miras fronterizas. Simuló acogerla, pero desde el principio mismo de esa sanción, inició su perverso, clandestino y envenenado trabajo de sabotear y destruir el gran proyecto. Todas las pruebas y todos los documentos existen en abundancia para demostrar ese hecho evidente. Ese turbio proceso que le regalaría a Santander un título que muchas veces se le desconoce: el de desorganizador y destructor de la Gran Colombia.

Sobre esa tacañería, anclada en los más profundos repliegues de su alma, y que tanta capacidad de proyectarse tuvo sobre los procesos políticos e históricos en que le correspondió actuar a Santander, bueno es citar los testimonios de algunos de sus contemporáneos extranjeros, que los exime de pasión partidista.

En 1824, el Ministro Canning envió la misión diplomática a Bogotá que protocolizaría el reconocimiento de la república de Colombia por parte del gobierno de su majestad británica. La presidía el señor Hamilton, que venía acompañado del coronel Patricio Campbell y del señor cónsul Henderson. Entre otras cosas, traían como presente para el vicepresidente Santander una hermosa tabaquera de oro puro, con un medallón del rey Jorge IV. Santander recibió a la misión, y por supuesto el regalo, el 2 de marzo de 1824, en audiencia que trató de ser solemne y especial. Hamilton le escribiría a su secretario de Estado en Londres el siguiente comentario:

> Yo no tengo hasta ahora motivos para alabar la liberalidad del gobierno de Colombia. Puede ser que con el tiempo cambie el sistema. El vicepresidente es un verdadero tacaño. Su vida es la de un miserable, no obstante los veinticuatro mil dólares que le ha asignado el Congreso. ¡Durante el tiempo que llevamos aquí, sólo una vez hemos comido con él! El contraste que en este particular existe entre él y Bolívar es muy grande. Este es el tipo del verdadero caballero, extremadamente noble, generoso y desinteresado; siempre pronto a quitarse la camisa para darla a un oficial o a un soldado. Yo doy generalmente una comida por semana a los ministros y demás personas del gobierno. Es posible que con el tiempo aprendan a imitar nuestra hospitalidad..."(Foreign Office, Colombia, 1824, No. 3).

Por su parte, el agente francés, M. Buchet-Martigny, le escribía al conde de la Ferronnays, en noviembre de 1828: "La avaricia de Santander llegaba hasta el escándalo". En una memoria diplomática francesa, se escribía el 11 de diciembre de 1828: "*Santander est honteusement avare*". Por su parte, M. Charles Bresson anotaba en septiembre de 1828: "*L'avarice de Santander est proverbial*".

Y este señor que llevaba la vida de un miserable, sin embargo era hombre de fortuna; y la acrecentaría mucho y muy pronto cuando la negociación del gran empréstito inglés se les asignó a sus mejores y entrañables amigos, como eran los señores Arrubla y Montoya. Pero igualmente, la deshonrosa práctica de prestar dinero con intereses de usura —antes y cuando ejercía la vicepresidencia— había ayudado al aumento de sus caudales, los que cuidaba con celo enfermizo. Gastar era un verbo que no entraba casi nunca dentro sus conjugaciones. El juego de cartas, que era una pasión devoradora y obsesiva, también le proporcionaba ingresos adicionales, pues él al parecer tenía una suerte extraña y sospechosa. Quizá el ser hombre frío y calculador, controlador y simulador de emociones, le daba ventajas evidentes en las artes truculentas de manipular la suerte en los naipes.

Santander siempre reconoció en muchísimos documentos que el servicio a la patria le había proporcionado riqueza y bienes de fortuna. Nicolasa Ibáñez sería la mejor testigo, testigo de excepción, para dar fiel y doloroso testimonio de esa generosidad incontrolada de nuestro gran avaro.

Después del triunfo de Boyacá, enterado Bolívar de que la viuda de don Camilo Torres padecía privaciones y miserias, determinó que de su sueldo se le asignase a tan digna señora una pensión de 1 000 pesos. Santander, que en esos tiempos de euforia quería "imitar en todo" al gran héroe, que también era su comandante en jefe, decidió que de su sueldo se le asignase a la viuda de don Joaquín Gutiérrez de Caviedes —es decir, viuda de aquel hombre que había sido su profesor, y a quien él decía admirar— una pensión de 12 pesos mensuales. Cómo imitaba de bien a Bolívar. Y tal vez sufrió cólico hepático con ese exuberante esfuerzo de generosidad.

Santander. Caricatura de Rendón. *El Espectador*, 20 de julio de 1926

Igualmente, llegados triunfantes y eufóricos a Bogotá después de la victoria del Puente de Boyacá, Bolívar, de sus propios caudales, obsequió a la madre de Nicolasa y Bernardina Ibáñez una casa, pues esa familia, perseguida y acosada por causa de sus ideas republicanas, sufría y padecía miseria. Santander, años después, obligaría a Nicolasa Ibáñez, por intermedio de su amigo, el negociador Arrubla, a que le devolviese una casa que antes él le había regalado, aun cuando le perdonó al marido de ella una deuda de 7 000 pesos, por los servicios prestados por su esposa. Consta en su testamento.

8

No tendría mayor importancia destacar y resaltar estos rasgos exaltantes de la personalidad de nuestro "héroe nacional", si esa virtud de su tacañería no hubiese tenido proyecciones significativas en los tormentosos hechos políticos que marcaron y hasta condicionaron eventos que fueron decisivos en la trama angustiosa y triste de nuestro proceso histórico. Pero Santander convirtió su tacañería en una especie de método y sistema administrativo para manejar y orientar muchos de los hechos políticos en que se vio comprometido.

El proyecto de liberación del Perú se convirtió para Bolívar en el más infernal y calamitoso obstáculo de todos cuanto tuvo que superar para coronar victoriosa su formidable empresa de liquidar el poder español en América. Y la magnitud y el esfuerzo dramático que hubo de realizarse no nacieron tanto de la lucha y de los ejércitos que le opusieron las fuerzas de la monarquía, sino de la incomprensión, la envidia y la mezquindad de miras que le prodigaron quienes se suponían debían contribuir en tan vital y desmesurada hazaña. Entre esos grandes obstaculizadores de su proyecto está evidentemente Santander.

En un principio, tal vez sólo Miranda y Bolívar percibieron y comprendieron que la guerra de Independencia tenía proyecciones y dimensiones universales; que si se inscribía y participaba de ese empeño, tanto en América como en Europa, pugnaba por consolidar una nueva ideología política, que a su vez sería capaz de redefinir el contrato social que regulase las relaciones del poder político, al menos al nivel de la cultura occidental. Ya en la *Carta de Jamaica* de 1815, Bolívar hacía explícita esa preocupación. Por eso mismo no podía entender la lucha sino en parámetros empapados de universalidad. Se obligaba mental y emocionalmente a superar las estrecheces limitadoras de las fronteras y hasta de las naciones. Su visión de la patria era continental y unificante. Su proyecto lo impulsaba a socavar esas consideraciones localistas, que tanto pesan sobre la conciencia de los hombres y que acaban condicionando sus inclinaciones y sus afectos políticos, limitaciones que los obligaban a moverse en una estrecha y sentimental relación con los elementos cercanos a su entorno cultural y geográfico, y que a veces son más poderosas y más capaces de aprisionarlos en fronteras mentales que las propias fronteras geográficas.

Audaz, pero no utópico ni imposible, era ese pensamiento desinteresado y generoso de Bolívar en aquellos tiempos. Pero fueron pocos los que se atrevieron a secundarlo y en cambio fueron muchos los que se prestaron a destruirlo. Por ejemplo, desde el comienzo mismo de sus campañas libertadoras, se vio enfrentado y obstaculizado por personajes como el coronel Castillo y el sargento Santander, que juzgaron como demencial y delirante, y hasta sacrílego, que fuerzas de la Nueva Granada fueran facilitadas para que contribuyesen a la liberación de Caracas, que pretendía y materializó Bolívar en la llamada Campaña Admirable. Desde 1813, Santander se instituyó como un declarado y persistente enemigo de todo aquello que tuviese rumor de acción y de proyecto continental.

Después de sancionada en 1821 la Constitución de Cúcuta, y una vez posesionados —de la presidencia, Bolívar, y de la vicepresidencia, Santander—, inicia el Libertador ese heroico desplazamiento hacia el Sur, que tendría tan increíbles y dramáticos momentos de sufrimiento, como el que significó Bomboná y el que significó someter la feroz y continua oposición que hicieron pastusos y realistas. Afortunadamente la batalla de Pichincha, ganada por Sucre, facilitó enormemente el proyecto y el avance de Bolívar, que pasaba en primera instancia por definir la inestable y explosiva situación de Guayaquil. Pero Guayaquil era solo el paso previo para continuar hacia el gran objetivo: la liberación del Perú. Esa liberación era condición ineludible para garantizar que lo ya alcanzado en Venezuela y en la Nueva Granada no se perdiese en corto tiempo. Si esa liberación no se lograba, lo obtenido hasta ahora simplemente hubiese sido otra anticipada forma de haber arado en el mar.

Se necesitaba tener una visión muy miope para no entender y aceptar el peso de esa ecuación geopolítica, de la que dependía toda posibilidad real de quebrantar el colonialismo español; o se requería una mezquina, cínica y envidiosa actitud de pequeñez personal y política para procurar sabotear y obstaculizar ese proyecto, con el cual Bolívar pretendía continuar orientando y consolidando su sueño de liberación continental. Y ambas cosas se dieron y tuvieron especial y señalada importancia en el comportamiento de Santander con respecto a Bolívar.

Examinar esa angustiosa correspondencia que se da entre ambos en aquellas dramáticas circunstancias es constatar hasta la saciedad la historia de un sabotaje persistente y perverso, que pone al descubierto la leguleya y entorpecedora labor de un hombre que, como Santander, parecía identificado con las tareas de bloquear hasta donde le fuese posible el proceso de la guerra liberadora. Pero también pone en evidencia la maravillosa y titánica capacidad que demostraría precisamente el que se autotituló el "Hombre de las Dificultades", para quebrantar y salir delante de todos aquellos obstáculos y laberintos históricos que continuamente se le iban presentando.

Santander nunca fue partidario de llevar la guerra más allá de las fronteras de la Nueva Granada. Y mucho menos podía ser partidario de abrazar un tipo de proyecto como éste, si percibía que eso demandaba importantes costos financieros. Su especial y enfermiza relación con el dinero, que lo hacía suponer que ese dinero era algo así como dinero de su propia pertenencia, le hacía ver siempre como riesgosa y demencial cualquier empresa. Su proverbial tacañería, que la convirtió en razón de Estado y en razón política para amparar sus procederes de gobernante, lo llevó de manera continua a negar los auxilios y los recursos requeridos por Bolívar. Y las veces que las circunstancias lo forzaron a despachar esos recursos, lo hacía con "flema", con parsimonia criminal y con infinita mortificación personal. Es más, recurrió al chantaje, al más desvergonzado y delictivo expediente, de que enviaría algunos recursos para la guerra siempre y cuando esos envíos se tradujeran en beneficios personales. Por eso Bolívar tenía que escribirle: "... Lo que yo deseo saber es cuáles son las propiedades que usted quiere que se le adjudiquen..." Y era tal la desesperación y la angustiosa situación de Bolívar, solicitando esas ayudas de las que dependía la suerte de un continente, que tuvo que ceder y ser flexible a esas sucias maniobras de este hombre que anteponía sus pequeños intereses personales a los grandes, heroicos y épicos intereses que en ese instante demandaba a la historia.

Pero al chantaje agregaría después, con una regularidad fatigante y sospechosa, el más enmarañado leguleyismo constitucional. Siempre encontraría una ley —o posibilitaría que su Congreso de bolsillo se la hiciera— para decirle a Bolívar que carecía de los instrumentos legales para proporcionarle ayuda. Por ejemplo, en mayo de 1824, procedía a consultar al Congreso que si estando Bolívar en el Perú conservaba sus facultades extraordinarias; que si Bolívar podía dar órdenes a los oficiales que estuvieran en Colombia; que si los ascensos concedidos en el Perú tendrían validez cuando Bolívar regresara a Colombia. Es decir, desplegaba toda una artillería seudojurídica, pesada y legalista para bombardear desde lejos y con los cañones de su infamia las valerosas y terribles hazañas que en las condiciones más duras continuaba adelantando Bolívar.

Su Congreso, donde ejercía poder indiscutido, gracias al fino tejido de su urdimbre clientelista y su innegable talento como manipulador, lo secundaba en su conjunto en todas aquellas torpes maniobras antiliberadoras. Fue así como se determinó que Bolívar no podía ejercer facultades extraordinarias mientras permaneciese en el Perú. Bolívar tuvo que delegar el mando de su ejército en Sucre; y ese ejército y ese noble general Sucre redactaron una protesta contra la atroz conducta de Santander, empeñado sólo en obstaculizar la guerra, que era guerra que aseguraría la supervivencia de Colombia. Y por supuesto le dolía a Santander, le dolía profunda y amargamente, que en el campo de batalla otros generales estuviesen ganando gloria y cosechando laureles, mientras él, en su oscuro bufete, sólo podría ganar algún dinero.

Y por supuesto, no era solamente que Bolívar pretendiese soportar los costos de la guerra en las ayudas de la Nueva Granada. Los demandaba y los exigía igualmente del Ecuador y del propio Perú, los solicitó también a Chile y Argentina, y hasta recabó ayuda de México y Guatemala. En esa campaña hubo de enfrentarse a toda clase de dificultades, de traiciones, de contiendas civiles, de recelos y suspicacias políticas, infamias de toda clase. Tanta angustia y tanto esfuerzo lo pusieron al borde del sepulcro en Pativilca. Pero su destino era triunfar y acabaría triunfando. El propio Bolívar, en innumerables documentos y en una enorme cantidad de cartas dolorosas y hasta lastimeras, da testimonio irrefutable de que fue Santander, con su ánimo e hipocresía legalista, el más formidable obstáculo que tuvo que doblegar para alcanzar la hazaña de liberar un pueblo.

Algunos párrafos de esa correspondencia de Santander desnudan en todo su esplendor su grandeza de colaborador con la causa liberadora de América. El 6 de enero de 1824 escribía: "Si el Congreso me da auxilios pecuniarios, o de Europa los consigo, tendrá usted el auxilio, y si no, no". Y agregaba que pediría al Congreso "una ley para poder auxiliar, porque hasta ahora no la tengo". Sarcasmo e ironía en esto. Él, que era una factoría para fabricar leyes a través del Congreso y que producía todas las que requería para sus propios propósitos, no tenía esas leyes cuando se trataba de auxiliar a Bolívar.

El 1º de mayo escribía a Bolívar:

> Yo soy gobernante de Colombia y no del Perú; las leyes que me han dado para regirme y gobernar la república nada tienen que ver con el Perú y su naturaleza no se ha cambiado, porque el presidente de Colombia esté mandando un ejército en ajeno territorio... O hay leyes o no las hay. Si no las hay, ¿para qué estar engañando a los pueblos con fantasmas? Y si las hay, es preciso guardarlas y obedecerlas, aunque su obediencia produzca el mal.

Cómo suena de maravillosa la gran entonación del sofista bartolino, pues es la misma voz que había clamado y escrito: "No hay remedio; es preciso todavía ahorcar gente sin proceso ni juicio". Y eso lo había escrito cuando apenas se había levantado el andamiaje constitucional de la república.

A la supuesta carencia de leyes y recursos para poder auxiliar a Bolívar, Santander alegó con frecuencia que enviar tropas al Perú implicaría el riesgo —imaginario e hipotético— de dejar desprotegido el norte de Colombia, lo cual incitaría a las fuerzas españolas a emprender una nueva tentativa de reconquista. Bolívar le desbarataba con contundente lógica esas argumentaciones pérfidas, le hacía ver la inconsecuencia y la incoherencia de esos temores infundados, invocados solamente para no concurrir a su auxilio.

> Nosotros no seremos tan insensatos que, para atender a un peligro remoto, desentendámonos de uno cierto e inmediato. Yo le aseguro a usted que semejante demencia no creo que se le pueda ocurrir a nadie; porque dejar abierta una puerta tan grande como la del Sur, cuando podemos cerrarla antes de que lleguen los enemigos por el Norte, me parece una falta imperdonable.

Hubo un momento en que Bolívar se convenció, íntima y dolorosamente, de que no existía argumento, ni razón alguna que pudiese quebrantar esa férrea y obsesiva voluntad de Santander, obstinada sólo en negarle los auxilios. Por un largo tiempo dejó de escribirle. Sólo en noviembre, y después de la batalla de Junín, volvió a hacerlo. Pero ya en su corazón atormentado, la figura del indolente y truculento vicepresidente era la encarnación de la hipocresía y la perfidia. Su desprecio y su antipatía por él irían creciendo; y seguramente alcanzarían la dimensión del odio, cuando posteriormente se fue enterando en detalle de las muchas y diversas maniobras que, en ausencia suya, Santander había ido preparando contra él y contra su obra. En Bogotá, en los círculos de la camarilla política gobernante, el vicepresidente no había descuidado en ningún momento su venenosa tarea de crear un clima, en todo hostil y agresivo, para demeritar la guerra y la empresa liberadora que acaudillaba el general Bolívar en el Sur del continente. A esa guerra se la presentaba como la causante directa de las tribulaciones y de todos los padecimientos que tenían que soportar los habitantes de la Nueva Granada. A esa guerra en "casa ajena", en un mundo "lejano y desconocido", se la pintaba como otra aventura demencial de un general que, movido sólo por la ambición y la vanidad, quería dilatar su gloria, así se sacrificasen la vida y la tranquilidad de varios pueblos.

Los gacetilleros, los que usaban su propio nombre y los que se valían del anónimo, como Santander, vomitaban fuego y calumnias contra esas empresas que, a su juicio, eran sólo hijas de un delirio y que sólo traerían como consecuencia la miseria y el militarismo. Dueños de la opinión, controladores de todos los periódicos, de las universidades y colegios y hasta de algunos púlpitos, y en general de todos los órganos existentes para difundir y propagar sus ideas y sus resentimientos, esa especie de partido, amañadamente constitucionalista y civilista, desarrolló una activa y hasta eficaz tarea, orientada no sólo a desprestigiar la guerra, sino a desvirtuar y a ensuciar la imagen política de Bolívar. De paso, y en plena convergencia con ese propósito egoísta, se estimuló el odio y la animadversión de los granadinos contra los venezolanos. Convirtieron lo venezolano en sinónimo de vulgaridad y soldadesca. A nombre de un civilismo de pacotilla, construyeron la leyenda de que Venezuela era la negación misma de todo lo civilizado; que era la barbarie y que, además, era la amenaza más inmediata para que en el próximo futuro pudiesen florecer en América regímenes constitucionales que garantizaran la paz entre las naciones surgidas a raíz de la lucha por la independencia. Su propaganda sin duda tuvo éxito y caló en algunos sectores de opinión, en la medida en que ella expresaba sentimientos y aspiraciones colectivas que a veces tenían razón de ser, en la medida en que manejaba y manipulaba elementos sociales viva e intensamente sentidos y reclamados por importantes sectores de población.

Sin duda que los pueblos requerían y reclamaban la paz. La guerra, la larga y terrible guerra padecida, era apenas lógico que se viera como un impresionante sacrificio que había acabado devorándolo casi todo: tranquilidad, riquezas, certidumbres colectivas frente al presente y al futuro. La guerra era desolación y era el hambre; era reclutamiento forzoso, enfermedad, miseria, destrucción de hogares y familia, fuente de odio y desunión; peste bíblica e histórica, que había acabado convirtiendo la vida en puro infierno. Y todo eso y todo ese dolor, a cambio de una supuesta libertad y de una enmarañada Constitución que nadie parecía entender, salvo tal vez aquellos señoritos y aquellos oscuros abogados, únicos que parecían haber alcanzado dignidades y nuevos privilegios.

El terreno entonces era fértil para predicar la paz y sus bondades, como si se hubiesen hundido en el vacío el aliento y el impulso épico; como si se hubiese agotado la energía en aquel delirio y en aquella formidable epopeya. El pueblo, que había puesto sus muertos, su sangre y la sustancia de sus sueños rotos, por supuesto quería paz para volver a soñar y para poder olvidar aquella carnicera pesadilla. Era fácil entonces propagar y propalar la ligera demagogia; pescar en río revuelto; tergiversar con engaños los hechos verdaderos y reales.

Y creció y se fortaleció ese clima enrarecido, donde Bolívar, y lo que empezó a llamarse el militarismo venezolano, fueron presentados como causantes y como continuadores de la tragedia. Y donde, por supuesto, los señoritos de levita y de bastón, los abogados bartolinos, eran ensalzados como los portaestandartes de la nueva razón histórica y política que debía prevalecer una vez concluida la guerra. Era en el escritorio, en las penumbras del escritorio, y no en los campos de batalla, en donde —de ahora en adelante— se iba a fabricar el nuevo paraíso terrenal y republicano.

Santander solía poner su bastón de abogado sobre la espada y la Constitución, para mostrar con símbolos que él sería el profeta de esa nueva época, la época que aniquilaría o echaría en el olvido el resplandor de lo épico para sustituirlo por la luz opaca y truculenta del inciso. Por eso, no vestía uniforme, sino casaca negra. Por eso odiaba y no recordaba nunca su pasado de militar sin gloria, de militar de plumas y de fugas. Por eso odiaba a los venezolanos que lo habían destituido como comandante de tropa y le habían señalado su verdadero y oscuro destino: el de burócrata.

Como la gran obsesión y la devoradora pasión que encadenó sus días y fatigó sus noches fue el tema del dinero, Santander desplegó todas las artes administrativas para obtener del Congreso autorización para negociar un considerable empréstito con Inglaterra. Pensó que si lo obtenía, podría hasta enviarle algunos pocos recursos a Bolívar, para curarse en salud y protegerse del infame proceder que lo había caracterizado en esos años en que Bolívar permanecía haciendo la guerra en el Perú.

Tramitar el crecido empréstito no era cosa fácil. El crédito de Colombia estaba virtualmente aniquilado y desprestigiado, a causa de las oscuras y delictivas maniobras ejecutadas por alguien que estuvo a punto de convertirse en el suegro de Santander: don Francisco Antonio Zea.

9

En 1819, el señor Zea, que había sido nombrado vicepresidente de la república por el Congreso de Angostura, fue designado como enviado extraordinario y ministro plenipotenciario ante las cortes europeas, para gestionar ayudas y reconocimientos para las guerras que afrontaban las nuevas repúblicas. Cuando llegó a Europa, se encontró con que otros emisarios republicanos, enviados anteriormente, habían contratado préstamos diversos para financiar la compra de armamentos y vestuarios para la tropas insurgentes y para cubrir los gastos de los Legionarios que se vincularon a la empresa liberadora. Entre ellos, el venezolano López Méndez había celebrado contrato con el súbdito inglés, James MacIntosh, para aprovisionar un ejército de casi 10 000 hombres. Cuando las provisiones llegaron a Cartagena, tuvieron que ser rechazadas por el gobierno, pues eran propiamente desechos que no servían absolutamente para nada. Asímismo, López Méndez y José María Vergara habían contraído otros préstamos onerosos, invertidos también en compras que, cuando no eran inútiles, eran estrafalarias. Pero lo concreto era que la apremiante deuda y los escandalosos intereses crecían.

Cuando llegó a Londres el señor Zea, fue cercado y acosado por una verdadera y furiosa jauría de prestamistas que, como todos los prestamistas del mundo, se mostraban implacables en el cobro de su capital y sus intereses. El curioso señor Zea, especie de príncipe en alpargatas, vanidoso, esnob y con ridículas pretensiones de cortesano ultramarino —que no entendía nada de negociaciones y mucho menos de diplomacia, sino tan sólo de algo de plantas y de insectos— al parecer, sin ni siquiera revisar los contratos ni echarles un vistazo superficial a las cifras, resolvió por cuenta propia reconocer todas las deudas; y pactó con un comité que representaba más de noventa y seis prestamistas, reconocer deudas por 548 000 libras esterlinas. Allí se incluían deudas dudosas, pactadas en diferentes épocas y con diferentes fines. Acordado un nuevo préstamo, en buena parte destinado a cubrir deudas anteriores, acabó recibiendo solamente 66 666 libras esterlinas (curioso, el número diabólico con el cual se regodea la Biblia). Ese dinero le fue entregado en varios contados. Pero de esa suma, y de la manera más alegre, para vestirse muy tieso y muy majo nuestro tropical aristócrata, utilizó la mayor parte para suntuosos gastos personales.

Boussingaut, el simpático y picaresco cronista y también científico francés, a quien debemos tantas historias privadas de aquella época, cuenta en sus memorias:

> Era el señor Zea un hombre encorvado, prematuramente envejecido porque había sufrido mucho en los Llanos... Estaba relacionado con el mundo científico y había logrado un empréstito con Inglaterra, se desquitaba de la miseria por la que había pasado en América, en la época en que era un proscrito, un prisionero en tristes circunstancias: en 1815, Zea fue arrestado en la Nueva Granada con algunos otros patriotas, entre ellos Nariño, y fueron enviados a España. Zea, protegido por sus amigos, recobró la libertad, se casó con una española y se vino a Francia, en donde moría de hambre. Viajó a América para reunirse con el general Bolívar, con quien compartió la buena y la mala fortuna. Fue nombrado vicepresidente del Congreso de Angostura. Su mujer y su hija permanecieron en París, en donde vivieron en una mansarda de la calle Mouffetard, por cuatro o cinco años, ganando en trabajos de costura apenas lo indispensable para subsistir... Cuando conocí a la familia Zea, ocupaban una linda casa en la calle de Caumartin, gozaban de gran opulencia, tenían coches, sirvientes de librea y se trataban con el gran mundo; la señora Zea era muy joven todavía y de una rara belleza; mujer excelente, contaba con sencillez sus miserias anteriores; estaba llena de salud, pero la atendía asiduamente un joven médico mexicano.

Una sola hija engendró el encorvado diplomático con la volcánica española. La nombraron Felipa Antonia Zea y Meihon. "Prodigio de hermosura y habilidad", decía su padre de ella; educada con esmero y razonamiento, aseguraba también don Francisco Antonio. Una vez, el señor Zea, en la época en que se desquitaba de sus antiguas miserias y sufrimientos, concibió la paternal y aseguradora idea de casar a su hija única, a ese prodigio de hermosura y habilidad, con el lejano y marcial abogado que ejercía la vicepresidencia de Colombia. Seguramente intuición de prestamista. "Dios los crea y ellos se juntan", reza el antiguo adagio. Y empezó una febril y epistolar correspondencia con Santander, orientada a coronar tan hermosa y lucrativa proposición.

> Siempre miro a usted como a un hijo, y un hijo primogénito, que me intereso en su gloria y en su felicidad, que lo amo de todo corazón y suspiro por reunirme a usted para no volverme a separar.

Al principio de esa que fue una torrencial correspondencia, sintióse Santander un poco desconcertado por esa exuberancia de paternal amor, que parecía manifestarle el lejano y fracasado diplomático. No se requería de mucha perspicacia para entender que el rumor de los empréstitos sostenía la melodía que circulaba por aquellas singulares cartas. Y Santander comenzó a responderle con afecto, con interés marcado por enterarse de aquellos procederes que tan maravillosa y muelle vida le estaban proporcionando a su antiguo colega en la vicepresidencia, relacionados con las gestiones de prestamista que se le habían encargado. De él podría aprender muchas y valiosas lecciones.

En cuanto a la propuesta de unirse en matrimonio con la supuesta bella muchachita que frisaba en los quince años y que, según su padre, era toda llena de gracia como el Ave María, respondió, muy a su estilo, de manera ambigua y sibilina. A veces parecía querer decir que sí, otras que tal vez era posible, pero nunca dijo no. Muchas veces se imaginó como deleitosa y atractiva la posibilidad de aquel matrimonio con la núbil doncella, con esa niña educada con esmero, gracias a las andanzas delictivas de su padre. Cómo le convendría, pensaba él, a un vicepresidente que había nacido pobre y en hogar de rústicos, aprender modales cortesanos y vestir ropas galantes que lo liberasen de las indumentarias de Ramiquirí. Qué cantidad de fantasías cruzaron por su cabeza ardiente, y le gustaba como perderse en ellas, pues al fin y al cabo esas fantasías, no del todo imposibles, le ayudaban a calmar el dolor que le proporcionaba su siempre estropeado hígado.

En una de las cartas de Zea a Santander se puede leer:

> Ya he manifestado a usted en otra carta cuán lisonjero me es el título de padre con que usted me honra y me halaga. Nada deseo más ardientemente sino que mi hija y usted me den el gusto de usar ese título, no sólo por afecto, sino por realidad.

Se deduce, entonces, que don Francisco de Paula Santander y Omaña había aceptado en alguna carta la dulce responsabilidad de desposar a la quinceañera y la de convertir en suegro al tortuoso negociador de los perdidos empréstitos; de convertir en suegro y padre a "la peor calamidad que le haya caído a la América", según expresó el general Bolívar.

Poco importó a Santander dar el sí para ese futuro matrimonio. Poco le importó estar viviendo su mejor tiempo de amores con la inquieta y vibrante Nicolasa Ibáñez. Pero él era así; por algo era el Hombre de las Leyes, el hombre de amplias y elásticas morales para todo.

No se conservan en el archivo Santander las cartas que le respondió nuestro "prócer" a su fallido y desventurado suegro. Años después, cuando el señor vicepresidente comenzó a preocuparse por la inmaculada imagen que él tendría que legarle a la posteridad, procedió a la desinfección y a la destrucción selectiva de aquellos muchos documentos, donde pudiese supervivir alguna brizna de aquellos hechos que no le eran convenientes a la preservación de su moralidad histórica y personal. También su legítima esposa, la muy celosa y compulsiva doña Sixta Pontón Piedrahíta, aportó sus artes inquisitoriales para mandar a la hoguera toda carta donde su venerable esposo hubiese hecho mención de dama que no fuese ella. Lo que se le pudo escapar al general y a la celosa esposa en cuanto a la limpieza del historial del "héroe" lo culminaron con fervor y con pasión sagrada otros señores y otros historiadores, que se asignaban el curioso papel de defender la memoria de aquel insigne ciudadano de las acechanzas y los descubrimientos de la verdad histórica.

Volviendo a las andanzas prestamistas de don Francisco Antonio, sabemos que en marzo de 1822, éste firmó un empréstito por la cuantía de dos millones de libras esterlinas, con la firma Graham & Powells. Lo respaldó con las rentas producidas por las importaciones y exportaciones que se hicieran en territorio colombiano; asímismo, con las rentas provenientes de las minas de oro, plata y sal. Y como si esto fuese poco, lo respaldó también con lo producido por el monopolio del tabaco, mientras este monopolio subsistiese. Por esa suma emitió vales de deuda, que devengaban un interés del diez por ciento, si se cobraban en Inglaterra y del doce por ciento, si se cobraban en Colombia. *Deventures*, se llamaban en inglés. Como desventuras fueron nombradas y reconocidas por todos los colombianos. Igualmente, el intachable señor Zea acabó reconociendo —sin documentos y sin fundamentos de ninguna clase— como deuda de Colombia la suma de 731 597 libras esterlinas. Nunca le importó que, al firmar ese pacto con los corruptos y rapaces prestamistas, el monto de las deudas que ellos presentaban no coincidiesen en nada con las cuentas que habían presentado Briceño Méndez y los otros anteriores negociadores de préstamos. Pero él era así, generoso, exuberante, irresponsable y descuidado con el dinero ajeno. En esto, qué diferencia mostraba con la persona que pretendía convertir en yerno, que era desmesuradamente tacaño y avariento.

Gracias, entonces, a las maravillosas maniobras financieras de nuestro científico, el monto real de la deuda colombiana quedó estimado en esa cifra, ya mencionada, de 731 957 libras esterlinas. Algunos calculan que la deuda real y verdadera llegaba a un porcentaje muy inferior a esa cifra. Cuando se conocieron en Colombia estos hechos vergonzosos, delictivos en muchos aspectos, el estupor y el escándalo adquirieron dimensiones casi apocalípticas. ¿Era esa la honorabilidad que traía la república de los señoritos? Con una gota de sensatez tardía, se procedió a suspender la calamitosa e infame misión del señor Zea. En su reemplazo, se nombró al venezolano don José Rafael Revenga.

Zea, seguramente atormentado por cólicos de conciencia —pues del hígado no sufría— murió en medio del lujo, de su hija y de su mujer española, el 28 de noviembre de 1822. Santander, que sólo semanas antes se refería a él con el afecto que un hijo le tiene a un padre, escribió en esta ocasión que la muerte del señor Zea era el menor de los males que le podía acontecer a Colombia.

La hija de don Francisco Antonio, la sin par doncella Felipa Antonia, y su madre continuaron con su buen vivir en París. Meses después, Felipa contrajo conveniente matrimonio con un vizconde, llamado Alejandro Gaulthier de Rigny. El destino la preservó de que viniese a vivir en la Atenas suramericana y de que estuviese condenada a vestir las prendas de Ramiquirí.

10

Todo lo anterior configura el cuadro previo. Son algunos pocos elementos del clima moral que antecede a la nueva comisión de prestamistas que envía el vicepresidente Santander, para continuar endeudando y sacrificando la precaria y naciente república. "Un sino fatal perseguía a los negociadores de los empréstitos de la guerra de Independencia", se señala en la *Historia extensa de Colombia*, en la historia oficial, escrita con tanta benevolencia y con tanto espíritu justificatorio hacia los pretéritos hacedores de nuestras inagotables tragedias.

Se envió al señor José Manuel Hurtado, payanés de nacimiento y hombre acaudalado, que gozaba de fama como buen orador. Santander, de inmediato, le nombró dos asesores, dos íntimos amigos suyos, compadres de tertulia y de juerga, compañeros inseparables de las muchas tardes dedicadas al juego de naipes, adictos y compulsivos todos a la gracia inefable del tresillo. Eran ellos dos ávidos y afortunados comerciantes paisas que, radicados de tiempo atrás en Bogotá, habían acrecentado su fortuna y querían acrecentarla más.

Se le encomendó a la misión contratar un empréstito por la suma, exorbitante en aquellos tiempos, de 30 millones de pesos. Pero era apenas lógico que para concertar un nuevo préstamo había que arreglar cuentas pendientes con los habilidosos prestamistas ingleses. Así lo asumió el señor Hurtado y procedió de inmediato a suscribir con los señores Herring, Graham y Powells un convenio que reconocía 150 000 libras esterlinas como acreencia principal; y además, 37 000 libras por concepto de intereses al 6 por ciento anual. A este arreglo siguió otro, mediante el cual el gobierno se obligó a pagar el 80 por ciento por los bonos del empréstito Zea. Como si fuera poco, los dulces y amables señores Arrubla y Montoya negociaron con la firma Goldschmidt & Co., de Londres, un nuevo préstamo por 4 750 000 libras, al 6 por ciento de interés anual. Pactaron igualmente un 2 por ciento de comisión sobre el valor nominal del empréstito para los intermediarios extranjeros y una comisión del 1 por ciento para los negociadores colombianos, es decir, para ellos.

Hechas las deducciones, descontados intereses por dos años anticipados, Colombia, en teoría, sólo acabaría recibiendo 3 365 248 libras de aquel préstamo. Dios guarde a nuestros negociadores y, sobre todo, a su benemérito protector, por estas maravillosas hazañas con las que edificaron la solidez y la dignidad de nuestra vida republicana.

Santander, de inmediato, y con una generosidad inaudita en él en eso de pagar favores, impulsó el nombramiento de Arrubla y de Montoya como negociadores con carácter oficial; antes eran simples particulares. Así podrían seguir negociando y continuar recibiendo comisiones por cada negocio realizado. Ni cortos ni perezosos, los angelicales amigos, sin ánimo de lucro, del general Santander, se apresuraron —sin autorización de ninguna clase— a celebrar otro contrato con la firma Goldschmidt, donde con carácter exclusivo le concedían a dicha firma el papel de agente fiscal del gobierno colombiano en materia de empréstitos. El señor Revenga los acusó ante el Congreso, pues otras firmas respetables —y no firmas casi piratas, como la escogida por los dos paisas— ofrecían muchas más seguridades y mejores condiciones para los préstamos.

Al poco tiempo, la sospechosa y susodicha firma escogida por Arrubla y Montoya quebró en forma estrepitosa, y al parecer de manera delictiva y fraudulenta. Nuestros avezados negociadores habían dejado parte significativa de los fondos a disposición de la firma; les tocó corroborar que, por esa quiebra, Colombia perdía la suma de 402 000 libras esterlinas.

Pero las desgracias, y el cúmulo inmenso de "delicadezas" administrativas, apenas estaban comenzando.

Cuando en Colombia se conocieron algunos pormenores de esta negociación infame e inconcebible, donde por todas partes asomaban la mala fe y la picardía, el justo escándalo desatado tuvo proporciones de incendio. Nadie puso en duda que, desde el comienzo mismo, el empréstito había sido programado para favorecer abiertos intereses personales. ¿Cómo era posible, por ejemplo, que los negociadores Arrubla y Montoya recibiesen cada uno 24 000 libras esterlinas —sin contar otros dividendos que cobraron— por el solo hecho de pactar la quiebra de Colombia? ¿Y que a su vez el diplomático Hurtado recibiese por tan imaginativo esfuerzo la suma de 53 000 libras esterlinas? ¿Comisiones por desempeñar funciones oficiales?

La misión estaba viciada desde el principio, y esa misión fue escogida "a dedo" por el señor vicepresidente Santander. La prensa honrada e independiente enfiló con agresividad, con razón y con argumentos incontrovertibles, todas las baterías contra este fraude fríamente calculado. El empréstito inglés se convirtió en el más candente y polémico tema del que se ocuparon tanto la prensa como el público y el Congreso, en aquellos oscuros años caracterizados por el robo y la felonía. De esos ataques, de alguna manera, se sintió agradecido Santander, en la medida en que fueron muchos los venezolanos que se encargaron de hacerlo, lo que le permitía a él sostener el habilidoso y cínico argumento de que eran ataques dictados por la pasión política, pues a él en Venezuela lo odiaban por ser de Cúcuta y ser hijo de pequeños sembradores de cacao. Y agregaba que era también por odio al sistema y al gobierno central que él presidía. "Mi delito es no ser de Caracas", repetía con gracia y desparpajo.

El Congreso reunido en julio de 1825, Congreso mayoritariamente conformado por sus amigos y partidarios, consideró que era tan grave y tan insultante la situación que lo citó a rendir cuentas pormenorizadas.

El historiador José Manuel Restrepo, amigo íntimo y miembro de la camarilla santanderista, escribía sin rubor alguno: "Los que pretendieron que el general Santander se apropiaría sumas cuantiosas han ignorado, o quieren ignorar, que él no manejó caudales algunos de los empréstitos". Vaya argumento tan inteligente y sublime, y mucho más en boca de él, que tampoco manejaba caudales, pero que recibió dividendos y recompensas por el solo hecho de ser amigo del vicepresidente. Cobró un documento por 350 libras esterlinas, y obtuvo 9 000 pesos por una destartalada casa que vendió al Estado. Y este venerable apóstol es el fundador de nuestra historia oficial.

Pero si la oposición ya estaba enfurecida solo conociendo las condiciones pactadas para el préstamo, bueno sería imaginarse cómo podría reaccionar cuando se conocieran las aberrantes prácticas delictivas mediante las cuales se invirtieron los pocos recursos que estaban quedando del préstamo. Fue una orgía de robos, de fraudes y despilfarros, tanto que un defensor de Santander señala con ingenua y comprensiva bondad:

> Al gobierno de Colombia le sucedió con aquel caudal lo que a un niño que nunca tuvo más que uno u otro ochavo, y de repente se encuentra con una onza de oro, y ufano empieza a gastar, sin previsión, como si la onza fuera inagotable.

Lo primero que hizo el Congreso santanderista, violando sus propias normas sobre el empréstito, fue proceder a pagar cuantiosas dietas a los congresistas.

Para cubrirse con Bolívar, y tratando tal vez de arrojar una gota de dignidad en ese mar de infamias, se organizó a la carrera una división del ejército. Se la puso bajo las órdenes de un aventurero puertorriqueño recién llegado a Colombia y se la despachó a Guayaquil vía Panamá, donde no se requería absolutamente para nada. Más de la mitad de esa división murió en la isla de Puna, a causa de la fiebre amarilla. El dinero que se invirtió sí se perdió todo. Entretanto Bolívar, en el Perú, continuaba esperando la ayuda de Santander.

Como Santander no quería enviar ayudas al Sur, pues quería defender el Norte de una hipotética invasión española, se invirtieron millones de pesos para preparar dizque una expedición a Cuba. Y en fortalecer plazas militares también se invirtieron miles y miles de pesos del formidable empréstito. Y por supuesto, otros miles y miles se destinaron a cubrir sueldos de civiles y militares, y para cubrir salarios de ingenieros.

Se intentó, gracias a la imaginación heroica y guerrera del abogado Santander, crear de improviso una marina de guerra. Para eso se estableció un escalafón de oficiales y una numerosa guarnición en Cartagena, y se compraron dos fragatas en Estados Unidos, la *Colombia* y la *Cundinamarca*, por la escandalosa cifra de 1 845 000 pesos. La primera naufragaría en el río Guayaquil, y la segunda se vendería por suma irrisoria y sospechosa. Parte de este fraude marinero fue la imposibilidad de utilizar doce cañoneras construidas en los Estados Unidos, debido a las fallas que se cometieron en determinar sus especificaciones. Dos costosísimos barcos, el *Independencia* y el *Libertador*, que también fueron comprados, tuvieron que ser vendidos como hierro viejo. ¿De esta sabia administración y de este virtuoso administrador nacería la fama de que su gobierno fue honrado y eficaz?

Pero lo mencionado es apenas la pequeña cuota inicial del gran festín de robo y despilfarro. Se procedió a importar de Inglaterra, en cantidades incomprensibles y hasta agobiantes, cocinas de hierro, calderas, cadenas, anclas para navíos de guerra (por supuesto, navíos no había), balas de cañón de calibre desconocido, jarcias, armas, municiones, vestuarios, equipajes, menajes.

En el Congreso se leyeron y se mostraron documentos donde se comprobaba que lo que valía 6 o 7 se contrataba en 15, y con intereses del 12 por ciento anual. Se elaboró después una festiva y amorosa lista para pagar por cuenta del empréstito a los acreedores nacionales y extranjeros. Qué cantidad de caras felices y de caras amigas desfilaban por la Tesorería, cobrando lo que se les debía y hasta lo que no se les debía.

A última hora, Santander, que era político pragmático y utilitarista de tiempo completo y experto en cubrirse y encubrirse, asignó una insignificante partida para fomentar la agricultura en Venezuela, para que nadie dijera que su gobierno era centralista y había olvidado la provincia. Fueron aproximadamente 280 000 pesos. Qué simetría en la inversión. Los barcos que se hundían valían más de millón y medio cada uno.

Seguramente, en un gesto de excepcional intuición que pretendía cubrirlo con Bolívar, le escribía al Libertador en 1824:

> Me es grato recordar que en la negociación del empréstito de 1824, no he tenido más parte que la elección de los agentes... Si la elección pudo ser desacertada, la ley no me imponía responsabilidad por falta de tino en elegir los agentes de la comisión.

¿Cómo se le puede negar el título de que en efecto es el "Hombre de las Leyes"? Vivió siempre enamorado de la ley, así le resultaba siempre fácil y grato poderla violar cuando se le antojase.

Qué lealtad con sus amigos y sus cómplices, en los que pudo ser desacertada su elección. Y lo increíble es que el señor Arrubla, cuando Santander estuvo en el exilio, no solamente le administraba sus bienes sino que lo autorizó a tener firma en sus crecidas cuentas bancarias europeas.

Años después, y para intentar una cínica, imposible y tardía justificación de la rapiña y el robo que, para escándalo y estupor de toda la nación, se había hecho de los dineros del empréstito, Santander, sin rubor y con desvergüenza, escribe que lo primero que se le ocurrió cuando se proyectó dicho empréstito fue enviar al general Nariño a negociarlo, "como persona inteligente y respetable que lo pondría a cubierto de toda imputación". ¿Entonces ya intuía que se le harían imputaciones? ¿Mandar a Nariño, a quien se había intentado matar, a quien precisamente se lo había acusado de defraudador y de todos los delitos posibles? Y para que su cinismo y su hipocresía alcanzaran las máximas cumbres, agrega que le informó de esa intención a Bolívar y que Bolívar la desaprobó en los términos más fuertes, términos que él, Santander, no se atreve a transcribir por respeto a ambos. Sin duda que aquí está de cuerpo entero Santander, ese noble y virtuoso varón que para algunos fue el fundador de la majestad y la honorabilidad de la república.

Para limpiar su imagen en forma definitiva de la gran cantidad de acusaciones que se le hicieron, propuso finalmente que entregaría la hacienda de Hatogrande a quien demostrara que él había hecho depósitos de dineros en bancos extranjeros. Entre otras cosas, por aquellos tiempos, el lugar más remoto a donde había viajado eran los Llanos de Casanare. ¿Por qué no propuso que se examinaran las cuentas extranjeras de sus amigos y cómplices que negociaron el empréstito y en las cuales, cuando él estuvo en el exilio, tenía firma autorizada? ¿Y es que acaso solo en los bancos extranjeros puede depositarse dinero? ¿Y los baúles —esos baúles que aman y protegen tanto los avaros, como aman los piratas sus cofres— no son también buenos lugares para guardar el metálico? ¿Y cómo podía un pobre y perseguido exiliado viajar con séquito durante años y disfrutar de la gran vida y regresar cargado de valores, objetos y colecciones? ¿Y cómo después de ese exilio podía depositar para sus gastos "la mezquina suma de 12 000 pesos" en un banco de Nueva York?

Pero con audacia y arrojo desafiaba a sus acusadores a que le mostraran las pruebas correspondientes. Él, especializado en cubrirse y encubrirse, estaba seguro al respecto. Solo sabía decir y aceptar que la república lo había hecho rico, a cambio de los servicios prestados. Y por algo supo repetir hasta la fatiga que lo que cuenta y lo más seguro "es tener uno con qué vivir. Los servicios y la gratitud se olvidan y nadie se ayuda por otro". Dios bendiga la memoria exaltante de este prócer precavido y utilitarista, de cuyo chaleco de abogado nació y se propagó la dignidad de la república.

Sí. Si la patria lo hizo rico en honores, en premios, en reputación y bienes, de lo que no había ninguna duda, la verdad histórica tiene que hacerlo mucho más rico en infamia.

La destrucción de la Gran Colombia estaba casi concluida, consumada y consumida, con préstamos y con rapiñas. Faltaban algunos otros pequeños y soberbios detalles. La perfidia y el crimen afilaban en las penumbras de la noche sus puñales para concluir su ceremonia.

El espléndido y definitivo triunfo obtenido por el ejército libertador en Ayacucho, con el cual quedó sellada la Independencia del continente, significó muchísimas y profundas cosas en muchas y diversas dimensiones. Para Bolívar, la plenitud y el cenit de su inmensa gloria, tanto política como militar. Nunca antes un hombre nacido en la entraña misma del mundo americano había alcanzado a culminar una hazaña que tenía proporciones de grandeza y desmesura, y que lo colocaba en el umbral de lo mítico y de la más heroica y avasallante leyenda. Tanto en América como en Europa, se inició el ciclo deslumbrante asociado a la magia de su prestigio. Los pueblos y los hombres se apresuraron a colocarle sobre su cabeza los laureles de esa victoria, inimaginable para muchos, que equivalía nada menos que a haber quebrantado el poder y la arrogancia del imperio más poderoso edificado y vigente en ese instante sobre la tierra. Para Bolívar fue la apoteósis y el delirio. Su epopeya victoriosa lo colocó a la altura de los grandes héroes de la antigüedad clásica. Su hazaña le entregaba al mundo un nuevo continente. A nombre de la libertad, había extendido las fronteras de una nueva concepción política que redefiniría en buena parte la estructura y las relaciones geopolíticas del universo.

América meridional, de muchas formas, se integraba como componente activo de una verdadera historia universal. Dejaba de ser sólo geografía, o tierra vacía y sólo de paisaje enigmático y fabuloso, para transmutarse en sociedades y culturas que podrían ahora participar en el festín opulento de la llamada civilización occidental. Su geografía se podía convertir en historia y en cultura. Su independencia le concedía universalidad. La montaba en el carruaje donde un nuevo logos histórico, con sus supuestos destellos de racionalidad y liberalidad, estaba creando y acabando de consolidar una nueva imagen del mundo. América por primera vez contribuía y aportaba elementos para esa creciente universalización de la cultura, tanto en lo económico como en lo político. Desde el principio mismo de su ambiciosa gesta, Bolívar había comprendido, con meridiana y lúcida clarividencia, que ella se inscribía en esos parámetros de universalidad, que era parte de ese flujo y de esa marea incontenible mediante los cuales un pensamiento y una revolución mundial pugnaban por establecer sobre la tierra un nuevo contrato social, que redefiniría todas las relaciones de los hombres con los hombres y de los pueblos con los otros pueblos. Nunca ni su obra ni sus sueños estuvieron atascados en los parámetros mezquinos del localismo o del simple nacionalismo. Impulso y aliento creador y universal alimentaron siempre ese proyecto suyo, destinado a convertir la libertad en un hecho real y reconocible, al servicio de todos los hombres.

Pero la Independencia era el paso previo y necesario para comenzar la construcción de la libertad. Venía ahora la fase crítica y esencial para que esa Independencia pudiese convertirse en libertad, en construcción real, en organización política y social que garantizara a los hombres de esta parte del mundo el derecho pleno a sentirse como dignos participantes de los frutos y los logros de la civilización. Venía ahora el qué hacer con la Independencia conseguida con tanta y casi infinita cuota de sangre, dolor y sufrimiento. El qué hacer para que, después de todo, no se aniquilara y se envileciera la esperanza.

Venía ahora la paz. Y Bolívar lo había escrito, y repetido infatigablemente, que le temía más a la paz que a la guerra. Concluido el ciclo épico, el romántico y heroico momento de valor y fe insobornable en los grandes ideales, seguramente vendría el otro ciclo, el ciclo en prosa, donde los buitres —disfrazados de políticos y abogados— querrían usufructuar para sí esa gloria y esa victoria en la que no habían participado. Y, por supuesto, ese ciclo de miseria, ese ciclo de pigmeos contra titanes, había ya comenzado.

En Bogotá, entre sus penumbras y sus grises lloviznas, la oscura jauría de abogados —aun antes de Ayacucho, aun antes de esas formidables batallas en las que siempre quisieron imaginar que Bolívar no encontraría la gloria, pero sí la muerte y la derrota— venían fortaleciendo con intrigas y rapiñas, con cinismos y falsos legalismos, el andamiaje de una máquina infernal que le opondrían a Bolívar, para que éste no lograra poner en marcha la culminación de su inmenso e incomprendido sueño de visionario y de político.

También en Caracas, en Quito, y por supuesto en el mismo Perú, se levantaba y crecía el coro y el tumulto de quienes se disponían, a nombre de pequeños intereses, a socavar el ímpetu de ese proyecto destinado a convertir la América liberada en una nación digna y poderosa, que pudiese enfrentar con éxito el desafío y el poder de las otras grandes naciones que se proponían el dominio y el control del mundo.

No se habían silenciado aún los cañones que tronaron victoriosos en Ayacucho, cuando ya Bolívar, en medio de los tibios hechizos que le prodigara Lima, diseñaba el complicado instrumento por medio del cual la política exterior del mundo recién liberado debía asumir su presencia y defender sus intereses ante las demás naciones. Ya en la *Carta de Jamaica*, subrayando el origen común, la comunidad de lengua y religión, la convergencia en costumbres y en códigos morales, Bolívar concebía la unión política de todos los pueblos del continente. Soñaba imaginando a Panamá convertido en el Corinto del Nuevo Mundo y en el escenario de un gran congreso que reuniera a todas las naciones del continente. Lo había escrito muchas veces:

> Nos apresuramos con el más vivo interés a entablar, por nuestra parte, el pacto americano, que, formando de todas nuestras repúblicas un cuerpo político, presente la América al mundo con un aspecto de majestad y grandeza sin ejemplo en las naciones antiguas.

Desplegaba su inmensa energía Bolívar para darle vida a esa audaz y ambiciosa política exterior. Tenía claro que la reunión del Congreso de

Panamá sería el mejor camino para lograrlo; así se les pondría coto a las intenciones de reconquista que la Santa Alianza proyectaba para devolverle a España su perdido imperio.

Santander, contrariando y buscando sabotear los esfuerzos de Bolívar, cursó invitación al gobierno de los Estados Unidos. Bolívar creía que no se podía ni se debía invitar ni a los Estados Unidos ni a la república de Haití, "que por sólo ser extranjeros tienen el carácter de heterogéneos para nosotros". Quería una liga sólo de naciones hispánicas, para contrarrestar la avasallante vocación imperialista que proyectó desde su nacimiento la gran nación del Norte; esa nación que, a su juicio, estaba condenada por la Providencia a llenar de miseria y desolación, pero a nombre de la libertad, a los pueblos de América.

Pero estas grandes ideas de Bolívar acabaron naufragando. Nadie pudo acompañarlo ni ayudarlo en la cristalización de sus proyectos continentales. Se quedó solo en su grandeza, señalando quizá hacia el futuro las rutas que deberían continuar las naciones recién liberadas. De alguna manera, su tiempo y su ciclo estaban terminando. Había comenzado el tiempo y el ciclo de los pigmeos, el tiempo de sus enemigos y de sus asesinos.

La larga permanencia de Bolívar en el Perú facilitó y estimuló el fortalecimiento de sus enemigos políticos. En cada nación liberada surgieron con fuerza los partidos que podrían caracterizarse como abanderados y defensores de caudillismos localistas, partidos que descreían y abominaban de todo sueño continental; que se oponían al intento de Bolívar de convertir la América meridional, si no en un solo y poderoso Estado, al menos en una confederación de países unidos en la defensa de sus intereses.

Por todas partes, después de esa tempestad de sacrificio y de grandeza, un caudillismo, tanto militar como civil, preñado y engolosinado de pequeñas miras y de recortados intereses, despliega las argucias y las artimañas de su cantaleta seudoliberal, para oponerse a los impulsos de unidad pregonados por ese Bolívar triunfante. Bolívar se les tornó en el gran enemigo. Destruirlo a él y a su obra se les convirtió en su gran urgencia y en su gran objetivo.

Santander y su camarilla comprendían que el retorno de Bolívar a la Gran Colombia de hecho significaba para ellos su entrada triunfal al reino de lo insignificante. Desplegaron sobre el nuevo horizonte que se abría para la patria toda su capacidad de intriga y de infamia. Propalaron que a Bolívar solo lo movía la ambición y la vanidad. Que su gloria la anhelaba culminar coronándose como monarca de los Andes. Que para proteger y salvar la república había que liberarse del Libertador. Se acogieron y se autoproclamaron defensores del orden constitucional, orden edificado precisamente por Bolívar y la Constitución de Cúcuta. Pero ahora al constitucionalismo lo convirtieron en fetiche idolátrico de su perversa y cínica fe de demócratas de última hora. La calumnia, la conseja, el chisme, los artículos envenenados de los gacetilleros vomitaban sin descanso odio y prevención contra Bolívar, contra el supuesto militarismo con el cual suponían él vendría a arrasar y sacrificar las grandes maravillas conquistadas al amparo de su sabiduría constitucional. Bolívar volvió a ser visto sólo como caraqueño, como venezolano al mando de un ejército invasor. Sus proyectos se presentaban como aniquiladores de la autonomía y de la nacionalidad. El poder central, tan caro a los afectos de Bolívar, lo presentaban como destructor de la libertad. Había entonces que reverdecer la idea federalista.

O'Leary alguna vez escribió —a Bolívar— sobre Santander:

> Permítame usted asegurarle —escribía— que Santander es enemigo muy temible: todas las arterias de Maquiavelo están en su cabeza y todos los crímenes de la Edad Media en su corazón. Santander ha jurado destruirlo a usted, o usted lo destruye a él. Santander lo halla todo justo para conseguir sus proyectos; él cree que el asesinato es un crimen para el pueblo, pero que entre los grandes es una astucia recomendable.

Obedeciendo instintivamente a su maquiavelismo tropical y sin refinamientos intelectuales, Santander, que había convertido el arte del encubrimiento en la más elaborada de sus virtudes personales, en lo posible procuraba no enfrentarse abiertamente todavía al poder y a los proyectos políticos del general Bolívar. Le demostraba y le fingía un gran respeto en público, mientras acrecentaba y refinaba un gran odio en privado. Era su estilo. Y escribía e insistía al respecto:

> Por mi profesión, se evita dar una campaña campal a un enemigo poderoso y bien situado, cuando hay esperanzas de destruirlo en partidas, sorpresas, emboscadas y todo género de hostilidades.

He allí el "código ético" del conspirador, del que trabaja en la sombra, del héroe de las penumbras. He allí la estrategia que carece de valor, y en la oscuridad acecha a la víctima. Y bajo estas orientaciones, organizó con su camarilla la emboscada, la sorpresa y todo género de hostilidades con las cuales iban a oponerse e iban a destruir la obra de Bolívar.

Evidentemente, otra gran angustia y otro gran terror que los acosaba era que, al regreso de Bolívar, se pusiesen de manifiesto y saliesen a la luz pública las grandes y aterradoras deficiencias, los grandes asaltos y despilfarros que, a nombre de su gobierno, enamorado del fetichismo constitucional, se habían ido cometiendo en esos años. Su gobierno, salvo algunos avances y logros meritorios alcanzados en el campo educativo, era un auténtico fracaso. Las finanzas públicas estaban en quiebra. La política fiscal era un enmarañado simulacro de inoperancia. La producción, caída y desestimulada. Los impuestos, alterados y nada eficientes. Además, era un gobierno ejercido con clara y abierta mentalidad exclusivista, donde pareciera que ni Venezuela ni Quito contaran para nada en sus preocupaciones. Se gobernaba solo para Cundinamarca. Pero, eso sí, habían aumentado los puestos públicos hasta el escándalo y hasta lo insostenible. El vicepresidente había convertido la república en una oscura república de funcionarios, ineptos y corruptos. El clientelismo voraz era el sello distintivo de esta republiqueta de empleados. Una "democracia" de abogados y de jueces venales había florecido y se había consolidado al amparo del argumento falaz de que había que defenderse del militarismo. Y otra vez, por supuesto, el argumento que prevalecía era que el sostenimiento de un ejército parásito sacrificaba todas las posibilidades de crear riqueza y poder atender las grandes y cada vez más crecientes necesidades de una población que, sin duda por el impresionante esfuerzo de la gran guerra libertadora, había quedado arruinada y sometida a la miseria y a la incertidumbre. Con razón Bolívar exclamaría dentro de poco que la Independencia es el único bien conseguido, pero sacrificando todo lo demás.

Nadie estaba satisfecho, ni podía estarlo, con un gobierno aferrado sólo a necedades constitucionales. Los que más se resentían eran los venezolanos, que se creían sometidos a una especie de nuevo colonialismo, obligados a mostrar obediencia a un vicepresidente lejano y cuestionado y a una capital igualmente lejana y nebulosa, donde se fomentaba el odio contra esa provincia, que se decía habitada sólo por pardos ignorantes y soldadesca salvaje.

Era más que evidente que tanto los caudillos civiles como los caudillos militares deseaban con urgencia deshacer la estructura política de la gran nación que había diseñado y tratado de consolidar Bolívar. Todos se sentían pequeños en los inmensos límites y en el poder que se podía ejercer en esa especie de nación oceánica. Se les antojaba del todo impracticable. Pero, por otra parte, a nadie se le escapaba que el elemento cohesionante de esa gran estructura residía en el carisma y en la gloria del general Libertador. Todos consideraban como artificial esa gran construcción. Nadie se detenía a pensar por qué no era posible imaginar que si la monarquía mantuvo unido y cohesionado un gran imperio ultramarino durante más de trescientos años, por qué otra forma de organización política, en este caso la república, no podía igualmente lograrlo.

Simplemente descreyeron de esa posibilidad, pues el caudillismo siempre ha tenido alcances localistas. Especie de aves políticas de corto vuelo, esos caudillos que fueron surgiendo tenían ideología y mentalidad de feudo y los ultrajaba la idea de concepciones supranacionales. Eran provicianos hasta los tuétanos, de aliento fronterizo y parroquial. Como lo denunciaba Bolívar, eran gentes que creían que un río y una ciudad eran suficientes para formar una nación. Nunca una idea que los rebasara podía haber sido acogida por ellos; al contrario, los amenazaba y los reducía a sus justas proporciones de pequeñez.

No era entonces que la idea de unidad continental fuese utópica o impracticable. Fue que careció de hombres y de partidos que, participando de su grandeza y de su ambición, la hicieran posible de aclimatar en medio de esa feudalidad mental. Y, por supuesto, no era que Bolívar no tuviese en cuenta las notorias diferencias y asimetrías que existían entre las diversas naciones, para que pudieran fusionarse en una sola o asociarse en una confederación. Lo que sucedía es que su valoración de los hechos y de las posibilidades históricas de su proyecto político incluía también una transformación cultural que elevara la conciencia social y política de los pueblos, permitiéndoles que con el tiempo aceptaran su gradual aplicación.

Nunca fueron para él ni la democracia ni la libertad simple teoría libresca. Las concibió ante todo como un proceso de construcción social y cultural, mediante el cual las naciones recién liberadas alcanzarían crecientes y progresivos grados de civilización política. Lo que Bolívar llamaba los "ideológos" eran quienes, ingenua y engañosamente, suponían que construir una república o fundar una democracia consistía simplemente en superponerle a la realidad un código constitucional. Solo una mentalidad de abogados y demagogos podía aceptar semejante expediente. Pero así fue. Y esos abogados supusieron que la teoría inventaba la realidad, pero sucumbieron en su simulacro y convirtieron la Independencia en un simple festín de anarquía.

12

Dentro de este orden de confusión y de mala fe, dentro de esta búsqueda desesperada y frenética de argumentos y motivos que les pudiesen servir para continuar quebrantando el ya quebrantado andamiaje de la Gran Colombia, cualquier cosa —de la índole que fuere— les serviría para utilizarla en sus propósitos destructivos. Y como si los dioses perversos de la historia hubiesen escuchado sus oscuras plegarias, un día en Bogotá aconteció un suceso macabro y repugnante, que les vino como anillo al dedo para fortalecer sus intenciones de aniquiladores de la gran república.

Residía en Bogotá un extraño y problemático sujeto llamado el coronel Infante, venezolano de origen, y de raza afroamericana. Es decir, con dos características que convocaban todos los odios y todos los resentimientos políticos y sociales que distinguían a los equívocos señoritos bogotanos, a ese círculo falsamente liberalizante y engreído que se había autoasignado virtudes y ornamentos artificialmente aristocratizantes, que estaban lejos de tener y de poder exhibir como elementos de su conducta.

El dicho coronel Infante había sido en el pasado amigo y soldado de Bolívar. Era enorme y heroico el historial de combatiente que podía acreditar aquel rudo coronel, a quien se le conocía como "el negro Infante", y quien se había radicado en la ciudad de Bogotá a partir del año de 1823. Desde que llegó a la ciudad se hizo notoria su figura. Fornido y de alta estatura, engalanado siempre con vistoso uniforme, donde su casaca militar con charreteras de plata y numerosos botones metálicos los lucía con cierta marcialidad y hacían que su figura no pasara desapercibida para las gentes. Convocaba más de una mirada de los transeúntes, que veían en él como el símbolo de esos personajes que había dejado como herencia la pasada gran guerra. Descendiente directo de esclavos, Infante sólo tuvo como herencia un pasado lastimado por humillaciones y una educación rudimentaria, que a duras penas lo habilitaba para escribir su nombre. Pero su temprano valor y su pronta vinculación a las tropas republicanas lo pusieron en el camino de los ascensos militares hasta llevarlo al grado de coronel. En aquel tiempo de discriminación y privilegios, el ejército era especialmente el que proveía posibilidades para el ascenso social de los humildes.

Siendo casi un niño, tomó las armas en calidad de soldado raso. Como subalterno de Páez, combatió en la feroz batalla de Las Queseras del Medio y en Mucuritas. Allí demostró una especie de valor feroz y una singular destreza en el manejo de la lanza. Adquirió fama y prestigio de guerrero indomable e invencible. Posteriormente participó en las decisivas batallas del Pantano de Vargas y del Puente Boyacá. Se lo ascendió, con todo merecimiento, a coronel de caballería. Después de Boyacá, concretamente en el año de 1820, se lo asignó a las tropas que marcharían al Sur bajo la comandancia del general venezolano Pedro Antonio Torres, quien a su vez le asignó operaciones que se debían cumplir en el ardiente y mortífero valle del Patía, "el valle de la muerte", según expresión de Bolívar. Su misión allí fue recoger ganados y caballos para las tropas que continuarían su avance hacia las provincias del Sur del continente.

En el Patía, Infante libró un combate desafortunado con el también trágico y valeroso coronel José María Obando, que en ese tiempo militaba en las tropas del rey. Sufrió una grave herida. Un disparo de trabuco le destrozó la rodilla derecha y lo dejó baldado de por vida. Pero herido y todo, logró escapar de sus captores. Sufriendo penurias y penalidades de todo tipo, pudo llegar a Popayán; y posteriormente de allí viajaría a Bogotá. En Popayán permaneció durante algunas semanas reponiéndose de su grave herida y conoció a una mujer de condición humilde y de nombre Dolores Caicedo, a quien hizo su compañera permanente. En compañía de ella, continuó su viaje a Bogotá, y al llegar se establecieron en el antiguo y popular barrio de San Victorino.

Seguramente amargado y resentido por su suerte, el coronel Infante mostróse más agresivo y pendenciero. Se dedicó al juego, pasión antigua en él, tanto que, en épocas pasadas, el propio Bolívar recordaba que Infante le prestó algún dinero del que se ganaba en los naipes, para que él pudiese sobrevivir y alimentarse en aquellas horas de penuria. Con el juego vinieron las turbulencias del licor y del burdel. Se enfrascó en líos y peleas callejeras, en escándalos frecuentes, hasta convertirse en una especie de matón y bravucón de barrio que intimidaba a todos los vecinos. Del barrio se extendió su perverso prestigio a otros lugares de la ciudad. Y en esa ciudad pequeña con su infierno grande, se podría decir que el coronel Infante era, a su manera y a su envalentonado estilo, todo un personaje. Casi un demonio.

En 1825, en una carta que le escribe el general Bolívar desde el Cuzco a su amigo Francisco Peñalver, hace el siguiente retrato de esta especie de "leyenda negra" que se había instalado en el corazón de San Victorino:

> Dígale usted —a Infante— que nadie lo amaba ni lo estimaba más que yo; pero que tampoco nadie era más feroz que él; que mil veces había dicho antes que su instinto único y universal era matar a los vivientes y destruir a lo inanimal; que si veía un perro, o un cordero, le daba un lanzazo, y si una casa, la quemaba. Todo a mi presencia. Tenía una antipatía universal. No podía ver nada parado. A Rendón, que valía mil veces más que él, lo quiso matar mil veces.

Sin duda que era el coronel Infante una encarnación viva del terror. En eso tenía muchos pares; nuestro general Maza, sin ir más lejos, haría un formidable dúo con el coronel Infante. Hijos de la guerra, de la sangre y la discriminación, personajes como estos abundan en las crónicas de nuestra Independencia. La crueldad era como un signo distintivo de la época.

Mientras Infante ejercía su pequeño régimen de terror en San Victorino, ocurrió que el teniente Francisco Antonio Perdomo, también venezolano, tuvo la mala ocurrencia de elegir como lugar de residencia un sitio muy cercano al barrio de San Victorino, la margen derecha del arroyo San Francisco, que cruzaba el barrio. Perdomo había venido con el objeto de que se le reconociese un ascenso a capitán del ejército, que él sostenía había ganado en época anterior; pero que, por el extravío de los papeles correspondientes, el dicho ascenso no se le había podido hacer efectivo. Se comentaba que era hombre tranquilo y hasta un poco taciturno y silencioso, temperamento apagado, muy en oposición al temperamento explosivo de su coterráneo Infante.

Mientras se le resolvía su petición, parece que Perdomo dedicó sus ocios a cortejar a una joven doncella de quince años, llamada Marcela Espejo, quien vivía con su madre en una pequeña y oscura habitación, que a su vez era tienda de abarrotes y lastimera chichería. La madre de Marcela, por lo que se pudo establecer en los posteriores desarrollos del suceso, practicaba los antiguos y muy españoles oficios del celestinaje. Se dice —y se corroboró con testimonios y papeles— que había vendido por la suma de cinco escudos a su hija Marcela. Que el comprador había sido el coronel Infante, pero que éste sólo había abonado un escudo para cerrar el escandaloso y placentero negocio. Que la dicha madre de Marcela un día fue a buscar a Infante para que le terminase de saldar la deuda; y que el coronel, como respuesta y como pago, la había sacado a latigazos de su casa. Pero a pesar del incidente, Infante continuaba visitando la chichería de las Espejos, pues presumía que el escudo adelantado le daba algún derecho sobre el bien en que estaba interesado. A esas visitas solía ir en compañía de un compinche suyo, un tal Jacinto Riera, que también era de raza negra, de estatura gruesa y regular, "ojos, cejas y pelo negro, barba espesa, labios abultados, nariz proporcionada y pie largo y ancho".

Que una vez topóse Infante con Perdomo en la lúgubre chichería de las Espejos y que, poseído de violentos celos, amenazó a Perdomo de que lo habría de cortar con un cintarazo, si volvía a saber que andaba pretendiendo mirarse y regodearse en el espejo de Marcela. Perdomo, atemorizado sin duda por la violencia pasional del coronel baldado, dejó por algún tiempo de visitar a su pretendida. Pero pudieron más sus deseos y sus nostalgias de doncella. Y la noche del 24 de julio de 1824 volvió de visita a donde ella. Pero mala era la estrella de Perdomo. También en esa noche, sintió Infante necesidad de visitar tanto la chichería como a sus dueñas.

Al ver a Perdomo desobedeciendo su pasada orden y poniendo en duda su venganza, Infante insultó al tranquilo y enamorado teniente y lo incitó a que saliera a la calle o, de lo contrario, le aplicaría el cintarazo prometido. Refugióse Perdomo en los interiores de la oscura chichería, mientras Infante vociferaba y blasfemaba. Armado con su sable aquella noche, Infante pasó a una tienda vecina para buscar un palo; allí encontró a su inseparable y gran amigo, Jacinto Riera. Con éste regresó a donde las asustadas Espejo y le gritó a Perdomo que si no traía arma, él le traía un garrote para que asumiera su defensa.

Perdomo no quería salir, creía estar en manifiesta desventaja, y él era amante de Venus más que de Marte. Infante le dio su sable a su amigo Riera y lo incitó a que sacase de la tienda a su rival de amores. Dicen que Riera convenció a Perdomo con "persuasiones y promesas de que Infante no le haría nada y que primero lo mataría a él mismo". Y dizque ambos salieron hacia el puente. Pareció por un instante que la tragedia podría hasta llegar a disiparse. Pero se supone y se deduce que poco tiempo después, el teniente Perdomo fue asesinado de un sablazo en la cabeza. Su cadáver fue arrojado a las oscuras y deshilachadas aguas del riachuelo. Al otro día los transeúntes vieron la soledad del pobre amante asesinado y corrieron a dar aviso a las autoridades respectivas. La noticia, como era de esperarse, se propagó como un incendio. Unos dijeron que el victimario era necesariamente Infante. Otros, que era Riera. Y no faltaron algunos que comprometieran a un capitán llamado Ignacio López, que también tenía fama de feroz y pendenciero y tenía cuentas pendientes con Perdomo.

Hacia el mediodía, las autoridades determinaron capturar a Infante. Como temían que opusiese violenta resistencia, enviaron a un considerable número de hombres para efectuar su captura. Se les instruyó que la consigna era "cogerlo vivo o muerto". Pero contrariando expectativas,

Infante entregó mansamente su sable, oyó con tranquilidad la notificación y sólo pidió un momento para despedirse con inusual ternura de su permanente y asombrada compañera, la ya mencionada Dolores Caicedo. Escoltado por dos filas de soldados, trató de caminar despreocupado. Su pierna, rota en pretérito combate, no le agregaba ritmo marcial a ese andar de prisionero, ni le hacía juego al vistoso uniforme que por supuesto quiso lucir en esa mañana trágica.

Como era militar, la justicia castrense se ocupó del caso. Un consejo de guerra, formado sólo por militares, trataría de hacer justicia y esclarecer lo hechos. Ese consejo de guerra pronunció sentencia de muerte, por unanimidad, el 13 de agosto de 1824. Pero se cometieron errores. Cuando se juzgaba a un coronel, se debía integrar el consejo con al menos dos generales. Por esta violación del reglamento, la corte declaró nulo este primer juicio.

El crimen de Perdomo había creado una explicable conmoción en casi todos los círculos capitalinos. Sus circunstancias y las extrañas características que lo rodearon fueron la comidilla pública, tanto en los hogares como en las diversas tertulias. La prensa se ocupó de él y se encargó de comentar y de aumentar algunos de sus macabros pormenores.

Los miembros de la camarilla gobernante no tardaron en percatarse de las inmensas posibilidades de sacarle partido político a tan singular evento. El acusado coronel Infante reunía todas las características para convertirse en un símbolo de todos sus odios y de todas sus antipatías. Era venezolano. Era militar. Era bolivariano. Y, como si fuese poco, también era negro. Reunía todos los elementos que suscitaban sus viscerales resentimientos partidistas. Soto y Azuero, que pronto estarían metidos de lleno en las entrañas de ese juicio, se encargaron de manera preferencial de abrirle los ojos al vicepresidente Santander sobre los halagadores dividendos que esa causa podía reportar a sus fines partidistas. Sin disimulos de ninguna clase, se decidieron a convertir esa causa judicial en causa política y en causa de partido. Juzgando y condenando a Infante, se juzgaría y se condenaría al militarismo; se reafirmaría la animadversión de los granadinos contra los venezolanos; y se demostraría, de una vez y para siempre, que la ley era capaz de someter a sus caprichos las espadas.

Estaban en juego muchas cosas. Infante, sin proponérselo, acabó sirviendo de pretexto magnífico para que ese partido de abogados saliese a la palestra a exponer sus retorcidos principios. Servía para que, a través de él, quedasen notificados los militares de que su supuesto tiempo de intocables estaba terminando. Santander, por supuesto, escuchó, acató y estimuló con el más vivo interés las posibilidades simbólicas de aquel proceso, en el que al final él, como vicepresidente, acabó dándole culminación con lo que más amaba: la crueldad.

Anulado el primer juicio, se ordenó la formación de otro jurado para que asumiese la fallida causa. Esta vez, para salvar los procedimientos y las apariencias, se incluyeron dos generales. El nuevo consejo de guerra, ya manipulado y ya plenamente consciente del significado político que había adquirido el juicio, profirió también sentencia de muerte contra el infortunado coronel Infante. Pero el coronel venezolano Jorge Tadeo Piñango, salvó su voto, considerando que el único tribunal competente para juzgar esa causa era una Alta Corte, en calidad de Corte Marcial. Y porque además, con claros argumentos jurídicos, puso de manifiesto que el proceso no había aportado pruebas suficientes para un veredicto condenatorio. Que sólo se habían basado en suposiciones y en evidencias circunstanciales.

En este segundo suceso, el coronel había sido juzgado por siete neogranadinos, tres venezolanos, un español, un alemán, un francés y un polaco. Muy cosmopolitas eran la Atenas y la justicia colombiana en aquellos engañosos tiempos.

Consultada la sentencia ante la Alta Corte, y ésta reunida en calidad de Corte Marcial, se procedió a otro juicio. La nueva corte incorporó a dos nuevos magistrados militares. En ésta ya figuraban don Vicente Azuero y don José Félix Restrepo, ambos recientemente premiados con los dineros del empréstito. También componía la corte el magistrado venezolano Miguel Peña, de reconocida y problemática participación en candentes asuntos posteriores. Como fiscal en esta nueva corte, actuaría el más cercano y entrañable amigo de Santander, el señor Francisco Soto. Lo más aguerrido y destacado del gobierno se hacía presente en el juicio para condenar a Infante.

Analizada nuevamente la causa, la corte se pronunció el 11 de noviembre de ese año de 1824. El veredicto fue dividido: Por la pena de muerte se pronunciaron Vicente Azuero y el coronel Antonio Obando. Por degradación y presidio a diez años, se pronunció José Félix Restrepo. Por absolución, se pronunciaron el doctor Miguel Peña y el coronel Mauricio Encinoso.

Don Miguel Peña, en calidad de presidente de la Alta Corte de justicia, declaró que, examinado el conjunto de la votación, a su juicio, el coronel Infante había sido absuelto. Este pronunciamiento del magistrado desató una especie de asonada y de vocinglera algarabía jurídica, promovida por los que sólo querían ver fusilado a Infante. En la ciudad crecían la expectativa y la ansiedad por ver cómo culminaría este proceso que paralizaba, polarizaba y electrizaba a todos los bogotanos.

Para aclarar la nueva y complicada controversia, los partidarios del asesinato judicial propusieron se nombrase un conjuez. Aceptó la propuesta el doctor Peña y se escogió para esa función a José Joaquín Gori. Gori, de veintisiete años, depositó su voto a favor de la ejecución del reo. Pero el doctor Peña se negó de manera rotunda a firmar dicha sentencia, pues para él —y en derecho— era inválida, por carecer de mayoría absoluta de votos.

Mientras se resolvía el asunto, el señor abogado Vicente Azuero, en clara violación de normas jurídicas, salió con su pasión de gacetillero a ventilar por la prensa sus confusos puntos de vista. Alcanzó peligrosos niveles la confrontación, ya latente y abierta, entre venezolanos y granadinos. Crecía y se estimulaba la discordia.

Se resolvió consultar el caso al vicepresidente Santander. Santander era antiguo y rencoroso enemigo del coronel Infante, pues en los tiempos del Casanare, el ahora acusado coronel era quien se había, como muchos otros, encargado de enrostrarle a Santander su cobardía en los combates. En su enmarañada respuesta, Santander acabó sosteniendo que la sentencia de todas maneras tendría que cumplirse, pues de lo contrario, "la administración de justicia sufriría terribles e incalculables males".

Se reunió de nuevo el tribunal a deliberar y se le exigió al doctor Peña que firmara la sentencia. Éste se negó otra vez de manera rotunda. Se convocó para otra reunión al día siguiente, a la cual ya no asistió Peña. Entonces los magistrados oficiaron al vicepresidente para que aplicara sanciones jurídicas al presidente de la Corte Suprema. Santander respondió, como siempre, con su estilo enmarañado y sibilino. Y para "cubrirse", dijo que pasaría el asunto a las cámaras.

Y en las cámaras hubo agrios y enardecidos debates. La Cámara, por supuesto, era el gran fortín santanderista. Hasta el inefable Antonio José Caro, esposo burlado de Nicolasa Ibáñez, ejercía como secretario. Condenaron a Peña. Lo encontraron "culpable de una conducta manifiestamente contraria a los deberes de su empleo". Y se le condenó a la suspensión de su empleo durante un año. El doctor Peña, sin empleo y sin sueldo, pero lleno de indignación y de desprecio por el país que presidía el Hombre de las Leyes, partió para Venezuela.

Infante, devorado por muchas ansiedades y malos presentimientos, aguardaba en prisión el desenlace de su tortuoso proceso. Se atrevió a escribirle a Santander:

Excelentísimo señor:

Leonardo Infante, coronel de los ejércitos de la república, preso y condenado a muerte por el consejo de oficiales generales, hago a V.E. presente: Que teniendo comprometida mi palabra de casamiento a María Dolores Caicedo, vecina de Popayán y residente en esta capital, deseoso de cumplírsela y efectuar matrimonio, a V.E. suplico me conceda el correspondiente permiso.

Bogotá, 13 de septiembre de 1824

Leonardo Infante, coronel condenado a muerte, y su compañera de amores e infortunios contrajeron matrimonio católico en un edificio llamado del Hospicio. Fue una boda triste, pero él sintió reconfortado su corazón cumpliendo con ese rito, que de alguna manera podía favorecer a su atribulada compañera. Por escrito solicitó al gobierno que le abonara a ella, ahora en calidad de su legítima esposa, una suma que se le adeudaba por sueldos atrasados. Al menos eso serviría para los gastos de maternidad, pues Dolores estaba a punto de dar a luz a un hijo.

El abogado de Infante escribió un memorial al vicepresidente Santander, solicitando se conmutara la pena capital por cualquier otra, pues el vicepresidente tenía esa facultad. Ingenuo era el defensor de Infante. Santander negó la solicitud y respondió con una especie de rencorosa diatriba, donde decía que Infante se merecía la condena a muerte por haberse granjeado el odio público.

El 26 de marzo de 1825 se determinó que se realizase la ejecución, con pompa y mucho ruido, para que fuese más ejemplarizante y visible el esplendor de la justicia republicana. Se lo sacó de la cárcel en medio de una gran escolta militar. Grandes muchedumbres habían sido convocadas para que presenciaran el espectáculo. El coronel Infante se había engalanado de nuevo su vistoso uniforme; esta vez lucía sombrero con plumas. Sin duda que amaba ese uniforme y le dolía en el alma que fuese esa la última vez en que pudiera lucirlo.

Al llegar a la Plaza Mayor, la multitud, que había estado silenciosa y expectante, se sintió además atemorizada por el poder macabro e intimidante de ese ceremonial con el cual el odio y la mentira celebraban sus pequeñas victorias. Miles de soldados estaban ubicados en la plaza. Doblaron las campanas. Volaron las palomas. Los tambores retumbaron con ese trágico acento con el cual se expresan las infamias. El rostro del coronel Infante no denotaba miedo; sólo un inmenso aturdimiento donde se condensaba una ira despreciativa y un rencor antiguo y fermentado. Sabía que lo estaban ajusticiando, tal vez sólo por ser negro, acaso tal vez por ser un humilde venezolano y un militar inválido, pero convertido en chivo expiatorio de pasiones indignas que demandaban una equívoca venganza.

Cuando estuvo en el centro de la plaza, anudó todos sus esfuerzos y todas sus quebrantadas emociones a su voz, y exclamó con tono firme:

¿Este es el pago que se me da? ¡Quién lo hubiera sabido! Dicen que Infante está aborrecido en la ciudad de Santafé; levante alguno la mano y diga en qué le ofendí; yo voy al suplicio por mis pecados y porque soy un hombre guerrero; pero no por haber matado a Perdomo; soy el primero: mas otros seguirán después de mí.

Algunas leyendas sostienen que los patíbulos y los lechos de los agonizantes son lugares donde habla la profecía. Se cumplió en el caso de Infante. Era el primero, pero seguirían muchos más.

Sonaron los disparos. Le destrozaron el cráneo y el cuerpo. Pero permaneció rígido y no caía. Entonces un soldado subió y le descargó el golpe de gracia.

Todos tuvieron derecho a imaginar que la violenta ceremonia había ya concluido. Pero no, faltaba el broche de oro. Faltaba que el adusto y ecuánime magistrado que ejercía la vicepresidencia hiciera su fulgurante aparición y tal vez dijera a la concurrencia: "Podéis ir a casa, el crimen se ha consumado". Y en efecto, apareció la espectral figura del Hombre de las Leyes, montado en caballo inquieto y también negro, y vestido de casaca negra. Se dirigió a la tropa y a la multitud con esa voz nasal y enferma, pronunciando una arenga enmarañada, opaca y cínica, donde entre otras cosas dijo:

¡Soldados!

Estas armas que os ha confiado la república no son para que las empleéis contra el ciudadano ni para atropellar las leyes; son para que defendáis su independencia y libertad, para que protejáis a vuestros conciudadanos y sostengáis invulnerables las leyes ya establecidas en la nación. Si os desviáis de esta senda, contad con el castigo, cualesquiera que sean vuestros servicios.

Terminada su perorata, se retiró del lugar. Estaba pálido. Su hígado enfermo parecía brillarle en sus ojos oblicuos. La multitud no podía

Santander, medallón de David Angers. Grabado de Rodríguez. *Papel Periódico Ilustrado* 1881-1887

creer si lo que estaba sucediendo era real. Pero esa multitud, agobiada y estremecida, comenzó también a retirarse y sólo recordaba las palabras del ajusticiado coronel: "Soy el primero: pero otros seguirán después de mí".

13

Después de la inmensa conmoción que significó la amañada ejecución de Infante, la ciudad poco a poco fue retornando a una especie de normalidad inquieta y angustiada. Era un tiempo de extraña y profunda incertidumbre. Todos estaban a la espera de que cosas terribles podrían seguir sucediendo.

El desprestigio del régimen adquiría niveles insospechados. Una inmensa mayoría de personas descreía de esa democracia carnicera e hipócrita que había convertido la corrupción y el enriquecimiento de una camarilla en los únicos logros visibles alcanzados por la Independencia. El único punto de esperanza estaba puesto en el ausente general Bolívar. Pero Bolívar demoraba su retorno. Los convulsos y complejos problemas que hubo de afrontar en el Perú, y después en Bolivia, exigían que se prolongase su permanencia en esas tierras.

Los manejos turbios y escandalosos del empréstito, así como la ejecución de Infante, reforzaron el sentimiento colectivo de que esa camarilla, ávida en acumular privilegios y en obtener riquezas, había terminado envileciendo y degradando el portentoso esfuerzo de los pueblos en la conquista de esa libertad, que a sus ojos sólo aparecía ahora como una burla y un engaño.

Con cierta desesperación, se solicitaba el retorno de Bolívar, el único personaje a quien, aureolado por los destellos del héroe triunfante, se veía como incorruptible, como a la encarnación de una potencia moral y política, en cuyas manos el futuro de los pueblos liberados no se convertiría en oscuro festín de buitres, enriqueciéndose a nombre de la libertad y a costa del inmenso sufrimiento de ese pueblo que ahora andaba sumergido en una miseria que antes nunca se había conocido.

Don Joaquín Mosquera, en ocasiones tan cercano a las componendas y a las maquinaciones políticas de Santander, por ejemplo le escribía a Bolívar en 1825:

> No puedo menos de decir a V.E. que hace una falta inmensa en Colombia: que todos desean ver a V.E. en esta república; y me duele decirle, a propósito que el Perú ha avanzado en virtud, bajo los auspicios de V.E., en Colombia observo que estos infaustos millones del empréstito empiezan a producir una codicia corruptiva... El fraude corrompe todos los canales, el desorden aumenta la miseria del Estado y ¿no vendrá V.E. a buscar el mérito oculto y a dictar reformas esenciales y ordenanzas severas?

Los pocos párrafos de esta carta, escrita por un hombre cuya única virtud al parecer fue la honorabilidad, reflejan el clima moral de corrupción y descomposición bajo el cual vivía la república al mando de Santander y de su camarilla de abogados.

Por su parte, Santander, temeroso de lo que pudiera acontecer una vez se produjera el retorno de Bolívar, procuró comprometerlo a éste en las maniobras delictivas que se tejieron alrededor del empréstito. Le pidió al Congreso que le pidiera a Bolívar una comunicación sobre ese asunto pues, a su juicio, parte del dinero había sido invertido en el ejército que él comandaba en el Sur. Y al mismo tiempo le escribía al Libertador:

> El poder ejecutivo espera que V.E. hará dar los conocimientos respectivos en la materia, para cubrir los archivos y poder responder al Congreso en el caso de que pida informes en la susodicha materia.

Cubrirse y encubrirse fue en él siempre una cosigna indeclinable. Pretensión cínica y canalla lleva implícita la petición. ¿Qué participación podría tener Bolívar —estando en el Sur comandando el ejército y sin facultades de ninguna clase— en los procesos administrativos en los cuales se perdieron tantos millones?

Presentía Santander que, una vez reincorporado Bolívar a la república, su situación personal y la de su partido de abogados, ya condenados por la opinión pública como defraudadores, sería mucho más que incierta. Y meditando en sus penumbras, empezó a imaginarse que lo mejor era irse, alejarse de las concupiscencias del poder y poner distancia respecto a las personas y a los lugares en los que se habían tramado y cometido tantos abusos.

Le escribió a Bolívar:

> Mis ideas de ir a Europa y a los Estados Unidos se avivan cada vez más. Yo reconozco que necesito de un viaje; y mi actual posición me proporcionaría agrados que en otra época no había tenido; puedo ganar mucho en ilustración, relaciones, cultura y aun reputación, y quizá con estas ganancias podré presentarme de candidato a la presidencia en el año 30.

Pero simultáneamente por esos mismos días le escribía al general Montilla:

> Yo protesto que no tengo gana ninguna de ser más vicepresidente, me tienen obstinado. Sólo presidente quiero ser, inmediatamente después del general Bolívar. La época que me ha tocado a mí es inaguantable y por lo mismo sofocadora; me he echado encima unos caraqueños que no me dejan respirar...

En otras cartas aducía que era por sus dolorosos cólicos que estaba deseoso de no continuar en la vicepresidencia. No había duda de que preparaba una nueva fuga, en lo que era especialista, pues sentía pasos de animal grande insinuándose en el horizonte. Y sobre todo, había que encontrar culpables que cargaran con sus fracasos y sus errores. Para eso estaban los caraqueños y todos los venezolanos que "lo sofocaban".

En marzo se reunió el Congreso en la iglesia de Santo Domingo, para perfeccionar la elección de presidente y la de vicepresidente. Bolívar fue elegido presidente con abrumadora mayoría, 582 votos de los 608 electores. Santander, tras varias votaciones entre varios candidatos, fue elegido con 70 votos de los 98 miembros del Congreso. Por más que durante el ejercicio del poder configuró una enorme clientela política a base de prebendas y privilegios, estaba claro que aun en el Congreso, su nombre no tenía acogida unánime, y mucho menos en el conjunto de la población, al contrario de lo que acontecía con el nombre de Bolívar.

La gloria y el prestigio de Bolívar no habían sufrido mella ni menoscabo alguno, a pesar de la virulenta y envenenada campaña que por años llevaron a cabo sus gacetilleros. Esos gacetilleros, conocidos como "las casacas negras", por la vestimenta que usaban, tenían a su disposición varios periodiquillos, en donde procuraban de manera constante mancillar el nombre de Bolívar y agitar sus oscuras consignas de supuestos defensores de la Constitución, y prevenir a los colombianos de las amenazas del militarismo, para ellos esencialmente encarnado en los venezolanos. Entre esos periódicos estaban *El Constitucional; El Conductor*, fundado por Vicente Azuero, donde escribía bajo anónimo Santander, y donde también escribían, con ánimo panfletario e incendiario, Francisco Soto y Florentino González. Y estaba *La Gaceta Colombiana*, que era una especie de periódico personal dirigido en la sombra por el propio vicepresidente. Y hubo por esa época otros varios periódicos y hojas volantes que circulaban con profusión.

Esos periódicos nunca se dieron tregua en hacer ver los planes de Bolívar como atentatorios contra la Constitución y como amenazas reales de las diferentes nacionalidades. Fueron enemigos fanatizados de los proyectos que defendían la federación de naciones, que apoyaran el centralismo; en fin, toda idea bolivariana la convirtieron en idea peligrosa y sólo les parecía practicable y saludable que cada país adquiriera una ruta propia. Sólo querían parroquia o feudo. Apologistas inconsecuentes del federalismo, su irreductible mentalidad e ideología provinciana nunca les permitió imaginar la posibilidad y la grandeza de una gran unidad continental.

Bolívar, en Lima, percibía esta marea de discordia, esta fermentación de odios y de pequeñas ambiciones que se estaba creando en el seno de la Gran Colombia. Intuía con plena claridad que muchos elementos contradictorios y que muchas fuerzas antagónicas pugnaban por socavar el andamiaje de la gran república aún sin consolidar y necesitaba con urgencia redefinir muchos de los elementos de su estructura política. En Lima volvía a corroborar con angustia que la paz tenía más riesgos que la guerra. Y no se le escapaba que eran su carisma, su prestigio y su autoridad los elementos que —al menos transitoriamente— garantizaban la supervivencia y la unidad de su gran proyecto político.

Dramáticos momentos de desesperación y angustia vivía Bolívar en aquellas horas, cuando veía crecer y fortalecerse las fuerzas destructivas y anarquizantes que podrían reducir a nada el titánico esfuerzo que había demandado la epopeya libertadora. Fue en esos días en que hubo de despojarse de su atuendo de guerrero, para vestir la túnica del legislador y el magistrado; cuando se entregó a lo que él mismo llamó su "delirio legislativo", para tratar de diseñar un nuevo y novedoso instrumento político que sirviese como arca de unión para los pueblos liberados. Todo ese esfuerzo, que culminaría en la Constitución boliviana, fue descomunal y agotador. Era humanamente imposible que sólo a un hombre hubiese de corresponderle la inconcebible faena de liberar un continente para que después le correspondiese la también titánica y descomunal tarea de diseñar cómo gobernarlo y mantenerlo unido. Sus formidables energías físicas ya acusaban fatiga y agotamiento. Habló muchas veces de ese cansancio, de esa terrible y amarga desilusión que le estaban proporcionando los sucesos anarquizantes y destructivos de su obra. También la tentación de irse, de abandonarlo todo y dejar que ardiera por todas partes ese templo de Satanás le sobrevino muchas veces en las noches del insomnio y en las noches tristes de su amargura. Pero sabía, y era plenamente consciente, de que él ya no se pertenecía a sí mismo; de que su destino y su propia vida pertenecían a la historia de América.

Bolívar y Santander en el anverso del billete de un peso oro, 1959. Imprenta de billetes del Banco de la República.

En esas meditaciones, en esas arduas reflexiones sobre el porvenir de América se debatía Bolívar, cuando se presentaron en Venezuela los levantamientos del general Páez, que acabarían por cambiarle al rumbo a la historia que él había soñado, como alfarero de repúblicas.

14

Alguna vez, en el Perú, el señor Sánchez Carrión había expresado a través de una intuitiva metáfora que Bolívar era como la reencarnación del caduceo de Mercurio, siempre rodeado de envenenadas y venenosas serpientes, y que cuando faltase ese caduceo, todas las serpientes saltarían para despedazarse entre sí. Y se estaba cumpliendo de nuevo la profecía. Ausente de la Gran Colombia el general Bolívar, por estar lidiando con los problemas del Perú, las serpientes venenosas empezaban a desprenderse del caduceo y saltaban a la arena política para empezar a liquidarse entre ellas.

En Bogotá, de tiempo atrás y bajo la batuta de Santander y de su partido de casacas negras, el clima de hostilidad y de animadversión contra los venezolanos y los militares había abonado el terreno y las circunstancias para preparar la explosión separatista. Clima perverso y enrarecido, que era como la antesala prefigurante hasta para una guerra civil.

Aconteció que se expidió un decreto para proceder a un nuevo reclutamiento de tropas y se le dio la orden al general José Antonio Páez de que la pusiese en práctica lo antes posible. Páez era el comandante general de Venezuela, el militar de mayor prestigio y valor en esas comarcas, y el hombre a cuyas dotes de astucia e intuición militar se debía sin duda lo más significativo del éxito en la guerra liberadora. Hombre temperamental y volcánico, que había logrado su enorme relevancia en base exclusiva a su arrojo y a su temeridad. Todo se lo debía a sus méritos personales. Proveniente del más humilde origen, se forjó su destino al ritmo de sus esfuerzos y sus hazañas. Ignorante, pero de una inteligencia salvaje, había ido convirtiéndose en una auténtica leyenda. Sobre él y sobre sus llamados Cosacos del Llano recaía la responsabilidad de mantener en vigencia la independencia venezolana. No era el único jefe, ni el único gran militar venezolano, pero su supremacía se mantenía y se destacaba sobre todos los otros. La guerra le había proporcionado también fortuna, y en grado bastante se le habían inflado su vanidad y su soberbia.

Después de la guerra, había sentido necesidad de mejorar su instrucción y sus modales y se había dedicado a ello con pasión admirable. Mostraba respeto y admiración por los valores intelectuales y procuraba rodearse de gentes cultas que le ayudasen en ese anhelo de instruirse sobre los asuntos de las ideas y de la política. Su relación con Bolívar en el pasado reciente y épico había sido por momentos difícil y problemática. Pero acabó aceptando su inmensa superioridad humana y hasta llegó a expresar que la unión de él con Bolívar era como equivalente a la unión de la fuerza con la inteligencia. Por instinto y por inteligencia, odiaba también a los abogados y a los ideólogos. Se lamentaba una vez con Bolívar de que Morillo no los hubiese exterminado del todo, pues, a su juicio, esos abogados terminarían apoderándose y envileciendo la república con sus argucias y sus patrañas.

Por supuesto Páez, como la casi totalidad de venezolanos, se sentía incómodo y resentido al acatar un gobierno presidido por un abogado y obedecer a un poder ejercido desde una capital lejana, como era Bogotá. Además ese gobierno trataba y consideraba a Venezuela como a una provincia de menor rango, que no merecía mayor importancia. Los venezolanos siempre sintieron y denunciaron que ese gobierno era casi del todo exclusivo para Cundinamarca. Sólo pocos llegaron a sentirse colombianos; en su mayoría se sintieron y eran venezolanos. Sólo por el poder casi mágico y por el prestigio de Bolívar, aceptaban, pero con resentimiento y entre murmuraciones, el pertenecer a una república y a una Constitución que parecía no interpretar sus verdaderas realidades y sus más profundos y verdaderos sentimientos.

La torpeza casi siempre calculada de Santander; la constante exclusión de Venezuela en los asuntos del gobierno y la reconocible e infatigable prédica de odio y de antipatía que en Bogotá predicaba el partido de las casacas negras de hecho habían convertido la unión de los dos países en una ficción irrisoria, en un mero artificio, que acabó siendo más bien un sueño aún no bien soñado por el general Bolívar.

No era la primera vez que Páez había cumplido con aquellas órdenes de reclutamiento. Pero era obvio que este tipo de orden era hostilmente rechazada por todos los ciudadanos. Al tratar de aplicarla, Páez se excedió en abusos y violencia, y eso le mereció una acusación ante el Senado. La acusación la acogieron algunos en Venezuela, como el general Juan Escalona, que era amigo de Santander y enemigo de Páez; y sobre todo la acogieron en Bogotá los más destacados miembros de la camarilla de abogados y de amigos íntimos del vicepresidente Santander. Se le ordenó a Páez presentarse ante el Congreso en Bogotá, para aclarar la acusación y proceder, si fuese del caso, a que se lo absolviese o se le declarase culpable en el juicio correspondiente.

Pero, aunque Páez inicialmente se mostró inclinado a su presentación ante el Congreso que funcionaba en Bogotá, existían elementos y antecedentes graves que vendrían a impedirle ese propósito. En primer término, estaba el reciente juicio y la ejecución del coronel venezolano Leonardo Infante. Ese juicio, con todas sus perversiones, con todas sus argucias y todos sus procederes perversos, había sido seguido en Venezuela con pasión y expectativa. Su trágica culminación convenció a una gran parte de la opinión venezolana de que ese gobierno, ejercido por Santander, era abiertamente enemigo de los intereses venezolanos y que lo movía un ánimo de humillación y retaliación contra ellos; a ellos, que en su conjunto se los hacía aparecer como asociados a una supuesta amenaza militarista, negadora en principio del espíritu constitucionalista y republicano. Ese juicio les hizo ver que la supuesta justicia carecía de ecuanimidad y de transparencia jurídica; que era justicia amañada y partidista; que con ella se instrumentalizaba la venganza y que servía de pretexto para saldar cuentas y resentimientos personales.

Igualmente, ese carácter pervertido de los procesos judiciales en Bogotá se había puesto más que de manifiesto en el proceso contra el magistrado Miguel Peña. Un asunto puramente jurídico, de procedimiento, lo convirtieron en juicio y en sanción política. Y daba la inflamable coincidencia de que ahora don Miguel Peña actuaba como asesor civil del general Páez, pues el dicho magistrado era hombre culto y brillante y con innegables capacidades en la comprensión de los procesos políticos. ¿Cómo se le podía exigir a Páez que acudiera ante semejantes tribunales? Posiblemente aconsejado por Peña, el general Páez echó para atrás su decisión inicial de presentarse ante el Congreso. Pensó, con muchas razones de su parte, que lo condenarían de manera inexorable. A raíz de esto, muchos de sus partidarios lo rodearon con mayores simpatías. Se reforzó su poder y su popularidad. Y las facciones políticas que en Venezuela se oponían al gobierno de Santander redoblaron igualmente sus ataques virulentos contra el vicepresidente y su gobierno. Los escándalos y las defraudaciones en torno al empréstito se pusieron de nuevo al orden del día y el mutuo clima de hostilidad y animadversión entre granadinos y venezolanos alcanzó niveles insospechados de efervescencia y desconfianza.

La desobediencia de Páez planteaba una grave quiebra y un frontal cuestionamiento del andamiaje constitucional que sostenía al gobierno de la república. Pero hacerlo obedecer la orden de presentarse ante el Congreso planteaba a su vez el riesgo inminente de una guerra civil entre venezolanos y granadinos. Una cosa era sacrificar a un coronel inválido e indefenso como Infante, y otra muy distinta era enfrentar al más valeroso y audaz de todos los generales de la guerra de Independencia. Y más si ese enfrentamiento lo iba a asumir un general de pluma, como era Santander.

Abocados ante el crucial problema, Santander y su camarilla gobernante en Bogotá optaron por analizar varias opciones. Al principio, el vicepresidente había considerado el asunto mismo del conflicto como una cosa insignificante; como una friolera la calificó en carta a Bolívar. Pero después, cuando se encerró a deliberar con su grupo de casacas negras, vislumbraron las enormes posibilidades para sacarle partido político al asunto y resolver a su favor y a favor de sus intereses de partido el conflicto con Páez. Maquinaron una "solución" que tenía todos los visos de lo cínico. La solución era llamar de urgencia a Bolívar para que aplacase y confrontase a Páez.

En su cálculo avieso estaba imaginar que bien Bolívar destruría a Páez, o que bien pudiese suceder lo contrario: que Páez destruyese a Bolívar. En ambos casos, él sería el único que obtendría todas las ventajas. Y preparando su estrategia de maquiavelismo carnicero y tropical, le escribía a Bolívar cosas de este tenor:

> Respecto a la venida de usted, permítame que le diga mi opinión. Usted no debería venir al gobierno, porque este gobierno, rodeado de tantas leyes, amarradas las manos y envuelto en mil dificultades, expondría a usted a muchos disgustos, y le granjearía enemigos... Supuesto, pues, que no debe usted venir a desempeñar el gobierno, éste debe autorizarlo plenamente como lo estaba usted en el Sur para que siga a Venezuela con un ejército para arreglar todo aquello.

¿Acaso imaginaba Santander que su torpeza y su cinismo se iban a transformar en agudeza e inteligencia frente a Bolívar? ¿Qué le estaba ofreciendo como generoso y halagador regalo? Nada más que le regalaba una guerra civil. Le ofrecía una carnicería y una masacre sobre sus propios hermanos, puesto que su valor y su heroísmo de escritorio ni siquiera le permitieron la remota posibilidad de afrontar los riesgos de esa guerra absurda y a todas luces canalla.

Bolívar, aún en el Sur, valoraba y sopesaba los conflictivos y contradictorios elementos que estaban en juego, e introducía en su análisis otra variable angustiosa y explosiva. Por eso le escribió a Páez:

> ... He sabido que Morales se halla en La Habana pronto a expedicionar a la costa firme con catorce mil hombres y que, en estas circunstancias, ha sido usted llamado a la capital para ser juzgado. En este estado de cosas hay que tenerlo todo: anarquía y guerra, guerra y anarquía. Mucho me inquieta el partido que usted haya de tomar en

un caso tan singular. Si usted viene, Morales se anima a expedicionar, y se le convida por este medio a desolar nuestra querida patria. Si usted no cumple con la orden del Congreso, se introduce la anarquía, que es peor que la guerra. Los legisladores al llamarlo a usted han dicho: "Perezca la república antes que los principios": sin ver que los principios se sepultan con la república.

Sobre la posibilidad de esa tentativa de invasión y reconquista española por el norte de Colombia circularon muchos rumores y temores por esa época. Se decía que Madrid ya había tomado medidas para realizarla, y que Morillo, que residía en París, había sido llamado a España para ponerlo al mando de la expedición, donde Morales lo acompañaría como segundo comandante.

15

Bolívar entonces comenzó su retorno. Muchas nostalgias se le alborotarían al comenzarlo. Lima —y fue su propia expresión— lo había hechizado. Allí vivió esas horas que pertenecen al reposo del guerrero. Su cuerpo, ya enfermo, se abrazó a las delicias de los amores efímeros que le devuelven alegría a la carne y participó breve e intensamente de los placeres de la vida y de la gloria.

El viaje de regreso comenzó en septiembre de 1826. "Colombia me llama y obedezco", consignó en una proclama. En Lima dejaba a Manuela, la mujer que amaba y con quien compartía su vida desde junio de 1822. También dejaba el ejército. Pero abrigaba oscuros y dolorosos presentimientos por el futuro de su obra y de sus sueños. ¿Habría arado en el mar? La única fortaleza y la única esperanza la depositaba en su Constitución de Bolivia, aquella que era el resultado de su delirio de estadista y de legislador. Quería suponer que esa Constitución, si fuese adoptada por las naciones liberadas —con las modificaciones que fuesen pertinentes— seguramente podría, a pesar de todo, salvaguardar la unidad del continente y, por sobre todas las cosas, contener la anarquía que amenazaba con arrasarlo todo.

Antes de emprender su retorno, las cosas en Venezuela habían adquirido un curso mucho más que problemático. Todo prefiguraba una gran explosión y un gran desquiciamiento. En Valencia, y en otras poblaciones, se presentaron masivos pronunciamientos que le exigían a Páez que desoyera y violentara la orden que se le imponía de presentarse al Congreso en Bogotá para ser juzgado. Los pronunciamientos se multiplicaron en muchas provincias, pues traducían el generalizado resentimiento venezolano contra la ineficacia, la exclusión y la corrupción del gobierno de Santander. Y cada vez fueron más imperiosas las voces que pedían que Páez resumiera el mando militar de Venezuela y procediera a convocar una asamblea que sancionara de manera definitiva el desconocimiento de la Constitución de Cúcuta, a cuyo nombre se habían cometido tantas arbitrariedades y se habían fracturado tan profundamente la solidaridad y la hermandad entre los pueblos.

Páez se vio forzado y presionado a la aceptación del mando que se le confería. Al hacerlo, se sentía abanderado de un mandato colectivo de su pueblo, que tenía razón de sentirse desprotegido si él no estaba al frente de la comandancia militar, y mucho más en esos momentos en que se preparaba una nueva intentona reconquistadora por España y nada menos que, otra vez, al mando del general Pablo Morillo.

Antes, cuando Páez fue separado del mando, el vicepresidente Santander, con una premura sospechosa, había nombrado para sucederlo al general Escalona, reconocido y rencoroso enemigo de Páez, y quien fue de los primeros que se pronunció a favor de que éste fuese acusado ante el Senado. Y así como era enemigo de Páez, era por supuesto gran amigo de Santander y su partido. Este proceder destapaba sus cartas, ponía en toda evidencia el hilo oscuro y subterráneo de la maniobra que se había propuesto con su camarilla de abogados. Pero esas eran las cartas abiertas; también fluía el juego de las cartas tapadas. Él sabía cómo hacerlo; por algo era un tahúr empedernido.

Empezó a escribirle a Páez cartas conciliadoras y amables, hasta amistosas en el tono:

> Yo facilitaré a usted cuantos medios legales estén a mi alcance para que usted logre la más solemne y completa vindicación... No se acongoje usted por este suceso. Si usted es inocente, la verdad por fin triunfará.

Firmaba esas cartas como su amigo y compañero del corazón. Pero simultáneamente estimulaba en el Congreso, donde tenía claras mayorías, los ánimos y los rencores para que al ser juzgado Páez fuese condenado. Pues esa condena, según sus criterios, significaría condena para el militarismo y sometimiento humillante de las espadas ante las leyes. Qué ironía, esas leyes usadas y manejadas al capricho de la arbitrariedad y de los propósitos partidistas.

También en la correspondencia dirigida a Bolívar se esfuerza en destilar veneno contra Páez. En sus guerras de escritorio pretendía socavar la amistad entre los dos grandes generales venezolanos. La guerra de la discordia, de la perfidia y de la envidia se agigantaba en ambos bandos, sin compasión, sin tregua. Eran las serpientes liberadas del caduceo de Mercurio, prodigando su veneno sobre la grandeza incomprendida de los sueños y los proyectos de Bolívar.

Pero Páez le respondía con soberbia las cartas sibilinas y de aparente simpatía a Santander. Qué lejos estaba el León de Apure de creer o de acoger esa amistad de un hombre que recientemente había hecho ejecutar a un coronel por sólo ser venezolano. "En las manos de usted está cortar los males de una guerra civil que pudiera originarse: Bogotá nos ha mandado una revolución envuelta en un pedazo de papel".

Santander también promovió el miedo de que Páez pudiese aventurarse a una invasión sobre Cundinamarca. Y ordenó se tomasen medidas para esa imaginaria eventualidad. Agitar esa temeraria bandera también le producía dividendos políticos y fortalecía sus posiciones personales y las de su grupo en el gobierno de Cundinamarca.

Sin duda que solo el general Libertador era el único que podía detener esa avalancha de amargura y de disolución; ponerle coto a ese nuevo festín de infamias y mentiras, fomentado por los pregoneros de la farsa y la traición.

Antes de iniciar su retorno, Bolívar había enviado a su edecán, O'Leary, para que conociera de manera directa las opiniones tanto de Páez como de Santander. Llevaba también la misión de aconsejarle a Páez que acogiese la Constitución y la orden emanada del Congreso. Pero las cosas habían avanzado mucho, parecían ya irreversibles. De alguna manera, eran hechos cumplidos y consumados. Santander había calificado los hechos de Valencia como una verdadera insurrección a mano armada, que amenazaba la seguridad de la república y que interrumpía la marcha del sistema político.

Y continuaba escribiéndole cartas a Bolívar, en las que a veces pretendía mostrarse como víctima, bondadosa e indefensa víctima ante la burla y la perfidia:

> Usted sabe que he sido contrario a tal acusación y que he defendido al general Páez. Sabe también que mi carácter es franco y sostenido. Páez habla de lo que le hacen decir Peña y Carabaño y para cohonestar la rebelión me insulta inicuamente... Ya se ve la oscuridad de principios de Páez, su ambición y el haber sido siempre bochinchero no podían dejar dictar mejores expresiones contra mí... No se puede hacer bien a hombres tan ruines y tan brutos.

A su vez, y antes de que se iniciara el famoso pero trágico retorno de Bolívar a Colombia, Páez había enviado a Leocadio Guzmán, a quienes algunos reconocen como el padre del liberalismo venezolano, para que se entrevistase con Bolívar en Lima y le propusiese lo que podría llamarse el plan y la solución napoleónica. Bolívar, como es bien sabido, rechazó tan alegre e infundada proposición:

> Ni Colombia es Francia ni yo soy Napoleón. En Francia se piensa mucho y se sabe todavía más... El título de Libertador es superior a todos los que ha recibido el orgullo humano. Por tanto es imposible degradarlo.

Esa fue su respuesta.

Más o menos lo mismo diría frente a los planes de monarquía, que muchos le propusieron para afrontar la degradación de la república y para contener el avance avasallador de la anarquía.

Cuando llegó a Guayaquil, Bolívar ofreció con generosidad y grandeza su ramo de olivo. Declaró que sólo él era culpable por no haber venido a tiempo. Pero en el Ecuador también se escuchaba ya el coro de los separatistas, de los que cuestionaban la ineficacia y la corrupción del gobierno y del sistema central. Oyó también allí las voces de los que proclamaban y exigían la dictadura o la monarquía, como posibilidades únicas de rectificación y salvación. A medida que se acercaba a la capital, reconoció la miseria y el fracaso de la república y su gobierno. "No es la guerra, son las leyes absurdas lo que han provocado todo esto, todo este caos y este fracaso", sostuvo repetidamente. Percibió que era imperativo formular un nuevo contrato social, donde el pueblo pudiera rescatar su soberanía, y por supuesto creía —con algo de desesperación— dar comienzo a la redefinición de ese nuevo contrato social y político, procurando que se aceptase la Constitución que había formulado para Bolivia. Se atenía a la realidad, no a las apariencias. Su viaje de retorno fue un viaje de corroboración de fracasos. Seguramente vio la república y la democracia como un disfraz de retórica y casuística, envilecido y usado para esconder insostenibles privilegios, que no podrían continuar al lado de la miseria de un pueblo que lo había sacrificado todo, tal vez para perderlo todo.

Cuánta desilusión, cuánto sufrimiento y hasta cuánta autorrecriminación pudo haber padecido en ese viaje, que parecía un viaje hacia el corazón de un naufragio. Cuánto fastidio tuvo que haber soportado en Bogotá al tener que saludar y abrazar a quienes, en su ausencia, ya venían preparando los puñales con que intentarían asesinarlo. Llegar a Bogotá era como llegar al nido de las víboras. Toda una cultura forjada en la hipocresía salía a recibirlo. Se indignó. Prefirió el silencio y el desprecio para corresponder a las falsas reverencias de la tribu de los filisteos. Con Santander ya no quería ni podía conversar. Sólo su caballerosidad aristocrática le permitió una relación de fría y muerta cortesía, con ese inmenso campeón de la perfidia.

Permaneció poco tiempo en Bogotá. Trabajó con febril diligencia. Dictó decretos administrativos diversos. Se ocupó de la justicia y las finanzas. Redujo y eliminó gastos y salarios superfluos. Auscultó con interés y profundidad los sentimientos colectivos. Había como un gran caos dentro de su alma, pero imaginaba que tal vez fuese necesario padecerlo para soñar que se podría parir una estrella. Pensaba con una tibia nostalgia en las noches de La Magdalena. Pensaba en las maravillosas exuberancias de su hermosa Manuela. Recordaba sus palabras y se estremecía. Esas palabras siempre le advirtieron que se cuidase de Santander.

16

A finales de noviembre, resolvió continuar su viaje a Venezuela. Llevaba una resolución firmemente tomada: evitaría la guerra civil a cualquier precio, apelando al recurso o a los instrumentos que fuesen necesarios. Una guerra civil le parecía sacrílega y repugnante, se le antojaba la negación de los principios y de los valores más altos y nobles que pudieran abrazar los pueblos liberados. Con Páez comenzó a ensayar todos los métodos y todos los modos que le dictaba su patriótica y fecunda imaginación política: el halago y la amenaza; el tono amable y amistoso y el tono enérgico; la persuasión y la intimidación. Todo, menos la guerra. Todo, con tal de evitar el doloroso derramamiento de sangre hermana.

Llegando a Venezuela, pudo corroborar el inmenso estado de anarquía y confusión que reinaba en su amada y martirizada patria. Páez tenía el respaldo mayoritario de su gente, pero no era unánime ese respaldo. generales como Arizmendi y Bermúdez aún mantenían una frágil solidaridad con el gobierno central. Pero sin duda que era unánime y poderoso el deseo de modificar la Constitución y de redefinir de manera profunda la relación política que ligaba a Venezuela con Bogotá. Era ya incontenible el deseo de separar las dos naciones. Por su parte, Páez ya se había adelantado a convocar una Asamblea Nacional que daría a Venezuela una Constitución propia con la que pudiera rescatar su soberanía. Pero algunas provincias rechazaban esa idea y mantenían aún alguna lealtad hacia una Gran Colombia, pero reformada.

Santander. Dibujo de Santiago Martínez Delgado, revista *Vida*.

Puerto Cabello rechazó la pretensión del general llanero; y Briceño Méndez, leal a Bolívar, y además casado con una de sus sobrinas, se hizo con el mando de esa estratégica fortaleza. Eso significaba un duro tropiezo para la tentativa rebelde de Páez. Bolívar, en tono fuerte, le escribió diciéndole que toda resolución que tomase la asamblea por él convocada sería nula y carecía de valor. Y en ese momento, Bolívar hasta reconsideró la idea de no someter por la fuerza al general insurrecto. Podía hacerlo y no le temía. Páez vaciló y hasta apeló al Libertador para que interpusiera sus buenos oficios de mediador entre él y el gobierno central. Pero se dirigió a él como a un simple ciudadano. Bolívar se sintió molesto e irrespetado y creyó que Páez negaba y desconocía su autoridad. Le respondió en tono soberbio y airado:

> Yo he venido desde el Perú para evitar a usted el delito de una guerra civil... ¡Y ahora me quiere usted como un simple ciudadano, sin autoridad legal. No puede ser!... No hay más autoridad legítima en Venezuela que la mía.

Pero a pesar de este tono, no quería romper los lazos de amistad con Páez, y volvió a escribirle en tono amable y conciliador, tanto que su secretario le comentó que le estaba arrojando margaritas a los cerdos.

Se movió hacia Maracaibo y expidió otra proclama a sus compatriotas, rogándoles que desistieran de la guerra fratricida y prometiéndoles que adelantaría sin demora una reforma de la Constitución, que acogería los muchos reclamos y peticiones que se exigían en Venezuela.

Muchas horas de insomnio y de angustia soportó Bolívar en esos días, tratando de tomar la crucial decisión. ¿Sería la fuerza, la inteligencia o la generosidad? Optó en esa dramática circunstancia por la generosidad, que parecía ser la fortaleza de la inteligencia. El 1º de enero dictó una amnistía general. No habría persecución ni castigo alguno para los rebeldes. Páez continuaría al frente del poder civil y militar y ostentaría el título de Jefe Supremo de Venezuela. Páez aceptaría la autoridad de Bolívar como presidente y como Libertador y juraría obediencia a sus órdenes futuras. Páez así lo hizo y desautorizó la convocatoria que él había propuesto para una Asamblea Nacional. Había triunfado la sensatez. La guerra fraticida había sido derrotada por la generosidad. La revolución que Santander había engendrado en un papelito quedaba en el pasado. Bolívar llenó de elogios al rebelde. Una frase cálida y exuberante bien valía la pena ser intercambiada por una guerra infame y destructiva. Le dijo a Páez que, lejos ser culpable, era el salvador de la patria.

Pero lo que hizo y lo que dijo Bolívar acabó potencializando el odio de Santander y su camarilla contra él. Los llevaría hasta el crimen. Para Santander, la reconciliación entre Bolívar y Páez significaba el desconocimiento de su gobierno, de su autoridad y de sus supuestos principios constitucionales. Significaba una abierta y humillante derrota.

Celebración, pompa, elogios, abrazos, carnaval y embriagadora fiesta hubo por aquellos días en Venezuela. Entrada triunfal a Caracas. Brindis y regalos para sellar y culminar el acuerdo. Pero en Bogotá crecían la amargura y el resentimiento. La discordia política se ramificó y se fortaleció. El acuerdo con Páez se le antojó al partido santanderista casi una declaración de guerra a muerte y dedicieron replantear su estrategia para las inevitables confrontaciones que vendrían después.

Bolívar se sintió extraordinariamente regocijado con lo que creía era la gran solución encontrada. Ufano y optimista, volvió a rescatar la idea de la federación. "El único pensamiento que tengo es la gran federación de Perú, Bolivia y Colombia". Imaginaba que, con lo pactado, Páez quedaría convertido en escudero y propagador de ese gran proyecto. Su orgullo y su vanidad se inflamaron al influjo de las nuevas circunstancias. "Aquí no hay más autoridad ni más poder que el mío, yo soy como el sol entre todos mis tenientes, que si brillan es por la luz que yo les presto". Sin duda, soberbia y vanidad. ¿Pero se podría negar que era verdad?

A pesar de la euforia, del rumor de triunfalismo, su mirada y su análisis no podían dejar de considerar el pálpito angustioso de la realidad, surgido después de la guerra.

Se llegará a decir que yo en efecto he liberado un nuevo mundo, pero tal vez no se diga que yo haya perfeccionado la estabilidad y la dicha de ninguna de las naciones que lo componen.

Los convenios y los arreglos en Venezuela sin duda evitaron la guerra, pero abrieron y profundizaron nuevas y profundas heridas, que también podrían dar origen a nuevas y futuras guerras. De hecho, la Constitución de Cúcuta había quedado agónica. La convocatoria de una nueva Asamblea Constituyente, puesta sobre el tapete por Bolívar, terminaría liquidando de manera definitiva esa Constitución, que en últimas había sido la manzana de la discordia entre las naciones de la Gran Colombia.

La enemistad entre Bolívar y Santander llegaría pronto a un punto culminante, a un punto de no retorno. "... Ya no puedo seguir más con él; no tengo confianza ni en su moral ni en su corazón". En marzo le escribió diciéndole que consideraba rota su amistad y se negaría a continuar recibiendo sus cartas. Santander le respondió una carta digna y sosegada, tranquila y bien escrita, donde no se traduce en nada su áspero y pesado estilo personal, pues la carta parecía sincera.

Todos estos episodios produjeron en Santander una íntima y verdadera conmoción. Le sacaron a flote toda su gama de emociones. Perplejidad, amargura, resentimiento e incertidumbre debieron provocarle. Se le agudizaron sus males. Sus cólicos se le recrudecieron con crueldad. Se le trastornó seriamente su salud, hasta el punto de que hubo de retirarse por unos días a una población vecina para recobrar la calma y recuperar las fuerzas. Nicolasa no lo acompañó. Por esos días, su relación también acosaba serios deterioros. Ya el amor, si es que alguna vez lo hubo, había muerto entre la rutina y entre la insoportable avaricia y los famosos celos de un vicepresidente que era irascible, y cuyo hígado enfermo se reflejaba también en las perturbaciones y los desequilibrios de su alma. Malos y oscuros días fueron para Santander aquellos que siguieron a los arreglos de Venezuela.

Lo pactado en Venezuela exacerbó los ánimos políticos en Bogotá. Todo tendía a volverse más caótico y más agresivo. Los periódicos santanderistas multiplicaron sus envenenados ataques contra Bolívar, contra Páez y en general contra toda Venezuela. A Páez y a Bolívar se los tildó como profanadores y traidores de la Constitución. Se pronunciaron con más furor sobre el separatismo. Y el conflicto se iría agudizando aun más cuando se conocieron los escandalosos hechos que empezaron a darse en el Perú.

17

Aconteció que el coronel granadino José Bustamante, natural de la provincia del Socorro, amigo y conocido de infancia de Vicente Azuero, con quien mantenía comunicación epistolar, resolvió rebelarse en Lima, a nombre de la Constitución y en defensa de los intereses del partido santanderista. Tomó prisioneros a sus superiores militares, que eran leales a Bolívar. Fue secundado por varios oficiales granadinos y, una vez presos, los oficiales venezolanos fueron remitidos a Colombia. Esto ocurría el 26 de enero de 1827. Sólo poco después vino a saberse que el oscuro coronel granadino actuaba como un vulgar y ambicioso mercenario que, a cambio de una suma de dinero, se comprometía en esta acción letal contra la unidad continental, que cohonestaba los planes de varios generales peruanos que pretendían desconocer la autoridad de Bolívar y, de paso, reintentar la anexión de Guayaquil a su país.

En el Perú y en Bolivia entraron en alianza con algunos oficiales subalternos, que estaban deseosos de regresar a su suelo nativo. Bustamante era el comandante de la Tercera División Auxiliar del ejército de Colombia. Una vez pasó a Guayaquil con sus tropas, nombraron como jefe civil y militar al general peruano Lamar, quien pronto le declararía la guerra a Colombia.

Cuando en Bogotá se conoció la noticia sobre esta dolorosa y desestabilizadora traición, Santander entró en un estado de júbilo incontenible. Salió con sus partidarios a celebrar ruidosamente en las calles este hecho, que él juzgó venturoso y providencial para su causa. Se hicieron tocar las campanas y se realizaron desfiles bullangueros. Un testigo presencial de estos hechos, el general Posada Gutiérrez, hace la siguiente narración:

> El general Santander se nos unió en la calle y nos acompañó un gran rato, mostrando en su semblante, en sus arengas y en sus vivas a la libertad, el inmenso placer que lo dominaba, aunque alguna que otra vez no dejara de notársele una inquietud que se esforzaba en disimular.

¿La inquietud no vendría acaso de haberse percatado de que por una simple transgresión, una simple "friolera", él había procurado por todos los medios que el general Páez fuese juzgado y condenado por el Congreso? ¿Y que ahora, por un delito de alta traición que pretendía desmembrar la patria, él había salido a celebrar a las calles y a poner en evidencia el intenso placer que lo dominaba? Amplia, laxa, infinitamente flexible era la moral personal y política de Santander en todos los asuntos. ¿Cómo un vicepresidente en ejercicio podía entusiasmarse y entregarse a una celebración jubilosa, por el hecho de que la patria estaba siendo traicionada y pretendía ser cercenada?

Hubo infinidad de testimonios sobre el gozo y la celebración de Santander. Sin embargo, sin pudor y sin vergüenza alguna, el imperturbable y hepático vicepresidente acabaría negándolo. "Público y notorio es, a cuantas personas concurrieron a la fiesta de celebración del Acta del 26 de enero, que el vicepresidente no apareció en la concurrencia". Él escribía así, tratando de darles tono impersonal a sus infamias. Así era el Hombre de las Leyes.

Pero para desgracia y vergüenza suya, su íntimo amigo y Secretario del Interior en ese momento, el señor José Manuel Restrepo, escribió al respecto:

> Empero, lo que no pudo sufrir Bolívar sin la indignación más profunda, fue la fiesta hecha en Bogotá con motivo de los sucesos del 26 de enero y la concurrencia a ella del vicepresidente de la república.

"No tengo confianza ni en su corazón ni en su moral", había escrito Bolívar. Y también había escrito por esos mismos días:

> La Providencia misma no puede permitir que el robo, la traición y la intriga triunfen del patriotismo y de la rectitud más pura. En vano se esforzará Santander en perseguirme: el universo entero puede vengarme.

El mismo Santander se encargó de transmitirle a Bolívar la noticia sobre el levantamiento de Bustamante en el Perú. Bolívar valoró y analizó la gravedad de aquel hecho infame y dijo que él veía que el móvil principal de ese hecho estaba dado por el odio que se había alimentado de los granadinos por los venezolanos. A Páez le escribió:

> Al fin se han realizado mis ideas con respecto a Bogotá y a aquello que tantas veces he dicho a usted respecto a Santander. La perfidia y la maldad de este hombre han llegado a tal extremo, que ha soplado la discordia entre venezolanos y granadinos en el ejército colombiano en el Perú: los primeros han sido presos por una revolución que han hecho los segundos, con el pretexto de sostener la Constitución y a Santander.

Cuando se enteró en Caracas del júbilo celebratorio en el que participó Santander celebrando la rebelión, exclamó:

> Anonadado de vergüenza no sé en qué haya de parar más la consideración, si en el crimen del levantado o en la meditada aprobación que le ha dado el gobierno de Bogotá. ¡Qué asombro! ¿Cómo ha podido Santander dejarse arrastrar a tal exceso de pasión?

Pero allí no pararon las gracias y las celebraciones constitucionales y legales del vicepresidente Santander. Poco después le concedió un ascenso al traidor y al mercenario coronel. Le concedió el título de coronel efectivo. Simultáneamente con esto, y con dineros del Estado, le facilitó a Vicente Azuero la publicación y la distribución de un memorial destinado a atacar la Constitución bolivariana y las pretendidas ambiciones cesaristas del Libertador.

Entró Santander en una especie de frenesí persecutorio para continuar desprestigiando a Bolívar. Apresuróse a reunir el Congreso, donde tenía claras mayorías, logradas a base de influencias y de prebendas oficiales en el largo ejercicio de su poder. Ese Congreso decidió en marzo de 1828 convocar la Convención de Ocaña. Muchos extrañaron que se hiciera esa convocatoria por parte de un Congreso santanderista. Pero es que Santander, afrontado a las nuevas y cambiantes circunstancias, cambió de táctica. Ahora imaginó que el mejor escenario para atacar o para destruir a Bolívar era ese escenario de parlamentarios, donde habría grandes debates. Ese no era el elemento de Bolívar, el de él eran la guerra y los campos de batalla; pero era el suyo, el escenario de la intriga y de la pequeña componenda política.

18

La traición y la rebelión de Bustamante le propinaba un duro golpe a la arquitectura continental de la política bolivariana. Bolívar comprendió que pronto se derrumbaría lo construido en el Perú y que este país, en manos de sus enemigos, por tratar de apoderarse de Guayaquil, propiciaría una guerra contra Colombia.

Cuando el ejército libertador abandonó la antigua tierra de los incas, su obra se vino abajo. Se abrogó la Constitución bolivariana, se procedió a elegir un nuevo presidente y se apresuraron los planes para provocar por la fuerza la anexión de la provincia de Guayaquil. Para eso servirían las tropas de Bustamante. Supo Bolívar que todo eso traería el predominio de una inmensa y destructora anarquía. Estando aún en Caracas, pensó Bolívar que tal vez debería regresar al Perú, e inclusive utilizar el ejército y la fuerza para restablecer el orden. Pero también lo angustiaba y lo paralizaba el pensamiento de que, abandonando Colombia en ese crítico momento, la anarquía igualmente se desataría allí y provocaría lo que él intentaba sofocar en el Perú. Desesperación y dolor se anudaban en su espíritu, en ese, el más delicado y complejo conflicto que hasta ahora había surgido después de la guerra liberadora.

En Bogotá —y es expresión de Bolívar— se habían arrancado la máscara. Ahora Santander y sus amigos pedían públicamente que Bolívar fuese alejado de la presidencia. Abandonar Caracas y regresar a Bogotá también le proporcionaban dudas y desgarramientos. Su país también estaba desintegrado y ahogado en la miseria, por la carencia de administración eficiente y honrada en esos años pasados. Bolívar, con esa energía que en él parecía inagotable, había tratado de poner remedio a ese caos administrativo. Se había ocupado de los derechos de aduana, de la educación, de los hospitales, de la miserable condición de los esclavos. Pero era tal el cúmulo de necesidades, que con frecuencia se le quebraba la esperanza.

> Los que se han educado en la esclavitud, como hemos sido todos los americanos, no sabemos vivir con simples leyes y bajo la autoridad de los principios liberales... Yo estoy resuelto a todo: por liberar mi patria, declaré la guerra a muerte... Por salvar a este mismo país, estoy resuelto a hacer la guerra a los rebeldes, aunque caiga en medio de sus puñales.

Temiendo que al abandonar Venezuela corría el riesgo de servir en bandeja de plata la anarquía, tuvo que hacerlo. Y un día se levantó decidido a marchar de nuevo para Bogotá. "Los enemigos amenazan la destrucción de Colombia, mi deber es salvarla". Y comenzó su viaje y advirtió que, si era del caso, iría hasta el mismo Guayaquil para contener y someter la insubordinación.

En Bogotá, la camarilla de gobierno, fanatizada y envenenada hasta lo increíble, sintió temor por el próximo retorno del general Libertador. Y alistaron de nuevo toda su artillería de calumnias y de infamias para crear opinión contraria, vengativa y malsana, contra la figura de Bolívar. Decían que su regreso era equivalente a la venida de Morillo. Que si acaso venía con intenciones pacíficas, debía entonces licenciar al ejército y llegar sin ningún acompañamiento militar. Ningún caso hizo Bolívar de las cínicas prevenciones de sus enemigos. Siguió su camino y entró a Bogotá cuando el Congreso estaba reunido en la iglesia de Santo Domingo. Desafiante y a caballo fue su entrada. Pronunció un discurso breve y fulgurante. Su pensamiento político en ese momento se materializaba en la idea de aceptar la convocatoria de una Asamblea Nacional.

Santander había luchado también con desesperación para que, una vez llegado Bolívar, éste no tomase posesión de la presidencia. Con amargura vio frustrado su propósito; pero con su antigua y sofisticada hipocresía, le tocó esperar a Bolívar en la casa presidencial y abrazarlo y expresarle los mejores augurios. Muchos miembros de su oscuro y conspirativo círculo habían abandonado la ciudad. Su heroísmo los hizo huir del nuevo Morillo. Bolívar le dijo a Santander que les comunicara a sus partidarios que nada tenían que temer, que su corazón no abrigaba la venganza, y mucho menos el odio.

Y no había destellos de venganza en Bolívar, a pesar de que Santander le había escrito al mercenario coronel Bustamante que estaba tratando de descuartizar la patria y que "juntos dictaremos la garantía solemne de que a usted y a todos se los ponga a cubierto para siempre... El apoyo y la fuerza que ustedes han dado a la nación y al gobierno con su acto del 26 de enero es muy eficaz y poderoso..."

Bolívar asociaba el inmenso descalabro que estaba padeciendo la república a "la inicua administración de robo y rapiña que había reinado en Bogotá". Por eso vio con complacencia y vislumbró con esperanza que la convención convocada en algo pudiese rectificar ese camino de errores y desgracias.

Pero había comenzado otra guerra, en donde las armas de Bolívar no serían eficaces: la guerra de la intriga y la componenda para conformar la próxima constituyente de Ocaña, guerra donde las virtudes de Santander relucirían con todo su esplendor. En eso era experto y tenía a su favor los largos años de gobierno y los inmensos recursos despilfarrados para comprar conciencias y favores de su clientela política. En esa guerra reluciría la heroica y exaltante estrategia santanderista, aquella que se resumía en ese planteamiento que él le había expuesto a su cómplice, Vicente Azuero: "En mi profesión se evita dar una batalla campal a un enemigo poderoso y bien situado, cuando hay esperanzas de destruirlo en partidas, sorpresas, emboscadas y todo género de hostilidades".

Mientras llegaba el tiempo en que debía reunirse en Ocaña la convención, Bolívar permanecía en Bogotá, entregado, con fuerza y con contrariedad, a ocuparse de muchos aspectos administrativos. También concurría a fiestas y a diversos actos públicos. En varias ocasiones se topó con la bella y melindrosa Bernardina Ibáñez; pero ya sus encantos no lo perturbaban como en tiempos anteriores. Se regodeaba, tal vez con nostalgia, recordando los intensos y maravillosos momentos que compartió con ella en los días pretéritos. Pero ahora se fijaba con mayor entusiasmo y con más ardientes deseos en la también bella y provocadora señora Mary English, por esos días comprometida en relaciones con el coronel Patrick Campbell, lo que sin embargo no le impedía jolgar y divertirse algunas noches con el general Bolívar. Una vez, Bolívar le obsequió un retrato suyo, pero entre ellos todo fue amor y aventura pasajera. Sólo anhelaba, con pasión y ansiedad auténtica de amante enamorado, el retorno de Manuela, que ya estaba en camino.

Previo a la Convención de Ocaña, Bolívar ya no se hacía muchas ilusiones sobre la adopción que se pudiese hacer de su Constitución boliviana. Se convenció de que, dados los últimos acontecimientos, esa posibilidad se había vuelto impracticable, independientemente de que hasta el propio Santander se había inclinado a acogerla, salvo si se eliminaba la presidencia vitalicia y la prerrogativa de que el presidente escogiese sucesor. Santander sabía ya que ese sucesor nunca sería él; que sería Sucre. Y eso jamás podría aceptarlo.

Bolívar decía por aquellas horas:

> Nada me importa la Constitución boliviana. Si no la quieren, que la quemen, como dicen que ya se ha hecho antes de ahora... Ya no tengo amor propio de autor en materias graves que pesan sobre la humanidad.

Le interesaba, eso sí, y sobre todas las cosas, persistir en un gobierno fuerte y centralizante, como garantía única de unidad y como instrumento esencial y viable para impulsar la creación y la consolidación de naciones verdaderas. Pues esa fue su idea brújula y su derrotero iluminante: la revolución, para culminar la Independencia; y la Independencia, como impulso y punto de partida para crear y consolidar las naciones. Los abogados y los demagogos, por el contrario, sólo veían la Independencia para poder crear gobiernitos y republiquetas; y los gobiernos y las republiquetas, como instrumentos expeditos para coronar sus abusos y sus privilegios.

Pero la demagogia, la mala fe y, sobre todo, la incapacidad de entender el fundamento y la esencia histórica implicada en el pensamiento visionario y realista de Bolívar permitieron que sus ideas se desvirtuaran y que sus enemigos convirtieran la imagen de Bolívar en la imagen del hombre que amenazaba las libertades y que pretendía hundir los principios liberales y republicanos. Al gobierno fuerte y centralizado oponían, sin crítica y con simplismo, la opinión federalista y el desbordamiento de impracticables libertades individuales. Bajo esos dos principios, antagónicos y hasta cierto punto irreconciliables, se reuniría la Convención de Ocaña. Y esa convención, convocada a la luz de esa contradicción, caminaría inexorablemente a su fracaso.

A principios de enero de 1828, llegó Manuelita Sáenz a Bogotá. Y Manuelita, en muchas cosas, era como una explosiva complicación montada en un caballo. Se instaló en la hoy llamada Quinta de Bolívar. Había venido acompañada de algunos oficiales y de una unidad de caballería. En el camino se había enemistado con ferocidad y violencia con el engreído general Córdoba. Lo odiaba, y con su intuición femenina le insinuaba a Bolívar que en dicho general ya se percibía el rumor de la traición. Manuelita también trajo consigo los intactos y vigilados archivos de Bolívar y se apresuró a tomar el control de sus asuntos privados. Su amante, enfermo y melancólico, la necesitaba, pues había momentos en que se sentía desbordado por todas las calamidades y todos los conflictos de un mundo como envenenado y a punto de desintegrarse por completo. Más de una controversia, más de un escándalo, más de un agudizamiento de los tensos conflictos ayudaría Manuela a fomentar en Bogotá. Su presencia, así como era de amable y reconfortante para la intimidad de Bolívar, fue también detonante para la aparente tranquilidad de esa sociedad aletargada, que pecaba y se arrepentía bajo el incienso de los miles de frailes que la oscurecían.

Antes de reunirse la convención, Santander había promovido y hecho aprobar un decreto que prohibía terminantemente que quien estuviese ejerciendo el poder ejecutivo pudiese hacerse presente en las deliberaciones de la asamblea. Había empezado la guerra sucia y clandestina, la estrategia de las sorpresas y las emboscadas. Y muchos temores abrigaba Bolívar, así creyera que en Ocaña se jugaba "la última suerte de Colombia". Temores, pues creía que "el espíritu de partido dictará intereses y no leyes: allí triunfará al fin la demagogia de la canalla... Estos son mis íntimos temores... Aunque yo no estoy dispuesto a dejarme hundir y sepultar mi gloria entre las ruinas de Colombia".

Empezó entonces la tarea de escoger delegados. En esto todo parecía estar a favor del partido santanderista. Llevaban muchos años de ventaja en la componenda clientelista y en el uso envenenado de la propaganda política. Santander mismo se presentó como candidato, abanderando con su grupo un programa político de clara y manifiesta orientación federalista; es decir, de abierta oposición a lo que preconizaban las ideas de Bolívar y de sus seguidores. Llegaban a la convención tres partidos y tres posiciones bien diferenciadas. Una que pugnaba por un gobierno central fuerte, que preservara la unidad. Otra que respaldaba un gobierno de clara orientación federalista. Y otra que simplemente proponía que Venezuela y la Nueva Granada se constituyesen como estados y naciones independientes. Cuando se conocieron los resultados para elegir convencionistas, era indiscutible y evidente que Santander había ganado la mayoría. Bolívar habló de fraude, pero reconoció que en esas circunstancias "Santander era el ídolo de esa gente".

El ministro británico acreditado en esa época comentó y escribió que Santander, a quien describía como "un jugador habitual, acostumbrado a pagar sus cuentas con dinero público", tenía muchos seguidores, gran parte de los cuales estaban en deuda con él por los cargos y los privilegios que éste les había concedido durante su largo periodo en el poder.

Se dio inicio a la convención el 9 de abril de 1828. El partido orientado por Santander llegaba con 23 convencionistas; 21 acataban las orientaciones de Bolívar; y 18 podían considerarse delegados independientes. Mucha habilidad y recursos había desplegado Santander para reunir y mantener esa precaria mayoría. Se ocupó de los alojamientos y de la comida de sus partidarios. Se ocupó de que comieran y se mantuviesen unidos en un solo lugar, discutiendo sus estrategias.

Tanto que O'Leary escribe en una carta:

> El compadre Santander ha puesto fonda aquí. Te protesto que es verdad. Todos los comensales pagan... Además, la comida es mala y cara. La casa que me han dado está en una esquina de la plaza; la de Santander forma la esquina con ella. Lo que él habla en su balcón, lo oigo aquí, desde mi cuarto.

O'Leary, por supuesto, no tenía ninguna simpatía por el vicepresidente. De él también había escrito: "Es uno de aquellos hombres adocenados que, con medianos talentos y mucha audacia, pero sin moral ninguna, se elevan en las revueltas políticas a puestos distinguidos".

El primer pulso para medir fuerzas entre las dos tendencias opositoras se dio cuando se procedió a elegir al presidente de la asamblea. Por dos votos obtuvo la victoria el candidato de los bolivarianos, el señor José María Castillo y Rada. Pero el primer gran choque agresivo se presentó cuando se analizaron las credenciales del señor Miguel Peña. Éste, que había sido elegido por la provincia de Carabobo, fue vetado por los santanderistas, que consideraban que su presencia en Ocaña era ilegal y contraindicada, pues tenía una acusación por defraudación del tesoro público. Bolívar comentó: "Es bien raro que juzguen de la conducta de Peña altos criminales de Estado y ladrones insignes, que han arruinado los fondos de la república, para condenarlo como a una víctima de sus pasiones".

Bolívar estuvo pendiente de las deliberaciones de la asamblea desde la cercana y amable ciudad de Bucaramanga —a donde había llegado para continuar a Venezuela— cuando fue informado de que los españoles amenazaban con una nueva intentona de reconquista. Se quedó allí con una parte de su ejército, cuando se disipó dicha amenaza. Sin duda que tenía el más vivo interés de estar cerca de Ocaña para seguir el desarrollo de la asamblea, pero por supuesto su presencia fue considerada por el santanderismo como amenazante e intimidante, como presencia capaz de influir en las deliberaciones.

A esa permanencia del Libertador en Bucaramanga debe la historia la existencia de ese interesante y sugestivo documento llamado el *Diario de Bucaramanga*, que, escrito por el francés Perú de la Croix, recoge facetas íntimas y emocionales de la vida, los pensamientos y costumbres de Bolívar. Allí, el Libertador se expresa, con libertad y espontaneidad, sobre los más diversos asuntos. Salen a relucir sus odios, sus pasiones, sus antipatías. Todos los rasgos de esa personalidad, por demás compleja y extraordinaria. Se constituye el libro, sin duda, como uno de los más extraordinarios reportajes que se pudieron lograr acerca de nuestro siglo XIX.

Otro evento que produciría enorme agitación y elevaría las tensiones a un punto máximo durante el desarrollo de la asamblea fue el episodio protagonizado por José Prudencio Padilla. Padilla era almirante, héroe de la batalla de Maracaibo; persona de raza negra, "mulato feroz y sanguinario", lo describe un general contemporáneo suyo. Promovió en el departamento de Magdalena un levantamiento de características abierta y agresivamente raciales. Su planteamiento lo resumía así: "La igualdad legal no es bastante, lo que se quiere es que haya igualdad absoluta, tanto en lo público como en lo doméstico". Con esas consignas igualitarias, estimuló su pequeña rebelión, que llenó de terror a los blancos de Cartagena. El 28 de marzo de 1828, Padilla convocó a un grupo de oficiales y les hizo conocer que levantaría a su gente para proteger su libertad. Pero el general Montilla, comandante de Cartagena, en hábil maniobra logró someterlo. Padilla pudo huir hacia Ocaña, buscando la aprobación y la protección de Santander, protección y acogida que le fueron dadas. Regresó Padilla a Cartagena avalado políticamente por el santanderismo, pero fue tomado prisionero y remitido en calidad de tal a Bogotá. Los bolivarianos acusaron a Santander de ser autor intelectual del movimiento de Padilla, y esto convirtió la asamblea en lo que alguien describió como una auténtica "gallera".

Manuelita Sáenz, cuando en Bogotá se enteró de la rebelión de Padilla, comentó:

Dios quiera que mueran todos estos malvados que se llaman Paula, Padilla, Páez... Sería el gran día de Colombia el día en que estos viles muriesen; estos y otros son los que están sacrificando con sus maldades para ser las víctimas un día u otro de la tranquilidad. Este es el pensamiento más humano. Que mueran diez para salvar millones.

Sin duda que el ambiente era de agresiva gallera.

El pesimismo cundía en el ánimo de Bolívar cuando conoció los pormenores de la asamblea. "Yo veo esto como el principio del fin", solía comentar con sus contertulios; y también creía que sólo un milagro podía hacer que de Ocaña saliera algo positivo en vez de un terrible y generalizado mal.

Ocho semanas se prolongaron las deliberaciones en ese escenario que era más bien un pugilato. Y no hubo posibilidad ninguna de acuerdo o de conciliación. Nadie cedía ni quería ceder en sus puntos de vista. La intransigencia y la intolerancia prevalecieron sobre la sensatez y el cacareado sentido común. Y de esa reunión, de donde pudo haber salido un intento de rectificaciones para iniciar un nuevo comienzo, sólo se alzaron las grandes pasiones y los odios recalcitrantes.

Los bolivarianos resolvieron romper el quórum retirándose. Y al retirarse, se declaró inaugurado un nuevo capítulo de tragedia y de amargura, para todos los hombres que de la Independencia sólo estaban cosechando un inmenso bramido de anarquía disolutiva.

El único acuerdo que logró prevalecer fue el aceptar que la Constitución de Cúcuta requería una integral y completa reforma, lo que significaba simple y llanamente su derogación, o el anuncio y la invitación a sus funerales. Recuérdese que Bolívar había dicho, cuando se sancionaba esa Constitución en 1821, que asistía a los funerales de Colombia.

19

Disuelta y abortada la Asamblea de Ocaña, los concurrentes no tuvieron más alternativa que retornar al lugar de donde habían venido. Todos se irían rumiando la frustración y el fracaso que habían edificado por igual con sus pasiones, su intransigencia y su intolerancia. Allí en buena parte se había sacrificado el futuro de la república y sólo había triunfado una especie de engalanada estupidez histórica, pues también allí se habían sembrado los gérmenes para que nacieran los dos grandes partidos históricos que, con el correr de los años, en lo esencial se dedicaron a desvirtuar la posibilidad de que existiese entre nosotros una auténtica y real democracia. Habían triunfado allí los oscuros politiqueros, los casuistas, los demagogos sin principio, el cubil de abogados que oscureció y seguiría oscureciendo la nación. Y allí habían naufragado la lucidez y la visión histórica.

Santander permaneció algunos días reunido con sus partidarios, fraguando las tareas que deberían afrontar en el futuro inmediato. Entre las partidas de tresillo, las arengas envenenadas de Vargas Tejada y las copiosas libaciones de aguardiente, delinearon las nuevas y macabras acciones que proyectaban para su futuro. Allí, entre sigilos y juramentos, se habló de conspiración y de crimen. José Hilario López contaría después en sus *Memorias* que se juraron secreto y fidelidad para los compromisos que adquirían. Contó que, retornando a sus provincias, deberían esperar noticias sobre un gran suceso. ¿Estarían los crímenes de Bolívar y de Sucre incluidos en los rituales de ese gran suceso? Fácil es imaginarlo. ¿Acaso no estaban allí muchos de los que en pocos meses blandirían los cuchillos asesinos en la noche de septiembre?

Santander partió unos días después para Cúcuta. Allí, en su tierra nativa, recordaría su infancia monocorde y triste. Recordaría el viejo sembrado de cacao contiguo a su casa. Recordaría a su antiguo caballo, Clavijero; lo recordaría con una emoción intensa, como si ese caballo hubiese sido el gran amor de su vida, como si sólo él le hubiese prodigado momentos de verdadera alegría a esa vida suya, oscura y laberíntica.

Después de algunos días en ese solar nativo, emprendió de nuevo su regreso a la lejana y fría capital. En su alma tenía amplificado el frío de la derrota y en su hígado llevaba también amplificado el dolor de sus cólicos. Después de muchos días de viaje, en que pasó por Pamplona, Socorro, Bucaramanga y Tunja, llegó molido y amargado a su hacienda de Hatogrande. Era el 9 de agosto. Sólo lo recibió su mayordomo. Ya Nicolasa Ibáñez poco interés mostraba en recibir a ese amante suyo, que cada vez se convertía más en un ser huraño, lejano e insoportable por sus constantes y agresivas rabias.

En los entreactos del drama habían acontecido muchas cosas. A comienzos de junio de 1823, el entonces coronel Pedro Alcántara Herrán preparó en Bogotá una especie de plebiscito, orientado a investir al general Bolívar de facultades extraordinarias para que con ellas se hiciese cargo de la jefatura del Estado. En junta numerosa y compuesta por gentes de todas las clases sociales, se firmó un acta donde se revocaban los poderes a los diputados de Bogotá que habían asistido a la convención, se desconocían de antemano los actos emanados de esa constituyente y se encargaba a Bolívar del mando supremo de la nación.

El acta se presentó al consejo de ministros. El consejo de ministros la aprobó y decidió enviársela a Bolívar. Bolívar la recibió en la ciudad de Socorro el 16 de junio. Y decidió —después de aclarar confusiones, padecer incertibumbres y enfrentar desconciertos— regresar a Bogotá. Llegó a la ciudad el 24 de junio. Lo recibió mucha gente y concurrieron todas las autoridades civiles, eclesiásticas y militares. Ante esa concurrencia, Bolívar asumió el mando. Pronunció como siempre un vibrante discurso. Dijo que Bogotá era y había sido siempre el trono de la opinión nacional y que esa ciudad de Bogotá, viéndose en el conflicto de perder su libertad o sus leyes, prefirió perder sus leyes antes que su libertad. Por algo Bolívar no era abogado; era estadista, soñador y hacedor de naciones. Por eso no podía ahogarse en los artificios y en los enredos de la casuística y de las retóricas falsificantes, esas que cubrían con leyes la ausencia de realidad. Dijo también que había defendido por muchos años la libertad y la voluntad pública y que se enfrentaría a todo por continuar cumpliendo con la voluntad popular; y que si alguien pedía que se separase del mando, lo haría.

En casi todas las ciudades y provincias se expresó mayoritariamente la voluntad nacional por medio de estos pronunciamientos plebiscitarios, donde se ratificaba el poder para Bolívar. Y Bolívar aceptó esa dictadura respaldada popularmente; la consideró expresión de una exigencia nacional. Él no se confundía con las telarañas de la palabra; se atenía a la solidez de los conceptos. Por eso podía exclamar con serena contundencia cuando publicó el decreto orgánico que regulaba su nuevo poder político:

¡Colombianos!

No os diré nada de libertad: porque si cumplo mis promesas, seréis más que libres; seréis respetados; porque además bajo la dictadura, ¿quién puede hablar de libertad? Compadezcámonos mutuamente del pueblo que obedece y del hombre que manda solo.

Pero el santanderismo y los asustados abogados lo llamaban tirano.

No demoró Bolívar en convocar una nueva Asamblea Constituyente para que dotara a la república de una nueva Constitución y sepultara el transitorio expediente de la dictadura. Siempre supo que era provisional y transitorio ese gobierno que le delegó el pueblo, para que contuviese la anarquía y la total disolución de la vida nacional.

Se suprimió la vicepresidencia. Pero no quedó sin bufete el antiguo y adocenado funcionario. Casi de inmediato fue nombrado, por el "tirano", embajador plenipotenciario ante los Estados Unidos, cargo que aceptó complacido de manera inmediata. Pero demoró en irse, pues estaba muy atareado arreglando asuntos de suprema importancia para él y su partido. Tendría en el nuevo cargo un sueldo de 8 000 pesos, y exigió que se le nombrase como secretario a su íntimo y cómplice amigo, el señor Luis Vargas Tejada. "Estoy contento con mi suerte actual", le escribió a un amigo en París. La conspiración ya se había puesto en marcha.

Era difícil e irritante el tiempo que se vivió en Bogotá en aquella época en que se instauró la llamada dictadura de Bolívar. Tiempo enrarecido y maligno, donde se respiraba odio y resentimiento y donde la división política había fracturado muchas y antiguas relaciones, que antes seguramente fueron de amistad y solidaridad. Tiempo más que propicio para la intriga, tiempo para que la conspiración, que ya había comenzado, siguiera siendo acogida con beneplácito por no pocos santafereños.

Manuelita, "la barragana y la forastera", como la llamaban usualmente los enemigos de Bolívar, había contribuido en no poca medida a fomentar el clima de esa discordia que parecía crecer, como una marea incontenible, día por día y hora por hora. En meses anteriores, había propiciado un alborozado jolgorio, que convirtió en ceremonia y en simulacro de fusilamiento de don Francisco de Paula Santander y Omaña, por traidor. El asunto se comentó hasta la saciedad entre la sociedad bogotana y sirvió para atizar el odio y llevar la discordia hasta límites insostenibles. Eso fue en la Quinta de Bolívar. Después de exuberantes libaciones del conocido y apetecido Oporto, Manuelita había preparado un monigote de trapos y de paja, al que colocó bigotes y, con música marcial y bendición de clérigos, hizo que ese monigote —que por supuesto representaba a Santander— fuese fusilado ante el aplauso y la alegría de todos.

Se ofendió Córdoba, que estaba también en la fiesta, a pesar del odio de Manuela, y le escribió a Bolívar una larga carta narrando los curiosos hechos. Y Bolívar le respondió, reprendiendo la conducta de su amable loca. Le decía que una vez él regresase, haría todo lo posible para que ella se fuese a cualquier parte. Pero regresó y no hizo nada de lo posible para que ella se fuera. Al contrario, procuró que Manuela estuviese más cerca que nunca en aquellas horas donde ella, y sólo ella, fue refugio para sus desolaciones; y acabaría siendo el ángel salvador cuando vinieron los asesinos a arrancarle la vida.

Era antiguo, pasional y violento el odio de Manuelita Sáenz por el vicepresidente. Ella, más que nadie, conocía las íntimas y perversas maniobras ejecutadas por Santander para sabotear la campaña de Bolívar en el Sur. Ella, que manejaba su archivo y su correspondencia, conocía paso a paso y letra a letra el proceder inicuo e hipócrita de Santander. Y como mujer y como amante, sólo podía sentir odio por ese hombre que, a su juicio, estaba sacrificando esa campaña que su amante y su héroe dirigía en función de liberar un mundo.

Pero era solo uno de los tantos episodios del rencor. Manuelita al menos simulaba fusilar. Los enemigos de Bolívar, orientados en todo por Santander, no simulaban fusilar. Querían abierta y arbitrariamente asesinar.

Las medidas tomadas por Bolívar eran cuestionadas en su totalidad. Profusamente se hablaba en los periódicos de liquidar al tirano para restaurar la supuesta libertad conculcada por Bolívar. Se formaron círculos secretos. Las logias, los abogados, las terturlias se convirtieron en centros conspirativos, en oficinas de planificación de un crimen que parecía estar escrito y estimulado en todas las paredes y que se pregonaba en todas las reuniones.

Bolívar había tomado medidas tendientes a favorecer a la Iglesia, que lastimaban la sensibilidad "liberal" y demagógica de los círculos masones y jacobinos que apoyaban a Santander.

Se presentaban incidentes que eran explotados irresponsablemente por la pasión política. Un día un coronel, de nombre José Bolívar —que no era ni remotamente pariente del Libertador, pero que era militar brusco y fuerte— saludó con un apretón de manos al abogado Vicente Azuero y le lastimó uno de aquellos dedos con que escribía sus calumnias; y se dijo que era un terrible atentado contra la libertad de prensa. Ese mismo José Bolívar moriría asesinado y a quemarropa en los días venideros, cuando se perpetró el atentado contra el Libertador.

Otra vez, Florentino González, que siempre andaba armado de cuchillos y pistolas, tuvo un incidente con el coronel Ignacio Luque, donde casi resultó ultimado el coronel Luque; y se dijo que también la dictadura perseguía y temía a la prensa. Luque, en venganza, le destruyó la pequeña imprenta donde publicaba su incendiario y pequeño periódico. Pero el incidente sirvió para continuar enardeciendo ánimos y alimentando el proyecto criminal que ya estaba en marcha.

Mientras avanzaba la conspiración, mientras se preparaba en todos sus detalles el repugnante crimen, Santander, el único gran beneficiado de la infame empresa, al darse cuenta y al valorar en todos sus detalles la responsabilidad que le cabía —y para *cubrirse*, que para él siempre era esencial—, optó, con su habitual y cínica prudencia, adoptar una táctica que le garantizaría seguridad. Decidió que, acerca del gran asunto que se preparaba, no tendría ninguna comunicación ni conversación directa con los implicados, salvo con Florentino González; que sólo Florentino González sería su contacto y su enlace para conocer y estar enterado del tenebroso asunto. Había dejado muy en claro que no toleraría que el crimen se cometiese mientras él estuviese todavía en Bogotá; que se cometiese cuando él hubiese partido a posesionarse como embajador plenipotenciario ante el gobierno de los Estados Unidos. Así lo cuenta el propio Florentino en sus *Memorias*. Dice González que le había hablado Santander y éste le había dicho:

> Sólo tengo que hacer a usted una objeción relativa a mi persona. Si una revolución tiene lugar hallándome yo en el país, y en la ciudad misma en que ella estalle, va a decirse que yo he propiciado esta revolución, y que la he promovido por ambición personal, no por el noble deseo de restituir la libertad a mi patria. Yo ni quiero, Florentino, que nunca pueda sospecharse ni decirse semejante cosa de mí. Déjenme ustedes alejarme del país y dispongan de su suerte sin mi intervención, para que no haya ningún pretexto para contrariar sus esfuerzos.

Qué inocencia. Qué grandeza. Qué heroismo. Qué solidaridad con los cómplices. Maten a Bolívar mientras yo no esté aquí. Maten a Bolívar, mientras yo, a nombre de su gobierno, me voy de embajador a los Estados Unidos para restituir la libertad que ha destruido este mismo gobierno. Toda la honestidad y la transparencia existencial y humana del Hombre de las Leyes está plasmada y refulge para toda la eternidad en la inocencia de esas maravillosas frases. Allí está en toda su plenitud, desnudo y en éxtasis, nuestro héroe nacional.

Sin duda que esa página del diario de Florentino González por sí misma exime de comentarios pasionales sobre la elegancia y la inocencia del magistrado de casaca negra. Vale la pena transcribirse:

> Manifesté al general Santander la imposibilidad en que nos pondría de restablecer el régimen constitucional, desde el momento en que él, que era el representante legal de ese régimen, se alejase del país. Permaneciendo él en Colombia, el gobierno constitucional aparecía en su persona en el momento en que fuese destruido el gobierno dictatorio. Alejándose, era necesario crear un gobierno provisorio, de hecho, que oponer al gobierno dictatorio, entretanto que el pueblo lo legalizaba, por medio de sus representantes. La guerra civil sería la consecuencia, y el resultado de la lucha tal vez sería adverso a la causa de la libertad. Tomando las riendas del gobierno, el vicepresidente constitucional de Colombia, que no había dado ninguna muestra de aquiescencia a la usurpación, ni manchado su conducta con ningún acto de infidelidad a la Constitución que había jurado, el oponerse a sus órdenes y desobedecerlas era un acto de rebelión. El derecho del pueblo luchaba entonces contra el hecho del usurpador, y la fuerza de éste no podría prevalecer contra la fuerza moral de aquel.

> Yo hice al general Santander estas reflexiones y nada me contestó a ellas, seguramente porque no era posible contestarlas. No me dio ninguna respuesta decisiva acerca de su aquiescencia a tomar el mando; mas yo vi en su silencio la convicción íntima de que no podía dejar de

hacerlo así; y mis compañeros pensaron lo mismo que yo, luego que les referí mi conversación con el general Santander.

Bien persuadidos de que el vicepresidente no dejaría de tomar el mando si conseguíamos destruir al gobierno dictatorio, en la siguiente reunión de la Junta Directiva resolvimos poner en acción los medios de que podíamos disponer para lograr aquel resultado.

Por fin llegó la gran noche de los asesinos. Y fue noche de luna llena. Pero los minuciosos y organizados planes, preparados con tanta antelación y todo detalle, se desordenaron y se fracturaron por los imprevistos. Uno de los comprometidos, por andar de borrachín y de hablador, los había denunciado y había puesto al descubierto el engranaje de la conjura. Se resolvió a última hora cambiar de fecha y adelantar el golpe, para ejecutarlo el mismo día en que se produjo la delación. Reunidos en casa de Vargas Tejada, decidieron que esa noche del 25 de septiembre asaltarían el palacio y asesinarían a Bolívar.

El imprevisto cambio alteró y comprometió elementos que eran esenciales para el buen éxito del suceso. Algunos conjurados no pudieron ser avisados a tiempo, entre ellos Santander, que sólo recibió un confuso aviso. Pero ya no se podía dar marcha atrás. Y esa noche fueron por la indefensa y casi desprotegida figura del "tirano", que, enfermo, permanecía en cama, oyendo cómo Manuela leía para él algunas páginas de ese libro alucinado que nunca termina de leerse: el *Quijote*.

Nunca pudo imaginar Bolívar —le era moralmente imposible imaginarlo— que el santanderismo acabara envilecido por la razón de los puñales. Pero esa noche se convencería para siempre sobre cuál era la verdadera catadura moral de su siniestro enemigo. Llegaron matando los asesinos. "Ya no podíamos lisonjearnos de triunfar sino con la impresión de terror que diese a nuestros contrarios la noticia de la muerte de Bolívar", comentaría posteriormente uno de ellos. Fuerzan la puerta y matan por la espalda al primer centinela. Ladran con desesperación los cuatro perros de Bolívar. Continúan avanzando los asesinos. Dan muerte a otro guardia, que alcanza sin embargo a herir con su sable a un sobrino de Vicente Azuero. Manuela está ya alerta, hace que su amante enfermo se ponga sus ropas y unos zapatos para la lluvia. Bolívar toma su sable y sus pistolas. Está decidido a enfrentar a los asesinos. Manuela lo disuade de esa inútil temeridad. Salta por la ventana. Corre por la desierta calle hacia el turbio riachuelo de San Francisco. Lo ilumina el esplendor gélido de la luna llena. Se salva y, al salvarse, en algo salva de infamia y de ignominia al oscuro partido de criminales que pronto colocará en el poder al hombre que los convocó para el crimen.

Manuela, casi desnuda, los había enfrentado. Los intimidó con su valor. La golpearon. Había protegido y salvaguardado la vida de su amante y, al hacerlo, protegió nuestra historia del sucio horror de haber dado muerte ignominiosa al héroe legendario que la había fundado. Pero de muchas formas, en aquella noche septembrina asesinaron a Bolívar. Le descuartizaron el alma. Los puñales atravesaron su corazón e hicieron sangrar la patria para siempre.

Después... ¿qué vino después? Salir del escondrijo. Salir del barro casi putrefacto. Sentir el cuerpo que tiembla. La infinita y la amarga desilusión, el inabarcable dolor de comprobar que un inaudito sueño de futuro solo estaba sirviendo para convocar el repugnante festín de unos cuantos criminales.

Sus soldados lo rescataron y lo condujeron a la Plaza Mayor. Allí estaban algunos de sus generales amigos. Y, como en un episodio del infierno, estaba el general Santander, montado a caballo y con sus ojos oblicuos, y tratando de decir que en qué podía ser útil. Bolívar no lo mira. Se dirige donde Manuela para darle un beso y decirle simplemente que era la Libertadora del Libertador.

20

Santander pide protección esa noche al general Urdaneta, a quien también odia con toda su alma y a quien también le gustaría ver muerto. Le dice que tiene miedo, "porque en la agitación en que estaban las tropas podía recibir un insulto por la posición política en que tanto tiempo ha se encuentra". El general Urdaneta lo recibió esa noche en su casa, pero como a un prisionero. Él, más que nadie, sabía que estaba alojando al promotor, al estimulador y al beneficiario del gran crimen, que la audacia y el valor de Manuelita habían evitado.

Bolívar, al otro día, pretendió renunciar y abandonarlo todo. Decidió ni siquiera conocer el nombre de los conjurados. Pretendió conceder un indulto total y absoluto para todos los comprometidos. Sus ministros y sus generales no le permitieron el ejercicio magnánimo de su generosidad. A nombre de la razón de Estado y de otras consideraciones políticas, lo obligaron a que propiciara el proceso y el juicio contra los asesinos. En conformidad y en cumplimiento de la ley sobre conspiradores, catorce de los asesinos fueron condenados a muerte. Otros fueron sentenciados a prisión o a destierro.

Santander fue condenado a muerte. Algunos apartes de la sentencia rezan:

... Y considerando, primero: Que aunque el general Santander al principio de su causa ha negado haber sabido que se tratase de alguna conspiración contra el presente régimen y la persona del Libertador presidente, después ha confesado, en fuerza de las declaraciones del coronel Guerra, del comandante Carujo y Florentino González, haberlas sabido, pero que se opuso a que se llevase a efecto, y mucho más, a que se asesinase la persona del Libertador mientras estuviese él en Colombia, pero que convino en que se practicara la conspiración cuando se hallase fuera de la república y que entonces estaría pronto a prestar su servicio.

Continúa la sentencia:

> Segundo: Que como ciudadano de Colombia, y mucho más como general de la república, no sólo no ha cumplido con sus primeros deberes en haber impedido la conjuración y el asesinato premeditado contra el Jefe Supremo de la nación, sino que ha cometido un crimen de alta traición por no haber denunciado la revolución que se tramaba... Tercero: Que el expresado general no sólo se manifiesta saber de una revolución, sino también con el carácter de aconsejador y auxiliador de ella, sin que pueda valerle, de ningún modo, el que no haya estado en su ánimo la conspiración del 25, pues él mismo confiesa haber aprobado una revolución y aun haber aconsejado los medios de realizarla por el establecimiento de la sociedad republicana, circunstancia que lo califica de cómplice en la conspiración del 25, pues poco importa para su defensa que haya estallado en aquel día o en cualquiera otro la revolución que aconsejaba y caracterizaba de justa... En esta virtud se declara que el general Santander se haya incurso en la clasificación que comprende el segundo inciso del Artículo 4º de este último decreto y se le condena, a nombre de la república y por autoridad de dicho decreto, a la pena de muerte y confiscación de bienes a favor del Estado, previa degradación de su empleo...

Días de estupor, tragedia y casi hasta demencia comenzó a vivir el general Santander cuando se frustró el asesinato de Bolívar la noche del 25 de septiembre. Todo se le vino abajo. En primera instancia, su vida estaba en manos ahora de sus jueces y, por supuesto, en últimas, quedaba en manos del general Bolívar. Desde la misma noche del fracasado atentado, supo con dolorosa certidumbre que su responsabilidad en los hechos lo condenaba a muerte. No importaban todo el sigilo y todos los juramentos que hubiesen hecho los conspiradores. Él siempre creyó que el asunto tendría un buen suceso; pero habían fracasado, y tenían las más sólidas y los más verdaderos motivos para imaginar que nada ni nadie los salvaría, ya fuese de la justicia o ya fuese de la venganza.

En esos días en que estuvo en prisión y en que estuvo en vilo su vida, acontecieron muchas cosas a nivel de sus perturbadas emociones. Sintió que su propia vida era todo vacío y fracaso. Tuvo la agobiante sensación de que, en lo esencial, los treinta y seis años que hasta ahora había vivido estaban como atravesados por la ausencia del amor y carentes de sentimientos de verdadera plenitud. Poco contaba para él en ese instante que hubiese alcanzado algo de poder, de riqueza y de prestigio. Había algo como imprecisable e indefinible que le proporcionaba esa sensación de nada y de vacío, esa como ausencia de una vida verdadera que pudiese prodigarle el sentimiento de que algo que va mucho más allá de las formas y que es lo que permite imaginar que la vida humana también tiene dimensión de espíritu, a él le había faltado siempre. Sentía que había traicionado esa dimensión de espíritu, y que tal vez la llegada ahora de la muerte —como efectivamente creía iba a sucederle— le hacía sentir que su vida era equivocación, fracaso y elección de caminos falsos y errados. Lo aplastaron por muchas horas esos angustiosos pensamientos, y era extraño porque para él esos pensamientos en el pretérito habían sido inusuales y poco relevantes.

Por eso se sentía estremecido y desgarrado. Y como algo extraño, el gran terror que se apoderó de él en esas horas no fue pensar en esa muerte suya que veía inminente, sino en esa vida pasada que consideró desperdiciada y triste, como si fuese una vida en la que no hubiese entendido nada. Vinieron a su alma antiguas y olvidadas vibraciones religiosas. Recordó y lo atormentaron frases evangélicas como aquella: ¿De qué puede servir haber ganado honores y riquezas, si al final de todo se acaba perdiendo el alma?

Pensaba que tal vez le quedaban pocos días para ser ejecutado; a lo mejor, y con un poco de suerte, le quedarían sólo semanas. Bajo el imperio de aquellas hondas emociones, quiso restaurar en algo afectos que le eran —¡y cómo lo sabía ahora!— fundamentales para soportar sus últimas horas de existencia. Le escribió a Nicolasa y logró que ella viniera a visitarlo. Y Nicolasa vino y, bajo el impacto de aquellos sentimientos que prodiga la proximidad recelosa de la muerte, lograron breves momentos de comunicación y de ternura. Y en esos breves instantes, la ilusión del amor perdido, y ahora recobrado, le proporcionó una sensación de alivio, casi de paz en sus laberintos interiores. Fue algo que le hizo soportable y menos trágica la llegada de la muerte, que ya estaba instalada entre su alma.

Preparó también su testamento. Quiso ser generoso, como casi nunca pudo serlo en vida. Perdonó deudas, repartió sus bienes entre familiares y también dejó parte de su fortuna a Nicolasa, que sin duda sufría y estaba atribulada por lo que pronto iba a acontecerle a su irascible amante. Ese documento, en sobre sellado, se lo envió a su hermana Josefa para que fuese abierto después de ser él ejecutado. Todos estos actos y todos estos nuevos sentimientos lo ayudaron notablemente en esas horas para soportar el significado de lo que ahora estaba enfrentando. Para su propia sorpresa, y para sorpresa de quienes vinieron a visitarlo en esas horas que se suponían previas al ascenso hacia el patíbulo, le dieron serenidad y aplomo. La muerte no lo estaba derrotando; lo que lo había derrotado siempre era la vida ya vivida.

Y sucedió lo que muchos creyeron no podía ni debía suceder: su condena a muerte fue conmutada por condena de exilio. El Consejo de Ministros y Bolívar acogieron esa conmutación. Razones varias, pero en especial de índole política, indujeron a que se tomase esa medida, así después el general Libertador se hubiese arrepentido amargamente de haberlo hecho. Él nunca tuvo duda alguna de que Santander había promovido, estimulado y organizado, con perversa y fría calma, su violento asesinato.

Bolívar escribió, con resentimiento y amargura:

En adelante no habrá justicia para castigar al más atroz asesino, porque la vida de Santander es el pendón de las impunidades más escandalosas. Lo peor de todo es que mañana le darán un indulto y volverá a hacer la guerra a todos mis amigos y a favorecer a todos mis enemigos. Su crimen se purificará en el crisol de la anarquía...

Ni que estuviese leyendo en libro abierto el sangriento y escandaloso relato de lo que acontecería sólo un breve tiempo después, cuando, muerto Bolívar, regresa triunfante y sonriente a Bogotá el conmutado señor Santander.

21

Conmutada su sentencia de condena a muerte por condena a exilio, se le comunicó al ex vicepresidente Santander que tendría sólo unos días para arreglar sus asuntos personales y abandonar el país. La nueva sentencia, por supuesto, le devolvía entusiasmos y bríos vitales; le trastocó la melancolía y la desesperación, para convertírselas en ímpetu y en renovado y ardiente deseo de volver a vivir. Casi comprobó en carne propia el extraño prodigio de una resurrección. Pero, sin embargo, no se sintió feliz sino como abrumado y lleno de incertidumbre frente al nuevo futuro que se iniciaba.

Lo primero que procedió a organizar antes de partir fueron sus asuntos de dinero. Afortunadamente para él, su celosa y extremada manía organizativa nunca le había regalado confusiones al respecto. Escribió unas precisas y rigurosas instrucciones. Delegó lo más significativo en el manejo de sus bienes en la persona de su amigo y socio en tantas cosas, el señor Arrubla. También delegó en su mayordomo de Hatogrande otras cosas, e igualmente delegó en Nicolasa Ibáñez el manejo de otras platas. Para vivir en el exilio, no iba a tener ningún problema; para eso "la patria lo había hecho rico en honores y bienes de fortuna".

Por otra parte, sus socios Arrubla y Montoya, los que habían tramitado el gran y cuestionado empréstito, pusieron a su disposición sus fortunas y sus crecidas cuentas en el exterior. Poco después de haber partido, don Francisco Montoya le escribiría:

Inútil es decirlo, pero me es agradable repetirlo que en todo, todo tiempo, mi fortuna, cualquiera que sea, es divisible con mi amigo, y en esta virtud usted quede persuadido que mi ofrecimiento es cordial para disponer de ella como guste, en lo cual tendré el mayor placer.

Buenos socios y buenos amigos sin duda tuvo el vicepresidente, que vinieron a socorrerlo en ese difícil momento y que le siguieron brindando su apoyo en el tiempo de ese exilio, que ni remotamente tuvo el rumor de un castigo por un crimen abominable, sino que más bien fue la exaltación y el disfrute opulento de un gran y escandaloso negocio realizado en época pasada y que, de paso, había significado la quiebra de las finanzas públicas.

Por eso, al irse al exilio a cumplir su conmutada pena de muerte, Santander se permitió el extraño e inconcebible lujo de llevar hasta séquito, que incluía hasta su propio cocinero. Inconcebible que la "tiranía" le permitiese gozar de tan halagadores privilegios. ¿Así trataba el dictador Bolívar a quien orientó la conspiración que iba a asesinarlo? La propia sentencia había sido explícita en consignar que no se afectaran de ninguna manera los bienes del general Santander, para que éste pudiese vivir cómodamente de sus rentas mientras permanecía en el exilio.

Pero Santander, alucinado por sus propias suposiciones, quizá no pudo discernir ni aceptar hechos tan abiertamente contradictorios. Alegaba y alegaría que era perseguido por tratar de defender y restaurar la libertad y la Constitución, supuestamente conculcadas por el general Libertador. Y con esa concepción de libertad, se iba para el exilio europeo llevando entre su "equipaje" a un joven esclavo. ¿A qué libertad y a qué derechos se podría referir este constitucionalista, cuando precisamente él andaba de viaje por Europa exhibiendo como prueba de libertad la posesión de un esclavo? Como para preguntar cuántos esclavos tendría Bolívar por aquella época. O también como para preguntar qué cumplimiento se le había dado a la Constitución y a esa ley que, propiciada por Bolívar, había determinado la manumición de los esclavos. Por algo tal vez decía el doliente perseguido que, con leyes que lo escudaran, él podía hacer cualquier diablura.

Partió entonces en noviembre de 1828 el señor Santander, de Bogotá hacia Bocachica, para empezar a cumplir su condena. No iba acusado ni condenado por el robo de una gallina, o por defraudación de los dineros públicos, sino por el más violento y aterrador delito que se cometió en nuestra vida republicana. Y sin embargo, se le permitía viajar con comitiva y se le dejaba bien protegida su fortuna. Lo acompañó hasta Cartagena su cuñado, el coronel Briceño Méndez. Y su compañía de viaje para Europa fueron: un empleado suyo de nombre Francisco González, tres criados y un joven esclavo negro, de unos dieciséis años, llamado Cruz Cabrejo. También lo acompañaba otro criado de nombre Delfín Caballero, quien años después escribiría unos curiosos recuerdos sobre este singular y lírico personaje que fue su señor y su amo.

No careció, por supuesto, de emoción y de lágrimas la despedida de Santander de sus familiares y amigos. Pero en medio de todo, se mostraba sereno y tranquilo. Expresó que sólo el hígado le estaba ahora proporcionando sufrimiento. Al despedirse de Nicolasa, lo aquejaron muchas inquietudes. La aconsejó sobre muchas cosas, le predicó mucha moralidad y mucha continencia en gastos y en pasiones. Si bien es cierto que en sus últimas semanas y mientras estuvo prisionero, sus amores tuvieron un como explicable y conmovido reverdecimiento, él no podía desestimar que esa relación con ella había sufrido deterioro y menoscabo, y que el amor que tal vez pudo existir era ya como una desdibujada presencia del pretérito. Si la relación persistía, tal vez era por la rutina o tal vez por otras consideraciones grises y prosaicas. Abrigaba un claro temor de que destrucción y naufragio amenazaban el ya antiguo amorío. A su hermana le escribiría una carta, donde aletean y asoman estos presentimientos:

> No sé si el tiempo, que suaviza todos los dolores, que mitiga todas las penas, que disminuye los mayores afectos del corazón y que hace olvidar hasta las amistades, habrá hecho en ella alguna de estas impresiones. Todo lo espero en mis desgracias y todo puede suceder.

Y todo le sucedería...

Antes de partir, a él y a sus amigos —atrapados en sus perversas suposiciones políticas, y dejando aflorar los oscuros sentimientos de culpa— les dio por imaginar y propalar el envenenado rumor de que Santander correría peligro en ese viaje que debía conducirlo en primera instancia a Cartagena.

Sus amigos, apelando a su conocido recurso de usar influencias y aprovechar privilegios, lograron que se nombrase como comandante de la escolta que lo iba a conducir al teniente Gerardo Montebrune Di Filangeri, curioso personaje napolitano, dotado de cultura y de inquietudes, que desde 1815 pertenecía al ejército republicano. Tuvo algún recelo Santander, pero después terminó aceptando esa disposición, como también agradeciendo el trato caballeroso, benévolo y comprensivo que el militar italiano les prodigó a él y a su comitiva a lo largo de todo el extenuante viaje. Sin que lo supiese el propio Santander, el general Urdaneta había ordenado a Montebrune que llevase un diario de todas las conversaciones que sostuviese con el prisionero durante su camino al exilio. Y por su parte, Manuelita Sáenz le había encargado a Montebrune que la mantuviese informada por carta de los pormenores del viaje y del viajero. Así lo cumpliría con celo Montebrune que, como Santander, era también fervoroso masón. Ese diario, publicado tiempo después, no deja de tener curiosidades interesantes. Cuando Montebrune le pregunta sobre conspiradores, Santander responde que siempre ha creído que todo delator se envilece. ¿Se referiría a Florentino González? Otra frase curiosa que consigna Santander en sus conversaciones es que él nunca había querido ser otra cosa sino lo que el Libertador quería que él fuese.

Prodiga también muchos elogios a Bolívar y a Urdaneta. De Urdaneta dice: "Ha sido siempre mi jefe y crea usted que, en mi concepto, es el único que debe mandar en Colombia en ausencia del Libertador". También tiene muchos elogios para Páez y para el general Montilla; lo curioso es que él creía, y lo había expresado en cartas diversas a sus amigos, que abrigaba la íntima convicción de que tanto el uno como el otro sólo anhelaban asesinarlo. También habla con Montebrune de la repugnancia que siente ante la posibilidad de ir a Inglaterra, pues dice que allí le caerían los del empréstito. Además afirma categóricamente que Montoya es rico sin objeción y que Hurtado debe considerarse el responsable del dinero que se perdió en la quiebra de la casa Goldsmith.

Se duele también de que le achaquen la mala versación del empréstito cuando él puede afirmar, porque lo sabe, que el señor Castillo fue el que lo manejó como quiso; y que la prueba es que él vino a saber que se giraban letras contra el empréstito al cabo de mucho tiempo y cuando ya se había girado más de un millón de pesos. Sorprendente declaración de "inocencia", pues él, "el héroe de la administración, era el vicepresidente y el superior jerárquico de Castillo. ¿Cómo pudo no darse cuenta?

Por sobre todo, en esa larga conversación abundó en manifestar respeto y entusiasmo por el Libertador y por el mariscal Sucre. Seguro que suceden cosas muy extrañas en la mente de un prisionero.

Cuando estaban próximos a llegar a Cartagena, la comitiva fue informada de que el prisionero no fuese conducido a la ciudad sino que fuese llevado directamente a la fortaleza de San Fernando en Bocachica.

En el entretanto, estaban sucediendo hechos políticos y militares de enorme gravedad a lo largo y ancho de la república. En el Sur comenzó la sublevación de los coroneles payaneses José María Obando y José Hilario López. Esa rebelión era parte del plan de conjura y conspiración que había sido propuesto después de la disolución de la Convención de Ocaña. En sus *Memorias*, es muy explícito el coronel José Hilario López sobre las medidas que debían tomarse una vez se hubiese producido el "gran suceso" que se programó para llevar a cabo en Bogotá.

Así como hizo parte la sublevación de Bustamante, en el Perú, del plan para destruir a Bolívar y supuestamente restaurar la Constitución, el plan de rebelión de López y de Obando se sumaba a esa conjura continental contra el proyecto bolivariano, que también incluía la guerra del Perú contra Colombia. López y Obando, en coordinación traidora y antipatriótica, trabajaban con los generales peruanos para arrasar a sangre y fuego el sueño y la obra de Bolívar.

Por supuesto que el gobierno no tenía dudas del compromiso y de la injerencia directa del "inocente" prisionero en todas estas criminales maquinaciones, preparadas con larga y meditada antelación. Bolívar, terriblemente enfermo y asesinado moralmente por los conspiradores, debe viajar al Sur para contener la invasión de los peruanos y la destrucción total de la patria, así como para develar la traición de los coroneles Obando y José Hilario. En ese propósito, firma el Acuerdo de la Cañada. Después, debe regresar a Bogotá. Y ese regreso inicia su viaje definitivo: el que lo conducirá a la muerte y a la gloria indestructible. También se había dado la loca y desesperada aventura sediciosa del general Córdoba. Todos estos acontecimientos que, entre infamias y traiciones, condenaban a la disolución de Colombia y al advenimiento de la más sucia y carnicera anarquía, exigieron, obviamente, que se postergara por algunos meses la salida de Santander hacia su exilio europeo.

Sin duda que algo debió sufrir por aquellos días, no sólo por los cólicos de su hígado, sino por los remordimientos y las perturbaciones de su conciencia. Mientras estuvo recluido, pudo hacer algunas lecturas, tan escasas en el pasado. Pudo escribir muchos memoriales y muchas cartas. Le escribió a Bolívar largos y engorrosos documentos. Le escribió al presidente de los Estados Unidos, que nunca se dignó responder sus cartas. Le escribió sucesivos memoriales al comandante Montilla. Le escribió al general Páez. Y, por supuesto, les escribió a sus parientes y a sus socios indagando por el curso de sus dineros y sus negocios.

Se autorizó el viaje de Santander hacia Puerto Cabello, para que de allí directamente pudiese embarcarse para Europa. Al saber que tocaría tierra venezolana, el territorio donde mandaba José Antonio Páez, volvió a abrigar muchos temores que a su vez le alborotaron el dolor de su hígado. Pensó que Páez cobraría venganza por todo lo sucedido en el pasado. Pero cómo estaba de paranoica y de perturbada la conciencia del inocente y prevenido prisionero. Páez simplemente, y con premura, respondió:

> De orden del gobierno supremo de la república, concedo franco y seguro pasaporte al señor Francisco de Paula Santander, para que pueda transportarse a Europa en el buque y al punto que más le convenga.

Ni Páez, ni Montilla, ni Urdaneta lo habían matado. Al contrario, y él mismo hubo de reconocerlo por escrito, en los tres generales encontró facilidades para irse a disfrutar de la civilización europea, como lo haría sin restricciones y como lo narraría, de árida y singular manera, en un diario que en muchas páginas incluye observaciones interesantes sobre diversos aspectos de la vida europea, pero que igualmente cae en lo ridículo y en lo cursi y revela muchas de esas obsesiones mezquinas que agitan el alma del viajero Santander.

22

En Puerto Cabello, el general y su comitiva abordaron un bergantín mercante de nombre *María*, que los conduciría a la ciudad de Hamburgo. Trató de adelantar gestiones para que el gobierno le cubriese los gastos de pasaje que ascendían a seiscientos pesos, así como posteriormente alegaría que tenía derecho a que el gobierno le cubriese los gastos que demandaría su periplo europeo.

A partir de ese día inicia la escritura de su diario. Lo hará de manera minuciosa y rigurosa durante todos y cada uno de los días que permaneció en Europa. Sin duda que la disciplina y la "organización" eran características sobresalientes del espíritu de este hombre, que sabía anotar cotidianamente lo "superfluo" y todo lo que a su juicio valía la pena de ser anotado durante esa estancia europea, que para él fue como de permanente deslumbramiento en todos los aspectos. Admira, pero no sorprende, la anotación escrupulosa que hace de sus gastos, de lo que vale un pan o un pasaje en carroza. Parece el diario de un contabilista enfermizo que no desea que se le descuadre la caja. Allí queda perfectamente demostrado, por sus propias anotaciones, que durante su vida de exiliado recibió y manejó gruesas sumas de dinero, que le remitían en forma permanente sus amigos y socios que quedaron encargados de manejarle sus haberes en Colombia. Entre estos están los señores Arrubla y Montoya; el señor Núñez, de Cartagena; el señor Cuéllar, su mayordomo en la hacienda de Hatogrande; y la "piconcita", es decir, doña Nicolasa Ibáñez, que también le manejaba bienes y caudales en Bogotá. La pasión por el dinero es más que obsesiva, es molesta e irritante.

Pone de manifiesto que la relación de Santander con el metálico alcanza los niveles de lo patológico. Traduce y describe esa característica despreciativa con la cual lo describieron casi todos sus contemporáneos: la avaricia.

Sus biógrafos y apologistas han destacado por ejemplo que, en el destierro, Santander asistió a la representación de 162 óperas, 129 obras teatrales y musicales, 7 espectáculos circenses y 36 conciertos. Sin duda que es cierto, y eso pone también de manifiesto que Santander tenía sensibilidad y encontraba regodeo y complacencia en esas manifestaciones artísticas y que procuró en lo posible disfrutar al máximo de esas expresiones culturales.

Pero si se destaca aquí su compulsión por el dinero es por algunas circunstancias especiales: Santander fue sospechoso siempre de haber defraudado los dineros públicos en compañía de sus socios y otros miembros de su camarilla de gobierno; esa acusación y esas sospechas fueron acogidas tanto por la prensa como por el propio Congreso, e igualmente por el general Bolívar, aun antes de que se hubiesen roto las relaciones de amistad entre ambos; Santander manifestó repetidamente que era un hombre rico, que tenía bienes suficientes de fortuna, obtenidos, según él, por los muchos servicios a la patria; pero igualmente manifestaba, y se quejaba en su correspondencia privada, de su estrechez económica y de que solamente poseía la hacienda de Hatogrande que le rentaba 3 000 pesos.

Ahora bien, esos biógrafos, tan acuciosos en anotar datos, pasan por alto otros muy significativos. Santander, que no estaba recibiendo sueldos y que se quejaba de que se le debían otros sueldos atrasados, durante el tiempo que estuvo en el exilio recibió sumas de dinero más que apreciables. Acudiendo simplemente a lo consignado en su correspondencia, en su diario y en otros papeles, se encuentra que esas sumas son en todo muy superiores a lo que podría haber recibido por el disfrute de sus sueldos. Debe anotarse que tanto los señores Montoya como Arrubla, los señores que nombró Santander para negociar el empréstito, lo autorizaron para girar y disponer de sus cuentas en el exterior. Simplemente basta tomar en consideración los gastos y los recibos de dinero que acusa y consigna Santander en su diario y en su correspondencia, para establecer con plena nitidez que el señor vicepresidente disponía de buenos y constantes flujos de caudales y dinero, cuando padecía el exilio a nombre de la libertad.

Destacan algunos que asistió a 162 óperas. No destacan, sin embargo, que asistió a muchísimas más *soirées*, ni destacan —o se les olvida— que viajaba permanentemente en compañía de su séquito, con esclavo y todo; él, que era el campeón de la libertad y que pretendía denunciar las violaciones a la Constitución; que esa comitiva que lo acompañaba visitó con él innumerables ciudades y en todo dependía para sus gastos del señor Santander. ¿Sería que la usura, práctica sucia y abominable que ejerció el vicepresidente, le proporcionaba esa riqueza? Esa usura, para que no se diga que es calumnia o animadversión contra el Hombre de las Leyes, está más que corroborada. Es algo evidente y reconocido, hasta por el propio Santander. Para el caso valga sólo examinar algunas de las cláusulas de su extraño testamento.

¿Sería que lo que ganaba jugando tresillo y ropilla fue lo que le proporcionó sus crecidos caudales? Santander fue un jugador empedernido. Como a un "auténtico tahúr" lo definió un diplomático extranjero y lo constatan muchísimos de sus contemporáneos. ¿Sería sólo la benevolencia y la generosidad de Arrubla y de Montoya lo que le proporcionó que gozase de la *dolce vita* en el exilio europeo?

Por otra parte, debe tenerse en cuenta que el archivo y los papeles de Santander han sido "desinfectados" y mutilados muchas veces, para que la figura del héroe nacional no pase a la posteridad maculada por sombras y por prácticas dañinas.

Se sugiere entonces a los defensores de la honorabilidad de Santander que hagan la simple operación aritmética de sumar las cantidades que le enviaron sus representantes mientras estaba en el exilio, para que encuentren el sugerente y esclarecedor resultado de que el prócer —que además siempre tuvo la obsesión de encubrirse— responda de dónde provenían sus riquezas. Se puede establecer que, así como fue un asiduo asistente al teatro y a la ópera, lo fue mucho más a visitar las casas de cambio y las oficinas donde recibía sus caudales. El diario y su correspondencia están allí abiertos para el escrutinio público.

Sus biógrafos y los adorables comentaristas de sus virtudes sólo comentan con timidez: "Santander no derrocha el dinero; prudente en sus gastos, abundan las alusiones al tipo de cambio, al costo del hotel, de sus espectáculos y hasta las propinas que da." Y, sobre todo, anota los caudales que recibe. Los diarios y la correspondencia de Santander, publicados y "depurados" por sucesivas mutilaciones encubridoras, son un testimonio incontrovertible de estos hechos. Son documentos que soportan con toda verosimilitud la sospecha que, tanto Bolívar como muchos de sus contemporáneos, abrigaron acerca de que el Hombre de las Leyes era también un ladrón insigne. Lo de "ladrón insigne" son palabras de Bolívar.

La experiencia europea fue para Santander enriquecedora y compleja en todos los aspectos de su vida. Era un hombre que carecía por completo de eso que se llama mundo. Su origen humilde y provinciano lo había privado de esa posibilidad. Era, por otra parte, su primer viaje a un mundo distinto del que constituían Cúcuta, "la opulenta Atenas suramericana" con sus 29 000 almas y sus maravillosas y múltiples suciedades, y el hostil y hermoso paisaje de los Llanos de Casanare. Debió serle obviamente difícil, en la primera etapa, ese contacto un tanto intimidante con la civilización, sus costumbres y sus personajes.

No conocía ninguna de las lenguas modernas habladas en Europa para afrontar el reto. Sin embargo, todo indica que asumió con entereza y hasta con éxito el gran desafío. Recién llegado a la ciudad de Hamburgo, contrató profesor para aprender francés; pero, después de veintidós días de lecciones, se enemistó con el maestro, pues le parecieron en extremo costosas aquellas necesarias clases. Treinta y seis pesos tuvo la "osadía" de cobrarle el señor profesor por sus servicios. Sin embargo, y lo relata el propio Santander en su diario, apenas hubo llegado fue donde un sastre que le tomó medidas para hacerle una casaca y un chaleco, lo cual le demandó cuarenta y ocho pesos. Por esta suma no se encolerizó, tal vez consideró que quitarse de encima las ropas de Ramiquirí era más necesario que perfeccionar el idioma con el cual se comunicaría en Europa. Poco después, también invertiría algún dinero para mandar a hacer un traje de rigurosa etiqueta, con el cual asistió a muchísimas comidas y atendió compromisos a los que fue profusamente invitado. Igualmente gastaría algún dinero en un vistoso uniforme militar, con hilos de oro y plata y desafiante sombrero, engalanado con muchas plumas. En varias ocasiones lució dicho uniforme, aunque él, como sentenciado, había perdido todo derecho a lucirlo. Su condena como conspirador y orientador del fallido atentado contra el general Bolívar también estipuló la pérdida de sus rangos militares.

Muchos diarios, en diversas ciudades, registraron la llegada y la permanencia del vicepresidente Santander. América, y en especial Bolívar, eran objeto por aquel tiempo de la más viva y explicable curiosidad. Las vicisitudes políticas de la Gran Colombia se seguían y se registraban más o menos minuciosamente. Santander, como ex vicepresidente de una nueva y extensa nación que había surgido después de la epopeya delirante de la Independencia, necesariamente suscitaba la atención en muchos círculos, en cuanto él podía dar información política de primera mano sobre los acontecimientos de ese mundo, que parecía comportarse de manera tan estrafalaria y anarquizada a los ojos de los europeos. Pocos eran en Europa los que podían creer que América meridional pudiese adoptar y adaptar las formas políticas de la civilización europea.

En ese largo transitar por los países europeos, su figura necesariamente estuvo asociada a la del general Bolívar. Saber por muchos europeos que Santander estaba condenado a exilio por una conspiración contra su vida le dio cierta relevancia a su figura. Esa circunstancia lo favoreció, a veces positiva y a veces negativamente, para establecer relaciones; y muchas relaciones fueron las que logró establecer en ese viaje. Él rescatará con especial complacencia su contacto y su conversación con Betham. También conoció a Lafayette, a Sismondi, a Chateaubriand, a la familia de Napoleón, a San Martín, a Humboldt y a toda una larga lista de fulgurantes personajes. Hasta cuenta que conoció al filósofo Arturo Schopenhauer, pero nunca pudo lograr escribir su complicado nombre.

El general Tomás Cipriano de Mosquera, que siempre andaba mezclado entre aristócratas y condes, le facilitó que fuese presentado al rey de Francia. Conoció también a banqueros, condesas y marqueses. Es abigarrado y tumultuoso el relato de las fiestas a las que fue invitado y asistió. Cuenta de comidas donde servían trece y hasta catorce vinos. Conoció frenocomios, cementerios. Visitó palacios, bibliotecas. Fue al sepelio de un Papa. Observó paradas militares. Contempló la elevación de globos aerostáticos. En Londres, nuevamente contrató maestro para que le enseñase inglés; esta vez no peleó por el valor de las clases. Se entrevistó con gentes y funcionarios de la más variada condición en todos los países que fue visitando. Fue a la representación de la ópera *Fidelio*, de Beethoven. "Estuvo ejecutada admirablemente", anotó en su cuaderno. Oyó tocar dos veces al gran maestro Paganini, también le gustó mucho. Oyó cantar muchas veces a la Malibrán, lo dejó conmocionado. En Londres, dice que la viuda del general Miranda deseó vivamente que él fuera su huésped. En Bélgica, visitó varias veces al general San Martín; escribió un comentario frío y displiscente contra ese "amigo de monarquías". La comida inglesa no lo entusiasmó, "es simple, sencilla y de poca profusión". A estas alturas, en que ya se estaba convirtiendo en hombre de mundo, se le antojaba más excitante y sofisticada la comida de los franceses, aunque eso nunca le impidió tener glotona nostalgia del cabrito y la arepa santandereana. En Londres vivió en Terrington Square No. 51, donde por vivir y comer pagó cinco libras por semana. También en dicha ciudad padeció resfriado y lo examinaron dos médicos que ordenaron aplicarle sanguijuelas. De nuevo, en Londres, optó por mandarse a hacer otra levita en paño fino, y un chaleco blanco en tela, que le costó nueve libras, once chelines, seis peniques. Es admirable la organización y el rigor para llevar sus cuentas. Esa suma la convirtió en pesos: fueron cuarenta y ocho.

En su curioso y minucioso diario, no habla nunca de haber leído un solo libro. Periódicos sí leyó, y bastantes. Se conseguían periódicos de América, y la prensa europea publicaba con regularidad noticias de la convulsa y anarquizada región, que tanto asombro y desconcierto provocábales a los europeos.

Las gacetas inglesas del 19 del corriente publican nuevos pormenores sobre la separación de Bolívar de los negocios públicos y su arribo a Cartagena a mediados de mayo, para embarcarse para Europa.

Esto lo consigna Santander en su diario el 23 de julio de 1830. Continuaría por muchos meses el que parecía interminable y extenuante periplo europeo del señor Santander. Nunca parecía dar pruebas de agotamiento por ese ir y venir de aldea en aldea y de gran ciudad en gran ciudad, asistiendo a óperas y a fiestas y visitando toda clase de establecimientos.

Cuando estuvo en Italia, visitó Trento, Verona, Padua y Mantua y por supuesto Roma, donde permaneció en relativa quietud por unos meses. Con su literario y exaltado estilo de contabilista, anota casi siempre el valor de los pasajes y el valor de las pensiones donde duerme y come con su lánguida comitiva. Visita iglesias. Mira la gran pintura italiana y, a veces, sobre algún cuadro copia algún comentario que encuentra en los catálogos. "Aquí está el cuadro de Tintoretto, que se dice haber empleado siete años en hacerlo". Recorre prisiones, encontró especial deleite en visitarlas. Paseó en góndola. Siguió viendo y oyendo óperas. La *Semíramis* de Rosinni le fue en extremo grata. Fue dos veces a la Basílica de San Marcos.

Tomó diligencia hasta Ferrara; dieciséis florines, o sea ocho pesos, le costó el transporte para él solo. Aquí de nuevo visitó un presidio. En el camino entre Ferrara y Bolonia viajó en compañía de dos jesuitas; para desventura de su hígado, los jesuitas le hablaron con elogio de Bolívar. Volvió al teatro y escuchó a Rubini, "superior a cuanto he oído hasta ahora"; lo escucharía dos veces más. Fue a Florencia, e imploró al Cielo para que le fuese dispensada la gloria de encontrarse con el fantasma iluminado del gran Maquiavelo. Oyó en Florencia cantar a "la Catilini", de la que se decía había sido la amante de Lord Byron.

El 15 de noviembre de 1830, mientras seguía viajando, recordó que hacía dos años había salido desterrado, "abandonando bienes y patria". El 5 de diciembre de ese mismo año, comió en casa de Fenzi. "He gastado dos pesos diarios en alojamiento y manutención".

El 9 de diciembre llegó a Roma. Sesenta y tres pesos le costó el viaje. Vio el sepulcro de Nerón, de piedra bruta. Se alojó en la Calle del Corso, 26 pesos por mes. Decidió quedarse tres meses. Recorrió muchas veces Roma y vio muchas veces las sagradas maravillas de la Ciudad Eterna. Escribió cartas muchas desde Roma. "He escrito a Alcázar incluyéndole cartas para Arrubla, Raimundo Santamaría, Telésforo Rendón, mi cuñado Briceño, el doctor Antonio Amaya y mi señora Nicolasa Ibáñez, a todos los cuales habló sobre intereses". Su sensibilidad de romántico seguramente se encabritó y llegó al éxtasis al contacto con Roma; y pudo hablarle sólo de intereses a su recordada Nicolasa.

El 21 de marzo de 1831, se entera en un periódico europeo de la muerte del general Bolívar, acaecida en Santa Marta el 17 de diciembre del año pasado. "Pérdida para la Independencia", anota en su mezquino diario.

Azuero y sus amigos le escribían permanentemente largas y pesadas epístolas, informándole todos los acontecimientos y todos los chismes que se sucedían en la patria lejana. Él les respondía con la misma extensión y pesadez, y les daba instrucciones y sugerencias sobre la actividad política que debían ir desarrollando para preparar su retorno. Ese retorno que, después de la muerte de Bolívar, él solo podía imaginarlo como retorno triunfal, pues creía merecer desagravio por los esfuerzos y delitos cometidos para liquidar al gran tirano de América; es decir, a su Libertador Simón Bolívar.

Desde que supo de la muerte de Bolívar, comprendió que, sucediese lo que sucediese, él intentaría regresar y empezó a encauzar todas sus energías para culminar ese propósito. Definitivamente Europa no era su mundo ni su lugar. No podía sentirse bien entre tantos marqueses y entre tantos condes y entre tantos figurones. Tenía nostalgia de la sencillez de las ropas de Ramiquirí, de las fiestas populares en Soacha y de las reuniones donde —al ritmo del tresillo y la ropilla— chismoseaba e intrigaba con sus amigos de siempre.

Y ahora, como cosa extraña que llegó a confundirlo, se le había atravesado otra poderosa nostalgia que le trastornaba el sueño y le agitaba el cólico. Tenía nostalgia de la hermosa Bernardina, la joven y coqueta hermana de Nicolasa. La había empezado a evocar y a recordar con un deseo trémulo y vibrante, un deseo que lo inquietaba y lo hacía padecer. ¿Por qué Bernardina se le atravesaba en los sueños con su belleza perturbadora? ¿Por qué para ella quiso conseguir —y consiguió— un poco de la tierra del sepulcro de Abelardo y Eloísa? Quizá todo se debía a ese encuentro como embrujador y desquiciante que, aunque efímero, le dejó el sabor de ella habitándole los sueños.

Cuando se le concedieron los tres días para arreglar sus asuntos y salir para el exilio, ella lo había visitado para despedirse en casa de su hermana; ella, que sabía perfectamente que él parecía enloquecer por sus encantos. Y como ambos estaban sobrecogidos por la posibilidad cierta de que él hubiese sido ejecutado, encontraron en esa tarde de estremecidos sentimientos un instante fugaz de cercanía; y él conoció la deliciosa intimidad de sus carnes jóvenes y el sabor hechizante de sus besos húmedos. Desde aquella tarde, Bernardina y sus traviesos ojos negros parecían perseguirlo, parecían pertenecerle. y él se sentía "pertenecido" a ese extraño embrujo. Mucho más que Nicolasa, fue ella la que evocó su entusiasmo en aquel largo tiempo del exilio. Y ahora que vislumbraba la posibilidad de un próximo retorno, era a donde Bernardina donde quería llegar.

Después de Italia, viajó hacia Suiza; de Suiza nuevamente a Francia; de Francia a Inglaterra. En todas partes, según su diario, se repite su rutina operática, sus invitaciones a fiestas, su conocer personajes, su ir a las casas de cambio a reclamar caudales, su ir a conocer los lugares que tienen interés. Los cólicos por esta época le dan un poco de tregua. En París, y muy barato, compró un levitón color verde botella, que después usará en Colombia con una feroz regularidad. Compra objetos y regalos para su familia, también para él. Compra, entre ellos, cuadros de estilo equívoco y apesadumbrado; compra igualmente una mesa de billar; él es jugador de todo. Compra libros; una enciclopedia en inglés; libros encuadernados en tafilete verde, que él los considera apropiados para decorar la casa en que vivirá cuando retorne; la obra completa de

Voltaire está en esa compra. Escribe cartas, cartas de despedida para los amigos europeos. Recibe cartas; las noticias que le llegan de la patria lejana lo convencen de que está llegando —de que tal vez ya ha llegado— la hora del retorno. Y un día se embarca desde Europa para los Estados Unidos. En el barco siente agitado el corazón, lo devora la ansiedad. Sabe que su vida entra en un nuevo ciclo de acontecimientos que siempre ha estado esperando.

El 22 de septiembre de 1831 fue el día en que tomó el barco en Le Havre; el 10 de noviembre ese barco atracó en Nueva York. Sólo fue llegar y recibir visitas. Allí apareció don Lorenzo María Lleras, funcionario obsecuente de todos los gobiernos; venía a ponerse a su entera disposición. Se le ofreció un homenaje en el City Hotel. Fue a conocer a José Bonaparte, el inefable Pepe Botellas. Santander había conocido en Europa a algunos miembros de su singular familia. Don Pepe vivía ahora en Nueva York y ostentaba el título de Conde de Survilles. Santander había quedado seducido por la posibilidad de seguir siendo amigo de duques y de condes. En su conversación con Pepe Botellas se habló de la posibilidad de hacer una biografía del doctor Arganil y le habló admirativa y cálidamente del general Bolívar. Él se quedó en silencio, pensando solo en la biografía de Arganil, en la biografía de ese anciano misterioso que también había participado en la conspiración asesina.

De Nueva York viajó a Filadelfia, de Filadelfia pasó a Washington. La noche en que llegó fue a una *soirée*, eso ya le estaba haciendo mucha falta. Conoció a varios políticos. Fue invitado a conocer el Senado. Todos los políticos que conoció le hablaron de Bolívar. Procuró ser presentado al presidente Jackson, ese presidente que nunca le respondió su carta. Logró la entrevista. Después de ella, escribió este comentario: "Las maneras del presidente son francas y sin etiqueta ninguna. Su casa no tiene guardia".

Después de la visita, lo atacó un fuerte resfriado. Tuvo que permanecer en cama varios días.

23

Mientras Santander andaba de visitas presidenciales y padecía resfriado, acontecían en Bogotá cosas que lo implicaban íntimamente.

Como de hecho estaba disuelta la Gran Colombia, el vicepresidente Caicedo convocó a un Congreso Constituyente conformado sólo por granadinos. Asistieron 87 delegados. José Ignacio Márquez fue nombrado presidente de esa asamblea. Como vicepresidente, Francisco Soto; y como secretario, Florentino González; es decir, los amigos íntimos de Santander, la plana mayor de los conspiradores que intentaron asesinar a Bolívar.

Una de las primeras tareas que asumió la asamblea fue expedir un decreto restituyéndole los grados y los honores militares a Santander. Incluía también que se le pagaran los sueldos atrasados. Qué cantidad de alegría llegó a su corazón cuando conoció estas noticias. Estudió después la asamblea una Ley Fundamental presentada por Vicente Azuero. La dicha ley recibió la correspondiente sanción ejecutiva. Ante la renuncia del vicepresidente Caicedo, se resolvió elegir nuevo vicepresidente. Fue electo nada menos que el general José María Obando, algo así como el brazo armado y sanguinario del santanderismo. Se lo conocía como el Tigre de Berruecos, por haber ordenado el asesinato del mariscal Sucre en la montaña de Berruecos, en junio de 1830. Sucre era el más noble y prestigioso militar de toda la América. Fue considerado el sucesor de Bolívar y por eso sus enemigos procedieron a liquidarlo.

Estaba de nuevo el santanderismo en el poder. Con asesinos y defraudadores, se instauraban de nuevo la "libertad" y la honorable gloria civil de la república.

Como el mandato de Obando era provisional, había que elegir al presidente y al vicepresidente. Fue elegido presidente el señor abogado Francisco de Paula Santander y Omaña. Obtuvo 49 votos. Como vicepresidente fue elegido el señor José Ignacio Márquez; después de 15 votaciones, obtuvo 42 votos. En ese momento, el doctor Márquez era amigo y partidario de Santander; pero pronto, cuando le dio por solicitar en amores a Nicolasa Ibáñez, se convertiría en uno de sus más grandes enemigos.

Santander "ausente" era un Santander triunfante. Y por estar ausente el general triunfante, a Márquez le correspondió prestar juramento constitucional como Jefe del Ejecutivo, el 10 de marzo de 1832.

Se le enviaron a los Estados Unidos mensajeros al presidente Santander, para notificarle los grandes y halagadores sucesos que le estaba deparando la fortuna. En el mensaje que se le envió puede leerse:

> Vuestro patriotismo, vuestros padecimientos por la libertad y el empeño que habéis tomado en sostenerla, durante vuestra expatriación, han hecho que los representantes del pueblo fijen en vos sus miras, como en la persona que puede cicatrizar las heridas que el despotismo y las agitaciones han abierto a la patria.

El mensaje lo redactó el abogado Vicente Azuero.

Mientras llegaban las noticias, Santander andaba de recepción en recepción. En Washington fue invitado a un convite público en honor de Washington Irving. Él no sabía quién era el aludido homenajeado, pero de todas maneras asistió al convite. En casa de José Bonaparte, conoció al príncipe aventurero y malandrín llamado Pedro Bonaparte. "Que está un poco loco por mí", anotó de manera un tanto extraña en su diario. Y se le ocurrió, en un acto de inusual generosidad jurídica, que le daría un grado en el ejército colombiano al dicho príncipe, que era sobrino del propio Napoleón Bonaparte. El joven y errático príncipe juzgó que —al lado de ese general tan generoso y ahora presidente de una nación de la cual él no tenía la menor idea— su vida sería una marcha triunfal hacia la gloria y se le abrirían en Colombia nuevas y muy encantadoras aventuras.

Se vendría con Santander, pero lo del grado nunca se materializó, pues el avezado jurista y presidente olvidó que no tenía autoridad alguna para conceder dichos privilegios. Pedro, al venirse con él, y al verse defraudado en sus deseos y en sus expectativas, se regresaría a los pocos días de Bogotá, pero cargado de odio y de resentimiento contra el presidente que le había mentido y que lo había engañado. Se regresaría, además, convertido en admirador absoluto de la memoria del general Bolívar. Extraño, cuando Santander quería ser generoso, la Providencia se empecinaba en negarle la práctica de esa virtud. Se moriría sin conocerla.

El gobierno de los Estados Unidos ofreció un barco de guerra para trasladar a su patria al nuevo y flamante presidente de Colombia. Pero él escribió en su diario: "Yo he rechazado tan mezquino ofrecimiento".

Antes de dar comienzo a su propia marcha triunfal, le escribió al gobernador de Santa Marta que él no quería ni homenajes ni recibimientos, pues eso podía hacerle recordar *"los días desgraciados en que la adulación hizo gala de sus recursos contra los verdaderos intereses del país... Yo soy un ciudadano acostumbrado a estar alojado simplemente y nutrido con sobriedad..."* ¿Y las *soirées*, y los tantos convites y agasajos, y las muchas comidas y recepciones, en las que se servían trece y catorce vinos?

Por fin llegó el día de embarcarse. Lo hizo en el puerto de Nueva York el 23 de junio de 1832. Abordaron con él Joaquín Acosta y su esposa, una estadounidense con la cual acababa de casarse; el coronel Honorato Rodríguez; y el ya mencionado Pedro Bonaparte, que seguía estando loco por el general presidente, y que seguía creyendo que a lo mejor sería nombrado coronel o hasta general del ejército colombiano.

Venir acompañado por un príncipe, y nada más y nada menos que uno de la casa de Bonaparte, lo hinchaba de orgullo. Imaginaba lo que irían a pensar y la envidia que irían a sentir esos orejones sabaneros, esos aristócratas de alpargata, que tanto lo habían humillado y que tanto se habían reído de él por ser pobre y campesino y por vestir ropas de Ramiquirí. Cómo le gustaría verles la cara cuando entrara triunfalmente a Bogotá de presidente y en compañía de un sobrino de Napoleón. Cómo es de maravillosa y de indemnizadora la vida, pensaba con íntimo regocijo.

Para completar sus glorias y sus dichas, don Lorenzo María Lleras compuso en su honor un himno triunfal. La música que usó fue la de La Marsellesa.

El mismo día que llegó a Santa Marta, y para asombro de los creyentes y de los incrédulos del mundo entero, Santander escribió una elegantísima y exaltante comunicación al Secretario de Hacienda que, en su deslumbrante y lacónico estilo de contabilista, decía simple y llanamente: "Yo deseo saber (y es el objeto de esta comunicación) cuál es la deuda que tengo contra el Estado, quién, cuándo y en dónde me la pagan".

Sin duda que le había servido mucho tanto andar y tanto comer con lo más sofisticado de la aristocracia europea. "El hombre de mundo" se revela aquí de cuerpo entero; está todo en esta sublime, sutil y delicada comunicación, con la cual inaugura su nuevo periodo presidencial. "Acreedor despiadado", lo "calumnió" uno de sus contemporáneos, que por fortuna no era bolivariano, pues si lo hubiese sido se lo podría acusar de mentiroso.

La suma que reclamaba con tanto ardor no excedía los 4 000 pesos; y además, frente a otra reclamación suya, ya le habían sido enviados a los Estados Unidos 2 000 pesos a cuenta de esa terrible deuda. Curiosamente, unos días antes, declaraba haber depositado en un banco de Nueva York la suma de 12 000 pesos, de los que le enviaban Arrubla, Montoya, Núñez y Nicolasa.

Sin mayor premura, continuó su viaje hacia la capital. De Santa Marta fue a Barranquilla, de Barranquilla se dirigió a Cartagena. La comitiva se había ido agigantando con la marcha. En Cartagena, gran recepción en casa del señor Núñez, el mismo que le despachaba caudales a Europa. Lo alojaron en un sitio especialmente preparado para la ocasión. Ya había olvidado que él no quería homenajes ni recibimientos y también había olvidado que él estaba acostumbrado a nutrirse con sobriedad.

Después continuaría su viaje al interior del país. Escogería la vía que de Cúcuta comunica a Ocaña. Pero antes de dar comienzo a este viaje, fue conocedor de una noticia que le heló la sangre y le alborotó con violencia el corazón. En una fiesta en Cartagena, alguien le susurró al oído que el vicepresidente Márquez, al parecer, pretendía de amores a su amante, Nicolasa. El chisme le penetró en el alma y se le convulsionó, e igualmente le trastocó sus principios políticos y le acabó de un tajo la simpatía que él creía haber tenido por aquel pequeño y escuálido vicepresidente. Y desde allí empezó su enemistad y comenzó su crítica a la administración de Márquez. Escribió: "Desde Santa Marta hasta Bogotá, observé un disgusto general con la administración del vicepresidente Márquez; en unas partes con poca, y en otras con sobrada razón".

Sin duda que había comenzado su propósito de cumplir con la recomendación que se le había hecho: cicatrizar heridas.

En su viaje hacia Bogotá, pasó también por Pamplona, Bucaramanga, San Gil, Socorro, Vélez, Chiquinquirá, Ubaté y Zipaquirá. En todas partes, recibimientos, homenajes y comilonas, hasta que por fin pudo llegar a su hacienda amada de Hatogrande. Era el 3 de octubre de 1832.

El vicepresidente Márquez, desconociendo las turbulencias emocionales que padecía el presidente electo, salió a recibirlo a las afueras de Bogotá. Pero él, Santander, experimentado controlador y simulador de emociones, en ese primer encuentro no se dejó delatar por sus furiosos celos. Indiferencia cordial usó con el potencial intruso en el reino de sus amores. La gran explosión vendría después.

Hizo su entrada a Bogotá el 4 de octubre. Ya vestía el levitón color verde botella y también lucía una ruana del Socorro, "para estimular la industria nacional".

Al llegar, lo preocupaban de especial manera dos asuntos: primero, cómo atender al príncipe Bonaparte que venía en su comitiva; y segundo, cómo afrontaría su encuentro con Nicolasa y por supuesto también con Bernardina. Le escribió a su hermana Josefa: "Envía la adjunta a tu madrina. Convídala a que vaya a tu casa a verme el día de mi llegada, porque yo no voy de manera ninguna a su quinta. Reserva esto". Nunca descuidaba lo de encubrirse. Sobre cómo atender al príncipe —y dado que ya él era hombre de mundo— le escribió nuevamente a su hermana sobre el particular, indicándole qué servirle, qué postre, qué pescado, qué copa para el agua y qué copa para el vino. Algunos apartes de la carta dicen:

> Deseo mucho que Bonaparte haga buen concepto de Bogotá y de nosotros y por lo tanto voy a advertirte lo que has de hacer, según se usa en Europa... El lujo en Europa consiste más en el servicio de la mesa que en la comida, por lo cual debes preparar manteles... copa grande para el agua... larga de champaña...

Enternecedora carta. Buen y maravilloso hermano y además, minucioso pedagogo en las artes de servir la mesa, era el presidente Santander.

Después de haber solucionado este tropiezo de protocolo sobre la forma de servir y de atender a un príncipe, le quedaba, antes de su posesión como presidente, afrontar esa como encrucijada llena de espinas y sobresaltos que significaba el encuentro con Nicolasa y, por supuesto, también con Bernardina. El encuentro era inevitable y aconteció en casa de su hermana. Cuando la vio, se le antojó que Nicolasa estaba más joven y más bella, como si una fuerza y una gracia interior hubiesen florecido en ella para transmitirle el rumor de una fermosura que era delicada y era serena. No pudo él ser expresivo ni entusiasta en ese encuentro con ella, ese encuentro que sucedía después de tantos años y de tantas cartas y de tantas cuentas. Su frialdad estaba fortalecida ahora por el rumor de unos celos que lo envenenaban. Sólo se permitió frases de cajón, como si estuviese hablando con una mujer que le era casi desconocida. Sin embargo, en un esfuerzo supremo de galantería, logró decirle que le había traído un regalo. Y en efecto, traíale un regalo: unos limones del Llago de Como. Nicolasa también quedó desconcertada, se le antojó imaginar que la civilización europea le había prodigado un aura romántica a su extraño y hepático amante: los limones eran la prueba. Hablaron poco, ninguno de los dos ni quería ni podía hacerlo. Pero Santander, al despedirse de ella, le comentó que pronto pasaría a visitarla a su casa porque había muchas cuentas pendientes que debían ser aclaradas.

Con Bernardina no se encontró en esta ocasión. Ella estaba pasando unos días de vacaciones en la hacienda de un señor llamado Miguel Saturnino Uribe. De esas vacaciones quedaría un embarazo; de ese embarazo nacería una hija "bastarda", que sería bautizada con el nombre de María del Carmen. Años después, la bella melindrosa contraería matrimonio, en el año de 1836, con don Florentino González, abogado bartolino, íntimo amigo de Santander, casi su escudero y un poco también su delator. Conspirador, participó con sus puñales en el intento de asesinar a Bolívar. "Desdentado de la parte de adelante", anotaría Bolívar en una descripción que hizo de ese joven que intentó matarlo.

24

Llegó el día de la posesión. Fue el 7 de octubre de 1832, con reunión de Congreso y asistencia del escaso cuerpo diplomático acreditado en Bogotá, y de una buena cantidad de curiosos y de "lagartos", que ansiosos esperaban algo de la generosidad del nuevo presidente. Se lo vio un poco gordo y como atascado en las ropas de etiqueta que lució para la ocasión; el rostro notable y visiblemente amarillento. Todos vislumbraron que el hígado del general continuaba siendo su martirio.

Vicente Azuero, en calidad de presidente del Consejo de Estado, pronunció un discurso de esos que sólo podían pronunciar los abogados de aquel tiempo: farragoso, fatigante, insípido. Abundancia de palabras y escasez de conceptos. Santander también pronunció el suyo, del mismo corte y del mismo estilo. Sumisión absoluta a la ley. Defensa de la Constitución. Gracias a los granadinos por los beneficios recibidos. Y también dijo: "He triunfado de mis pasiones, olvidando todos mis agravios personales, y voy a ocuparme de reconciliar al país..."

¿Habría triunfado de la avaricia, de la perfidia, de la envidia, de la crueldad, o de los celos? Todo estaba por verse... Y se vería que todo era mentira.

Después del acto de posesión, los invitados pasaron al Teatro del Coliseo, donde otra vez el señor don Lorenzo María Lleras presentó una función de gala en honor del presidente. Nicolasa no asistió a ninguno de estos actos. Qué tal que el público se percatase de que el señor presidente tenía concubina, en vez de tener legítima esposa.

Y el presidente empezó a gobernar, en un caserón viejo, húmedo, oscuro y lóbrego, pero que sin embargo llamaban con regodeo y nostalgia monárquica, el Palacio. Algunos cuentan que el presidente procuró que se amoblase muy bien, al estilo europeo.

Su gabinete quedó integrado así: Francisco Soto, como Secretario de Hacienda. Alejandro Vélez, quien también le enviaba caudales y cartas al por mayor a Europa, fue nombrado Secretario de Relaciones Exteriores. Cuando éste renunció, fue reemplazado por José Rafael Mosquera, primo hermano de Tomás Cipriano y del obispo Mosquera. Le decían "Burro de Oro". Posteriormente, la Secretaría de Relaciones la ocuparía don Lino de Pombo, el mismo que en breve tiempo y en compañía de su esposa, doña Ana María Rebolledo, se burlaría y se escandalizaría de que el presidente pretendiese casarse con la "morenita", Sixta Tulia Pontón. Como Secretario de Guerra fue nombrado el general payanés José Hilario López. Don Vicente Azuero ya ejercía altísimo cargo en el poder judicial. Toda la más selecta plana del antibolivarianismo se integraba al nuevo gobierno. Especie de camarilla del rencor y del resentimiento, que se disponía a cicatrizar las heridas que tenía abierta la patria.

La nación estaba en una ruina absoluta, no había ni para los sueldos. El crédito externo estaba cancelado. El pretérito y alegre despilfarro y las maravillosas defraudaciones habían convertido a Colombia en una nación insolvente. El gobierno nada podía hacer para solucionar los graves y profundos problemas que aquejaban a la nación; solo los fastidiosos trámites de rutina. Santander, que convirtió la avaricia en un método fiscal, trató, en compañía del Secretario de Hacienda, de tomar algunas medidas. No había cómo hacer inversiones, ni era posible decretar nuevos impuestos. Se volvió a la alcabala. Se legisló a favor de algunas industrias, que más bien eran procesos artesanales. Se fundó una fábrica de loza, otra de papel y otra de vidrio. Todas fueron industrias de pequeña escala. El país vegetó entre el tedio y la miseria.

De destacar, se iniciaron las exportaciones de café. En 1835, se exportaron 2 592 sacos de 60 kilos. Y también se empezó a exportar tabaco, que llegó a tener más éxito que la propia exportación de café. Santander le concedería a su concuñado, el señor Guillermo Wills, el monopolio de esa exportación, que para 1836 alcanzaba la suma de 300 000 pesos, haciendo que ese renglón fuera el principal producto de exportación durante un largo tiempo. El dicho señor Wills era el esposo muy fecundo de Juana Pontón Piedrahíta. Tuvieron trece hijos. Juana, a su vez, era hermana de Sixta Tulia Pontón, la señorita de veintiún años que pronto contraería pomposas nupcias con el presidente enfermo.

Gran miembro, y gran protector de los intereses familiares, era el Hombre de las Leyes. Por algo había dicho: "Cubierto con una ley, puedo hacer cualquier diablura".

Los grandes estremecimientos y las grandes agitaciones que atravesó este segundo gobierno de Santander no surgirían propiamente de las rutinas administrativas ni de las carencias del Estado. Vendrían del resentimiento, la intolerancia y el odio político que habían quedado como sembrados en el corazón mismo de la patria y que nadie se cuidó de cicatrizar sino, por el contrario, de seguir atizándolos.

Mientras transcurría el tiempo del exilio de Santander, habían sucedido en el país hechos extraordinarios; entre ellos, y el más notable de todos, la muerte del general Libertador Simón Bolívar. Antes de morir, Bolívar había convocado el que él llamó Congreso Admirable, que fue presidido por Sucre. Este Congreso eligió como presidente a don Joaquín Mosquera y como vicepresidente al general Domingo Caicedo. Inepto, pusilánime y siempre dubitativo, el señor Mosquera no pudo controlar los acontecimientos. Y se presentó la rebelión de varios batallones, que derribaron su gobierno e impusieron la dictadura del general venezolano Rafael Urdaneta. Pero fuerzas comandadas por los generales Obando y José Hilario López forzaron igualmente la caída del gobierno de Urdaneta. Antes también se había presentado la rebelión de Córdoba y, en junio de 1830, se había llevado a cabo el violento crimen que le arrancó la vida al mariscal Sucre. La nación entera había entrado en una fase de sangrienta anarquía, de abierta disolución, tal como lo había pronosticado Bolívar antes de su fallecimiento. Esos dos años, del treinta al treinta y dos, son un momento de trágica y dolorosa violencia, intenso periodo de confusión donde la república pareció naufragar para siempre.

Liquidado el provisional y dictatorial gobierno de Urdaneta, el nuevo y transitorio gobierno que surgió después de aquellos escandalosos tiempos nombró al general Obando —a quien la opinión pública ya le imputaba el asesinato de Sucre— como Ministro de Guerra y de Marina. El primer decreto que firmó el bárbaro y sanguinario general fue uno de "depuración" del ejército, que significaba borrar del escalafón militar a todos aquellos que tuviesen —o se sospechase hubiesen tenido— alguna simpatía política con Bolívar o con el régimen de Urdaneta. Este decreto, expresión pura y simple de la venganza, fue el detonante de un nuevo conflicto que se iría fermentando y desarrollando y necesariamente acabaría amenazando la estabilidad política de los nuevos gobiernos republicanos que se sucedieron a partir de la muerte de Bolívar.

El gobierno de Santander no derogó ni mitigó las duras consecuencias surgidas de la aplicación de este decreto vengativo, impugnado y atacado con virulencia por los bolivarianos. Obando no sólo era partidario fanático de Santander, sino que también era su amigo y su compadre.

Entre los afectados por el decreto estaba el general español José Sardá, clásico personaje aventurero de aquellos tiempos turbulentos y tormentosos. Había ingresado al ejército español en 1803. Había luchado en muchas guerras y en diversos países. Estuvo con las tropas de Napoleón en la campaña de Italia. Después fue hecho prisionero en Francia. Logró evadirse y participó en la campaña de Rusia, de nuevo con el ejército napoleónico. Después vino a México en una expedición organizada por el general Mina. Derrotado y hecho prisionero, fue enviado como tal a Marruecos. Se fuga nuevamente y va a dar a Turquía. De Turquía pasa de nuevo a Francia, y de allí decide irse a los Estados Unidos. De Estados Unidos finalmente llega a Colombia, a Santa Marta. Es el año de 1820.

En Santa Marta conoce al general Montilla, quien lo acoge y lo protege y lo nombra gobernador de Riohacha. Se desempeña con brillo y eficacia en sus funciones. Se lo asciende a teniente coronel. En 1823, se lo nombra comandante de Santa Marta y se le confiere el grado de general en 1830. Se declaró siempre profundo y leal admirador de Bolívar.

El decreto de Obando no sólo borraba del escalafón militar al general Sardá, sino que además su arbitrariedad vengativa decretaba su expulsión del país, por el delito único de ser partidario de Bolívar.

Cuando Santander tomó de nuevo posesión de la presidencia, su partido ejercía un control hegemónico y absoluto de todos los resortes del Estado. Nada había escapado a su voracidad ni a su rapiña. Gobierno de partido único fue lo que se estableció. La oposición había sido literalmente aniquilada y lo que se llamó partido bolivariano quedó reducido a una especie de leyenda, sepultada en el pasado reciente. Hasta el punto, dicen comentaristas, que el partido gobernante, cuando no tuvo contra quién luchar, "empeñó la batalla contra sí mismo, en forma increíblemente ciega y sólo porque Santander creía todavía poder imponer su voluntad en un país que ya oteaba otros horizontes".

Quizá ese marasmo administrativo, esa inercia pura en la que entró el gobierno —que carecía de recursos y de imaginación para afrontar las grandes calamidades que afrontaba una nación empobrecida y endeudada por los grandes costos de las pasadas guerras y las grandes defraudaciones que se hicieron de los empréstitos en el pasado— condujeron a imaginarse y a inventarse conspiraciones, las que podrían servir para que el gobierno fortaleciese su imagen ante una opinión pública desilusionada y que crecientemente empezaba a abandonarlo.

Un día empezó a correr el rumor de que, en efecto, una conspiración se estaba gestando contra el gobierno; y que esa conspiración, obviamente, la encabezaban los antiguos y supervivientes bolivarianos y que su cabecilla era el general catalán José Sardá.

Sardá, por aquella época, se había radicado en la población de Pacho, pues trabajaba allí en una ferrería que fue famosa en su época, y por tal motivo le correspondía viajar con relativa frecuencia a Bogotá. Motivos varios de resentimiento y explicables razones de desafecto hacia Santander y hacia su administración tenía por qué abrigar el general español. Cuando se enteró de que el gobierno había reincorporado al servicio activo a militares que habían sido borrados del escalafón por el decreto de Obando, solicitó él también su reincorporación. Le fue negada por Santander.

Esto aumentó su amargura y su resentimiento contra el régimen. Posiblemente hizo pública y manifiesta su antipatía por esta presidencia excluyente y vengativa, y en reuniones con amigos y desafectos del gobierno dejó oír sus críticas y seguramente también sus amenazas.

Sardá, por supuesto, era amigo de bolivarianos. Entre sus amistades estaba la leal y valerosa amante de Bolívar, Manuelita Sáenz, que por esa época solía vivir en las afueras de la ciudad. Otro de sus amigos, perteneciente a los "orejones sabaneros", era el señor José María Serna, rico propietario de varias haciendas en la Sabana. También fue amigo del coronel Mariano París Ricaurte, reconocido y fervoroso admirador y amigo de Bolívar, y quien también había sido borrado del escalafón.

Todas estas circunstancias crearon el ambiente propicio para que el gobierno de Santander fabricara la trama de una supuesta tentativa conspirativa, que pretendía, según se dijo, deponer a Santander y si era del caso asesinarlo y asesinar igualmente a los generales Obando y José Hilario López; y luego proceder a instalar un gobierno que favoreciera al clero, que protegiera al grupo de los artesanos y que lo presidiese un anciano enfermo y casi inválido, como era don José Miguel Pey. Se decía que la conspiración tenía amplias ramificaciones en Fontibón, Usaquén, Tocancipá, Gachancipá, Chía, Sopó y Tenjo. Como quien dice, auténtica conspiración sabanera y orejona. Así la concibió la camarilla gobernante, que en buena parte era del Socorro. Se dijo que eran tales las dimensiones, que el propio Santander, en jocoso apunte, llegó a expresar que lo único que podía decir de la conspiración era que él no estaba comprometido.

Pero del rumor se pasó a los hechos. Y el Ejecutivo, anhelante de cualquier tipo de realización, dio la orden de arrestar y procesar a muchísimas personas. Sin embargo, como no había prueba ninguna para sostener los cargos, todos los detenidos tuvieron que ser puestos en libertad por una corte de apelaciones.

Pero Santander no deseaba por nada del mundo quedarse sin conspiración. ¿Sería para parecerse a Bolívar? Y un día dizque recibió un anónimo donde se le decía que su vida estaba amenazada, y la de todos los liberales, por una revolución que estallaría la noche del 23 de julio de 1833. El anónimo que le enviaran lo firmaba un orejón y tenía una postdata: "Si la revolución estalla y pierden los liberales, que se sepulten, porque se trata de extinguir a este partido".

Y, por supuesto, el presidente le hizo caso y le dio fe absoluta al anónimo. Por algo él, durante toda su vida, usó y se valió del anónimo para protervos fines políticos.

Acompañado del general Antonio Obando, del Secretario de Guerra y de otros generales, esa noche del 23 de julio se trasladó al cuartel de húsares y se hizo reconocer por las tropas. Dio órdenes terminantes y perentorias de arrestar a todas las personas que tenían consignadas en su larga lista de sospechosos. Alguien pudo avisarle a Sardá, y Sardá pudo escapar. Empezó entonces una persecución feroz y carnicera, destinada a cortar de raíz la imaginaria conspiración, inventada para alimentar la sed de venganza. Ese era el estilo y esa era la forma santanderista de cicatrizar las heridas que mostraba la patria.

Vinieron las sentencias. Se condenó a muerte a Sardá y a veintisiete supuestos conspiradores. Otros fueron condenados a destierro en ese mortífero lugar llamado Chagres, en Panamá. Después, otro tribunal elevaría a cuarenta y seis los condenados al último suplicio.

El general Sardá, favorecido por algunos amigos y por un descomunal aguacero, logró fugarse antes de ser ejecutado. Permaneció escondido durante largo tiempo, en una casa vecina al palacio presidencial. Descubierto su escondite, por orden expresa de Santander, fue asesinado en estado de absoluta indefensión, por un disparo que le atravesó el corazón. Su asesino sería ascendido en el escalafón militar.

A Mariano París, tomado prisionero, se le disparó por la espalda. Herido y en el suelo, se lo remató de otro disparo "para que no penara más", dijo el sargento Eusebio Vásquez al dispararle. El capitán que comandaba la partida que hizo prisionero a París, y el sargento Vásquez, que lo remató en el suelo, fueron igualmente ascendidos en el escalafón militar. El cadáver de Mariano París —prestigioso miembro de la sociedad bogotana— fue colocado sobre una bestia enjalmada y fue traído a Bogotá, para ser paseado frente a la casa de su familia.

El 6 de octubre de 1833, a las diez de la mañana, fueron ejecutados en la Plaza Mayor de Bogotá los diecisiete supuestos conspiradores, que agregarían más patíbulos y más infamias a la memoria de un personaje que sólo es lícito llamar "el abominable Hombre de las Leyes". Y por supuesto, él asistió a la ejecución. Parece que una íntima e incomprendida alegría le proporcionaba el espectáculo de ver cuerpos, inocentes e indefensos, ultrajados y descuartizados por la violencia de los fusiles. Poco público asistió aquella vez a presenciar lo macabro y lo terrible de aquel acto que nunca tuvo ni tendrá justificación alguna. Pero el señor Santander, con una puntualidad escalofriante, se había levantado esa mañana; y a pesar de que le dolía su maltrecho hígado y, una vez se hubo enfundado su levitón verde botella, se dirigió al gabinete de la antigua Casa de los Virreyes, para no perderse ningún detalle de aquel ritual de dolor y venganza que parecía reconfortarlo.

La ciudad quedó sobrecogida. Se refugió en un silencio acusador. Y a partir de ese momento, la figura enfermiza y amarillenta de ese presidente, que se decía liberal y constitucionalista, fue vista con terror y con desprecio. Nadie dudaría ya que Santander era un hombre irremediablemente enfermo.

Pero restábale aún al ecuánime y pulcro magistrado que presidía la nación una víctima especialísima para saciar su venganza. Nada menos que Manuelita Sáenz. Entre ambos existía un odio mutuo y sin fronteras. Y Manuelita le debía una fusilada. No pudieron él y su cubil de abogados aportar prueba alguna para comprometerla en la imaginaria conspiración y proceder con inmenso deleite a colocarla en un patíbulo; pero se acordaron que contra ella existía una vieja orden de deportación que no había sido cumplida. Y pensaron que con echarla del país, en algo se satisfacía la venganza y el viejo rencor que abrigaban por aquella mujer valerosa y volcánica, que tantos sinsabores les había proporcionado en los últimos años.

Se le ordenó al señor Lorenzo María Lleras poner en ejecución inmediata la incumplida orden. Y fue el señor Lleras, acompañado de numerosa guardia, a poner en cumplimiento la ordenanza de ese amigo suyo, a quien le había compuesto himnos y a quien le rendía la más escandalosa reverencia. Desempeñaba el señor Lleras el cargo de alcalde de Bogotá. Se dirigió a la casa de Manuelita acompañado, además de los guardias, de ocho tenebrosos presidiarios, pues temían a la mujer y tenían por qué temerle.

Sube las escaleras el señor alcalde. Llega hasta la alcoba de Manuela, que aún no se ha vestido. Y Manuela reacciona con furia e insulta al atónito y desconcertado alcalde, que parece lelo y ensimismado contemplando la perturbante desnudez de aquella dama. Sin mucha convicción, le aconseja que se vista. Se resiste Manuela y amenaza con darle un pistoletazo. Se asusta el funcionario y se retira. Pero de nuevo se le ordena que hay que hacer cumplir la orden a como dé lugar.

Regresa con guardia reforzada. Proceden a tomar por la pura fuerza a Manuelita, que ya se había vestido. Dicen que sacó ella un puñal de entre sus ropas. Se lo arrebatan. A la fuerza la colocan en una silla de manos y —en medio de gritos, insultos y blasfemias— la conducen a la Cárcel del Divorcio. Mucho público asiste a presenciar el prendimiento de la hermosa y embravecida prisionera. Suda copiosamente el señor Lleras. Las dos criadas de Manuela, sus dos inseparables "negras", también son conducidas a la cárcel. "Parecen dos furias", comenta un testigo. Se las aísla en celdas separadas. Los ocho presidiarios han gozado mucho sujetando con codiciosas manos la carne de las tres cautivas. Al otro día, fuertemente custodiadas, las tres reclusas son obligadas a salir por el camino de occidente. Se irán para siempre.

Santander ha ganado otra honrosa batalla. Él, que es general de pluma, sólo sabe y sólo puede derrotar a mujeres indefensas. Manuela aceptó el castigo. Al fin y al cabo, su causa era el amor, y el hombre que ella ha amado ya pertenece a la leyenda y está en la gloria. Terminaría sus días en un puerto desolado del Perú. Al morir tenía y cuidaba muchos perros. Al más sarnoso de todos lo llamaba Santander.

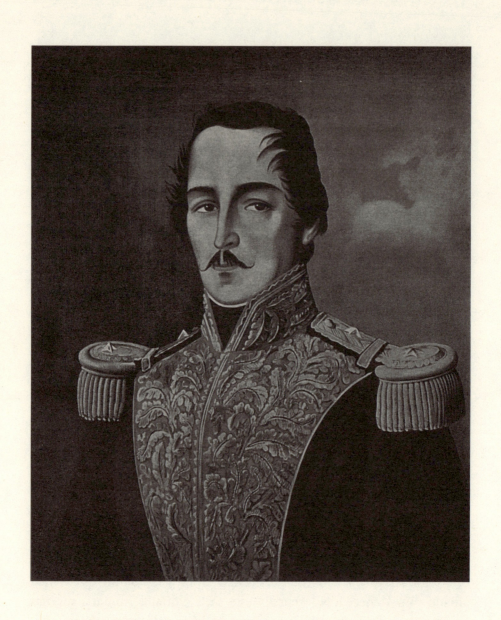

Muchas más arbitrariedades, muchos más asesinatos legales y "ajusticiamientos" vengativos se siguieron cometiendo bajo el régimen de terror jurídico instaurado por el Hombre de las Leyes. Entre ellos, causaron especial impacto y produjeron dolorosa conmoción en la sensibilidad del pueblo granadino las ejecuciones, del joven Anguiano, de solo diecisiete años, y la del ya nombrado señor José María Serna.

Anguiano había logrado huir hacia las regiones del Llano, donde cambió de nombre y de vida; pero descubierto por las autoridades, fue capturado y enviado con grillos a Bogotá, en compañía de otros presuntos conspiradores, entre ellos el teniente venezolano José Villamil. En la capital fueron sometidos a juicio apresurado y previamente arreglado. Se los condenó a muerte. Sin embargo, el tribunal propuso al poder ejecutivo la conmutación de la terrible sentencia, considerando entre otras razones que el padre del joven Anguiano había prestado valiosos servicios a la patria. Pero el justiciero señor Santander no lo consideró conveniente, y el 1º de diciembre, con fanfarrias y con música, con deleite ejecutivo, fue fusilado en la Plaza Mayor ese teniente que era casi un niño. El presidente, detrás de los visillos de su oscuro gabinete, contempló también la muerte de aquel muchacho. Nadie pudo saber qué pudo haber pensado o qué pudo haber sentido en ese instante, pero es fácil imaginarlo. Antes de ser ejecutado, ese joven y presunto conspirador había escrito una enternecida carta de despedida a su madre. La carta fue publicada y circuló profusamente. Las gentes que la leyeron derramaron muchas lágrimas, quedaron sobrecogidas de terror y de indignación

Santander. Portada del libro *1840 Muerte de Santander*. Academia Colombiana de Historia. Editorial Cromos, 1942. Bogotá

ante la justicia que practicaba ese hombre de casaca negra que era el presidente, y que asistía con regularidad siniestra a contemplar el espectáculo de los fusilamientos.

José María Serna, otro de los tantos fusilados, había también logrado huir y se había ocultado durante algún tiempo en Ubaté. Pero logró ser sorprendido. Lo derribaron a garrotazos y, maniatado como un animal salvaje, fue traído a Bogotá. El tribunal dictó sentencia de muerte, pero ese mismo tribunal ofició una comunicación a Santander para que se le conmutase la sentencia. Santander dizque hizo una consulta a ciertas personalidades para tomar la decisión final. Entre los consultados estaba Azuero: dijo que no se conmutase; estaba Soto, también dijo que no; Obando, que no. Todos los amigos íntimos de Santander por supuesto dijeron que no se conmutase. Solo el vicepresidente Márquez se opuso a este nuevo asesinato judicial. Se enardeció el gran magistrado y aumentó su odio contra aquel vicepresidente que además era intruso en sus amores. Y, por supuesto, no pudo conmutarse la sentencia.

El 24 de abril de 1835 se cumplió la ejecución. Serna fue fusilado, con música y fanfarria. Así le gustaba la muerte a Santander. Y el ecuánime presidente asistió de nuevo al maravilloso espectáculo. Desde su oficina. Detrás de los visillos. Desde allí podía ver con nitidez el dolor de la muerte y el resplandor de su justicia.

La sociedad bogotana, estremecida y adolorida, fermentaba su desprecio y su indignación contra ese hombre que había convertido la venganza y el patíbulo en los elementos distintivos de su terrible gobierno.

A partir de estos macabros y tenebrosos hechos, su administración cayó en el desprestigio. Su propio partido de gobierno sufrió escisión y pocos eran los que querían seguir soportando ese régimen de infamia, amparado y prevalido en una supuesta y engañosa legalidad que solo servía para cometer crímenes repugnantes y volver a cubrir de inocente sangre la nación. Con razón el hombre que lo presidía había podido decir en un discurso que él tenía corazón de tigre y duras entrañas de hiena. Al menos era sincero reconociendo las verdaderas esencias de su alma.

Continuaron los opacos meses de su gobierno. Se agigantaron de manera grave las tensiones y los conflictos políticos. El vicepresidente Márquez ahora se hallaba convertido en jefe de la oposición a su gobierno. Por fortuna, una pasión oscura y una mujer bella alimentaban la lucha ideológica de ese liberalismo pueblerino atravesado de mezquindad y carente de grandeza. La tensión política se agudizó al máximo cuando empezaron a ventilarse las nuevas candidaturas para la presidencia, cuando se trataba de elegir al presidente que vendría a reemplazar ese gobierno, desacreditado y estigmatizado como ominoso y criminal por buena parte de la opinión pública.

Surgieron tres candidatos: el propio José Ignacio Márquez; el envenenado y venenoso abogado Vicente Azuero; y ese general valeroso y sanguinario llamado José María Obando. Estos dos últimos, amigos íntimos de Santander. Además, Obando era compadre. Márquez, enemigo absoluto suyo, no por principios, solo por unos celos invencibles. Y, por supuesto, clandestinamente el propio Santander promovía su reelección. Poco tiempo después, acabó renunciando y repudiando dicha imposible pretensión. Escribió un artículo para aclarar su opinión sobre ese asunto. Allí decía, entre otras cosas:

> Si el cansancio que me produce un largo y continuo manejo de los negocios públicos, la extenuación de mi salud, la debilidad de mis fuerzas morales y otras cosas que no es del caso exponer, me hacen dudar si me será posible terminar mi actual periodo constitucional, ¿cómo he de estar pensando en prolongarlo con detrimento mío y de mi patria?

¿Cómo se podría poner en duda la debilidad de sus fuerzas morales? Pero dijese lo que dijese en ese artículo, la verdad es que sí estuvo empeñado en promover su reelección y en tratar de modificar el artículo constitucional que la impedía. Solamente cuando se percató de que esa reelección era un imposible político, optó por apoyar la candidatura del general Obando, "a pesar de que ya había muerto a Sucre", y a pesar de que Obando era la expresión más pura y salvaje del militarismo.

Sin duda que carecía de principios el general Santander, pero en cambio profesaba fanáticas pasiones. ¿Y no era que su exilio, sus sufrimientos y persecuciones se las debía al militarismo?¿Y no era que el supuesto militarismo sacrificaba el perfil civil de la nación que él había instaurado? ¿Y la conspiración asesina contra Bolívar no era para derrocar al militarismo?

Respaldó a Obando y no respaldó a su íntimo Azuero. Dijo que las teorías alocadas y peligrosas de éste podían conducir a la nación hacia el abismo. Su lógica oportunista solo era susceptible de ser entendida por su hígado enfermo.

En ese momento solo José Ignacio Márquez podía encarnar el pretendido civilismo defendido por los liberales, pero él no lo apoyó. Pudieron más sus celos y sus odios que sus precarios y desdibujados principios morales y políticos. Por eso todos comprendieron que el general Santander lo único que representaba era la mentira y el más cínico y desvergonzado expediente de usar ideas políticas para proteger y ocultar pasiones e intereses personales.

Los hechos le arrancaban el disfraz y sacaban a flote su verdadera esencia: la mentira y el engaño.

Su partido quedó herido de muerte en esta coyuntura. Todas las tretas leguleyas que trató de interponer Santander para detener la elección de Márquez fueron derrotadas. Y el nuevo pretendiente de Nicolasa Ibáñez fue elegido como nuevo presidente de la nación.

El 1º de marzo de 1837, reunido el Congreso en la iglesia de Santo Domingo, procedió a perfeccionar la elección para presidente, ya que ninguno de los candidatos tenía los votos necesarios que le diesen mayoría. En el primer escrutinio, Márquez obtenía 58 votos; Azuero, 21 y Obando, 17. Dado que Obando, el candidato del general Santander, tenía tan pocos votos, se determinó —por propia insinuación de Santander— que esos votos apoyaran a Azuero. En el nuevo escrutinio triunfó Márquez por amplia mayoría. La elección demostraba que el santanderismo había perdido toda acogida en el país; que su gobierno, signado por la crueldad y la arbitrariedad, solo había cosechado desprecio y rechazo por parte de la opinión nacional.

Corroborada la aplastante derrota, los amigos de Santander pretendieron valerse de las bayonetas, apoyarse en el odiado militarismo y promover un golpe de fuerza que impidiese la posesión de Márquez. Para tal efecto, los militares amigos del Hombre de las Leyes se reunieron con él en el palacio de gobierno. Solo el realismo y una gota de sensatez política les hizo desistir de tan criminal estupidez, que hubiese puesto a la nación en trance de una nueva y sangrienta guerra civil.

Márquez tomó posesión de su cargo ante el Congreso, reunido en la iglesia de Santo Domingo. Después de la posesión, se trasladó al palacio de gobierno. Allí estaba Santander, amargado y amarillento. Derrotado y con el hígado más inflamado que nunca. Torturado por pensamientos oscuros. A duras penas intercambió saludos con el nuevo dignatario. Solo pensaba en la derrota y en la perfidia de Nicolasa. Esa mujer que había amado, que a lo mejor seguía amando, estaba en el fondo de la dolorosa y aplastante derrota política. Qué ironía... Salió como un fugitivo y como un resentido a refugiarse en las penunbras de su casa de San Francisco. Pasaría varios días en su escondite. Todo le dolía. Sin poder y sin amor no era nada. Solo un abogado enfermo.

26

Saboreando la desilusión y escuchando la música de su doloroso y reciente fracaso político, pensó que había llegado el momento de retirarse por un tiempo a las penumbras de su casa, para descansar un poco y tratar en algo de restablecer las agotadas energías de su cuerpo ultrajado por la perpetua embestida de su feroz enfermedad. También lo que él llamaba sus fuerzas morales estaban desde hace mucho tiempo en extremo debilitadas. No se sentía bien para nada. Cuerpo y alma denunciaban un deterioro notable, que le hizo temer seriamente que su vida entraba en un declive definitivo, que solo parecía anunciar una muerte irremediable y próxima. Acosado por estos oscuros presentimientos, antes de ponerse previamente a descansar, decidió que tal vez era más conveniente elaborar su testamento.

Lo confundió mucho este empeño, puesto que no podía dejar de asociar esta tarea con una tarea fúnebre. Preparar su testamento era sin duda para él iniciar sus propias ceremonias luctuosas, y esto le provocaba angustia y le alteraba de manera muy profunda muchas emociones. Por otra parte, le demandaba un gran esfuerzo, que en nada le resultaba benéfico para su agotamiento físico y moral. Hacer su testamento era hacer cuentas, recolectar recibos y facturas, buscar en su archivo y buscar en su memoria datos sobre deudores y sobre viejos préstamos. Afortunadamente toda su vida había sido como un minucioso homenaje a la organización y al orden. Él era como un escrupuloso relojero de todos los hechos cotidianos; y tenía ahora que agradecerle a Dios que lo hubiese dotado de ese espíritu de minucia, que tanto le serviría para afrontar la laboriosa tarea de dejar bien claras sus cuentas. Con él ningún deudor podría hacer cálculos alegres, si acaso la muerte lo sorprendiese de improviso, pues dejaría para sus herederos, bien establecidas y bien formalizadas, las gestiones que debían de hacerse para cobrar lo que se le debía.

Dividió en dos etapas el contenido de su voluntad testamentaria. Empezó por la segunda parte. En ésta hizo una relación de los gastos que había hecho procedentes de sus rentas, para objetos de beneficiencia y de piedad, pues pensó que, poniendo en conocimiento público las manifestaciones de su infinita generosidad, tal vez así sus enemigos y detractores, una vez hubiese él muerto, dejarían de atacarlo y de socavar su imagen. Les mostraría que esa leyenda que habían tejido sobre su supuesta avaricia no era más que calumnia vil y deshonrosa; que esos enemigos suyos —sin duda bolivarianos— la habían fabricado para empañar su figura ante la posteridad.

Anotó allí el valor de unas pizarras que había regalado para una escuela, por valor de 12 pesos.

Los 40 pesos que le donó a una viuda de Mompós.

Los 20 pesos que obsequió al señor Juan Suárez, de Cartagena.

Los 25 pesos que dio para vestir la Guardia Nacional de Cúcuta.

Los 20 pesos que le dio a una joven en la provincia de Mariquita, para ayudarla en sus grados de medicina.

Los 32 pesos que obsequió a la madre de Vargas Tejada.

La lista de esa generosidad, la minuciosa lista de esta exuberancia ejercida durante toda la vida del prócer, es larga y fatigante. Causa asombro y estremece. Lo más singular y ejemplarizante es que pone por escrito este exaltante comentario: "Prueba que no he estado guardando dinero. Ya se ve que no he hecho cuenta de gastos personales, mesa, etc. Bogotá, año de 1835".

Cabría anotar, solo como comentario al margen, que el sueldo que devengó de vicepresidente fue de 25 000 pesos. Extraordinaria era su largueza, así como extraordinaria fue la infamia de quienes lo acusaron de avaricia.

Cómo lo fortaleció en estas horas aciagas esta maravillosa relación de gastos, donde se plasma su prodigalidad y donde se niega esa virtud que nunca pudo poseer: la avaricia. Al hacerlo, sintió un reconfortante sentimiento de beatitud ciudadana. Sus virtudes republicanas, su liberalidad y su civismo quedaban protegidos de la maledicencia y proclamados para la posteridad. Nadie de ahora en adelante podría mancillar su honra. Allí estaría para siempre esa lista, como documento de grandeza, para demostrarles a las generaciones del presente, y a las generaciones del futuro, que el general Santander era generoso. Generoso hasta con sus miserias.

Varios días demoró el pródigo general escribiendo este anexo para su testamento. No quedó muy satisfecho. Sabía que se le habían escapado varias de esas jugosas donaciones que él había hecho en el pasado remoto y en el pasado reciente, para contribuir a la felicidad colectiva de los desagradecidos neogranadinos, muchos de los cuales seguramente seguirían calumniándolo por los siglos de los siglos con ese calificativo denigrante de que él era un avariento.

Quedó como aturdido de este minucioso esfuerzo de contabilidad, y aplazó por un tiempo el propósito de elaborar la parte primera y más sustantiva de su voluntad testamentaria: la que se refería a la distribución de sus bienes y otros caudales varios.

Sin embargo, y como el espíritu del ser humano es complejo y es contradictorio, el esfuerzo realizado en aclarar sus cuentas y propalar sus donaciones también le proporcionó estímulo y aliento. Y como se aburría en la casa, puesto que Sixta Tulia lo atosigaba con esa cantaleta de que hay que tomarse los remedios; de que no hay que trabajar tanto, Pachito; de que sería conveniente de tomar un poco de sol, el general creyó atinado —en vista de que aún no estaba muerto— volver al mundo y en especial volver a la excitante vida pública. Y el general Santander, bastante obeso y siempre amarillento por su problema hepático, volvió al Congreso, pues en el Congreso tenía que continuar entorpeciendo la administración del presidente Márquez.

Además, estaba enfurecido con ese presidente lujurioso. ¿Podía acaso olvidar que por culpa de él había perdido a Nicolasa y que por perder

Casa en la que habitó y murió el general Santander en Bogotá.
En ella funcionó el colegio para señoritas fundado por su viuda y allí queda hoy el edificio Avianca.

a Nicolasa se había visto obligado a casarse con la desconcertante Sixta Tulia? Y ese presidente, que también lo había derrotado en el terreno político, estaba ahora procediendo contra sus intereses partidarios. Se fue para el Congreso.

27

Al reincorporarse al Congreso, él creía que por derecho propio llegaba en calidad de jefe visible y reconocible de la oposición. Y en efecto lo era, pues a raíz de la elección de Márquez y de la derrota de su candidato Obando, el pretendido partido civilista o constitucionalista quedó dividido en dos facciones antagónicas y visceralmente enemigas. A la una, que era la que Santander dirigía y orientaba, le dio por denominarse como liberal progresista; y a la otra, la que acataba las orientaciones de Márquez y le prestaba apoyo a su gestión presidencial, se le ocurrió nombrarse como la corriente de los ministeriales.

Márquez y sus ministeriales iniciaron su gestión despidiendo del gobierno a los antiguos colaboradores de Santander. Florentino González fue removido de su cargo de oficial mayor de la Secretaría de Hacienda. Lorenzo María Lleras igualmente fue removido de su cargo en la Secretaría de Relaciones Exteriores. Estas destituciones agigantaron la indignación de Santander. Dejar sin puestos públicos a su partido era convertirlo en nada. Se juró que no le daría tregua al perseguidor de Márquez.

Salido de la burocracia el señor Lleras, no demoró en conseguir imprenta y en fundar periódico, para descargar su artillería pesada contra ese inquisidor boyacense que pretendía nada menos que convertir la burocracia en exclusivo coto para sus partidarios. Para ellos, para los liberales progresistas, esta era ofensa pura, abominable crimen, casi declaración de guerra.

La Bandera Nacional, publicado en la imprenta del señor Lleras, sería el periódico que pretendía cobrarle todas las cuentas al malévolo presidente.

Y por supuesto, allí escribiría Santander, encubierto bajo el anónimo, pues él nunca descuidaría salvaguardar su imagen para la posteridad. Y empezó la guerra de papel, guerra que siempre acarició la idea de convertirse y transformarse, si era del caso, en guerra de fusil y de cañón. Pero como Santander era general de pluma, con pluma empezó su anónimo combate para socavar el prestigio de la administración de Márquez.

Por su parte, los ministeriales tambien se alistaron para afrontar la guerra de papel. Don Lino de Pombo puso a circular un periódico llamado *El Argos*, que se encargaría con virulencia e ironía del desprestigio del pasado gobierno de Santander y del consiguiente elogio y ditirambo del gobierno del señor Márquez.

En 1838, Santander abandonó las colaboraciones con *La Bandera Nacional*, alegando que su salud nuevamente estaba deteriorada y que estaba a punto de dedicarse a una difícil y compleja tarea: elaborar el proyecto de un código militar.

Pero más que escribir el código militar, volvió a encerrarse en las penumbras de su casa para tratar de escribir un extenso y pesado documento que tituló *Apuntamientos para las memorias sobre Colombia y la Nueva Granada*. Esto formaría parte de lo que él presuntuosamente consideraba eran sus memorias personales, con las cuales quería también legar a la posteridad un recuento objetivo y pormenorizado de sus heroicos y muchos servicios que, en forma desinteresada y altruista, había ofrecido para la fundación y el engrandecimiento de la patria. Esa patria infame de la que estaba recibiendo en los últimos años tan poca consideración y tan poco aprecio. Sería una especie de biografía heroica, donde relataría los hechos en que participó desde 1810 hasta la fecha a la que llegara en la publicación de su obra, que fue en el año de 1837, y que efectivamente publicó en la imprenta de su amigo, que ahora carecía de puesto en la burocracia del Estado, el señor Lorenzo María Lleras.

Una vez vio la luz tan desapasionado y objetivo documento, procedió el señor Santander a distribuirlo con inusual generosidad a todos sus amigos a lo largo y ancho del país. Debido a esto, agotóse la edición rápidamente, y don Lorenzo María Lleras se apresuró a preparar una segunda edición que también fue distribuida en todas partes. Poco tiempo después, y en la primera parte del testamento que aún no había redactado, escribiría el ex presidente Santander:

> Que todos los hechos referidos en los *Apuntamientos* son todos ciertos y positivos y que jamás él había tenido la pretensión de pasar ni por valiente ni por sabio... Que su moral pública consistía constantemente en decir la verdad, cumplir lo prometido y hacer justicia.

Los dichos Apuntamientos así empezaban:

> La vida de los hombres públicos es una propiedad de la historia imparcial. No es a hombres apasionados a quienes corresponde escribir la historia de la Nueva Granada, sino a aquel que, libre de odios e innobles pasiones, pueda referir los hechos impasiblemente, examinar sus causas, pesar las circunstancias que influyen en ellos, y hacer observaciones con exactitud e impasibilidad. Desgraciados los hombres públicos que sean juzgados por narraciones dictadas por el más encarnizado espíritu de partido, en el que el rencor, el amor propio ofendido, el desarreglo de la razón, la envidia o aspiraciones exageradas fuesen sola y exclusivamente consultadas.

Vaya introducción tan soberbia. Si la hubiese creído el propio general, no habría podido nunca escribir sus propios *Apuntamientos*. Pues acto continuo, empieza su sostenida diatriba, acomodaticia y estigmatizante, contra Bolívar y contra Márquez y contra todos aquellos que consideró sus mortales enemigos.

Definitivamente, y tiene toda la razón el venerable general, no es a hombres apasionados a quienes corresponde escribir la historia de la Nueva Granada. Eso es privilegio de hombres como él, sin pasiones; de hombres como sus seguidores, que no evidencian desarreglos de la razón. Pobres los hombres públicos que sean juzgados solo por la verdad.

Pero como si nadie de sus contemporáneos hubiese hecho caso de sus severas admoniciones, no fue sino que se publicasen sus *Apuntamientos* para que empezara a circular, también profusamente en Bogotá, una serie de cartas sin firma de autor y que se conocieron como las *Cartas de los Sincuenta*, dirigidas al general Francisco de Paula Santander. En esas cartas se desmentían y se cuestionaban casi todas las afirmaciones contenidas en los *Apuntamientos* del general, y se sacaba a la luz pública un numeroso cúmulo de fechorías, felonías, truculencias, engaños y mentiras, defraudaciones, violaciones a la ley, imputadas todas al general Santander a lo largo de su azarosa vida. Eran, pues, testimonios contemporáneos, escritos cuando obviamente estaban vivos y actuantes tanto el incrimado como el incriminador. Cuando se dio a concocer el nombre del autor de tan estremecedoras acusaciones, el doctor Eladio Urisarri Tordecillas, Santander simplemente comentó: "Ojalá se muera. Tendríamos un godo menos y un descanso más". Pero no dijo nada más, no desvirtuó nunca ni los cargos ni las terribles acusaciones que en esas cartas se le hicieron.

Tal vez por algo él había escrito en su prólogo que los hombres apasionados no pueden ni deben escribir la historia. Y el doctor Urisarri era apasionado, muy apasionado defendiendo la verdad y sus diversos puntos de vista. ¿Por qué habría de hacerle caso Santander?

Solo que hay que anotar que el señor Urisarri no era para nada amigo de Bolívar. Pero sin duda era apasionado, muy apasionado. Allí están las cartas y los hechos para el escrutinio y la valoración pública. También puede que esas cartas estén para la posteridad, la que tanto preocupa al general Santander y a sus seguidores en la historia colombiana.

La publicación de los *Apuntamientos* y la casi simultánea publicación de las cartas que el general Santander seguramente debió considerar indecentes e infamantes le volvieron a alborotar sus males. Y esos males vinieron ahora con nuevos elementos: duros dolores de cabeza y una insoportable irritación de la garganta. Perdía la voz en algunas ocasiones. Consultó a los médicos. Su amigo el doctor Quevedo aconsejóle cambiar por algunos días de "temperamento". Quería decir cambiar de clima.

Le aconsejó también hacer gárgaras con miel de abejas, limón agrio e infusiones con hojas de eucalipto. Sixta Tulia le preparaba las dichas infusiones con verdadero fervor de esposa triste, pero provocávale a ella mucha risa el ruido que producía el general cuando hacía las gárgaras. Se reía a escondidas, jamás osaría potencializar las furias de su energúmeno y bilioso general.

Acogió el consejo del médico Quevedo y se fue con Sixta Tulia y las dos niñas a la población cundinamarquesa de La Mesa. Tibio y acariciante era ese clima, pero poco o nada le aliviaría el agudo malestar de la garganta. Descubrió que el campo, que el cambiante y maravilloso verde ya no le llenaba de gracia sus pupilas. Tampoco gustaba ya de las vacas con sus grandes y serenos ojos. Ni pájaros, ni cañadas, ni árboles umbrosos le proporcionaban satisfacción notable. Descubrió que de su alma habían huido para siempre las bucólicas y lejanas alegrías. Solo el relincho de un equino le recordó y le trajo envuelto en la nostalgia el olor marchito de su infancia. Se sintió más triste y más desvencijado que lo que solía estarlo en casa. Pero, por el clima, aceptó quedarse una semana. Estuvo huraño y taciturno. Como distante y fríamente indiferente de todas las cosas que continuaban estando vivas por el mundo. Se dijo y lo creyó: "Yo ya no soy un campesino, soy a plenitud un citadino".

Se animó un poco cuando decidió que, para aprovechar los calurosos días de ese descanso, podría ponerse de nuevo a redactar la parte primera de ese testamento suyo que aún no había concluido. Escribió un largo borrador inicial, para pasar a limpio cuando regresase a Bogotá. Se confundió, dudó, borró, tachó palabras. No encontraba el tono. Casi cuatro días le demandó este esfuerzo de consignar por escrito su última voluntad testamentaria. No logró hacerlo. En Bogotá terminaría. Pensó que era el calor, pero volvió a pensar y se dijo a sí mismo: "No, no es el clima, es el alma la que tengo extraviada y confundida". Y acto seguido, le comunicó a Sixta Tulia que se preparase para regresar.

De regreso en Bogotá, continuó aburrido y aburriéndose. Sus hábitos empezaron a sufrir algunas modificaciones perceptibles. Ya no jugaba tresillo ni ropilla con esa compulsión devoradora con la que jugaba en los pasados años; solo de tarde en tarde, con el grupo de amigos abogados que solían visitarlo en los salones de su casa. Se quejaba de dolores. Le dolían los huesos. Solía decir que eran secuelas de una herida que sufrió en pretéritos combates. Empezó a volverse obeso en forma preocupante. Se vestía como siempre, con notorio desaliño y ropas rústicas y de bajo precio. Los levitones que trajo de París, el de color verde botella y el de color tabaco, los continuaba usando con frecuencia despiadada; con ellos se sentía elegante.

Se cansaba, pero trabajaba sin ninguna tregua y vigilaba celosamente el curso de todos sus negocios y caudales. A los asuntos de su hacienda de Hatogrande les dedicaba muchas horas. Tenía ganado, caballos, ovejas y muchas mulas. Su mayordomo, el señor Cuéllar, debía rendirle cuentas rigurosas los primeros viernes de cada mes del año. Con su hermana Josefa, que vivía en casa contigua y comunicada por la parte posterior con su propia casa, conversaba muchas veces, sobre todo en las tardes soñolientas de la lluvia. La quería y quería también a sus sobrinas. Con sus hijas era un poco distante, e inclusive Sixta Tulia decía que era algo indiferente y también lejano con sus niñas. Leía poco, pero gustaba de escribir mucho. La historia de Roma y de los griegos le procuraba a veces gratas emociones. Los periódicos, todos los periódicos que pudiese conseguir, los conseguía; después de leerlos, los guardaba cuidadosamente en severos cajones de madera.

Por esos días apareció un artículo en una enciclopedia inglesa, que tradujo el señor Lleras. El artículo era hostil y en extremo descomedido con Bolívar y contenía información íntima sobre hechos referidos a la relación entre el propio Santander y el general Bolívar. A Santander se lo pintaba con los mejores halagos y se le prodigaba profusión de elogios. Se dijo en todas las tertulias que ese artículo pertenecía a su pluma.

Volvió a asistir a las sesiones del Congreso, pero sus enemigos lo atacaban. Lo acusaban. Le imputaban muy diversos cargos. En una de esas sesiones se lo acusó de haber aprobado en forma indebida una inmensa adjudicación de tierras a favor de su entrañable amigo don José Manuel Arrubla, el del empréstito. Le mortificó en extremo ese debate y esa acusación, tanto que se enfermó de nuevo y decidió alejarse otra temporada del Senado. Se fue con Sixta Tulia y las niñas a la población cercana y caliente de Tocaima. Allí volvió a aburrirse. Qué cantidad de desasosiegos y de poderosas inquietudes se le atravesaban ahora por el alma.

En Tocaima logró por fin rematar la elaboración de su inconcluso testamento. Titubeó mucho para darle una forma conveniente al inicio del que para él era su sagrado documento. Suponía que en ese escrito iba a depositar el alma y quería que esa alma suya pasara inmaculada a los tiempos inciertos e impredecibles de la posteridad y del futuro. Escribió, entre otras y muchísimas cosas, en ese largo y fatigante documento:

Declaro bajo mi palabra de honor, y lo juro ante el Dios supremo, juez de los hombres, que todos cuantos bienes poseo, muebles e inmuebles, semovientes y raíces, derechos, acciones, obligaciones y dineros sonantes, todo lo he adquirido por medios legítimos y principalmente por servicios a la república. Estoy inocente de todas las calumnias inventadas y propagadas por mis enemigos personales y los de la Independencia y la Constitución de Cúcuta, que defendí contra la ambición de Bolívar y la de ellos.

... Públicamente saqué de Colombia 15 000 pesos, cuando me expatrió Bolívar en 1828, y como mis apoderados me hicieron varias remesas de dinero a Europa procedente de mis bienes, pude a mi regreso de los Estados Unidos de América poner temporalmente, en el Banco Nacional de Nueva York, como 12 000 pesos...

... Que no he tenido la avaricia que mis enemigos han supuesto... El difunto Antonio Caro me adeudaba a su muerte cerca de 8 000 pesos, procedentes de 7 000 pesos que le presté en dinero... Los documentos están en poder de la señora viuda Nicolasa Ibáñez... Mando que no se cobre esta cantidad, pues debo especiales favores a esta señora... Lo declaro solemnemente para que se vea que no he sido avaro.

... Mil quinientos pesos para recompensar la persona que se encargue de arreglar todos mis papeles oficiales y particulares y escribir, según ellos y los papeles impresos, una especie de historia de mi vida pública y de mis servicios a la patria, que acredite a la posteridad que he procurado ser un ciudadano útil a ella; y los otros 1 000 para que se imprima dicho escrito, cuya operación encargo a mis albaceas y herederos.

También está escrito en el testamento, "que me sean perdonadas mis culpas e iniquidades y vendré a ser partícipe del fruto de la redención".

Extraños y desconcertantes son estos encargos que deja el general Santander. Deja cancelado el valor de una biografía apologética que alguien debe escribir para que se resalten sus servicios a la patria. ¿Quién en el pasado, o en el presente reciente, habrá recibido los doblones destinados a ese encargo? ¿En esas biografías se habrán incluido las iniquidades, por las cuales el general clama le sean perdonadas para participar de la redención?

Al comenzar 1838, se presentó Santander en la Notaría 1ª de Bogotá para depositar en sobre cerrado el dicho testamento. Nombró como albacea a su legítima esposa, doña Sixta Pontón. Después de este ritual, sintió la necesidad de volver a inmiscuirse en los asuntos del Congreso. En 1839 sería elegido senador por la provincia de Pamplona. Sus copartidarios se empeñaron en nombrarlo presidente de esa corporación, pero sufrió derrota mortificante. Rafael Mosquera —Mosquerón o Burro de Oro como se le decía— fue elegido para esa presidencia. Hacía mucho tiempo que el santanderismo no ostentaba mayorías.

Un hecho al parecer intrascendente acabó generando un conflicto de honda y trascendente significación para el país. Un proyecto del Congreso suprimió unos fantasmales conventos en la ciudad de Pasto. Santander votó afirmativamente. Conocida la noticia en Pasto, un sacerdote tocado de delirio y de demencia, el padre de la Villota, acaudilló una especie de asonada mística que puso en pie de guerra a las multitudes de la belicosa provincia, donde a pesar del paso del tiempo a la república se la veía como una ofensa y a la monarquía se la seguía mirando como iluminada por el poder de Dios y de la Iglesia. Y comenzó una guerra religiosa, que a los pocos meses agigantaría su horror y su violencia y terminaría comprometiendo a la nación entera.

Se acusó al general Obando de promover clandestinamente esa inquietante rebelión de las sotanas. Y la imputación, aunque pareciese escandalosa, era decididamente cierta y comprobada. Obando, que vivía en Popayán, a la manera de un Cincinato tropical, andaba resentido por la aparatosa derrota que había sufrido frente a Márquez. Y vio llegado el momento de tomar las armas y cobrar venganza.

Los revoltosos depusieron las autoridades de la provincia. Multitudes, casi hordas fanáticas, seguían con fe inconmovible al caudillo religioso, que portaba estandartes y montaba desafiante en su caballo.

Obando —todos lo conocían como el Tigre de Berruecos— en un principio trató de evadir responsabilidades y se vino para Bogotá, dizque para ofrecerle al presidente Márquez sus buenos oficios para desmantelar la insurrección que por debajo de cuerdas andaba estimulando. En ese viaje se entrevistó con el general Santander, su amigo, su compadre, pues Santander pasaba temporada de descanso y restauración de sus males en la población de Tocaima. Hablaron largamente. A ciencia cierta, nadie ha podido indagar sobre lo que hablaron o sobre lo que acordaron. ¿Apoyó o no apoyó Santander a su compadre? ¿Entre Márquez y Obando, a quién apoyaría ahora el senador Santander?

El hecho cierto y contundente es que el presidente Márquez desestimó la proposición del conflictivo general Obando y nombró al general Pedro Alcántara Herrán para que se encargase de develar la multitudinaria rebelión de los pastusos.

Enfurecido Obando por aquella determinación de Márquez, regresa al sur y se pone al frente de esa inconcebible insurrección que, con fusiles y camándulas, y hasta con vivas a Fernando VII, amenaza con volver cenizas, humo y sangre la precaria estabilidad de la república. Obando toma el título de "general en jefe del ejército restaurador y defensor de la religión del crucificado".

Qué ironía. El amigo amado y el compadre tan cercano del general Santander ahora defendiendo y combatiendo por los fueros de la religión y de la Iglesia. Qué desconcierto para el general Santander, como si él también hubiese arado en el mar. A él, que persiguió a la Iglesia, que combatió la teología, que pretendió volver solo laica la educación, le tocaba presenciar ahora que su amigo íntimo —ese amigo a quien en buena parte le debía la restitución de sus grados, su regreso del exilio y hasta su propia presidencia— combatía a favor de todo aquello contra lo cual él había luchado.

Esa guerra de los Conventos, acaudillada por Obando y conocida también como la guerra de los Supremos, al fin, y después de mucha sangre y mucho muerto, fue aplastada.

Ambigua y sibilina fue la actuación de Santander ante este conflicto desbordado. "Se hizo el pendejo", comentó un articulista en un periódico.

Tomás Cipriano de Mosquera, por su parte, anotó sobre el asunto: "Siempre diré que fue grande su responsabilidad, y más por lo que dejó de hacer que por lo que hizo". En resumidas cuentas, no apoyó abiertamente al general Obando ni apoyó decididamente al civilista Márquez. Se quedó como en el limbo, como un hombre sin pasiones. Tal vez estaba escribiendo un capítulo más de la historia, pues la historia —lo ha escrito él— solo la pueden escribir los ecuánimes hombres que carecen de pasión.

28

¿Qué había pasado? ¿Qué estaba pasando? El moribundo general Santander no entiende ni entenderá nada. Imagina que en los últimos días ha estado de peregrinación en los oscuros valles de la muerte y que evocar y reconstruir toda su vida lo ha sumergido en los profundos abismos del infierno. Pero ahora vuelve a despertar. Corrobora que al menos la vida no es sueño, sino viscosa e incomprensible pesadilla. ¿Pero está vivo o está muerto? Reconoce su alcoba. Sus cosas. Oye voces lejanas. Mira esas cortinas corridas. Siente la penumbra rodeándolo todo. ¿Dónde estará Sixta Tulia? ¿Dónde estará la vida que ha soñado y que ha perdido? ¿Por qué le duele todo? Quiere incorporarse para tomar un vaso de agua, que está sobre la mesa de noche. Ya no le obedece su mano... Tiembla. Y otra vez vuelve ese miedo gélido, ese terror frío que está naciendo en sus profundidades. ¿Dios mío, qué me está pasando? ¿Por qué estoy volviendo a vivir varias vidas y por qué estoy condenado a padecer varias muertes? Quiere gritar. Morir de una sola vez y para siempre. No quiere seguir estando en esta sucia y maldita agonía, donde puede recordar. Grita. Oye las voces y los pasos. Ve venir a esa mujer que es Sixta Tulia, pero él no la reconoce. Supone que es Nicolasa, que viene del otro lado de la muerte, para prolongarle su dolor y su agonía. Pero es Sixta Tulia, y entonces ahora sabe que todavía no está muerto, sabe que sigue agonizando.

El 6 de mayo de 1840, la extenuada figura del general Santander es mucho más una sombra que huye hacia la nada, que una criatura humana que aún intenta participar en las ceremonias de la vida. Está hundido

Cartel que la familia de Santander dispuso para dar noticia de su fallecimiento.

en un sopor misterioso, en una especie de absoluta irrealidad donde no puede distinguir con certidumbre qué es lo que verdaderamente ha acontecido y está aconteciendo alrededor de su lecho de moribundo. Tal vez ya solo es un fantasma. Oye voces, muchas voces, pero ignora lo que dicen. Está como disgregándose en un universo de susurros y murmullos. Solo percibe el acre dolor de los remedios. Solo siente el líquido oscuro y nauseabundo que emana silencioso de sus vísceras, ese líquido que ayuda a recordarle que está perteneciendo aún a las amargas realidades de su mundo.

Sabe que está solo en esa alcoba suya, irremediable y despiadadamente solo. ¿Por qué lo habrán abandonado? No tiene ninguna respuesta para nada, pues acaba de morir y solo un impenetrable silencio está en él y lo seguirá estando para siempre

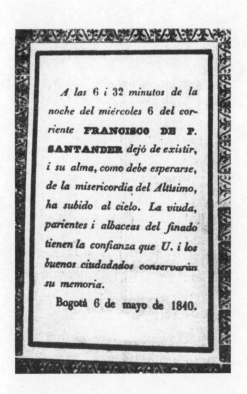